ein Ullstein Buch

ÜBER DAS BUCH:

Bruno Franks Roman *Die Tochter,* 1942 erstmals auf englisch in New York, ein Jahr darauf in deutscher Sprache in Mexiko erschienen, zählt zu den bedeutendsten Werken der deutschen Exilliteratur. Er erzählt die Liebesgeschichte zwischen der berühmten jüdischen Sängerin Recha und dem österreichischen Offizier Pattay, der im Ersten Weltkrieg fällt. Elisabeth, die Tochter, die ihren Vater nie kennengelernt hat, wächst in Galizien unter der Obhut ihrer Mutter und ihrer Tante Chana auf. Schon in frühen Jahren erlebt Elisabeth das Aufeinanderprallen jüdischer und christlicher Lebensweisen und lernt, beiden mit Toleranz und gegenseitiger Achtung zu begegnen. In der Gestalt Elisabeths hat Bruno Frank seine Frau Liesl porträtiert, die Tochter des einst gefeierten Bühnenkünstlerpaares Fritzi Massary und Max Pallenberg. Thomas Mann rühmte in seinem Nachruf auf den toten Freund den »in den Rang eines Meisterwerks reichenden Roman *Die Tochter* mit dem zärtlichen Bildnis seiner Frau«.

DER AUTOR:

Bruno Frank, am 13. Juni 1887 als Sohn eines Bankiers in Stuttgart geboren, studierte Jura, promovierte dann aber in Tübingen zum Dr. phil. Zahlreiche Reisen führten ihn durch Frankreich, Spanien und Italien. Bis 1933 war er als freier Schriftsteller in München tätig, war Freund und Nachbar von Thomas Mann. Dann emigrierte er über Österreich, die Schweiz, Frankreich und England nach Kalifornien, wo er bis zu seinem Tod (am 20. Juni 1945 in Beverley Hills) als Erzähler und Dramatiker arbeitete. Zu seinen wichtigsten Werken gehören die Schauspiele *Zwölftausend, Perlenkomödie, Sturm im Wasserglas* und die Romane *Die Fürstin, Trenck, Cervantes, Der Reisepaß.*

Bruno Frank

Die Tochter

Roman

Herausgegeben und mit
einem Nachwort von
Martin Gregor-Dellin

ein Ullstein Buch

ein Ullstein Buch
Nr. 22355
im Verlag Ullstein GmbH,
Frankfurt/M – Berlin
Dieses Buch ist zuerst 1942 in
einer englischen Übersetzung:
One Fair Daughter in New York
erschienen. Die erste deutsche
Fassung erschien 1943 im
Exilverlag El Libro Libre
in Mexiko.

Ungekürzte Ausgabe

Umschlagentwurf:
Elżbieta Woźniewska-Krüger
Foto: Stanislaw Ignacy Witkiewicz

Taschenbuchausgabe mit Genehmigung
der Nymphenburger Verlagshandlung

Printed in Germany 1990
Druck und Verarbeitung:
Ebner Ulm
ISBN 3 548 22355 9

November 1990

CIP-Titelaufnahme
der Deutschen Bibliothek

Frank, Bruno:
Die Tochter: Roman / Bruno Frank. Hrsg.
u. mit e. Nachw. von Martin
Gregor-Dellin. – Ungekürzte Ausg. –
Frankfurt/Main; Berlin: Ullstein, 1990
(Ullstein-Buch; Nr. 22355)
ISBN 3-548-22355-9
NE: GT

Erster Teil
Pattay und Recha

I

Selbst in dem lebensheitern, duldsamen Wien von 1913, das einem Mitglied der Reichsaristokratie ungefähr alles erlaubte, hatten die Spiel-, Weiber- und Zweikampfaffären des Grafen Franz von Pattay eines Tages die Grenze erreicht, bis zu der sie übersehen werden konnten, und seine Versetzung nach eine der Kavallerie-Garnisonen im Nordosten der Monarchie wurde verfügt.
Der Kommandeur des Nobel-Regiments, bei dem er diente, wäre vielleicht willens gewesen, es nochmals bei einer letzten und vorletzten Warnung bewenden zu lassen. Er war dem glänzenden jungen Menschen gutmütig zugetan, auch war in dessen Ausschreitungen nichts, was mit den traditionellen Ehrengesetzen von Armee und Gesellschaft durchaus unvereinbar gewesen wäre. Die Strafversetzung kam über den Kopf des Obersten hinweg von der höchsten Stelle. Die einzige nahe Verwandte des Exzedenten nämlich, eine Fürstin Weikersthal, verwitwete Schwester seiner Mutter, eine tyrannische und sehr bigotte Dame, hatte um Audienz in Schönbrunn nachgesucht und hatte vom Thron des achtzigjährigen kaiserlichen Pedanten den inappellabeln Spruch zurückgebracht. Es bereitete ihr ein ungütiges Vergnügen, ihn dem Betroffenen als erste zu verkünden.
Aber dem war zu ihrer Enttäuschung weder Erstaunen noch Bedauern anzumerken.

»Das kommt genau im rechten Moment, gnädigste Tante«, sagte er sofort. »Drei Jahre Amüsement in Wien sind wahrhaftig genug. Ich hoffe, Sie besuchen mich bald einmal dort in der Steppe, damit ich Ihnen meinen Zug vorexerzieren kann.«

Mit besserer Manier ließ sich eine fatale Lebensveränderung nicht hinnehmen. Der Gedanke, sich zu weigern und lieber den Dienst zu quittieren, als in einem öden Grenzstädtchen ukrainische Rekruten zu drillen, schien den Oberleutnant gar nicht zu streifen. Unter den Offizieren seines Regiments, die den liebenswürdigen Kameraden ungern verloren, hatte man dafür eine naheliegende Erklärung. Dem Befehl des Kaisers, meinte man, wäre schließlich zu trotzen gewesen, dem Wunsch der frommen Tante aber nicht. Denn sie allein stand zwischen Pattay und dem Familienvermögen. Überwarf er sich mit ihr, so ging er dereinst wahrscheinlich leer aus, und den Vorteil hatte die Kirche.

So fanden sich denn drei Wochen später in der zugigen Halle des Nordbahnhofs alle jüngeren Herren des Regiments zum Abschied versammelt. Eine ziemlich krampfige Ausgelassenheit stellte sich zur Schau. Man legte dem Abreisenden ans Herz, sich vor den sengenden Augen der schönen galizischen Judenmädchen zu hüten; einer beschenkte ihn mit prächtig gebundenen Wörterbüchern der polnischen, ukrainischen und jiddischen Sprache, da ohne Kenntnis all dieser Idiome in jener Gegend der Neuankömmlinge notwendig verloren sei; ein anderer überreichte ihm ein riesiges, in rosa Seide gehülltes Gefäß, von dem sich herausstellte, daß es Insektenpulver enthielt.

Der Exilierte nahm das alles mit gutem Humor auf, bestieg endlich den Waggon und umfaßte die bunte Eskorte mit einem abschiednehmenden Blick. Er trug bereits die Uniform der Ulanen, denen er zugeteilt war, den lichtblauen Waffenrock mit umgehängter silberner Patronentasche, die grellroten Hosen, die in den hohen Lackstiefeln steckten, und überm schmalen, kräftigen Gesicht die flotte Tschapka mit dem Haarschweif. Er grüßte noch einmal, schlug leicht die Hacken zusammen, daß es fröhlich klingelte. Die Wagentür knallte zu. Das letzte, was man von dem Scheidenden sah, war ein blaues und silbernes Blitzen.

II

Auf der vielstündigen Fahrt in den Reichsosten hatte Pattay Zeit, sich mit dem Wechsel in seinen Lebensumständen auseinanderzusetzen.

Seine Kameraden waren im Irrtum: er machte nicht einfach freundliche Miene zum bösen Spiel, und das bedrohte Erbe hatte mit seiner Bereitwilligkeit nicht viel zu tun. Praktische Schlauheit lag ihm fern, sein Wunsch nach Umkehr war echt.

Drei oder vier Monate früher wäre ihm selbst dergleichen noch unwahrscheinlich vorgekommen. Er fand an seinem Dasein nichts auszusetzen. Die Geldleute, bei denen seine Schulden aufgelaufen waren, saßen ihm nicht weiter drängend im Nacken, sie wußten, daß er mit hohen Interessen bezahlen würde, sobald der Familienbesitz an ihn fiel. Bei den Ehrenkämpfen, die er ausgefochten hatte, war Allerschlimmstes nicht geschehen. Meist hatte er durch überlegene Fechterkunst den Gegner entwaffnet; der eine bedenkliche Stich in die Schulter, mit dem er einem vorlauten Legationssekretär den linken Arm gelähmt hatte, belastete sein Gewissen keineswegs. Und was seine Abenteuer mit Frauen betraf, so war bis in die jüngste Zeit keines darunter gewesen, auf das er anders als mit einer halb heitern, halb gerührten Befriedigung zurückgeblickt hätte. Die wechselnden Damen, um die es sich handelte, ob nun seinem engeren Gesellschaftskreis angehörig oder entgleisende Bürgerinnen, waren nicht von der Art, der das Ende einer leichtgeknüpften Verbindung gleich das Herz bricht.

Eine Ausnahme aber hatte es hier vor kurzem gegeben, und mit dem tragischen Ausgang dieser Episode war er zu seinem Befremden nicht recht fertig geworden. Er hatte eigentlich keinen Anlaß, sich schuldiger zu fühlen als sonst. Das Mädchen war ihm anheimgefallen so leicht, womöglich leichter als andere vor ihr. Auch wußte er nichts von bedrohlichen Komplikationen, nichts war »passiert«, und er hatte nach einiger Zeit die Beziehung einschlafen lassen, ohne lauten Konflikt, mit geübter und schonungsvoller Allmählichkeit. Das Ganze schien gründlich abgetan, da vernahm er durch einen Zufall, daß sie schon seit vierzehn Tagen unter der Erde lag.

Er war erst nicht besonders erschüttert und brachte die Tat kaum mit sich selbst in Zusammenhang. Dann kehrten Einzelheiten in sein Gedächtnis zurück, und er konnte nicht mehr gut zweifeln. Aber was hatte sie denn erwartet? Daß ein Pattay, Letzter seines Hauses, das mit einem halben Dutzend regierender Familien und sogar

mit Habsburg selber verwandt war, die Tochter eines Juweliers Blau heiraten würde? Seine Erinnerung an das reizende Geschöpf mit dem nächtigen Haar und den weiten, immer etwas angstvoll blickenden, sehr hellen Augen war weniger von Reue als von Unmut über so viel urteilslose Torheit gefärbt.
Da kam ihm, an einem Samstagnachmittag im September, auf der Ringstraße unvermutet ihr Vater entgegen, eine schwarze Figur im prächtigen Herbstsonnenlicht. Er kannte den Juwelier flüchtig und ging rasch mit sich zu Rat, ob es schicklich wäre, stehenzubleiben und eine Kondolation zu murmeln. Aber Siegmund Blau hatte ihn bereits von weitem bemerkt. Drei Schritte, ehe sie einander passierten, nahm er den hohen Hut vom Kopf und grüßte den ihm Entgegenklirrenden tief und respektvoll. Und dabei sah Pattay in seinen Augen, daß er alles wußte.
Es geschah weiter nichts. Es war der Vorgang einer Minute gewesen. Aber eigentümlicherweise behielt er mehr Bedeutung für Pattay als das traurige Ereignis, das vorausgegangen war. Es war die Demut im Blick und in der Geste des Mannes, die ihm nicht aus den Gedanken ging, dieses Sichbeugen, dies devote Hinnehmen einer empörenden Gegebenheit. Da war diesem Bürger ein Äußerstes, Furchtbares zugestoßen, und er wußte oder vermutete doch, durch wessen Schuld. Aber er lehnte sich nicht auf, er verbiß seinen Gram und grüßte den Zerstörer seines Glücks und seiner Hoffnungen mit einem servilen Schwung seines schwarzen Hutes.
Zum ersten Mal schien es Pattay, daß in seiner Existenz etwas nicht stimme. Er war ungeübt in Selbstbetrach-

tung und zu unwissend, um aus seinem Erlebnis allgemeine Erkenntnisse abzuleiten. Aber die klare Wirklichkeit, die ihn umschloß, erschien ihm zum ersten Mal anfechtbar. Sein Instinkt schrak zurück vor dem Zweifel; denn gab man dem einmal Raum, so tat sich ein Abgrund auf, und geheiligte, selbstverständliche Begriffe, Adelsprivileg, Ehre der Armee, ja der Begriff Österreich selbst, schwankten am Rande.
Er zuckte über sich selber die Achseln, suchte zu vergessen und wegzudrängen; aber der schwarze Hut des Juweliers Blau hing in der Schwebe zwischen ihm und dem heiter-festen Horizont seines bisherigen Daseins.
Ein sonderbarer Mißmut, unangemessen seinen Jahren und seiner Position, schlich sich bei ihm ein. Er fühlte, daß er »heraus müsse«.
In solch einer Verfassung traf ihn der Exilsbeschluß, den ihm die Fürstin Weikersthal mit ungütigem Vergnügen überbrachte.

III

Der Bahnhof, gelb getüncht, lag ganz allein zwischen abgeernteten Hafer- und Maisfeldern. Zwei Herren vom Regiment, ein Fähnrich und der jüngste Leutnant, erwarteten Pattay, versorgten sein Gepäck und bestiegen mit ihm den leichten Wagen, dem zwei schwarzbraune Pferdchen vorgespannt waren, struppig wie russische Steppenpferdchen. Vom Bock grüßte mit seiner geflochtenen Peitsche ein blasser junger Jude mit Schläfenlocken.

»Es ist ziemlich weit bis zur Stadt«, sagte der Leutnant. »Unser Bahnhof liegt schon auf dem halben Wege nach Wien.«

Pattay hörte, daß das ein Witz sein sollte, einer von denen, die Generation auf Generation von Offizieren wiederholt, ein müder, abgetriebener, sehnsüchtiger kleiner Witz hier im Exil. Er lächelte höflich.

Die Straße ging immer geradeaus zwischen den Stoppeläckern, dann, unvermutet, bog sie um und senkte sich gleichzeitig, und der Fluß kam in Sicht, breit, gelbgrau, mit lautlos ziehenden Wogen. Der Trab der Steppenpferdchen schallte auf der hölzernen Brücke.

»Der Dnjestr«, sagte vorstellend der Fähnrich. Der Name schmeckte Pattay nach Rußland, nach Asien.

Drüben angelangt, durchquerten sie das Städtchen, in dessen engen, ungleich gepflasterten Gassen es kellerig roch. Die Häuser endeten unvermutet, und über ein Stück baumloses, strauchloses Land rollte man auf den langgestreckten, niedrigen Bau der Kaserne zu.

Er zeigte dasselbe eigentümliche Gelb wie der Bahnhof, eine Farbe, nüchtern und anheimelnd zugleich, so wohlvertraut jedem, der in den Ländern der Monarchie zu Hause war. So sahen offizielle österreichische Bauten aus, von der Adria bis nach Böhmen und von der russischen Grenze bis Salzburg. Die Farbe stammte von dem kaiserlichen Schloß in Schönbrunn, wo der achtzigjährige Reichsverwalter saß, dessen Spruch Pattay hierher verdammt hatte.

»Wir haben dich in der Kaserne einlogiert, Herr Oberleutnant«, sagte wieder der ältere von den zweien, »die paar besseren Quartiere im Städtchen sind alle besetzt.«

»Es ist mir so lieber«, antwortete Pattay zu leichter Überraschung seiner Begleiter.
Das Zimmer, in das sie ihn führten, war ein großer, nicht hoher Raum mit teppichloser Holzdiele, sehr kahl und sehr sauber. Ein Kruzifix, schön geschnitzt, aus Barockzeiten hinterblieben, hing über dem spartanischen Bett, ein abscheuliches Öldruckporträt des Kaisers in großer Generalsuniform an der Wand gegenüber.
Die zwei Fenster gingen nach dem Hof hinaus, jenseits lagen die Stallungen. Pattay, als er herantrat, blickte auf eine Reihe von Pferdehinterteilen, auf deren blankgestriegeltem Fell die schräge Nachmittagssonne blitzte. Eine Sekunde lang dachte er an seine Junggesellenwohnung in einem oberen Stockwerk an der Herrengasse in Wien mit den Familienandenken aus vier Jahrhunderten, den Möbeln aus der Zeit Karls VI., dem Blick über heiter geschwungene Giebel hin nach der Hofburg.
Er wandte sich um, denn der ihm zugeteilte Bursche war mit den Gepäckstücken eingetreten. Er war ein ukrainischer Bauer, breitschultrig und fest, mit auffallend hochgeschwungenen Brauen über den gutmütigen Augen, sandfarben von Haar. In ziemlich gepreßter Erwartung schaute er auf den neuen Herrn, dies über ihn verhängte, unbekannte Schicksal. Mit seiner Hilfe begann Pattay sein mitgebrachtes Eigentum im Zimmer zu verteilen. Pjotr hielt die seidenen Hemden auf ausgestreckten Armen vor sich hin wie die Hostie. Aber dann begann sein unbekanntes Schicksal mit ihm zu plaudern, so wie es die lässigen Herren aus altem Blut allenthalben im weiten Reich mit ihren Untergebenen taten. Und ehe er die letzte Schublade wieder geschlossen hatte, war Pjotr,

obwohl er Pattays Deutsch nur halb verstand, diesem aus der Wolke herabgestiegenen Halbgott verfallen – mit einer Liebe, von der noch seine Kinder und Enkel einen Strahl auffangen würden, wenn Pjotr vielleicht einmal alt war und Zeit hatte, sich zu erinnern.
Dann schnallte Pattay um, zog die Handschuhe an und setzte die Tschapka auf, um sich bei seinem neuen Kommandeur zu melden.

IV

Achtzehntausend Menschen wohnten in der Stadt, beinahe die Hälfte davon waren Juden. Aber sie schienen zu überwiegen, die ukrainische Bevölkerung, trotz der Buntheit ihrer ländlichen Tracht, trat vor ihnen zurück. Fast alle Kaufläden gehörten ihnen, armselige Buden zumeist von geringer Tiefe, jedoch mit schweren Fenstertüren versehen, die mit Eisen beschlagen waren. Die Juden handelten mit jedem Bedürfnis, mit Tuch und Linnen, mit Schnur und Knopf und Band und Litze, mit Schuhen und Kappen, mit Brot und Bier und Fetten und Butter. Sie waren Schneider und Kürschner, sie waren auch Schlosser und Kesselschmiede. Sie deckten die Dächer, sie fegten die Schlote aus, sie fuhren die Wagen. Sie waren überall. Die meisten von ihnen waren sehr arm. Die wenigen, die zu Wohlstand gelangt waren, der Besitzer des einen Warenhauses, das existierte, ein paar Wirte, die Eigentümer der Zuckerfabrik überm Fluß, lebten nach außen kaum anders als die Unbegünstigten, bestrebt, durch achtsame Wohltätigkeit Vorwurf und Neid

von sich fernzuhalten. Furcht steckte ihnen allen im Blute, obgleich ihnen seit langer Zeit kein Anlaß dazu geworden war. Die eingeborene Bevölkerung nahm ihr Dasein hin als etwas natürlich Gegebenes.
Eingeboren waren sie eigentlich selbst, eingesessen hier seit sechs Jahrhunderten, aber in ihrem Blick war ewig und immer etwas von einem, der aufgescheucht werden kann mitten in der Nacht und um sein Leben rennen muß durch Wälder und Bäche.
Sie kamen aus Deutschland. Sie hatten dort den Rhein entlang gesessen, immer, seit ihre Ureltern den römischen Legionären über die Alpen gefolgt waren – bis nach einem Jahrtausend fortschwelendes Mißtrauen zu Haß und Verfolgung aufbrach. Es geschah im Jahre der schwarzen Pest. Millionen in Deutschland erlagen der Seuche, deren Ursprung geheimnisvoll war. Und die Fremdlinge trugen die Schuld. Die einst den Heiland ans Kreuz genagelt, sie hatten jetzt auch die Brunnen vergiftet, all das gute, klare, gesunde Wasser im deutschen Land, aus dem nun das Volk sich den Tod trank. Man erschlug sie dem Tausend nach. Die sich verbergen konnten, blickten verzweifelnd nach Zuflucht aus. Ein Fürst tat seine Länder auf, die von Kriegen verheert und entvölkert waren, Kasimir, den das polnische Volk seinen Großen nennt – Friedensstifter, Verwalter, Schützer der Bauern, weit ausschauend, fühlend und unbetrügbar.
Die Juden kamen mit ihrer Todesangst, ihren geretteten Habseligkeiten, ihren wachen Talenten. Und sie kamen mit ihrem Deutsch. Das sprachen sie weiter. Dort hinten verwandelte es sich, die Wasser der Zeiten schliffen es ab. Aber die Juden sprachen es fort, so wie es gewesen war im

Augenblick, als Deutschland sie mordend ausstieß. Ein paar Brocken aus ihrer Sakralsprache mischten sich ein, ein paar slawische Laute. Unkundigen, späten Ohren klang es verdorben, so wie die Juden es redeten, mit heftigem Tonfall, übermäßigen Gesten. Aber es war das Deutsch, das die Minnesänger geredet hatten und die staufischen Kaiser. Das Blut der Juden vergaß die Hügel und Ströme nicht, an denen sie tausend Jahre lang geglaubt hatten, Bürger zu sein.
Viele von ihnen, die älteren Leute zumal, gingen im langen schwarzen Kaftan herum, der den christlichen Bewohnern, soweit sich einer Gedanken machte, für ein Erbstück aus Asien galt. Doch es war etwas anderes. Es war der alte deutsche Bürgerrock, den ihre Urväter am Rhein getragen hatten. Er sah nicht stattlich aus an den Juden, der gotische Rock, schäbig und fleckig war er geworden im Staub und Drang der Jahrhunderte, und er paßte zu den bleichen Gesichtern mit den Schläfenlocken.
Bleich waren selbst die unter ihnen, denen ein physischer Beruf die Brust breiter machte und die Muskeln schwellte. Zu lange hatten ihre Voreltern in den Lehrhäusern und Betschulen gesessen, gebückt über den aufgehäuften Geistesschatz der Rabbinen, Gemara und Mischna – mit dem stillen Hochmut derer, die im Buchstaben der Wahrheit wohnen. Solcher Betstuben gab es noch heute Dutzende in der kleinen Stadt, niedrig alle, luftlos und lichtlos, ohne einen Schmuck, ohne ein Bild. Und so ungesund wie hier war das Atmen in ihren dumpfen, schmalfenstrigen Häusern und Kaufgewölben, in den ungepflasterten, feuchtriechenden Gassen, die nur an

einer Stelle sich jählings auftaten zum freien, unmäßig geweiteten Ringplatz.

In seiner Mitte erhob sich das städtische Rathaus, ein neuer und häßlicher Bau, in irriger Gotik errichtet, und jenseits des Rings im Umkreis andre offizielle Gebäude: unterm selben figurengeschmückten Dach Gericht und Finanzamt; die Bezirkshauptmannschaft, zweistöckig, vornehm nüchtern und kaisergelb; und die griechisch-katholische Kirche, schief zur Front stehend, ein unübersichtliches Gebilde, ganz aus Holz, mit drei ungleichen Kuppeln, das hier gewesen war, ehe alles andere kam. Die Synagoge der Juden stand nicht hier am Platz, sie hielt sich verborgen irgendwo in der Enge. Aber das Kaufhaus Gelbfisch und Sohn war da und das Hotel »Zum Erzherzog Rainer«, Besitzer Salomon Löw.

Dies war eine jüdische Stadt – die Offiziere des Ulanenregiments wußten es alle nicht anders. Neu herversetzte nahmen vielleicht in den ersten Tagen befremdeten Anstoß, ungeschickt versuchten sie, das singende »Mauscheln« und die fremdartige Mimik zu imitieren. Die Eingewöhnten lächelten nur gelangweilt und wußten, das würde sich geben.

Antisemitismus galt als sehr schlechter Stil unter den Herren, es roch ihnen nach ungelüfteten Spießbürgerstuben. Man wußte, daß er von gewissen Parteien im politischen Kampfe verwendet wurde, um das Selbstgefühl der kleinen Leute zu kitzeln und ihre Wahlstimmen zu fangen. Man selbst stand viel zu hoch und unangefochten, um Abneigung gegen die bleichen Fremdlinge zu fühlen. Ja, die geistig lebendigeren unter den Herren achteten in deren starr bewahrter Eigenart, diesem Festhal-

ten an absurden Gesetzen, Bräuchen und Sprachformen, sogar etwas unbestimmt Verwandtes, einen weithergekommenen, etwas herabgekommenen Aristokratismus.
Aber nicht gab sich der Schock bei manchen der »Einjährigen«, jungen Leuten aus wohlhabendem Haus, deren Privileg es war, kürzeren Armeedienst zu leisten als das besitzlose Volk. Für diese Söhne von Wiener Bankiers und Brünner Fabrikanten war der Tonfall des Jiddisch, der Anblick der Figuren im Kaftan ein täglich erneuerter Stich. Denn ihr Ehrgeiz war es, in Manier und Rede ganz der Herrenklasse zu gleichen, ja vielleicht in gnädigen Ausnahmefällen zu ihr aufzurücken. Und furchtbar war ihnen die Vorstellung, einer der Offiziere könnte in Gedanken die Brücke schlagen zwischen ihnen und diesen Händlern. Eisig und zitternd blickten sie über die blassen Verwandten hinweg, die mit ausfahrenden Gesten vom Mittelmeer das Deutsch Herrn Walthers von der Vogelweide sprachen.

V

Man hatte sich im Regiment von Pattay, dem sein verwegener Ruf vorausflog, allerlei Neubelebung versprochen. Aber schon nach den ersten Tagen griff Enttäuschung Platz. Denn mit anspruchsloser Selbstverständlichkeit fügte der Held eleganter Gerüchte sich in den gleichförmigen Tageslauf ein, gar nicht gewillt offenbar, ihm durch exzentrische Darbietungen frische Farben zu geben.

Blieben die Herren nach der Abendmahlzeit beim Wein im Kasino beisammen und fingen die Anekdoten und Erzählungen an, gewagter und schließlich eindeutig zu werden, so lachte er gutwillig auch zu den weniger geglückten Pointen, trug aber selbst nichts Nennenswertes bei. Ging man dann, was ziemlich regelmäßig geschah, zu substanzielleren Vergnügungen über und wurden zur Bakkarat-Partie die Karten fächerförmig auf dem Tisch ausgebreitet, so pflegte er sich zu empfehlen und auf sein Zimmer zu gehen. Das hielten erst manche für Hochmut. Vermutlich reizte ihn dieses kleine Jeu unter Kameraden nicht mehr, nach allem was er in seinen Wiener Klubs mitgemacht und mitangesehen hatte.
Und dabei war dieser nächtliche Zeitvertreib durchaus nicht so bescheiden und unschuldig. Im Gegenteil, es ging recht verantwortungslos zu unter den gelangweilten Herren hier an der Grenze. Sah man sie in sonniger Harmonie an der Abendtafel beisammen, so wäre niemand auf die Vermutung gekommen, wie schwer verschuldet hier einer dem andern war. Denn im allgemeinen wurde mit der Bezahlung nicht gedrängt, die Gewinner – es waren fast immer dieselben – ließen die Kette schleifen, da sie unzerreißbar war. Dem präraffaelitischen Gesicht des Leutnants Baron Seldnitzky zum Beispiel sah niemand an, daß er seinem ältern Nachbar am Tisch eine Summe schuldete, von der dieser längst entschlossen war, sein verlorengegangenes Stammgut in Kärnten dereinst arrondiert zurückzukaufen. Auch die einjährig dienenden jungen Leute waren trotz ihrer gesellschaftlichen Zwitterstellung nur allzu willkommene Teilnehmer, und gewisse Industrielle in Wien und Brünn

ahnten nicht, mit welch ruinösen Beträgen ihre Unternehmungen für die Zukunft belastet waren. Einmal, ein paar Jahre früher, war im Zusammenhang mit diesen Zerstreuungen ein Selbstmord vorgekommen, und damals war ihnen ein Ende gesetzt worden. Aber das war vergessen, und der jetzige Kommandeur sah seinen Herren sehr vieles nach, wenn nur der Dienst nach seiner Zufriedenheit lief.

Auch in dieser Richtung bot der Neuangelangte Anlaß zum Erstaunen. Wer ihn auf dem Gelände sah, wie er mit nicht ermattender Geduld begriffsstutzigen Rekruten kurzen und langen Trab beibrachte, keinen geringsten Mangel an Adjustierung, Sitz und Haltung übersah und von diesen Übungen in Staub oder Regen mit unberührt heiterer Laune nach der Kaserne zurückkehrte, der mußte zum Schluß kommen, daß der Reichs- und Altgraf von Pattay und Schlern, Verwandter der Dynastie, in dieser Tätigkeit den ausfüllenden Inhalt seiner Existenz gefunden habe.

Man begann zu glauben, daß er militärisch ehrgeizig sei, etwas ganz Unwahrscheinliches bei einem österreichischen Kavallerieoffizier aus vornehmem Haus. Und die Vermutung wurde bekräftigt, als nacheinander mehrere Büchersendungen aus der Hauptstadt für ihn eintrafen und er die Gewohnheit annahm, seine privaten Stunden studierend auf seiner Stube zu verbringen.

Dergleichen war nicht erschaut worden. In seinen Kreisen galt es als guter Ton, auf Bildung und Wissenschaft ironisch herabzublicken, sich noch uninteressierter zu stellen, als man in Wirklichkeit war; die Pose eines halben Analphabetentums gehörte zum Schick.

Nicht daß sich Pattay zu Strategie und Taktik besonders berufen gefühlt hätte; die Beschäftigung mit ihren Problemen fiel ihm schwer. Nie geschah es ohne Widerstand, daß er einen der gewichtigen Bände vom Regal nahm, Clausewitz oder Willisen, Puysegur oder Gilbert. Da er sich von hier aus leichteren Zugang versprach, ließ er sich eine »Geschichte der österreichischen Kavallerie« von seinem Buchhändler schicken; aber die Darstellung langweilte ihn so unsäglich, daß die ritterliche Waffe, der er angehörte, von Kapitel zu Kapitel mehr von ihrem Schimmer verlor. Trotzdem ließ er nicht ab.
Der Kommandeur der Ulanen hatte Weisung erhalten, nach Ablauf des ersten Vierteljahres der höchsten Stelle ein Gutachten über die Konduite des Oberleutnants einzureichen. Das Gutachten fiel über jede Erwartung günstig aus. Der pedantische Oberherr in Schönbrunn ließ eine Abschrift davon der Fürstin Weikersthal zuleiten, und als sie nach der Lektüre ihre Lorgnette von den Augen nahm, waren die Aussichten der Kirche auf das Pattaysche Familienvermögen in sich zusammengefallen.
Pattays tugendhafte Schrullen, oder was man im Regiment dafür hielt, hätten vielleicht einen anderen mißliebig gemacht. Aber Pattay war hilfsbereit, gutlaunig, ein angenehmer Gesellschafter – ohne neiderregend glänzend zu sein. Eine gute Akquisition.
Der Rittmeister Schaller allein schien ihn dafür nicht zu halten. Vom ersten Augenblick an brachte er Pattay eine steife Kälte entgegen, eine ganz offenbar physische Abneigung.
Ferdinand Schaller war ein Mann aus mittlerem Beam-

tenstamm, Sohn und Enkel strebsamer Justiz- und Finanzfunktionäre, immer mit subalternem Argwohn auf seiner Hut. Alles war ihm zuwider an Pattay, seine nachlässige Freundlichkeit, in der er Mißachtung witterte, die gestreckte Reiterfigur mit den sorglosen Bewegungen, das schmale und feste Gesicht mit den empfindlichen Schläfen und dem verwöhnten Mund. Dieser Mund besonders war ihm verhaßt. Ihm selber hatte schon in der Kadettenanstalt seine stramme Soldatenerscheinung den unfreundlich gemeinten Spitznamen »der Preuße« eingetragen. Preußisch wirkte zumal sein rechteckig geschnittenes, unbestimmt blondes Haar, das aufrecht über der engen, ledern gefurchten Stirn stand.
Der Rittmeister war verheiratet und Vater von vier ungewöhnlich reizlosen Kindern. Er war bekannt für seine humorlose Strenge im Dienst, für seinen Geiz und für seinen giftigen Judenhaß, der beim unzureichendsten Anlaß hervortrat und über den man im Regiment leicht angewidert die Achseln zuckte.

VI

Wenn für die Ulanen Wien das entrückte Ziel von Wünschen und Träumen war, so sah im erreichbaren Umkreis die Stadt Lemberg einer Großstadt am ehesten ähnlich, und man fuhr hin, so oft es sein konnte. Am frühen Samstagnachmittag pflegte man im Rudel die dreistündige Fahrt nach der Ersatzmetropole anzutreten.
Im Hotel wurden unter viel Gelächter und Türenschlagen die bestellten Zimmer okkupiert. Dann blieb eben

noch Zeit für ein hastiges Mahl vor der Vorstellung im Varieté, deren Beginn man niemals versäumte. Dem Etablissement, wo sie stattfand, hatte sein weltkundiger Gründer einst den Namen »Vauxhall« verliehen, was niemand recht aussprechen konnte.
Man war in Zivilkleidung. Trotzdem kannte jedermann die Ulanenoffiziere, die regelmäßig die beiden großen Logen rechts an der Bühne besetzt hielten, eine auf dem Niveau des Parterres und eine in Höhe der Galerie. Man ließ sich Champagner servieren während der Vorstellung, und es herrschte ungenierter Verkehr zwischen oben und unten. Ja, es war vorgekommen, daß einer der Herren halsbrecherisch an einer der vergoldeten Karyatiden hinunterkletterte, was den Ablauf des Programms auf einige Augenblicke unterbrach.
Dies Programm bestand aus einer sogenannten Revue, einer an dünnem Handlungsfaden aufgereihten Folge von burlesken und sentimentalen Spielszenen, Exzentrikakten, Gesangsnummern und Ballettdarbietungen, bei welch letzteren in der Kostümierung der Tänzerinnen von der Duldsamkeit der Polizeibehörde dankbar Gebrauch gemacht war. An Samstagabenden galten das Lächeln und die freigebigen Gesten der Mädchen vorwiegend den beiden Proszeniumslogen, deren Inhaber man sämtlich bei Vornamen kannte. Und der Nachtportier des Hotels, in dem die Ulanen abgestiegen waren, konnte an diesen Samstagen auf Trinkgelder rechnen, wie er sie während der Woche vom bürgerlichen Reisepublikum nicht empfing.
Pattay hatte an den vergnügten Ausflügen nie teilgenommen, und er zeigte auch dann kein Verlangen da-

nach, als man ihm, schon in der zweiten Hälfte der Theatersaison, mit einer besonderen Verlockung zusetzte. Die berühmte Recha Doktor, hieß es, sei wie alljährlich zum Gastspiel eingetroffen, sie zu bewundern, könne und dürfe er nicht versäumen, sie sei das Beste, ja eigentlich das einzige, was diese gottverlassene Provinz an wahrem Kunstgenuß zu bieten habe. Nicht einmal in Wien, wo sie verständlicherweise noch niemals aufgetreten sei, gebe es Ähnliches. Aber als er sich schließlich erkundigte, worin denn bei dieser Recha das Außergewöhnliche bestehe, bekam er nicht viel Präzises zu wissen, er hörte nur immer wieder, sie sei einmalig, göttlich; denn die Fähigkeit, empfangene Eindrücke wiederzugeben, war unter den Ulanen wenig entwickelt.
Wieder einmal standen die Herren zum Aufbruch beisammen. Und mehr zum Scherz, ohne an einen Erfolg zu glauben, drang man nochmals auf Pattay ein. Dies sei eine letzte oder vorletzte Gelegenheit; Recha Doktors Gastspiel gehe schon seinem Ende entgegen.
Der Rittmeister Schaller hatte heute ausnahmsweise an der Mittagstafel im Kasino teilgenommen, vermutlich, weil seine Gattin zu Hause große Reinigung abhielt. Er schnallte sich eben den Säbel um.
»Recha Doktor«, sagte er laut in die Unterhaltung hinein. »Ich wollte, ich brauchte von dieser dreckigen Judengeiß nichts mehr zu hören.« Die Herren verstummten. Pattay war rot geworden bis unter die Haare.
»Da werd' ich heut' also mitfahren«, hörte er sich selber sagen. Es kam Schlag auf Schlag, war ganz deutlich die Antwort an Schaller.
Der Rittmeister fuhr herum und starrte Pattay ins Ge-

sicht. Aber die Situation bot keine Handhabe für ihn. Er grüßte summarisch und klirrte hinaus.
Pattay ärgerte sich. Einen Augenblick vorher hatte er durchaus nicht die Absicht gehabt, mitzufahren. Was fiel ihm denn ein, sich zum Ritter für eine unbekannte Varietédame aufzuwerfen. Ach, er wußte schon, was ihm einfiel. Der ganze Auftritt hätte schwerlich stattgefunden, hätte es nicht in seiner Vergangenheit ein unverständiges Mädchen gegeben, das eines Nachts zwanzig Veronaltabletten in ein Glas Wasser rührte, und nicht den hohen schwarzen Hut des Juweliers Blau, der jenen weiten, so entsetzlich demütigen Bogen beschrieb. Aber das war es durchaus nicht allein.
Während der ganzen Bahnfahrt saß Pattay mißmutig schweigend in seiner Coupé-Ecke.
Es war leider klar, daß er den Rittmeister Schaller haßte, genauso oder schlimmer als jener ihn. Denn seinem eigenen Haß war eine reichliche Portion Ekel beigemischt. Er war dem Mann aus dem Wege gegangen, was meist gelang, denn der Rittmeister war ihm nicht unmittelbar vorgesetzt. Aber kamen sie doch in Berührung und reichte der Mensch ihm die Hand, so spürte Pattay jedesmal ein Bedürfnis, sich die Ärmel bis zum Ellbogen aufzustreifen und sich minutenlang Hände und Arme zu waschen. Es lag durchaus nicht in seiner Gewohnheit, so mit Ekel zu hassen. Sich kräftig zu ärgern, jawohl. Aufzubrausen, jawohl. Dafür waren seine Ehrenhändel ein Zeugnis. Aber wenn er früher in Wien in der Morgenfrische einem Kontrahenten gegenübertrat, so wußte er gewöhnlich kaum mehr, warum er sich schlug, und das Ganze tat ihm schon leid.

Dies hier war anders. Im kalten, schnöden, giftigen Pedantismus dieses Menschen spürte er seinen Widersacher von Natur aus. Pattay lehnte in seiner Ecke, er hatte die Augen geschlossen, er war nicht mehr ganz wach. Er stand dem Rittmeister gegenüber auf dem nachtnassen Rasen, nackt beide bis zum Gürtel, er hörte den Unparteiischen zählen, er faßte eisern in seinen Säbelkorb, fiel aus und spaltete mit einem sauberen Hieb diese ledern gefaltete Stirn.
Jemand berührte ihn an der Schulter. Man war angekommen.

VII

Die Handlung der diesjährigen Revue in der »Vauxhall« überschritt an dürftiger Albernheit noch das sonst übliche Maß. Ihr Mittelpunkt und komischer Held war Herr Dienstel aus Lemberg, den seine eifersüchtige Gattin eines Fehltritts mit seiner Sekretärin verdächtigt und wild bedroht. Herr Dienstel flieht. Die Rasende setzt ihm nach, rund um den Planeten.
Überall erwartet Herrn Dienstel die Verlockung in Gestalt schöner Exotinnen, in der Türkei und in Indien, in Japan, auf den Inseln der Südsee und in Peru. Überall findet er eben noch Zeit, der Versuchung auch zu erliegen. Überall kommt die Verfolgerin knapp zu spät. Bis er zuletzt, vom atemlosen Liebesglück erschöpft und bereit zu kapitulieren, wieder im heimischen Lemberg eintrifft. Hier klärt sich erlösend alles auf. Denn nie hat Herr Dienstel sich mit jener Sekretärin vergangen, der Verdacht

seiner Gattin war falsch, und mit Rührung zieht sie den maßlosen Sünder an ihre reuige Brust.
Der Herr aus Lemberg war sonst auch schon aus Krakau gewesen, aus Beuthen, aus Breslau, aus Łódź, je nach dem Ort, wo die Truppe gastierte. Varieté-Unterhaltung jeder Art, Zauber-, Jongleur- und Groteskakte, fügten sich seiner erotischen Flucht mühelos ein. Und was die Hauptsache war, fremdartige Tänze, vom Bauchtanz über den Geishatanz zum Fandango, boten den hübschen Mädchen des Chors reiche Gelegenheit zur Darstellung ihrer Reize. Siebenmal hatten sie in rasender Eile das Kostüm zu wechseln. Nur vor und nach dem Akt in der Südsee war ihnen eine Atempause gegönnt. Denn hier trugen sie beinahe gar nichts. Aber während dieser Umzüge und während hinten eine neue exotische Kulisse aufgebaut wurde, trat vor den Zwischenvorhang die Sängerin Recha Doktor und sang ihr Lied.
Bei solchen Einlagen pflegte sonst das Publikum sich gehenzulassen, niemand hörte recht hin, man lachte und schwatzte laut in Erwartung des Kommenden. Hier war es umgekehrt. Kaum schloß sich der Vorhang und Recha Doktor kam seitlich hervor in ihrem schwarzen, anliegenden Kleid, so trat freudige Stille ein. Man wollte keine Note verlieren.
Sie war eine brünette, zierliche Frau, mit weitgeschnittenen, sehr dunklen, redenden Augen und mit prinzessinnenhaft schmalen Händen und Füßen. Sie verschmähte beinahe die Geste, und ihre Mimik war sparsam. Aber jede winzige Regung in diesem bräunlichen Gesicht übertrug sich. Sie senkte die schweren, gewölbten Lider, und durch einen Schleier der Sehnsucht blickte der Zu-

schauer in eine geahnte schönere Welt. Sie drückte vor einer Pointe den einen Augenwinkel kaum merklich zu, und eine Verheißung zartester Freuden fuhr noch dem Gelassensten elektrisch durch alle Sinne.
Ihre Stimme war nicht sehr groß, sie war von einer gedeckten, etwas scharfen Süße, aber Recha Doktor beherrschte dies Mittel vollkommen. Ihre Souveränität, dies Spielen mit ihrer Wirkung, war das eigentlich Mitreißende an ihr. Berühmt war ihre Kunst, zu pausieren. Es kam vor, daß sie solch eine Pause dehnte, dehnte, bis die Empfindung der Hörer zum Zerreißen gespannt war, und der Einsatz wirkte wie Erlösung aus einer süßen Qual. Wenn dann der Applaus losjubelte, während sie sich damenhaft ein wenig verneigte, das Orchester exotisch ausbrach und hinter ihr der Vorhang sich voneinandertat zum Massenauftritt, so blieb in ihrem Publikum ein wundervoll unbestimmtes Verlangen zurück, eine ohnmächtige, begeisterte, beglückende Ungestilltheit.
Nicht leicht konnte ein Künstler in elenderem Material zu arbeiten haben als die Sängerin Doktor. Gott weiß, daß die Verfasser ihrer Chansons sich durch Geschmack oder Anstand keine Beschränkung hatten auferlegen lassen. Das schielte und kicherte nur so vor grundordinärer Dummheit. Aber in ihrem Munde war nichts gemein.
Da war zum Beispiel das Chanson, mit dem sie im ersten Zwischenakt Herrn Dienstels erotische Erlebnisse in Japan vorzubereiten hatte. »In Europa ist alles so groß, und in Japan ist alles so klein«, lautete sein Refrain, und das ließ, zusammen mit dem Rest der drei Strophen, an Deutlichkeit nichts zu wünschen übrig. Aber nur die allerprimitivsten Besucher dieser Samstagsvorstellung

reagierten mit Grinsen auf die Absicht der Textfabrikanten. Die meisten schlossen ihre Augen und lächelten, fremdartig angerührt. Denn Japan war da, ein Traum- und Illusions-Japan, mit all seiner Zierlichkeit, seinen Häuschen aus Bambus, gezirkelten Zwerggärtchen, seinen leisen, delikat sich verneigenden Menschen, das alles bedroht von einer grob redenden, laut dahertrappenden Rasse – in Europa ist alles so groß, und in Japan ist alles so klein. Es war entzückend, und der hingerissene Beifall hatte gar nichts von einer Quittung über einen unanständigen Witz.

Trotzdem verließ, während dieser Beifall noch scholl und der Vorhang auseinanderging zum Aufzug der zwanzig hochfrisierten Geishas, einer der Offiziere nervös und hastig die Loge, riß Hut und Mantel vom Haken und eilte durch das hallende Vestibül. Draußen schlug er den Kragen hoch und begann in der windigen, regnerischen Februarnacht einen ziellosen Spaziergang. Er ging um den Rynek, an Rathaus und Kathedrale vorbei, durchquerte den Park, gelangte zur Krakauer Vorstadt hinaus und kehrte in großem Bogen zurück, entlang dem Gitter des alten jüdischen Friedhofs, durch das die versinkenden Steine regennaß schimmerten.

Er glaubte, weit gegangen zu sein. Aber es war noch lange nicht Mitternacht. Und erst um zwei kam der Expreß aus Deutschland hier durch, mit dem Pattay nach seiner Garnison zurückfahren konnte.

VIII

Aber am Montag, nach beendetem Dienst, nahm er den Abendzug und kam noch zurecht, um sie ihre beiden letzten Lieder singen zu hören. Kaum tat sie den Mund auf, so war der unertragbar gemischte Zustand von Bezauberung, Zorn, Scham und ratlosem Verlangen wieder da, der ihn in der Samstagnacht aus dem Hause getrieben hatte. Doch diesmal hielt er aus bis zum Schluß. Dann ging er um das Theater herum an den Bühneneingang.

Er blickte durch die Glasscheibe hinein. Er sah in seiner Loge den Portier, einen freundlichen jüdischen Alten mit schwarzem Käppchen und dünnem, rundem Bart, wie er den Choristinnen zunickte, die einzeln oder zu zweit die steinerne Treppe herunterkamen. Heute, am Wochentag, wurden sie von niemand erwartet. Jede, die herauskam, blickte neugierig in Pattays Gesicht. Dann erschien der muntere Herr Dienstel. Er trug einen mitgenommenen Krimmerpelz und eine Krimmerpelzmütze, hielt sich das Taschentuch vor den Mund und hüstelte grämlich.

Pattay hatte schon die Hand auf dem rotlackierten Drehknauf der Tür. Aber er entschloß sich nicht. Er trat zurück in den Schatten und überlegte. Und zu spät nahm er wahr, daß eine der beiden Frauen, die eben das Theater verlassen hatten und den Bäumen der Promenade zustrebten, den Umriß der Gesuchten aufwies. Er folgte ihnen nicht. Es erleichterte ihn, die Entscheidung hinauszuschieben. Eigentlich wartete er auf den Moment, da er aufwachen würde, sich die Stirne reiben, über sich selber

in Lachen ausbrechen. Aber dieser Moment kam durchaus nicht.
In einem Kaffeehaus am Halickiplatz, in einer Ecke, wo das Licht schon ausgedreht war, saß er, bis die Dame am Buffet ihre Kasse verschloß und rings um ihn her die Kellner die Stühle auf die Tische stellten. Im Zug schlief er ein wenig und war in seiner Kaserne zurück – eine Stunde, ehe der Dienst begann.
Er fuhr am Dienstag, am Mittwoch, kam keinen Schritt weiter und stieg an jedem frühen Morgen aufs Pferd, übernächtigt, mit schmerzenden Augen. Endlich, am Donnerstag, drehte er den roten Türknauf, schritt rasch an dem Alten vorbei, der ihn erst anrief, als er schon auf der Treppe war, und fand oben gleich ihre Garderobe. Es war eine Art Bretterverschlag; ihr Name, der seltsame Nachname nur, stand auf einem Stück Pappe zu lesen. Sein Entschluß entsank ihm. Die Kehle war ihm so trokken, er räusperte sich laut. Spaltweit öffnete sich die Türe, und jemand schaute heraus. Eine großgewachsene Frau kam hervor und fragte nach seinem Begehren. Die Tür fiel hinter ihr zu.
Pattay vermutete oder wußte vielmehr, daß es die Frau war, mit der zusammen die Sängerin damals im Dunkel verschwunden war. Es war das versorgte, eher harte Gesicht einer Frau in den Fünfzigern. Die offene Gasflamme neben der Tür beschien scharf ihren stumpfschwarzen Scheitel, in dem jedes künstliche Haar ordentlich und einzeln neben dem andern lag.
»Wollen Sie bitte dem Fräulein meine Karte geben.«
Die Frau streckte die Hand nicht aus.
»Sie empfängt niemand in ihrer Loge.«

»Dann werde ich warten.«
»Sie schließt keine Bekanntschaften.«
Er lächelte ironisch, und sogleich schämte er sich. Das war ein Lächeln aus vergangenen Tagen gewesen.
»Vielleicht bestimmen Sie das Fräulein, eine Ausnahme zu machen«, sagte er immerhin, und tat eine Bewegung nach seiner Brusttasche.
»Geben Sie sich gar keine Mühe. Ich bin ihre Tante.«
»Das freut mich«, sagte er sinnlos.
Hinter der Frau ging die Tür auf, und Recha Doktor trat heraus, in schwarzem, anliegendem Mantel, mit einem dreieckigen kleinen Hut. Die bräunliche Blässe ihres Gesichts schimmerte warm im Licht. Ihre weiten Augen sahen an Pattay vorbei.
»Sie sollten hier keine Auftritte machen«, sagte die süße und scharfe Stimme. »Es ist völlig nutzlos.«
Pattay stand da, den Hut in der Hand.
»Die Situation ist ganz ungehörig«, sagte er. »Aber ich wußte nicht, wie ich es anstellen sollte, Sie zu sprechen.«
»Gar nicht«, sagte sie sehr entschieden. »Gar nicht sollen Sie es anstellen. Ich hoffe, Sie verstehen das.«
Die Tante war in die Garderobe zurückgegangen, in der noch Licht brannte. Pattay sah sie drinnen den Mantel umnehmen, sich ein Tuch übers Haar legen, die Flamme über dem Toilettentisch löschen. Sie kümmerte sich um nichts mehr, schien beruhigt, daß ihre Nichte selbst für sich sorgen würde. Dann kam sie wieder heraus und wartete gelassen.
»Gehen Sie nun«, sagte die Sängerin. »Meine Deutlichkeit müssen Sie mir verzeihen. Es ist besser, Sie sehen gleich klar.«

»Das tue ich. Ich sehe vollkommen klar. Ich verwechsle Sie mit nichts und mit niemand. Beweisen läßt sich so etwas freilich nicht.«
»Nein, nicht wahr«, sagte sie mit einem geringschätzigen Lächeln, »beweisen läßt es sich nicht.«
»Vielleicht ist es ein Beweis, ein ganz kleiner, wenn jemand seine Nächte im Zug verbringt und nie mehr ordentlich schläft, um Sie singen zu hören.« Und er nannte das Städtchen, aus dem er kam.
»Es ist einer von diesen Ulanen, Kind«, sagte die Tante. Da sie das Ganze für erledigt hielt, ging sie langsam voraus, der Treppe zu. Recha schickte sich an, ihr zu folgen. Rasch sprach er weiter.
»Ich komme nur immer zum Ende zurecht. Sie tragen wundervoll vor. Aber doch ist es jedesmal eine Qual.«
»Sie sollten das aufgeben.«
»Es ist nichts, was man aufgeben kann.«
Zum erstenmal lächelte sie. Sie blickte ihn flüchtig an, sah gleich wieder weg und war errötet.
»Sie werden schon wieder schlafen. In zehn Tagen bin ich weit fort, in Warschau. Was machen Sie dann?«
»Dann nehme ich meinen Abschied und folge Ihnen.«
Sie sah ihm jetzt gerade ins Gesicht, und ihr Blick leuchtete feindselig.
»Sagen Sie das noch einmal!«
»Ich nehme meinen Abschied und fahre nach Warschau.«
»Sie sollten sich schämen, solchen Unsinn zu reden. Was fällt Ihnen ein! Wahrscheinlich hat man Ihnen gesagt, ich sei schwierig. Da kommen Sie hinter die Bühne gelaufen und fahren Ihr gröbstes Geschütz auf. Jawohl, Sie neh-

men den Abschied! Sie fahren nach Warschau! Man wird doch noch zustande kommen mit so einer Jüdin vom Tingeltangel. Wahrscheinlich haben Sie Geld drauf gewettet! Oh, wie ekelhaft und wie dumm!«

Sie mußte aufs Blut verwundet sein. Ihre Augen hatten sich mit Zornestränen gefüllt. Sie schwieg. Man hörte in der plötzlichen Stille die Gasflamme singen. Dann kam von unten die Stimme der Tante, die ungeduldig ihren Namen rief.

»Ich liebe Sie«, sagte Pattay. »Sie wissen schon, daß ich nicht lüge. Es zählt sonst nichts mehr für mich.«

IX

Der auffallende Familienname kam von weither. Vor Jahrhunderten hatte in der Stadt Lublin ein Doktor Schalom Schachna gewirkt, Großrabbiner und Oberster Judenrichter, hochberühmt als ein erleuchteter Talmudkenner und Wohltäter, vom polnischen König wertgehalten, in den Akten der Zeit nicht anders genannt als »Doctor Judaeorum Lubliniensium«.

So stolz waren seine Nachkommen auf ihn gewesen, daß sie unter wechselnden Formen seinen gelehrten Titel im Namen beibehielten. Schließlich blieb nur der Titel noch übrig. Aber zu dieser Zeit wußten die Urenkel nichts mehr von Schachna.

Es hatte Ärzte, Rechtskundige und viele Rabbiner unter ihnen gegeben, aber auch das lag zurück. Längst brachten sie sich als kleine Geschäftsleute fort, waren Flickschneider, Schuster, Althändler, Hausierer. Vor dem

Hause am Markt, wo der Großrabbi einst residiert hatte, riefen sie hinterm Karren im Singsang ihre schäbigen Waren aus. Die heute übrig waren, wohnten nicht mehr in der Stadt, sondern im Vorort Wieniawa, einer dörflichen Judensiedlung, zu der ein gewundener Pfad zwischen Sümpfen hinausführte.
Straßen gab es hier nicht, nur lehmige Bodenwellen, unordentlich bestanden mit versinkenden Hütten. Seltsam erhob sich auf einem Hügel in schönem, einfachem Umriß die Synagoge, einst Stolz, Trotz und Lebenssinn inmitten schmutziger Armut. Das war dahin. Unterm Altar und unter den Regengüssen war ihr Dach eingebrochen. Man hatte die Thorarollen und silbernen Geräte fortschaffen müssen aus dem durchnäßten Bau. In einer kahlen Betstube nahebei fand die Gemeinde sich zusammen zum Gottesdienst. Die Judenschaft von Wieniawa war zu arm, ihren Tempel zu flicken.
Die Familie Doktor bewohnte ein schiefes, ebenerdiges Haus nahe bei einer kleinen Wassermühle, die Tag und Nacht klapperte. Zwischen dem Hinterhof und der Mühle standen zwei kräftige Eschen, schöne Bäume, rötlich blühend im Frühjahr, breitschattend im Sommer. Es waren die einzigen Bäume in Wieniawa.
An jedem Werktagmorgen, sehr früh, nahm der Händler Abram Doktor den Zugriemen um die Brust und brach auf nach der Stadt mit seinem Karren voll Posamenterie – Borten und Bändern, Flicken und Zwirn, Nadeln und Knöpfen. Seine drei Kinder hatten keine Mutter; sie war an der Geburt des kleinen Efraim gestorben, der nun zehnjährig war. Die Schwester der Verstorbenen, Chana, besorgte den Haushalt.

Der ältere Sohn, Józef geheißen, hatte sich mit seinem siebzehnten Jahr selbständig gemacht. In einem Lädchen nahe beim Krakauer Tor, einem Loch in der Mauer eigentlich nur, saß er, die Brille vor den zwinkernden Augen, und studierte in der feuchten Dämmerung seine hebräischen und jiddischen Schriften, die ihm niemand abkaufen wollte.
Das Mädchen aber, die zweitgeborene Recha, kam fast niemals zur Stadt. Die Tante Chana ließ sie nicht aus ihren wachsamen Augen. Im Sommer rückten sie sich ein Bänkchen unter einen der Bäume und arbeiteten da beim Mühlengeklapper an den Borten und Bändern, schnitten zurecht, säumten und putzten. Sie war ein zartes, empfindliches Kind, noch scheuer geworden durch die rechthaberische Ängstlichkeit, mit der sie behütet wurde. Denn Chana, früh Witwe geworden, tüchtig und eher hart von Natur, wandte alles, was sie an Liebesfähigkeit besaß, auf die kleine Ziehtochter. Ihr teilte sie auch ihr Mißtrauen mit, eine fast besessene Furcht vor allem, was nicht jüdisch war. Der Vater warnte davor, mit Besorgnis und Spott.
»Nicht alle Christen sind Teufel, Chana. Das Kind zittert ja, wenn es den Briefträger sieht.«
Aber die Schwägerin gab ihm gar keine Antwort. Sie sollte sich auf furchtbare Art gerechtfertigt sehen.
Damals, in den Jahren vor dem Krieg mit Japan, erzitterte das russische Reich unter den Vorkämpfen einer Revolution. Und die alte Übung trat in ihr Recht: die Zarenregierung leitete den Groll ihrer Völker auf die Fremdlinge ab, die da in unheimlicher Absonderung, aufreizend unterschieden, gedrückt und hochmütig zu-

gleich, unter ihnen wohnten. Alle die alten Blutmärchen sprangen auf. Die Zeitungen schrieben nach empfangenem Geheiß. In den Kasernen gab es Extraschnaps. Es kam ein Tag im November, da auch in Lublin die Händler und Handwerker hinter geschlossenen Läden lauschend im Dunkel saßen, den Gebetsmantel um die Schultern geschlungen. Und dann brach es los in der Stadt.

Die Juden im Vorort hielten sich zu Hause. Hier draußen wohnten sie unter sich, keine christliche Bevölkerung war da, die man aufwiegeln konnte. Aber sie hatten den Unternehmungsgeist der Soldaten selbst unterschätzt. Eine Abteilung Kosaken kam den gewundenen Pfad zwischen den Sümpfen herangesprengt. Am Ortseingang saßen sie ab.

Das Häuschen der Doktors lag etwas abseits. Aber sie fanden es. Sie fanden es leider spät, nachdem in den anderen Elendshütten ihre Habgier enttäuscht worden war. Deren Bewohner waren mit Fußtritten weggekommen. Aber hier, an den letzten, rächten sie sich. Vielleicht waren die zwei hohen, kahlen Bäume das Unglück. Sie legten den Gedanken zu nahe, die beiden Männer, Vater und Sohn, an ihren waagerechten Ästen aufzuhängen. Und das geschah denn, unter Gebrüll und Gelächter.

Der kleine Efraim war schreiend davongelaufen aufs Feld, und sie ließen ihn laufen. Sie schlossen Chana in einer Kammer ein und fingen an, sich mit dem vierzehnjährigen Mädchen zu beschäftigen, hinten auf dem Hof, im Angesicht der zwei schwarzen Gestalten, die da von den Eschen schwankten.

Das Kind war wenig entwickelt für sein Alter. Die Solda-

ten ließen sich Zeit. Laut stritten sie erst ein wenig um die unreife Beute. Dann losten sie, und der Gewinner machte sich lachend bereit.
Sie wurde gerettet durch eine Stimme, die vom Dorfe russische Worte herüberschrie. Dort hatten sie in der Betstube die silbernen Ritualgeräte entdeckt. Die waren eine stärkere Lockung als das magere Vergnügen hier. Der Hof wurde leer. Die kleine Recha öffnete die Augen und stand nicht auf.
Die Tante Chana pflegte sie während der langen Krankheit. Ein schweres Lähmungssymptom löste das andere ab. Drei Wochen lang schien es, als habe sie ihre Sprache verloren. Als sich ihr Zustand besserte, war sie so leicht, daß Chana sie auf einem Arm trug wie einen Säugling.
Am Tag nach dem Überfall wurde der Pogrom abgeblasen. Die Regierung veranstaltete sogar einen Scheinprozeß gegen einige Schuldige. Es war ein bescheidener Pogrom gewesen, er hatte kaum fünfzig Leben gekostet. Abram Doktor und sein bücherliebender Sohn lagen auf dem verwahrlosten Friedhof von Wieniawa, unter Ziegelscherben und krankem Gras. Der kleine Efraim war auch nicht wiedergekommen. In der Verwirrung der ersten Tage suchte niemand nach ihm. Später fand man ihn nicht.

X

Grünbaums bewohnten in der Nähe des Spittelmarkts in Berlin ein dreistöckiges Haus, das etwas schmalbrüstig mit seiner Zweifensterfassade, aber sonst ebenbürtig in

der Front der übrigen lag. Das Erdgeschoß, dessen Hinterräume recht dunkel waren, enthielt die Pelzhandlung; in den beiden Oberstöcken war mehr Raum vorhanden, als die vierköpfige Familie in Anspruch nahm. Fast alle Juden, die aus Polen nach Berlin kamen, pflegten am Ostrande der Hauptstadt haltzumachen, so als wären sie von der Reise erschöpft und könnten nun keinen Schritt weiter. So hatten es auch die Grünbaums gehalten, als sie vor einem Menschenalter herwanderten. Zwei Jahrzehnte hatten sie hier unter armen Glaubensgefährten gelebt, nicht viel anders als einst in ihrem polnischen Städtchen. Nun aber, mit wachsendem Wohlstand und Sicherheitsgefühl, waren sie der Stadtmitte nahegerückt, und schon richtete sich ihr Blick auf die Bezirke im Westen, wo die ganz Arrivierten parkumgebene Villen besaßen, Offiziere und Staatsbeamte bei sich zu Gast sahen und die vorgeschrittenen Künste protegierten. Schon wußten sie es nicht mehr anders, als daß sie vollbürtige Bürger seien im Lande, jetzt und für immer. Selten gingen sie mehr zum Gottesdienst, hielten mechanisch noch fest an einzelnen Bräuchen und Speisevorschriften und hatten so ziemlich vergessen, woher sie kamen.
Sie wurden schreckhaft daran erinnert, als eines Tages die beiden Frauen aus Lublin bei ihnen erschienen, flüchtig und ratlos. Halb ungläubig hörten sie Chanas trocken grausige Erzählung an. Sie hatten Mühe, sich an diese Verwandten überhaupt zu erinnern. Aus dem Dunkel dahinten schien eine Hand in ihr elektrisch erhelltes, emanzipiertes Dasein zu greifen. Diese Frau da, diese Cousine zweiten Grades, sprach offenkundig die Wahrheit. Das traditionelle Familiengefühl stand auf in ihnen,

und der rührende Reiz der schweigsamen, kleinen Recha tat ein übriges. Man räumte den Hilfesuchenden Zimmer ein; und dann war nie mehr die Rede davon, daß sie gehen könnten. Sie waren nicht ganz ohne Mittel. Schon ehe die Kleine völlig genesen war, hatte Chana das Häuschen in Wieniawa zu Geld gemacht – diesen Schauplatz des Gräßlichen, an den zurückzukehren unmöglich war. Sie wollte weit fort. Sie wußte draußen in der Welt von keinem Menschen außer den Grünbaums, und sie hatte nicht anders gedacht, als diese Verwandten auch dort in Berlin in der gewohnten Absonderung unter ihresgleichen zu finden. Nun war sie erschreckt von der unjüdischen Art ihres Daseins. Jeder Ausgang in der riesigen Stadt, mitten hinein unter diese christlichen Menschenmillionen, kostete sie Überwindung. Wagte sich Recha einmal allein in die fremde Flut hinaus, so wartete Chana zitternd, verzagend, auf ihre Wiederkehr. Die im Behagen wohnenden Grünbaums verbargen nicht ganz ihren Spott. Was für Gefahr drohte einem jüdischen Mädchen in dieser Hauptstadt Berlin, wo alles Erleuchtung und Fortschritt war, die Namen betitelter Israeliten täglich die Gesellschaftsrubrik der Zeitungen füllten, der Kaiser selbst die großen jüdischen Geschäftsleute an seine Tafel zog.

Aber Chana – Hanna, wie man sie hier nun rief – glaubte nicht an die Herrlichkeit. Ganz ähnlich hatte der arme Abram auch geredet. Sie wußte es besser in ihrem Herzen. Von den beiden Söhnen der Grünbaums war der jüngere, Benno, ein gewitzter und ehrgeiziger Geschäftsmann, der zu den Pelzauktionen in Leipzig und London reiste, sich vorgeschrittenerweise ein Automobil hielt und mit Ungeduld dem Tage entgegensah, an dem die Firma ihr bescheidenes Quartier verlassen und Räume an der Leipziger Straße oder am Kurfürstendamm beziehen würde.

Arnold aber war der Künstler in der Familie. Es war beinahe die Regel in dieser Schicht, daß sich mit Geborgenheit und Vermögen in irgendeinem Familienmitglied musische Triebe rührten. Schon in seinem zwölften Jahr hatte der Ältere zu komponieren begonnen, und zwei seiner Musikstücke hatte man sogar öffentlich aufgeführt. Aber es war dann nichts Rechtes daraus geworden. Mit seinen sechsundzwanzig Jahren bekleidete er nun eine Stellung an einem Operettentheater, von der er mit Herablassung sprach, an der er aber doch festhielt, weil es ihm widerstrebte, sich müßig erhalten zu lassen. Vor allem scheute er die Ironie seines geschäftstüchtigen Bruders. Hatte nicht auch der große Spinoza für seinen Unterhalt Brillengläser geschliffen? Dabei wußte er wohl tief unten, daß es mit seinem eigenen Talent nicht gar so weit her sei und daß die Natur ihn genau zu dem bestimmt hatte, was er in Wirklichkeit war: Korrepetitor an einem Operettentheater. Sein sensitives Herz war getroffen beim Anblick der stillen, kleinen Verwandten, die ihnen da ins Haus gekommen war. Das schmale Geschöpf mit den redenden Augen, auf deren Grund ausgestandene Todespein noch zu beben schien, dem feinen Mund und den gebrechlichen Händen, die etwas dunkler waren als ihr Gesicht, mit wüstenhaft bräunlichen Knöcheln – sie erschien ihm wie ein bleiches Juwel, ihm hergereicht aus der Urzeit seines Volkes.

Aber er war so ängstlich zurückhaltend im Umgang mit

ihr, daß ein Jahr vergangen war, ehe er entdeckte, daß sie Musik liebte und eine Stimme besaß. Es war eine nicht große, aber sehr anziehende Stimme, von einer gedeckten, etwas scharfen Süße, und mit Behutsamkeit machte er sich daran, sie zu entwickeln. Als das Mädchen zum erstenmal vor der Familie am Flügel stand und zu seiner Begleitung zwei Lieder von Robert Franz sang, fühlten die alten Grünbaums einen geruhigen Stolz auf den Schatz, der da in ihrer Mitte gehoben worden war. Der Tante Hanna liefen Tränen über die harten Wangen herunter, und auch der geschäftsklare Benno wiegte kennerhaft beifällig seinen Kopf. Danach, obgleich nicht ein Wort der Erklärung gefallen war, betrachtete der junge Musiker die noch nicht Siebzehnjährige als seine Braut. Aber wie sehr dies seine persönliche Illusion war, das erfuhr er, als er beim Studium eines Tages die Kraft der Zurückhaltung verlor, das Mädchen unvermutet in seine Arme schloß und zu küssen versuchte.

Er wußte nicht, wie ihm geschah. Denn was er zu spüren bekam, das war nicht halbkindliches Erschrecken und jungfräuliche Scham – dieses tödliche Entsetzen, dieser instinkthafte, wilde Widerstand brach aus tiefer Quelle hervor. Ihr schlanker Körper erstarrte, versteinerte in seiner ungeschickten Umarmung. Eine feindselige Kraft, ganz außer Verhältnis zu ihrer Zartheit, bäumte sich von ihm weg.

Der junge Mensch fuhr zurück, ließ sie aus den Armen, als sei er geschlagen worden. In ihren aufgerissenen Augen sah er ein Todesgrauen.

Er ging ohne ein Wort. Drüben in seinem Zimmer stellte er sich vor den Spiegel und befragte den, was eigentlich an seinem Äußern sei, um so viel Abscheu zu rechtfertigen. Das schwächlich zurückfliehende Kinn war seit jeher sein Kummer gewesen, aber sonst entdeckte er nichts. Jeder hielt ihn für einen gutaussehenden jungen Mann. Auf einmal wußte er, daß es sich um ihn gar nicht handelte. Recha war krank, war ins Blut getroffen worden dort in dem polnischen Nest, als sie ausgeliefert vor den Kosaken lag. Damals hatte ein Krampf ihr Gefühl wie mit eisernen Riegelbändern verschlossen. Ja, das war es. Er wußte es klar, mit der Einfühlung eines Künstlers, der er seinen Nerven nach war, wenn auch nicht nach der Fähigkeit.

Er ging hinüber zu ihr. Sie stand noch am Flügel, in derselben Haltung, in der er sie verlassen hatte. Er sagte: »Ich hätte nachdenken sollen, Recha. Bei Gott, es tut mir leid.«

Statt einer Antwort lehnte sie sich an ihn, den blassen Kopf an seiner Schulter. Die steinerne Anspannung gab nach unter dem guten Wort, und lang strömende Tränen wuschen die Qual hinweg.

XI

Eines Mittags kam er beschwingt vom Theater nach Hause. Eine neue Operette wurde dort vorbereitet, und die Besetzung einer jugendlichen Frauenrolle machte Schwierigkeiten. Mit einer plötzlichen Eingebung hatte er von Recha gesprochen, und der Direktor war willens, sie vorsingen zu lassen.

Allen, auch Recha selbst, teilte sich seine Aufregung mit.

Die Tante Hanna allein fühlte Schrecken. Sie hatte es ja gewußt – das Kind ging verloren. Ihr Begriff vom Theater war äußerst vage. Zwei- oder dreimal war sie in einem gewesen, beängstigt, ihres Atems beraubt von der gedrängten Zuschauermasse, in der sie Feinde sah. Vor dieser kompakten Horde sollte das Kind sich darstellen, ausgeliefert im grellen Licht. Aber sie wußte, daß sie zu schweigen hatte. Zwar waren die Grünbaums freundliche Menschen, niemand, selbst der rechnende Benno nicht, ließ es einen fühlen, daß man, geduldet, geschenktes Brot aß. Allein dies konnte nicht dauern. Ein Lebensunterhalt, der sich bot, konnte nicht abgewiesen werden. Sie zwang sich, zuckenden Mundes, zu einem Dankeswort an den jungen Mann.
Er hatte auch nicht zu viel Hoffnung erregt. Rechas Stimme erwies sich als ausreichend, und was mehr ins Gewicht fiel, ihre unberührte Anmut, dieser fast noch kindliche Liebreiz waren genau, was die Rolle verlangte. Auch sah der Direktor kein Risiko. Ein Fehlschlag in diesem Nebenpart würde den Erfolg seiner Operette nicht weiter gefährden.
Es war die Geschichte von dem eben erwachsenen Mädchen aus der Kleinstadt, das zu seiner glänzend arrivierten Schwester nach der Metropole kommt, mitten hinein in einen Wirbel von Gesellschafts- und Liebesintrigen. Und die, erst von allen belächelt, durch ihre liebliche Unschuld und naive Klugheit aller Nöte der erfahrenen Mondaine schließlich zum besten wendet.
Recha fiel auf. Sie gefiel. Es wurde hinter der etwas törichten Schalkhaftigkeit dieser Texte eine melancholisch vorzeitige Reife fühlbar, die geheimnisvoll anzog. Sie

schien, während sie ihre Liedchen sang, gleichzeitig zu sagen, daß sie dies alles ja besser wisse, nur aus freundlicher Konvention hier die Unbelehrte spiele, lang hinter den Mantel der Dinge geschaut habe. Es war eine Nuance, über die sie selbst nicht hätte Bescheid geben können, die aber aus jenen Erlebnissen stammte, die ihr einst Jugendfrieden und Lebensvertrauen zerstört hatten. O ja, sie hatte hinter den Mantel geschaut, nicht mit ihrem Verstand vielleicht, aber mit ihren Nerven und ihrem Blut; was am andern Morgen die Rezensenten ihre persönliche Note nannten, hatte tragischen Ursprung.

Sie hatte nicht etwa, wie man das nennt, die Hauptstadt im Sturme erobert. Dazu bot schon ihr Part nicht die Möglichkeit. Aber die Leute vom Fach wurden aufmerksam. Und als nach einer mittleren Dauer der Lauf der Operette zu Ende ging, wartete schon ein neues Engagement. Es handelte sich da um eine intime Revue, mehr auf Geist und Witz gestellt als auf Ausstattung, von weltstädtischem Ehrgeiz. Die Chansons, die man für Recha in Aussicht nahm, hatten wenig Naives, sie waren erheblich gewürzt. Man rechnete auf den erregenden Gegensatz zwischen ihrer rührenden Jugend und der skeptischen Überreife dieser Texte.

Diesmal ging es nicht ohne Widerstand ab, und zwar kam er von Arnold. Er kannte wie keiner ihre Verwundbarkeit. Aber sonderbarerweise schien das bedenkliche Zeug, das sie da vortragen sollte, sie gar nicht zu stören. Es war, als verstünde sie seine Einwände nicht. Und seltsamer noch berührte es ihn, daß von Hanna keinerlei Einspruch kam, die ja schließlich entscheiden mußte.

Der Grund war einfach. Der Grund war die Gage. Recha

würde viel Geld verdienen. Das aber sollte sie, und so eilig als möglich. Denn dann konnten sie fort.
Das Verlangen danach wuchs in Hanna mit jedem Tag. Fort aus diesem Berlin, ehe dem Schützling und Liebling etwas nicht wieder Gutzumachendes geschah. Fort, dorthin, woher sie gekommen waren.
Sie war in Entsetzen und Schauder geflohen. Nie hätte sie gedacht, daß sie sich dorthin zurückwünschen könnte, wo ihnen das Ungeheure angetan worden war. Und doch war es nun so. Sie begann mit Menschen dahinten zu korrespondieren. Und die Briefe mit den russischen Marken, die sie empfing, bestätigten, was sie zu hören hoffte. Es war dort wie einst. Das Grausige hatte sich nicht wiederholt. Unangefochten wohnten dort wieder die Menschen aus ihrem Blut, kümmerlich wie je, wenig geachtet, doch unter sich. In diese trübe, warme, vertraute Gemeinschaft sehnte sie sich zurück aus der gottlos feindlichen Menschenflut. Heimkehren würden sie, sich niederlassen in einem der vielen jüdischen Städtchen, vielleicht einen kleinen Laden kaufen, und eines nicht fernen Tages dann würde sich Recha mit einem braven und frommen Mann verheiraten. Sie sah ihn schon vor sich, ernsthaft und dunkel, wie er am Feiertag beim Schein der sieben Kerzen am weißgedeckten Tische das Brot brach, den Segen darüber sprach und es austeilte an Recha und sie. Bald würden Kinder mit am Tische stehen.
Als sie zum ersten Mal vorsichtig solche Pläne berührte, kam von Recha kaum eine Antwort. Immer war es, als ließe das Mädchen sich treiben, ohne Zukunftsgedanken und auch ohne besondern Genuß an ihrem Erfolg. Sie

lebten beide nicht anders als vormals, obgleich sie längst die Mittel besaßen, sich eine Wohnung selbst einzurichten. Aber aus Großherzigkeit und auch aus Stolz auf die Künstlerin gaben die Grünbaums das keineswegs zu. Jede Nacht, genau eine halbe Stunde nach dem Ende der Vorstellung, fuhr Rechas Droschke vorm Hause an, Hanna hielt eine leichte Mahlzeit bereit, saß bei ihr, während sie sich auskleidete, und löschte das Licht.
Eines Abends kam die Droschke zwanzig Minuten später. In diesen zwanzig Minuten hatte Recha ein Erlebnis gehabt, das jählings über ihre Zukunft entschied.
Eigentlich war es so gut wie gar nichts. An diesem Abend saßen an einem Tischchen in unmittelbarer Nähe der Bühne drei Herren, die sich provinziell fröhlich benahmen. Es sah aus, als feierten die drei miteinander den Abschluß eines vorteilhaften Geschäfts. Mit dem Begriff eines Revuetheaters verbanden sie wohl den von entkleideten Mädchen und Sektkonsum und waren an diesem Ort eines etwas verfeinerten Amüsements mehr aus Irrtum geraten. Sie brachen einer Flasche nach der andern den Hals, stießen an und prosteten zur Bühne hinauf. Es waren Herren mittleren Alters, zwei davon schwer und mächtig von Person, der dritte, der den Ton angab, vom beweglichen Spaßmachertypus. Dieser besaß einen spiegelnden Kahlkopf, während die Schädel seiner Genossen mit kurzem Blondhaar bürstenartig bestanden waren. Wenn Recha auf der Szene erschien, äußerte sich ihre Aufgeräumtheit am lärmendsten.
Diese drei Enthusiasten traten ihr in den Weg, als sie nach der Vorstellung das Theater verließ. Unter schweratmigem Zeremoniell, etwas lallend und schwankend,

folgten sie der Abweisenden um zwei Ecken des Häuserblocks zum Droschkenstand. Aber alle Wagen waren mit Theatergästen davongefahren. Sie mußte warten.
In diesen Minuten litt Recha weit über Anlaß und Vernunft. Die drei Bewunderer waren vermutlich ganz harmlos. Doch sie ertrug diese andrängende Männlichkeit nicht. Physische Übelkeit überkam sie. Alles war wieder da, der Ekel- und Todeskrampf und die Ausdünstung des Kosaken, der sich auf sie herunterbog – obwohl der nach Kornschnaps und altem Schmutz gerochen hatte und nicht wie diese nach Haarwässern und nachgemachtem Sekt. Endlich fuhr ein Wagen an. Sie warf sich halb ohnmächtig in den höckerigen Ledersitz, aus dem abgestandene und faulähnliche Dünste strömten.
Sonderbarer- und eigentlich unlogischerweise machte dieses Abenteuer sie den Heimkehrwünschen ihrer Tante gefügig. Sie sprach zu niemand davon. Ihr Vertrag ging zu Ende. Sie erneuerte ihn nicht. Und zwei Monate darauf, an einem Junivormittag, trat sie mit Hanna aus der Bahnhofshalle von Warschau. Es war der Morgen ihres zwanzigsten Geburtstags.
Hannas bescheidener Traum vom Lädchen in der jüdischen Kleinstadt war nicht zur Erfüllung bestimmt. Das entschied sich sofort an diesem ersten Tag, in ihrem Hotel an der Marszalkowska. Denn der erste Bekannte, der ihnen entgegenkam, war ein Theateragent, der Recha von der Bühne her kannte. Der Mann strahlte auf. Dies sei eine Fügung. Seit Tagen habe er an sie gedacht – und gedacht nicht nur. Seine Telegramme müßten in Berlin im Büro des Theaters liegen. Recha sprach doch Polnisch – aber er wußte es ja! Und in ganz Polen war die Darstel-

lerin nicht zu finden, die man augenblicklich hier suchte. Er nannte ihr die Rolle, das Theater, die Gage. Er hielt das Ganze für abgemacht.
Er fand auch kaum Widerspruch. Wichtigkeit hatte nur, daß man wieder zu Hause war. Beim ersten Gang durch die Straßen waren sie zahllosen Menschen begegnet, viele darunter trugen die alte Tracht. Dort in der Ecke der Halle stand einer, im Gespräch mit zwei modern Gekleideten, ein Rabbi dem Aussehen nach, mit grauem Patriarchenbart, im langen seidenen Kaftan. Ja, sie waren zu Hause. Der Laden in der kleinen Stadt konnte warten. Auch Hanna fand es.
Jahre war das nun her. Man kannte Recha in allen Städten und Städtchen des in drei Stücke gerissenen polnischen Landes, das doch eine heimliche Einheit war – von Posen bis Wilno, von Pinsk bis Krakau, von Lemberg bis Łódź. Nur die Stadt Lublin vermieden sie. Allenthalben sprachen die Juden mit entzücktem Kopfwiegen von der berühmten Tochter.
Agenten aus Wien und Berlin meldeten sich und brachten Anträge. Was fiel ihr nur ein, sich eigensinnig in unbehaglicher Provinz zu verschwenden? Sie malten ihr eine Karriere aus wie die der Yvette Guilbert oder der Massary. Und wenn ein Name »draußen« ihr nichts bedeutete, verlockte das viele Geld sie denn nicht, das dort zu verdienen war?
Offenbar nicht. Sie besaß nicht einmal einen Wohnsitz. Sie lebte mit Hanna, die nun wieder Chana hieß, in Gasthöfen, wo die Speisen nach dem alten Ritus zubereitet wurden, und sie hielten die Feste. Und jeden Sommer verbrachten sie zwei Ferienmonate in einem Wiesenort

am Abhang der Karpaten, der beinahe nur von jüdischen Kurgästen besucht war. Hier schlossen sie mitunter Bekanntschaften. Sonst aber riegelte die mißtrauische Liebe der älteren Frau die jüngere ganz von Zerstreuung und Umgang ab, und die schien es zufrieden. Sie zog von Theater zu Theater. Sie war für ihr Publikum der Inbegriff großstädtischer Anmut, gewitzter Lebenskenntnis, skeptischer Weltreife. Und führte dabei das Dasein eines verschüchterten Bürgermädchens, das mit seiner wachsamen Gouvernante auf Reisen ist.

XII

Es dauerte nicht zwei Tage, ehe sie sich Pattay ergab. Alles aufgestaute Gefühl, all ihre verleugnete Liebesbereitschaft schwoll auf gegen den Panzer um ihre Brust und riß ihn in Stücke. Es lag alles am Boden, ausgestandenes Entsetzen, Schauer der Fremdheit, Hochmut und Angst. Äußere Hindernisse, die unzerbrechbar schienen noch gestern, zerknickten wie Rohr unter einem eisernen Wagen. Sie stand in Flammen vor Glück.

Chanas Wort, das immer gern befolgtes Gesetz für sie gewesen war, sie hörte es auf einmal nicht mehr. Und Chana erkannte, daß es hier keinen Widerspruch gab. Nach einem ersten ungläubigen Aufschrei hatte sie die Stärke und den Verstand zu verstummen. Aber die Zukunft war schwarz verhängt.

Recha selber wandte keinen Gedanken dorthin. Zum erstenmal hatte sie eine Gegenwart. Es war Pattay, der sprach. Nach einer besinnungslosen Nacht im Hotelzimmer – der vierten seit ihrer Begegnung – erwähnte er mit ein paar simplen Worten ihre Heirat und das künftig gemeinsame Dasein. Ganz unvermutet brach sie in Tränen aus, die lange strömten, leicht und mild. Er hielt sie gegen seine Schulter und atmete den feinen Duft aus ihrem dunklen Haar, der ihn fremdartig erregte, ihm von weither zu kommen schien. Aber noch während sie weinte, gewann ererbte klare Vernunft in ihr Raum. Sie fuhr sich über die Augen und richtete sich auf. Sie stellte ihm vor, daß er phantasiere. Heirat mit einer Frau aus ihrem Blut und ihrer Sphäre bedeutete das Ende seiner Laufbahn und sicherlich auch den Zerfall mit seiner Familie. Er lachte nur, küßte sie. Und sie spürte, daß für ihn nichts von allem mehr zählte und wog.

Aber es war zu viel. Es konnte nicht sein. Dieses eine, einzige Mal befiel sie der Zweifel. Sie drehte mit zitternden Fingern am Schalter der Lampe, daß sich ihr Licht mit dem Morgenschimmer vermischte, der durch die Stäbe des Rolladens eindrang. Sie nahm Pattays Kopf zwischen ihre Hände und senkte ihm einen Blick in die Augen, der seine innersten Gedanken zu erloten suchte, und hinter diesen Gedanken die, die er selbst noch nicht kannte. Er lachte erst wieder, dann wurde er ernst. Und sie sah die Wahrheit, die unanzweifelbare, volle Wahrhaftigkeit in seinen Augen.

Sie seufzte auf, erlöst und für immer gewiß. »Darüber werden wir reden, wenn wir einmal Zeit haben«, sagte sie und verwies das alles, Ehe, Karriere, Familie, Zukunft, mit einer befreiten Geste ins Wesenlose. Dann zog sie ihn zu sich hernieder auf ihren dürstend geöffneten Mund.

In den Tagen, die folgten, ging alles so rasch und mühe-

los vor sich, wie manchmal die Dinge sich in glücklichen Träumen vollziehen. Pattay hatte im geheimen selbst Zweifel gehegt und Schwierigkeiten befürchtet, von seiner Seite zwar nicht, wohl aber von ihrer. Wie ließ sich denn überhaupt ein gemeinsames Leben vereinen mit Rechas Beruf, in dem sie erfolgreich war und an dem sie doch sicherlich hing? Pattay wagte die Frage erst nicht zu stellen. Aber in Wirklichkeit war Recha dieses Ganze längst gleichgültig, ja, es war ihr zuwider: dies Umherziehen von Theater zu Theater in Nässe und Kälte, diese Hotelzimmer mit wackelndem Waschtisch und schlecht schließender Tür, dies Herumstehen auf düsterer Probenbühne, die armseligen Neidgespinste und Klatschereien, der Geruch nach Gas, Schminke und umgemalten Kulissen, ihr eigenes Herzklopfen am Premierenabend, der Applaus sogar und die kleinen Mädchen, die sich am Schauspielereingang zusammendrängten. Sie war fast ganz ohne Ehrgeiz; was sollte noch kommen!
Doch da waren Verpflichtungen. Chana wies darauf hin. Die Gastspielverträge mit Warschau, Wilno und Łódź sahen Konventionalstrafen vor, Respekt einflößende Beträge. »Wir haben ja Geld, um das zu bezahlen«, antwortete Recha, und sie schrieb ihre Briefe.
Aber Pattay war ihr zuvorgekommen. Er hatte mit unschuldiger List aus ihr herausgeholt, was zu wissen war. Recha war frei. Und als sie protestierte, ging er darüber hinweg mit einer Art, die die Überzeugung erwekken mußte, daß er ein reicher Mann sei, für den solche Winzigkeiten nicht zählten.
In Wahrheit besaß er nicht einen Heller. Aber da gab es Wege.

Der Mann, an den sich die Ulanenoffiziere in solchen Fällen zu wenden pflegten, war der Besitzer der Zuckerfabrik überm Fluß, Daniel Zweifuß. Er war dafür bekannt, daß er sein Geld mit genauer Unterscheidung verlieh. Seine Kenntnis der Verwandtschafts- und Erbverhältnisse in den großen Häusern der Monarchie mußte umfassend sein. Sehr selten, daß er sich vergriff; er war fast niemals im Stiche gelassen worden. Übrigens war er sehr wohlhabend, und zu warten genierte ihn nicht. Er konnte fünf Jahre warten oder auch zehn. Sehr möglich, daß einige dieser Darlehen erst seinen Söhnen zurückbezahlt würden. Inzwischen multiplizierte sich das Kapital. Und es bereitete ihm ein dauerndes Vergnügen, so unterirdisch mit dem halben Adel des Reiches verbunden zu sein. Dessen historische Namen, die Khevenhüller, Kinsky, Collalto, Lobkowitz, figurierten in seinem Geheimbuch, das von rückwärts zu lesen war und auf dessen letztem und also erstem Blatt in hebräischer Blockschrift ein Segensspruch stand.
Zweifuß empfing ihn in seinem hellen Kontor über einem Seitentrakt der Fabrik. Durch die Frontfenster schaute man über einen langen, schmalen, von Weidenstämmen eingefaßten Grasgarten hinweg auf den Fluß. Jenseits lag die Stadt, spielzeughaft eng beieinander, von hier aus ein hübscher Anblick.
»Zwanzigtausend Kronen, Herr Graf«, wiederholte er langsam, »das ist eher viel.« Er zwinkerte mit seinem linken Auge, das ganz auffallend kleiner war, und umfaßte mit einer häßlichen Hand seinen grauen, gepflegten Rundbart. »An wen haben Sie's denn verloren, wenn ich mir zu fragen erlauben darf?«

»Es sind keine Spielschulden. Überhaupt keine Schulden. Sagen Sie doch bitte einfach ja oder nein.«
Das Zwinkern des kleineren Auges beschleunigte sich: »Leibowitz in Wien hat einmal Schwierigkeiten mit Ihnen gehabt. Schließlich hat's die Frau Tante ja dann bezahlt.« Er wußte alles, und er genoß es.
»Diese Zwanzigtausend«, sagte Pattay, ohne sich zu ärgern, »müßte ich auf lange Frist haben.«
»Bis zum Erbanfall, meinen Herr Graf. Sind Sie denn sicher, daß Sie erben werden?«
»Durchaus nicht sicher.«
Die Antwort schien Zweifuß zu behagen. Er zwinkerte beifällig.
»Vor drei Monaten wäre ich's auch nicht gewesen. Aber der Neujahrsbericht Ihres Herrn Kommandeurs war seine Million wert. Abgemacht also. Nur teuer wird's werden.«
»Dafür haben Sie Ihr Risiko. Ich kann sterben.«
Der Fabrikant fuhr zusammen. Seltsame Leute waren es, diese anderen, so sachlich vom eigenen Tode zu reden.
»Kommen Sie morgen nachmittag, Herr Graf. Scheck auf Lemberg. Hier in der Bankfiliale gäb's nur Gerede.«
Pattay nickte. »Übrigens«, sagte er, schon nahe der Tür, »Sie wissen doch hier Bescheid. Ich suche ein Haus – Kauf oder Miete – eine Art kleine Villa, wenn's so etwas gibt. Vier, fünf Zimmer wären genug. Aber hübsch müßt' es sein.«
Zweifuß trat an das Seitenfenster, vor das der Vorhang gezogen war, und raffte ihn beiseite mit seiner häßlichen Hand. Er deutete flußabwärts. Keine tausend Schritt von der Fabrik entfernt lag dort ein weißgestrichenes Haus.

»Mein Schwager Bachmann hat da gewohnt. Dann ist es ihm zu langweilig geworden bei uns, und er ist nach Krakau gezogen. Dort hat er auch pünktlich Pleite gemacht.«

»Ist es möbliert?«

»Fein möbliert. Mit Silber und Wäsche. Nur ein bißchen weit zur Kaserne wird's sein.«

»Das macht keinen Unterschied.«

»So, nicht?« sagte Zweifuß und sah ihn an.

XIII

Im April schwoll der Dnjestr von den Regengüssen gewaltig an und bedeckte die breiten, sandigen Uferstreifen, so daß seine gelbgrauen Wogen bis zum Garten der kleinen Villa hinaufspülten. Der Frühling kam spät dieses Jahr. Die Anthrazitöfen im Hause waren noch alle geheizt. Es war behaglich hier. Dem etwas zu rechtwinkligen, »modernen« Mobiliar hatte Pattay in den wenigen Tagen vor Rechas Einzug eine Menge sänftigender, erwärmender Kleinigkeiten hinzugefügt. Und er brachte es fertig, was hierzulande nicht leicht war, daß an jedem zweiten Morgen frische Blumen ins Haus kamen. Der ukrainische Bauernjunge, der sie brachte, war der einzige Lieferant, der jemals die Schelle zog. Alle Einkäufe besorgte Chana. In ihren hohen, schweren Schnürstiefeln, ein Wolltuch auf dem künstlichen Scheitel, stapfte sie über die Brücke, an deren Planken die Wasser anschlugen, und kam mit dem beladenen Tragnetz zurück. Sie hielten kein Dienstmädchen. Chana wollte

nicht, daß ein fremdes Auge Einblick bekäme in das, was ihrem getroffenen Herzen unverständlich und unannehmbar war.
Das Schweigen zwischen den Frauen dauerte fort. Zwar von Pattays Heiratsvorschlag hatte Recha berichtet; an seinen redlichen, guten Absichten sollte die Tante denn doch nicht zweifeln. Aber sie erhielt keinerlei Reaktion. Unmöglich zu sagen, was Chana sich wünschte; sie wußte es vielleicht selbst nicht. Auf der einen Seite erschien ihr die Vereinigung, so wie sie bestand, als eine häßliche, doppelte Sünde, auf der andern konnte sie keineswegs wünschen, diesen Bund legalisiert und öffentlich gemacht zu sehen. Das Entsetzliche einer Taufe war dann in wahrscheinliche Nähe gerückt.
Oft, wenn sie abends in ihrem Zimmer lag, das sie für seine Behaglichkeit haßte, bewegte sie in sich den Plan, fortzugehen und das verirrte Kind seinem Geschick zu überlassen. Aber wohin hätte sie gehen sollen? Nach Lublin konnte sie nicht zurück, und anderswo waren nur Fremde. Auch war Ausharren ihre Pflicht. Am Tag des Bruchs und Zusammenbruchs, an dem sie nicht zweifelte, mußte jemand da sein für die Verlassene. Was Chana jetzt ertrug, war eben ein Teil ihrer Lebenslast, ihr aufgeladen von ihrem Gott, der ein strenger und unerforschlicher Gott war. So lag sie in ihrem guten Bett und horchte auf die Stimmen der beiden, die, abgedämpft durch drei Wände, zu ihr herüberdrangen. Schlief sie ein und erwachte nach Stunden wieder im Dunkel, so hörte sie die Stimmen immer noch. Viel hatten sie einander zu sagen.
Von realen Zukunftsplänen war selten die Rede da drü-

ben. Recha scheute vor ihnen zurück. Sie fürchtete sich, die Hand zu schließen um den unglaubhaften Traum und dann nichts zu halten als leere Luft. Mit ihrem Vertrauen hatte das nichts zu tun. Es war eine nervöse Heimsuchung. Jeden Abend, wenn die Stunde herankam, in der sie Pattay nach seinem Dienst erwarten konnte, stellte eine vage Angst sich ein, er werde nicht kommen, heute nicht und nie wieder.
Aber kaum war er da, so war alles ganz anders. Alles erschien strahlend selbstverständlich, war vorgezeichnet gewesen von Anfang. Ihr verschlungenes Dasein, Armut und Grauen der Kindheit; die verschlossenen Jahre in Deutschland und ihre fahlen Triumphreisen, alles war nur ein Umweg gewesen zu diesem Glück.
Einmal sprach sie davon, andeutend und zaghaft, so als handle es sich um etwas nicht ganz Vernünftiges. Er nickte. »Mir geht es nicht anders. All meine dummen und schlechten Streiche habe ich machen müssen, damit ich in dieses Nest hier geführt würde und dir in die Arme.« In seinem Munde klang es ganz einfach.
Kein Wunder, daß Chana die beiden hörte bis tief in die Nacht. Sie wurden nicht satt zu erzählen. Ihre Lebensbahnen waren in solchem Abstand verlaufen, daß jede Einzelheit darin, jedes Erlebnis, jede Menschenbegegnung, dem andern neu und nicht unmittelbar verständlich erschien. Dies aufregend Fremde, diese lockende Unvertrautheit, kam weiter her, als sie es sich klarmachten. Nicht einfach zwei Liebende hielten hier ein Gespräch. Aus dem Abgrund der Zeit, über Wüsten der Trennung hinweg unterredeten sich Stimmen, die nie füreinander erklungen waren.

Es konnte nicht ausbleiben, daß ihre Beziehung bekannt wurde. Da half keine Vorsicht Chanas, kein Sichabschließen. Recha Doktors Verschwinden von der polnischen Bühne war eine öffentliche Angelegenheit, und heftig war die Sensation bei den Ulanen, als sie entdeckten, welche Bewandtnis es damit hatte. Aber keiner sprach zu Pattay ein Wort. Nichts ließ erkennen, daß man eingeweiht sei. Er war nicht der Mann, dem gegenüber Anspielungen am Platze waren. Nur der Rittmeister Schaller betrachtete seinen Widersacher aus der Ferne noch finsterer als zuvor. Die beiden Männer wechselten keinen Gruß mehr, sie vermieden einander mit Sorgfalt, so als ob die leichteste Berührung den Zusammenstoß und Ausbruch bringen müsse.
»Zwei Todfeinde habe ich jetzt«, sagte Pattay einmal, »Schaller und Chana. Aber ich glaube, den Schaller könnt' ich noch eher versöhnen als sie.«
Chana hatte eben das Zimmer verlassen, nachdem sie die Abendmahlzeit hereingetragen hatte. Sie war nie zu bewegen gewesen, mit am Tische zu sitzen. Recha legte ihre adlige Hand mit den bräunlichen Knöcheln auf seine feste und breite. »Es kommt viel zusammen in ihr. Für sie ist das aller Verrat und Verderben. Und dann ist sie eifersüchtig. Sie hat mich immer allein gehabt.«
»Sie tut mir so leid«, sagte Pattay. Dann kam ihm sein Ausdruck anmaßlich vor. »Es tut mir wirklich sehr leid«, verbesserte er.
Eines Abends, wie er hereintrat, bemerkte er am rechten Türpfosten oben eine kleine Metallhülse, schräg in Mannshöhe angebracht. Sie war am Tag zuvor noch nicht dagewesen.

»Darauf hat die Tante bestanden«, sagte Recha. »Solch eine Mesusa gibt es in jedem frommen jüdischen Haus.«
»Was ist denn darin?«
»Ein Zettel mit den Zehn Geboten. Wer hereinkommt, berührt es, und dann küßt er seine Hand.«
»Das ist schön«, sagte Pattay.
Am nächsten Tag tat er, was sie beschrieben. Er lächelte keineswegs dabei. Er führte seine rechte Hand an das fromme Zeichen und dann an die Lippen. In seiner Linken hielt er die Tschapka.
»So ist es nicht richtig«, sagte Recha und umarmte ihn. »Die Kopfbedeckung darfst du erst abnehmen, nachdem du's berührt hast.«
Sie hatten beide nicht bemerkt, daß von der anderen Seite Chana ins Zimmer getreten war. Sie stand und blickte herüber.
»Das ist nichts für Sie, Herr Graf«, sagte sie laut.

XIV

Von dem ebenso vehementen wie grotesken Zusammenstoß zwischen Pattay und dem Rittmeister Schaller, der an einem Sommerabend des Jahres 1914 erfolgte, wäre sicherlich in allen Offiziersmessen der österreichisch-ungarischen Armee noch lange die Rede gewesen, hätten nicht Ereignisse von ganz anderer Tragweite den Vorfall mit ihrem schwarzen und blutigen Mantel zugedeckt.
Eine Abschiedsfeier fand statt für den Major Freiherrn von Stöttner, der als Oberstleutnant nach einer mähri-

schen Garnison transferiert worden war und am nächsten Morgen abreisen sollte. Nachdem zu seinen Ehren im Kasino schon reichlich gezecht worden war, beschloß man, die Festivität noch weiter im Freien fortzusetzen, wozu die gewitterig-schwüle Juninacht einlud, und man begab sich in lauten Gruppen zum Ringplatz, nach dem Hotel »Zum Erzherzog Rainer«.
Hier bildeten links und rechts vom Haupteingang gestutzte Taxushecken zwei geräumige Nischen, in deren jeder ein langer, viereckiger Tisch von chinesischen Lampen überhangen war. Die eine Nische war schon besetzt. In der andern etablierten sich unter Geklirr und Gelächter die zwölf Offiziere.
Pattay hatte sich von dieser Fortsetzung des Gelages nicht ausschließen können. Major Stöttner, der ihm stets besondere Sympathien erzeigt hatte, ließ keine Entschuldigung gelten. Mißmutig schloß er sich an. Nicht nur erschien es ihm als ein Raub und Unrecht, Recha einen ganzen Abend allein zu lassen; ihn ärgerte auch der Zwang, noch weiter die Gesellschaft des Rittmeisters Schaller zu erdulden. Schon im Kasino hatte ihn dessen verhaßte Gegenwart irritiert, so daß er mehr trank, als in seiner Gewohnheit lag. Und vor dem »Erherzog Rainer« nahmen die Dinge von Anfang an einen Verlauf, der ihn veranlaßte, dem ausgezeichneten Gumpoldskirchner des Hoteliers Salomon Löw mit verbissener Konsequenz zuzusprechen.
Das Unheil begann damit, daß der Rittmeister nach einem Blick auf die besetzte Nische mit lauter Stimme ausrief: »Saubere Gesellschaft trifft man hier! Gehn wir woanders hin.«

Dies wurde überhört, einmal aus Taktgründen, dann aber auch, weil die Herren durchaus nicht »woanders« hätten hingehen können. Es gab außer diesen zwei Nischen vor dem »Erzherhog Rainer« keinen Ort, um schicklich im Freien zu zechen.
Sechs oder sieben jüdische Herren saßen dort in der Nische beisammen. Sie hatten sofort ihren Gesprächston gedämpft, als sie die Offiziere über den Platz her sich nähern sahen. Es waren angesehene Leute, Leute von Wohlstand; der Notar Dr. Krasna war dabei, der Warenhausbesitzer Herr Gelbfisch und die beiden Söhne des Fabrikanten Zweifuß.
Schaller hatte sich so am Tische niedergelassen, daß er mit dem Rücken zum Platze saß und schräg in die andere Nische hineinsah. Es waren nicht fünf Minuten vergangen, ehe er sich wieder vernehmen ließ.
»Die könnten vielleicht ihre Hüte abnehmen! Wir sind hier nicht in der Synagoge.«
Wirklich saßen die meisten dort trotz der Nachtschwüle mit bedecktem Haupt. Sie gehorchten sofort. Nur der Notar Krasna, ein weißbärtiger, kahler Mann, tat, als habe er nichts gehört, und behielt seinen Hut auf dem Kopf, einen sonderbar altmodischen Judenhut, der eigentlich nicht zu seiner westlichen Kleidung paßte, flach und breitkrempig, aus braunem Velours und mit Pelz eingefaßt.
Um den Offizierstisch war es still geworden. Pattay goß sich sein Glas bis zum Rande voll, leerte es, füllte es nochmals und trank. Er sah beunruhigend aus. Der obere, hellere Teil seiner Stirn, den sonst die Tschapka bedeckte, war blutig errötet, und die Wangenpartie unter seinen

Augen zeigte eine eigentümliche Art von Bewegung, eine zuckende, puckernde Vibration.
Er sagte in das Schweigen hinein: »Ich wäre dir dankbar, Herr Rittmeister, wenn du die Leute in Ruhe ließest. Mir sind deine Äußerungen ganz schauderhaft unangenehm.«
Alle horchten den Sätzen nach. Das familiäre Du, das außer Dienst auch dem Vorgesetzten gegenüber gebräuchlich war, wirkte in Pattays Worten bedrohlich, völlig makaber.
Ehe Schaller antworten konnte, griff der Ehrengast Herr von Stöttner ein, mit einem rührenden Versuch, die Situation noch zu retten. Er brachte auch wirklich einen sorglos väterlichen Ton zustande.
»Aber Pattay, was fällt denn dir ein. Du wirst uns jetzt nicht die Stimmung verpatzen, wenn gleich der Löw kommt mit seinem besten Tokayer!«
Der kostbare Wein wurde auch schon herangetragen. Ein Kellner balancierte drei schmale, bestaubte Flaschen vor sich her, ein zweiter folgte ihm mit einem Tablett voll kleiner Gläser, und Salomon Löw eskortierte den Zug, sein Blick auf die Flaschen gerichtet. Sie waren der letzte Rest eines berühmten Jahrgangs.
Mit dem gutgewahrten Anschein der Unbefangenheit begann der Hotelier die Gläschen zu füllen. Topasen und samtig schimmerte der Wein unterm Licht der Laternen. Es war gewiß Zufall, daß Herr Löw mit seinem Einschenken bei Schallers rechtem Nachbar begann und von ihm weg rechtshin die Runde machte.
In Gegenwart der Bedienung sprach niemand ein Wort. Auch in der Nische drüben war man verstummt. Manch-

mal hörte man deutlich die Flasche in Herrn Löws Hand gegen ein Glas klirren. Daran ließ sich erkennen, daß der Mann zitterte.

Im Augenblick, da er bei Schaller anlangte und ihm als dem letzten eingießen wollte, stieß der Rittmeister ihn zurück.

»Erst bring ein Glas!« schrie er ihn an.

»Ein Glas – Sie haben doch eins.«

»Ich will ein Glas, aus dem noch kein Jude getrunken hat. Verstehst du, kein einziger Saujud'!«

Er starrte Pattay ins Gesicht, packte sein Glas und schleuderte es mit Wucht nach der anderen Nische hinüber. Man hörte es drüben auf dem Steinboden zerschellen.

Pattay war schon auf den Füßen. Das Ungeheuerliche stand bevor – ein Handgemenge auf öffentlichem Platz zwischen zwei Offizieren der Kaiserlichen Armee. Aber Verblüffendes geschah. Pattay kehrte sich um, erreichte mit zwei Sätzen den Eingang und verschwand im Hotel. Herr Löw und seine zwei Kellner, die ebenfalls Juden waren, starrten ihm nach.

Nicht sie allein. Drüben waren die jüdischen Herren in stillem Aufbruch begriffen. Eben traten sie auf den Ringplatz hinaus. Sie alle sahen, was vorging, als Pattay nach einer erschreckend kurzen Zeit wieder im Eingang erschien.

Sie sahen es, aber weder sie noch irgendwer sonst traute sogleich seinen Augen.

Das breite Gefäß aus weißlackiertem Blech, das Pattay da in der Hand trug, es stammte aus einem von Herrn Löws Fremdenzimmern. Pattay schwang es hoch durch

die Luft und hieb es krachend nieder auf den Tisch, gerade vor Schaller. Flaschen und Gläser stürzten und ergossen ihren Inhalt.
»So, Herr Rittmeister, da hast du ein Glas, aus dem hat bestimmt noch kein Jude getrunken.«
Schallers Stuhl fiel hinter ihm um. Es sah aus, als wollte er sich mit den Fäusten auf Pattay stürzen. Dann besann er sich und suchte nach seinem Säbel. Aber der lehnte mit anderen zusammen in der Taxushecke. Ehe der Rittmeister dorthin gelangte, hatten die Offiziere Zeit, sich dazwischenzuwerfen. »Um Gottes willen, meine Herren, die Leute!«
Aber es waren keine Leute mehr da. Herr Löw und seine Kellner und die Herren draußen auf dem Pflaster, sie alle waren verschwunden vom Schauplatz des Unmöglichen, dessen Zeugen sie um keinen Preis sein durften.
Man führte die Gegner in entgegengesetzter Richtung davon. Was folgen mußte, war klar. Hier gab es nur Zweikampf auf Leben und Tod. Major Stöttner und die beiden rangnächsten Herren machten sich auf, um dem Regimentskommandeur Meldung zu tun. Es war zwei Uhr am Morgen, aber ihn zu wecken erschien unvermeidlich.
Als sie zu seinem Hause gelangten, fanden sie es von oben bis unten erleuchtet. Alle Türen standen offen, und Ordonnanzen warteten auf der Treppe. Sie fanden den Oberst in seinem Arbeitszimmer, bemüht, eine telefonische Verbindung mit Wien herzustellen.
Er schien gar nicht erstaunt, als sie eintraten. Er nickte ihnen zu, mit zitterndem Kinn und geröteten Augen.
»Ist es nicht grauenvoll, meine Herren«, sagte er nur. Sie

blickten einander an, ohne zu verstehen. Die Verbindung mit Wien schien endlich zustande zu kommen. Aber es war wieder ein Fehlschlg.
Dann erfuhren sie, was geschehen war. An diesem Tage waren im Südosten der Monarchie, in Sarajevo, der Thronfolger Franz Ferdinand und seine Frau durch Revolverschüsse eines serbischen Patrioten getötet worden.

XV

Der Kommandeur war ein verständiger und entschlossener Herr. Ihm war augenblicklich klar, daß dieses Duell nicht stattfinden durfte. Das ganze Reich in verwirrtem Entsetzen, die Zukunft der Dynastie in Frage gestellt, dunkelste Gewitter am nahen Horizont – es war nicht der Moment, um durch die blutige Austragung eines skurrilen Skandals dem Ansehen der Armee Schaden zuzufügen.
Noch in der Nacht befahl er die beiden Gegner zu sich. »Ich schiebe Ihr Verhalten auf schwere Betrunkenheit. Es gibt keine andere Erklärung für Ihre Äußerungen, Rittmeister Schaller, und noch weniger, Pattay, für Ihre unverzeihliche Reaktion.«
Die letzten Worte kamen schwach heraus. Der Oberst wandte sich plötzlich ab, man sah seine Schultern zukken, es war offenkundig, daß er sich, selbst in dieser Schreckensnacht, der Komik von Pattays »Reaktion« nicht zu entziehen vermochte. Als er seine Gesichtsmuskeln wieder in Ordnung hatte, fuhr er fort:

»Der Vorfall darf keine Folgen haben. Ich verlange, daß Sie sich versöhnen.«
»Ich bitte bemerken zu dürfen«, sagte Schaller steif, »daß ein Vertuschen unmöglich ist. Die Sache hat Zeugen gehabt.«
»Das lassen Sie meine Sorge sein. Reichen Sie einander die Hände! Es ist Befehl.«
Ein Zögern folgte, dann hoben beide Offiziere gleichzeitig die Hände. Die Hände berührten einander und zuckten sogleich zurück, als hätten sie Feuer gespürt.
»Das wäre alles«, sagte der Oberst, »guten Morgen, meine Herren.«
Schaller ging schnell als der erste. Man hörte ihn die Treppe hinunterklirren. Als Pattay von der Schwelle aus salutierte, hielt ihn der Oberst zurück.
»Mach die Tür zu, Pattay. Du hast dir wirklich die geeignete Nacht ausgesucht, um deinem Affen Zucker zu geben. Bist du denn völlig von Gott verlassen!«
Und er betrachtete seinen Oberleutnant mit innigem Wohlgefallen.
Pattay lächelte nicht zurück. Er verwand den Verzicht nicht so schnell. Er hatte sich glücklich gefühlt in der Aussicht auf dieses Rencontre, leicht und erlöst. Endlich, in wenigen Stunden, sollte er dem Verhaßten gegenüberstehen auf dem morgenfeuchten Rasen – er hörte den Unparteiischen zählen, er faßte eisern in seinen Säbelkorb, fiel aus und spaltete mit einem sausenden Hieb diese niedere, niedrige Stirn. Er sagte, in zusammengenommener Haltung: »Ich sehe vollkommen ein, Herr Oberst, daß die getroffene Entscheidung unter den Umständen die einzig mögliche war.«

»Dann ist's ja gut, du ganz verrückter Lumpazi«, sagte der Kommandeur. Und endlich lachte er los.
Das aufgestaute Lachen brach aus seinem gesunden Körper hervor mit der Gewalt eines Sturzbachs. Es schüttelte ihn, und die Tränen liefen ihm über die Wangen.
Pattay wartete bescheiden, bis der Anfall vorüber war.
Der Kommandeur trocknete sich die Augen.
»Du mußt Urlaub nehmen«, sagte er endlich. »Ihr könnt euch nicht jeden Tag hier begegnen. Ich geb' dir sechs Wochen.«
»Zu Befehl. Aber meinen Herr Oberst, daß nach sechs Wochen ein Weiterdienen im gleichen Regiment möglich sein wird?«
Der andere, jetzt wieder ernst, legte ihm die Hand auf die Schulter.
»Mein lieber Pattay, mir sagt eine Ahnung, daß binnen sechs Wochen die Ereignisse das alles in Ordnung bringen. Grüß dich! Und genieß deinen Urlaub.«
Es war bereits hell. Der Oberst nahm ein Bad, frühstückte und ließ seinen Wagen anspannen. Vor ihm lag eine ziemlich unmögliche Aufgabe. Acht oder zehn Leute zum Schweigen zu bestimmen, in einer Sache, die so zum Weitererzählen einlud – nun, es mußte versucht werden.
Es war noch nicht sechs Uhr, als er vor dem Hotel »Zum Erzherzog Rainer« vorfuhr. Salomon Löw erschien, übernächtig, im Schlafrock.
»Sie kenne ich ja, Löw«, sagte der Kommandeur. »Sie haben schon mehr verschwiegen in Ihrem Leben. Aber Ihre zwei Kellner – für die muß das ja ein Fressen gewesen sein.«

»Es sind vernünftige Leute, Herr Oberst. Familienväter und fromm. Ich hab' ihnen klargemacht, daß schließlich doch nur alles auf uns Juden zurückfällt. Sie haben mir's in die Hand versprochen, daß sie den Mund halten. Aber«, sagte er und blickte den Offizier hilflos an, »ist diese Nachricht denn wahr? Kann so was geschehen! Was liegt denn für ein Fluch auf unserm kaiserlichen Haus. Unser Kronprinz Rudolf zuerst, dann die Kaiserin, und jetzt das. Es schaut ja aus, als wär' es das Ende für unser Habsburgerreich.«
Der Oberst blickte den Mann an und sah, daß seine Augen voll Tränen standen.
»Es ehrt Sie, Herr Löw«, sagte er sonderbar verlegen, »daß Sie das nationale Unglück so mitempfinden.«
»Mitempfinden, Herr Oberst! Wer anders soll das empfinden wenn nicht wir Juden. Ich weiß schon, daß der ermordete Herr Erzherzog persönlich unsere Leute nicht gern gehabt hat. Aber darum handelt sich's nicht. Wann ist es denn unserm Volk so gut ergangen wie seit hundert Jahren in Österreich! Da macht man immer Witze darüber, daß im kaiserlichen Titel auch die Worte ›König von Jerusalem‹ vorkommen. Aber es ist was dran und hat seinen Sinn. Glauben Herr Oberst, daß es bald Krieg gibt?«
»Das kann niemand wissen«, sagt der Oberst, eher reserviert. »Sagen Sie mir jetzt einmal genau, wer die Herren gewesen sind, die da draußen zugeschaut haben!«
Er nickte bei jedem Namen und stieg dann wieder in seinen Wagen. Er war im Waffenrock unter seinem Mantel, sogar zwei Orden hatte er angesteckt. Sein Auftreten in diesen jüdischen Haushalten konnte gar nicht eindrucks-

voll genug sein. Er sah auf die Uhr. Es kam darauf an, jeden von diesen Herren zu stellen, ehe auch nur einer beim Frühstück mit seiner Frau sprechen konnte.
Als der Kommandeur gegen acht Uhr nach der Kaserne zurückkehrte, erfüllte ihn das Bewußtsein, er habe zu seinem Teil der Katastrophe entgegengewirkt, von der das Habsburgerreich und die Welt der Vernunft und Ordnung bedroht waren.

XVI

Das kleine Logierhaus lag oben an der Berglehne, eine gute Viertelstunde vom Ort. Da es noch früh im Sommer war und die bescheidene Saison erst begann, wurden Recha und Pattay die beiden Frontzimmer im Oberstock eingeräumt, mit dem breiten Balkon davor, den der vorspringende Giebel beschirmte. Das Haus war neu, eben erst fertig geworden; in dem Lärchenholz, aus dem es erbaut war, knackte und krachte es, als atmeten die Bretter noch lebendig im Wald, der rechts hinunter den Abhang bedeckte. Ein Bergwasser blitzte und rauschte dort durch die hohen, licht stehenden Stämme. Nach links hin zogen sich Wiesen und gezirkelte Äcker sanfter bis dicht vor die ersten Häuser des Orts. Es war jener selbe ländliche Kurort am Karpatenabhang, wo Recha mit Chana alljährlich zwei Sommermonate zugebracht hatte.
Die Leute, die sie wiedererkannten, waren vermutlich erstaunt über den Herrn in ihrer Begleitung, der auch in seinem Zufallzivil den Militär und Aristokraten so deut-

lich verriet. Aber man sah die beiden nicht viel. Im Gasthof, wo sie einmal am Tage einkehrten, hatten sie ihren Tisch am Ende des Gartens, in einer Laube, und dieser Platz blieb ihnen auch, als mit dem Eintritt der Schulferien das Hotel sich mit kinderreichen Familien füllte. Manchmal flatterte ihnen der weiße Wyandottehahn des Hauses auf den Tisch, der sie mit einer Art von persönlicher Zuneigung ehrte, oder ein mächtiger, dunkelgrauer Kater mit gelben Augen strich mit seidener Geschwindigkeit um ihre Gläser und Teller. Es gab gute, einfache Dinge zu essen hier, Forellen, frisch aus dem Bach, Schinken, der auf der Zunge zerging, aus Böhmen, jenseits der Berge, dazu ein besonders würziges Roggenbrot mit dunkelgoldener Rinde. Aus ihrer Laube schauten sie auf die offenen Wiesen hinaus.

Ohne Ereignis und Störung vergingen ihnen die Tage. Alles – ihre Wege über die Hügel hinauf in die beginnende Wildnis des höhern Gebirgs, das Heimkommen in die zwei karg-freundlichen Stuben, die schon beseelt waren von der Atmosphäre ihres gemeinsamen Lebens, der Gang hinunter zum Mittagsmahl und später die Stunden auf ihrem Balkon mit dem Ausblick über das Tal, das die tieferen Farben des Nachmittags annahm und langsam gegen den Abend verbleichte –, alles war vollkommenes Glück, mit einer tief darunter flutenden Bangigkeit, weil das Vollkommene nicht dauern kann.

Unausschöpfbar schien jedem von ihnen der Genuß der geliebten Gegenwart. Nach einem Gespräch von Stunden war es ihnen, als stünden sie am Beginn. Sie wußten auch längst, was dies war: daß sie einander mehr anzuvertrauen hatten, als was jeder gesehen und empfunden

hatte in der kurzen Frist seines Daseins. Pattay, auf seine Art, sprach es aus:
»Wir zwei werden uns nicht miteinander langweilen, Recha, und wenn wir sehr alte Leute werden. Denn jeder von uns kommt tausend Jahre weit her, und jetzt haben wir einander getroffen, zum ersten Mal. Da hat man sich was zu erzählen.«
Aber in den Nächten brannte ihr Feuer im Schweigen, verzehrte sich und flammte empor, wieder und nochmals. Sie maßen den Schlaf zwischen ihren Umarmungen an den Lauten, die der kalte Bergwind durch die Fenster hereintrug. Um Mitternacht noch drangen Gelächter und Rufe vom Ort herauf. Zwei Stunden später nur einsames Wachtgebell. Dann – nichts – die ungeheure Stummheit, die dem neuen Tage vorangeht. Und endlich Hahnenruf und der früheste Schrei des Hähers, der über die Lärchen dahinstrich. Aber das Rauschen des Bergwassers, so nah und so laut, nahmen sie nicht mehr wahr, es gehörte zur Stille.
Sie waren glücklich. Ihnen war eine Spanne der vollkommenen Erfüllung gegönnt, eine jener elysäischen Windstillen, so selten und so kurz in der Existenz eines Menschen wie in der eines Volkes. Ein paar Friedensjahre sind's hier in einem ganzen Jahrhundert, ein paar selige Wochen sind's dort im ganzen Umlauf des Lebens. Aber Mensch und Nation – sie blicken auf diese glückseligen Pausen zurück, als wären sie die Regel, das eigentlich ihnen Bestimmte, und als wären nicht Kampf, Qual und Irrtum der Grundstoff, aus dem alles Leben gemacht ist. Recha hatte niemals gefragt, was Pattays unerwarteter Urlaub eigentlich zu bedeuten habe. Sie nahm ihn hin als

ein Geschenk. Von seiner Affäre mit Schaller wußte sie nichts. Wohl aber natürlich von dem Unglücksschlag, von dem das Reich nachzitterte in seinen weiten Grenzen. Wo immer man zufällig hinhörte, sprachen die Leute vom kommenden Krieg.
Pattay ging drüber hin, wich aus, schien die Augen zu schließen. Ganz gelegentlich warf er einen Blick auf die Zeitungen aus Krakau und Wien unten im Gasthof. Er las kaum mehr als die Schlagzeilen. Sie spiegelten ein jähes Auf und Nieder zwischen Drohung und Hoffnung. Da hatte der Kaiser in Wien an den in Berlin ein persönliches Schreiben gerichtet und als Antwort von seinem Verbündeten eine offene Ermutigung erhalten. Aber zwei Tage später ging der Verbündete friedlich auf seine alljährliche Nordlandfahrt. Und aus Belgrad kam der Bericht des Sektionsrats von Wiesner, der die Mitschuld der serbischen Regierung an jener Mordtat ausdrücklich verneinte. An diesem Tag zeigten die jüdischen Familienväter im Wirtshausgarten befreite, festliche Mienen. Eine Woche darauf krachte der Donnerschlag des Ultimatums. Sie wollten in Wien den Krieg, es war klar. Belgrad formulierte eine Antwort, nachgiebig, unterwürfig über jedes Erwarten. Aber diesmal blieb zum Aufatmen keine Zeit. Österreich prüfte die Antwort kaum. Man brach die Beziehungen ab. Der Gesandte reiste.
Als Pattay und Recha am andern Mittag den Wirtsgarten betraten, war er fast leer. Überall sah man die Hoteldiener das Gepäck der aufgescheuchten Kurgäste zum Bahnhof karren.
Pattay wartete auf den Befehl zum Einrücken. Es war schon beinahe dunkel, als er den Depeschenboten den

Hügel heraufkommen sah. Es ging heute kein Zug mehr. Die Nacht, die folgte, war lastend schwül. Sie verbrachten sie ohne Schlaf. Um die zweite Stunde barst ein Wolkenbruch nieder, mit solcher Gewalt, daß vom Balkon das Wasser bis auf ihr Lager hereinsprühte. Als sie in der Morgenfrühe zur Bahn fuhren, regnete es dünn und gleichmäßig auf ein fröstelndes Tal.

Pattay fand sein Regiment mit den Vorbereitungen zum Aufbruch beschäftigt. Niemand glaubte mehr, daß sich der Konflikt auf Serbien werde beschränken lassen. Schon schwirrten Gerüchte über feindliche Flieger, über Grenzverletzungen durch Kosaken.

An dem Nachmittag, da die russische Mobilmachung bekannt wurde, erschien er unvermutet in der Villa. Er war in Paradeuniform.

»Ich hab' einen Wagen da, Recha. Ich möchte ausfahren mit dir.«

Sie öffnete den Mund zu einer erstaunten Frage, unterließ sie dann aber und nickte.

»Ich setze nur meinen Hut auf.«

»Den kleinen dreieckigen, magst du? Und zieh dir dein blaues Tuchkleid an. Ich seh' dich so gern darin.«

Auf dem Bock des Wagens saß Pjotr. Er knallte zum Gruß mit der Peitsche, ohne das Gesicht zur Seite zu wenden, so wie er es an Herrschaftskutschern gesehen hatte.

Als sie über die Brücke fuhren, faßte Pattay nach Rechas Hand.

»Du weißt schon, wohin wir fahren, nicht wahr? Der Bürgermeister wartet auf uns. Kriegstrauung. Früher hätten sie tausend Schwierigkeiten gemacht. Jetzt springt ein-

fach das Tor auf. So hat der Unsinn doch auch sein Gutes.«
»Franz«, sagte sie, »es ist mir nicht recht, daß du dich von den Umständen drängen läßt.«
Er lachte und küßte sie auf offener Brücke.
»Die Umstände seien gesegnet! Ohne die hättest du nur wieder nein gesagt. Aber im Stande der Todsünde kannst du mich nicht gut umkommen lassen.«
Die Worte, so leichtfertig aus dem Vokabular seiner Kirche hervorgeholt, rührten sie schauerlich an.
Der Akt vor dem Bürgermeister verlief trocken, unfeierlich. Der Sekretär und ein Amtsdiener fungierten als Trauzeugen. Nicht zehn Minuten waren vergangen, ehe Pattay vor dem Rathaus Recha wieder in den Wagen half.
»Verzeih, wenn ich dich allein zurückfahren lasse. Es gibt so viel zu besorgen. Ich bin um sieben Uhr bei dir.«
Er stieg die Treppe zum Notar Krasna hinauf, fand ihn an seinem Schreibtisch und stellte sich vor.
»Den Namen werd' ich wohl kennen«, sagte Krasna. Sein weißer Bart zitterte von einem unterdrückten Lachen begeisterter Erinnerung.
»Ich habe mich soeben verheiratet, Herr Notar, und möchte ein Testament aufsetzen, wonach alles, was mir gehört, im Fall meines Todes meiner Frau zufällt.«
»Das ist einfach.«
»Nicht ganz so einfach. Denn ich besitze eigentlich nichts – Junggesellenmöbel, Familienandenken, ein paar alte Bilder. Was aber das eigentliche Vermögen betrifft –«
Und er erläuterte mit einigen Sätzen dem Juristen die Situation. Er vergaß auch nicht, das Darlehen zu erwäh-

nen, das ihm von dem Fabrikbesitzer Zweifuß gewährt worden war und das unter allen Umständen getilgt werden müsse.

Herr Krasna nickte. »Was Ihnen nicht gehört, Graf Pattay, können Sie nicht vermachen. Da kommt nur eine Anempfehlung in Betracht. Sie empfehlen der Fürstin Weikersthal die Tilgung Ihrer Verbindlichkeiten, und drücken den Wunsch aus, daß Ihre junge Frau aus dem versorgt werde, was Ihnen einmal hätte zufallen sollen. Bindende Kraft hat solch ein Instrument natürlich nicht. Aber ich will es gern für Sie aufsetzen und beglaubigen.«

»Machen Sie's bitte recht feierlich«, sagte Pattay. »Meine Tante wird von Formeln beeindruckt.«

Der Notar legte ein Blatt zurecht. »Wie ist der Mädchenname Ihrer Gattin, Herr Graf?«

Pattay nannte ihn. In Krasnas Hand zuckte die Feder wie unter einem elektrischen Schlag.

»Wie ich mir unsere Fürstinnen vorstelle, wird Ihre Tante da nicht sehr geneigt sein, auf die Anempfehlung zu hören. Hat Ihre Frau denn die Taufe genommen? Sind Sie kirchlich getraut worden?«

Pattay schüttelte langsam den Kopf. Er sah Chana vor sich, er sah die metallene Hülse am Türpfosten, die die Zehn Gebote umschloß, er sah Rechas Augen, dunkel strahlend von einem Licht aus Urväterfernen.

»So etwas wäre nicht möglich«, sagte er.

Eine Stunde darauf, bei Recha, fand er den Tisch zur Abendmahlzeit festlich hergerichtet. Zwei siebenarmige Leuchter brannten. Zum erstenmal war für drei gedeckt. Chana saß mit am Tische, in ihrem schwarzseidenen Sabbatkleid.

»Brechen Sie das Brot«, sagte sie zu Pattay, »und teilen Sie's aus. Ich will den Segen darüber sprechen, da Sie es nicht können.«
Pattay tat, wie sie es verlangte. Und Chana sprach die Segensworte über das Brot, in der Sprache ihres Volkes.

XVII

Die Ulanen rückten am fünften August ins Feld, um an der Aktion teilzunehmen, die sich auf der Linie Krasnik–Komarow östlich von Lemberg gegen die andringenden Russen vorbereitete. Der Frontabschnitt, dem sie zugeteilt wurden, war nur wenige Rittstunden von der Garnison entfernt, und diese Nähe ließ den Zurückbleibenden die Situation minder dramatisch, beinahe harmlos erscheinen. Die täglich einlaufenden Nachrichten klangen günstig, erfolgsgewiß.
Aber Pattays Briefe redeten überhaupt nicht vom Krieg, abgesehen von gelegentlichen Scherzen über mangelnden Komfort der Quartiere. Es waren die zärtlichen und leidenschaftlichen Briefe eines Mannes, der die Frau seines Lebens gefunden hat und der unmutig ist, weil ihn lästige Umstände von ihr entfernt halten. Und noch waren seit dem Ausmarsch nicht zwei Wochen vergangen, da klopfte er mitten in einer Nacht ans Tor der Villa, gab der öffnenden Chana ein hastiges Wort zum Gruß und hielt im nächsten Augenblick die selig Aufgeschreckte in seinen Armen.
Zwischen ihren Küssen hörten sie draußen die Pferde schnauben, die Pjotr am Zügel hielt. Sie hatten nur eine

Stunde. Als Pattay dann ging, wollte er nicht, daß sie das Lager verlasse, und schlich auf Zehenspitzen hinaus, um Chana nicht nochmals zu wecken. Aber sie hatte gewartet und stand im hellen Rahmen der Küchentür, in einem langen tuchenen Schlafrock.

»Ich habe Ihnen Kaffee gemacht. Stört es Sie, ihn hier draußen zu trinken?«

»Kann mein Pjotr einen bekommen?«

»Hat schon gehabt.«

Sie setzten sich am Küchentisch einander gegenüber, und sie sah ihm zu, wie er den heißen Trank dankbar hinunterschlürfte.

»Der Kaffee ist wundervoll. Jetzt kommt es mir vor, als hätt' ich ohne den gar nicht zurückreiten können.«

»Dürfen Sie das eigentlich – so nachts davongaloppieren?«

Er lachte. »Nach Lemberg bin ich doch auch immer nachts hinübergekommen. Aber freilich – damals hätten Sie mir keinen Kaffee gemacht.«

»Was würde Ihnen geschehen, wenn Sie einmal nicht da sind und die Russen greifen an?«

»Die schlafen bei Nacht.«

»So etwas nennt man ein Kriegsverbrechen, hab' ich gehört.«

»Sie werden mich ja nicht anzeigen, Chana. Vor ein paar Monaten hätt' ich nicht drauf geschworen.«

Er stand auf und sie mit ihm. Sie trat auf ihn zu und umarmte ihn. Sie war fast ebenso groß wie Pattay, fest wie aus Holz, und er spürte den Griff ihrer rechten Hand an seiner linken Schulter. Er fühlte sich sonderbar stolz, freudig gerührt.

»Gott schütze Sie, Pattay«, sagte sie nahe an seinem Ohr und ließ ihn los. »Ich wünsch' Ihnen Gutes. Es gibt eben Dinge, die sind stärker als Religion und als aller Unterschied zwischen Menschen. Geben Sie auf sich acht! Stellen Sie sich Recha vor, wenn Ihnen was zustößt.«
»Ich werd's den Russen ausrichten, daß sie nicht auf mich schießen.«
Aber eine Woche darauf, am Nachmittag des 24. August, fiel der Oberleutnant Graf Pattay auf einem Erkundungsritt in der Gegend von Zlockow.
Die Hast seiner Trauung und die Verwirrung des Aufbruchs trugen Schuld, daß in den Regimentspapieren bei Pattays Namen der Ehevermerk fehlte. So wurde Recha von seinem Tod nicht benachrichtigt. Das Ausbleiben seiner täglichen Briefe machte sie freilich unruhig. Aber als Chana ihr vorstellte, daß ihr Mann schließlich im Felde stehe und wahrscheinlich militärische Gründe den Postverkehr unterbänden, gab sie sich damit zufrieden und dachte an anderes.
An anderes zu denken, bestand auch Anlaß, an etwas sehr Privates und Geheimes offenbar, denn zweimal in diesen Tagen begab sie sich unter Vorwänden allein nach der Stadt, und als sie vom zweiten dieser Ausflüge zurückkehrte, war sie in einer freudig fieberigen Erregung.
Ein paar Stunden darauf, am späteren Nachmittag, verließ Chana das Haus, um einzukaufen. Recha legte ihr einen Brief in ihr Tragnetz, der an Pattay adressiert war. »Wirf ihn beim Postamt ein, Chana. Ich fürchte, daß sie die Briefkästen nicht ordentlich leeren.« Es war ein trüber Tag mit Nässe und Wind; Chana beeilte sich, mit

ihren Besorgungen fertig zu werden. Zuletzt erinnerte sie sich, daß sie versprochen hatte, braune und dunkelgrüne Seide für Rechas Stickerei mitzubringen, und sie bog in die gekrümmte Kreuzgasse ein, zum Einkauf beim Posamenteriewarenhändler Berges.

Frau Berges plauderte mit einer Kundin über den Ladentisch. Das Gewölbe war schon beinahe dunkel. Chana wartete, sie blickte vor sich nieder auf den Estrich, auf dem ihre Schnürstiefel zwei Lachen verbreiteten. Auf einmal hörte sie Pattays Namen. Frau Berges erwähnte seinen Tod – aber nicht als eine frische Neuigkeit, sondern wie etwas, das aller Welt schon bekannt ist.

Chana trat in den engen Lichtkreis der Lampe. Die Händlerin erkannte sie jetzt und erschrak.

»Ist das ein Gerücht, Frau Berges, oder wirklich die Wahrheit?«

»Das müssen Sie doch am besten wissen.«

»Wenn ich's wüßte, würd' ich nicht fragen. Ich werd' gehn und mich in der Kaserne erkundigen.«

»Dort ist ja kein Mensch.«

»Irgendein Mensch wird schon dort sein.«

Sie lehnte sich plötzlich gegen den Ladentisch. Ihr schwerer Oberkörper schwankte vornüber.

»Ich hol' Ihnen Wasser«, schrie Frau Berges und blieb stehen, wo sie war. Die Kundin, ein ganz junges Mädchen, starrte mit weiten Augen auf den Vorgang, den sie nicht begriff.

»Mir fehlt nichts.« Chana nickte irgendwohin und ging durch die scheppernd klingende Ladentür hinaus auf die Kreuzgasse, die inzwischen ganz dunkel geworden war. Es regnete stärker. Dort, wo die Häuser aufhörten,

erblickte sie über ein Stück baumloses, strauchloses Land hinweg den langgestreckten Bau der Kaserne. Der zähe Schmutz, durch den sie stapfte, reichte bis zur halben Höhe ihrer schweren Stiefel.
Sie durchschritt die gewölbte Durchfahrt mit dem Muttergottesbild und stand im Hof vor den mächtigen Stalltoren, die alle verrammelt waren. Aber im rechten Seitentrakt, zu ebener Erde, brannte ein Licht. Sie klinkte die Tür auf.
Der Korporal Siebel, der an seinem Tisch mit Papieren beschäftigt gewesen war, erhob sich, als er eine Frau eintreten sah, und kam ihr hinkend entgegen. Er war ein geschniegelter Halb-Herr, im Zivilstande Versicherungsbeamter. Vor einigen Wochen hatte er sich beim Sturz im Gelände den Fuß gebrochen und war darum in der Garnison zurückgelassen worden, zur Erledigung von Verwaltungsgeschäften. Er wußte selbst nicht genau, ob er sich zu diesem Umstand beglückwünschen oder ihn beklagen sollte, denn nach der Art vieler Feiglinge träumte er hitzig von Beförderung und Medaillen.
Er war im Begriff gewesen, Chana einen Stuhl anzubieten, aber als er das dienstbotenhafte Tragnetz an ihrem Arme wahrnahm, erschien ihm dies übertrieben. Chana setzte sich trotzdem.
»Ich will mich erkundigen, ob hier etwas über den angeblichen Tod des Oberleutnants von Pattay bekannt ist. Ich nehme an, daß die Sache nicht stimmt, sonst hätte man uns benachrichtigt. Meine Nichte ist Pattays Frau.«
»O ja, jawohl. Das hätte geschehen müssen. Ja, leider stimmt die traurige Nachricht. Darf ich mir erlauben, ergebenst zu kondolieren.«

»Tot«, sagte Chana, »wahrhaftig tot. Ja, wie um Gottes willen ist das denn passiert?«
Seltsam klang diese Frage. Als wäre es ein unerklärlicher Unglücksfall, wenn ein Offizier im Feld seinen Tod findet. Aber Korporal Siebel war in der Lage zu antworten. Er fingerte eitel zwischen seinen Papieren.
»Darüber ist ein Bericht vom Regiment eingelaufen, den ich in schickliche Form zu bringen und an die zuständige Kanzlei in Wien weiterzuleiten habe.«
»Nun, also?«
Aus der Darstellung des Schreibers ging hervor, daß Pattay an jenem Tag eine der Patrouillen geführt hatte, die das wellige, teilweise versumpfte Gelände vor der österreichischen Front zu erkunden ausgeschickt wurden. Um den feindlichen Scherenfernrohren ein geringeres Ziel zu bieten, hatte er nach einer Weile seine acht Leute zwischen den Hütten eines Dorfes zurückgelassen und war allein weitergeritten, mit dem Bemerken, er werde binnen einer Stunde zurück sein. Aber er war noch nicht lange hinter der Hügelwelle verschwunden, an die das Dörfchen sich anlehnte, als seine Ulanen in rascher Folge mehrere Schüsse fallen hörten. Als sie zur Stelle kamen, lag Pattay am Boden. Sein Pferd graste wenige Schritte entfernt. Von den Russen zeigte sich keine Spur. Die Ulanen hoben den Leichnam auf, und es erwies sich, daß die tödlichen Schüsse am Rücken eingedrungen waren, nahe unter dem linken Schulterblatt. Sie mußten aus geringer Entfernung abgefeuert worden sein, denn das Tuch der Uniform zeigte sich stark verbrannt.
»Das ist jetzt vier Tage her«, sagte Chana. »Wo ist die Leiche?«

»Die Leiche, meine Gnädige, ist nach Wien überführt worden. Der Graf von Pattay hatte ja hohe, allerhöchste Beziehungen.« Er legte eine taktvolle Pause ein. »Übrigens«, fuhr er dann fort, »ist das nicht der einzige schwere Verlust, den das Regiment an jenem Tage erlitten hat. Auch unser Rittmeister Schaller ist zu beklagen.«
»So. Schaller. Auch tot?«
»Gefunden hat man ihn nicht. Vielleicht daß die Russen ihn weggeschleppt haben.«
»Einen toten Menschen, wozu?«
»Natürlich besteht auch die Möglichkeit, daß er lebend gefangen wurde.«
»Darüber müßten doch seine Leute Bescheid wissen.«
»Eben nicht, meine Gnädige. Er hatte sich gleichfalls von ihnen getrennt.«
»War das nah bei der Stelle, wo Pattay gefallen ist?«
»Allerdings.« Siebel schien etwas erstaunt über dieses Interesse am Schicksal des fremden Herrn. »Ganz in der Nähe. Beide Offizierspatrouillen hatten Befehl, engen Kontakt zu halten.«
Schwer saß Chana auf ihrem Strohstuhl. Ihre Finger knüpften mechanisch die Schnüre an ihrem Tragnetz auf und banden sie wieder zu. Sechs Wochen war es jetzt her – Recha und Pattay waren noch im Gebirge –, da hatte der jüngere Sohn des Fabrikanten Zweifuß ihr im tiefsten Geheimnis von Schallers grotesker Demütigung vor dem »Erzherzog Rainer« erzählt. Sie hatte ihr Wort gehalten, nicht einmal Recha wußte etwas. Aber mit Chanas veränderter Stellung zu Pattay hatte die Geschichte sehr viel zu tun. Und nun war dieser Schaller spurlos verschwunden, ganz nahe der Stelle, wo Pattay gefallen war.

Ohne ein überflüssiges Wort stand sie auf. Der Korporal Siebel hinkte hastig zur Tür, um sie vor ihr offenzuhalten. Der Heimweg durch die regnerische Nacht nahm mehr als eine Stunde in Anspruch. Auf der Dnjestrbrücke machte sie halt, stützte die Ellbogen auf die nasse Brüstung und blickte auf die angeschwollenen gelben Wasser, die ganz nahe unter ihr durchschossen. Noch vermochte sie sich nicht vorzustellen, wie sie Recha diese Botschaft beibringen sollte.

Aber als sie nach Hause kam, brauchte sie nicht viel zu reden. Ihre Nichte erwartete sie unter der Tür.

»Du kommst und kommst nicht. Was ist denn geschehen?«

»Recha – höre –«

»Du weißt etwas, etwas vom Franz. Mach doch den Mund auf!«

Chana sah sie an, schloß dann die Augen und nickte.

Sie hörte kaum einen Schrei, nur ein hilfloses Piepsen, als wenn jemand einem kleinen Vogel ganz rasch die Kehle zudrückt. Recha griff mit beiden Armen vor sich in die Luft, ihr Körper beschrieb eine Drehung und stürzte steif nieder. Ihr Hinterkopf schlug auf die Steinfliesen auf.

Zwei Stunden später begleitete Chana den Arzt aus dem Krankenzimmer hinaus.

»Sie wird jetzt gleich schlafen auf die Tabletten. Aber die Eiskompressen machen Sie weiter.«

»Ist es gefährlich, Herr Doktor?«

Doktor Adler schüttelte seinen alten Kopf. »Sie ist ein gesunder Mensch, bei all ihrer Zartheit. Ich habe sie ja erst heut' in der Frühe noch einmal untersucht.«

»Heut' in der Frühe? Wieso denn?«

»Das wissen Sie gar nicht?« Er sah sie an, unter seinen Augengläsern weg, die er vergessen hatte hinunterzuschieben.

»Wahrscheinlich wollte sie, daß es Pattay vor allen andern erführe. Sie erwartet ein Kind. Ja, jetzt erfährt er's nicht mehr.«

Zweiter Teil
Chana

I

Das Land Galizien lag in einem der Zentren des Erdbebens, das vier Jahre lang mit nicht aussetzenden Stößen den Weltteil Europa zerrüttete. Monate hindurch gab es keinen Tag, an dem in der kleinen Stadt nicht entfernt oder näher Geschützdonner vernehmbar war. Wo die Kampffront eigentlich verlief, war nur selten mehr klar, längst hatten die Zeitungsleser es aufgegeben, ihre Landkarten mit Fähnchen zu bestecken. Die starke Festung am San, Schutz der Provinz, fiel in russische Hand. Dann gewann man sie wieder. Mit schwankendem Glück, in wüstem Gemetzel wurde um die Bergpässe der Karpaten gefochten. Die Russen rückten ein in die Stadt, in den Ulanenbetten schliefen Kosaken, und ihre struppigen Pferdchen tranken vom gelbgrauen Wasser des Dnjestr. Dann wieder waren sie fort, und ungarische Husarenpferde und mährische Artilleriegäule standen am Fluß. Das ging hin und her. Wochen gab es, da hatte der Feind den Ort selber inne, aber die Österreicher hielten das südliche Ufer mit der Zuckerfabrik und dem Häuschen der Frauen. Eigentlich gekämpft wurde hier nicht. Daß die Bevölkerung ukrainisch war und den Russen nahe verwandt, bewahrte die Stadt vor Zerstörung. Gelegentlich pfiff eine Kugel über den Fluß, aber eher aus Laune, wie ein matter Gruß. Selbst die Brücke war nicht ge-

sprengt worden, und der Verkehr der Einwohner zwischen hüben und drüben hörte nie völlig auf. In ihren Mannsstiefeln ging Chana über den Fluß, um für Vorräte zu sorgen – keine einfache Aufgabe neuerdings, denn die Gegend war kahlgegessen. Besonders Milch aufzutreiben war schwer, und Milch war es, was man in der weißen Villa jetzt am nötigsten brauchte. Oft blieb Chana stundenlang aus. Dann kam in einer der engen Gassen vielleicht ein Zug der russischen Reiter an ihr vorüber, und sie drückte sich in eine Einfahrt, einen Schauder im Herzen in der Erinnerung an einst Erlittenes. Einmal, als sie die Augen aufhob, glaubte sie unter der fremdgeformten Mütze des Anführers das Gesicht des Rittmeisters Schaller zu erkennen. Aber der Sotnik und seine Sotnie waren vorbei, ehe das ganz Unwahrscheinliche sich ihr hätte bestätigen können.
Im vierten Jahr sah es aus, als sei der Feind aus Galizien endgültig vertrieben. Kein fernes Rollen war mehr zu hören. Dennoch glaubte niemand mehr an den Sieg und an die Rückkehr zum Gestrigen. In seinem gelben Schloß in Schönbrunn hatte nach einer Amtszeit von ehrfurchterzeugender Dauer der glücklose Reichsverwalter seine uralten Augen geschlossen und einem unerfahrenen Agnaten, den niemand kannte, seine brüchige Krone und seine leidenden Länder vererbt. Sein Gegenspieler, der weiße Zar, taumelte von seinem byzantinischen Thron. Ein blutbenäßter, gigantischer Finger begann die Umrisse neuer europäischer Staaten aufzuzeichnen.
Das neue Polen, das kommen sollte, würde ganz jenes alte sein, das von der Raffgier seiner mächtigen Nachbarn einst in Stücke zerschnitten worden war. Für den

Traum seiner Wiedergeburt, der nun der Erfüllung entgegenging, waren in fünf Generationen hunderttausend Patrioten unter der Knute, am Galgen, im Kerker gestorben.

Hier in Galizien, unter Österreichs Greisenhand, war man niemals so unglücklich gewesen wie unter der russischen Peitsche oder unter Preußens eisernem Lineal. Und hier war nicht Polen der Wunschtraum. War Österreich dahin, so wollte man ein ukrainisches Reich, das von den Karpatenschluchten hinunterreichen sollte bis an das Schwarze Meer. Im Augenblick des Zusammenbruchs schlugen diese schwelenden Wünsche zur Flamme auf. Die Ukrainer schienen den Sieg schon zu halten. Ihre blau-weiße Flagge wehte von dem Rathaus zu Lemberg, der künftigen Hauptstadt. Aber dann kam polnischer Zuzug, und sie erlagen.

Mit ihrem Blut zahlten wiederum die, die sich nicht zu wehren vermochten. Als der Pogrom zu Ende war, lag im Herzen von Lemberg das jüdische Viertel wüst, siebzig Erschlagene verbrachte man bei Nacht auf den Friedhof. Die Juden wußten kaum, wie ihnen geschehen war. Sie hatten in dieser Fehde nicht Partei genommen, hatten keinen der beiden Reichsträume mitgeträumt. Aber das war es gerade – man tobte sich aus an diesen ewig Fremden, die zu niemand gehörten. Wieder einmal saßen in einer ganzen Provinz die Händler und Handwerker hinter geschlossenen Läden lauschend im Dunkel, den Gebetsmantel um die Schultern geschlungen.

Der Pogrom griff nicht übers Land. Die siebzig von Lemberg hatten für alle geblutet. Auch das Städtchen am Dnjestr blieb verschont.

Aber die Wehen der Neugeburt wollten nicht enden. Längst hatten die Unterhändler der Mächte ihre Namen unter das Friedensinstrument gesetzt, in Atlanten und Karten war das neuerstandene Polen mit farbigen Grenzstrichen klar eingetragen, doch in Wirklichkeit zuckten und schwankten diese Grenzen und brachen ein. Endlich wurde doch Friede. Das wiedervereinigte Land sollte beginnen zu leben.

Wiedervereinigt und frei. Aber diese dreißig Millionen Menschen, Polen, Litauer, Weißrussen, Juden, Ukrainer, hatten nach anderthalb Jahrhunderten des Zerstücktseins wenig Gemeinsames mehr in Verfassung, Verwaltung, Justiz. Die Städte vom Krieg halb zerstört, Dörfer vom Boden gewischt, die Straßen Moräste, der Acker verdorben, Industrie und Handwerk gelähmt. Keine regelmäßigen Einnahmen, kein gesicherter Wertmesser; mit Phantasiekursen fluteten in dem weiten Gebiet die Währungen der drei geschlagenen Monarchien. Kein Geld für den Häuserbau, keins für Spitäler und Schulen, keines für die Krüppel und die Verwaisten. Ein bettelarmes Reich in Verwirrung und Krämpfen – zusammengehalten und aufrechtgehalten durch nichts als durch eine Legende.

II

Diese Legende trug die blaugraue Montur der polnischen Legion und einen silbernen Marschallstab. Und die Menschen riefen sie bei einem zärtlichen und geheimnisvollen Namen: der Großvater.

Der Großvater war noch nicht alt, aber sein Leben war ereignisreich genug gewesen, um ein ganzes Jahrhundert zu füllen, nicht bloß ein halbes. Es war das Leben eines Revolutionärs und Patrioten gewesen, und er hatte es außerhalb der Gesetze verbracht, unter immer wechselnden Namen, Jahre davon als Gefangener in Sibirien, in der Zitadelle von Warschau, in der Irrenzelle sogar, denn er hatte im Kerker Wahnsinn gespielt, weil aus dem Irrenhaus das Entkommen leichter erschien. Aber frei oder gefangen – dreißig Jahre hindurch war er die Flamme und das Herz des zerrissenen Polen gewesen und die Hoffnung seiner elend lebenden Bauern und Arbeiter. Von ihm flüsterten sie in ihren hölzernen Hütten und in den Slums von Warschau und Łódź. In dem Großvater waren ihre abgeschiedenen Götter wieder erschienen; wie Jagiełło die deutschen Ritter und Sobieski die Türken, so würde er die Russen davonjagen und wie der Held Kościuszko ein Schützer der Armen sein. Die russischen Zeitungen schrieben, der Großvater sei ein Bandit. Aber die Bauern wußten, daß alles gut war, was er tat. Er überfiel einen Postzug und raubte zweihunderttausend Rubel. Aber die Bauern wußten, daß das polnisches Blutgeld war, das die Russen davonfuhren, und daß der Großvater es brauchte, um seine Legion auszurüsten, die die Freiheit erkämpfen sollte. Nie war er Soldat gewesen, aber als wirklich der Krieg kam, da führte er seine buntscheckigen Haufen als ein großer General. Treu war er und klug, nicht zu täuschen und nicht zu mißbrauchen. Die Deutschen glaubten, er sei ihr Bundesgenosse. Aber er war nicht ihr Bundesgenosse, er war ein Pole und Revolutionär. Und als sie den Fahneneid von ihm verlangten, da wies er sie ab, und sie führten ihn auf ihre Festung Magdeburg. Das war sein letztes Gefängnis. Denn am Tage des deutschen Zusammensturzes sprang das Festungstor auf, und am nächsten empfing ihn seine befreite Nation, jubelnd bereit, sich unter seine Füße zu werfen. Der Großvater hätte König von Polen sein können. Aber er wollte nicht König sein. Den Marschallstab nahm er an und behielt den Oberbefehl, denn noch war ja lange nicht Friede. Er mußte weiter fechtend von Grenze zu Grenze ziehen, während seine Frau und seine zwei kleinen Töchter im Warschauer Belvedere auf ihn warteten.

Das war ein düster prunkvolles Fürstenschloß, das der Großvater keineswegs liebte. Er liebte auch keine Feierlichkeiten, Empfänge und Staatsdiners. Sie lächerten und langweilten ihn. Und am meisten verabscheute er die Huldigungsreisen, die von ihm verlangt wurden, als endlich im Lande Ruhe erreicht war. Mißmutig bestieg er den Sonderzug oder sein Pferd, um sich den Leuten zu zeigen, und seine Ansprachen an die Befreiten hatten gar nichts von offizieller Rhetorik. Immer sagte er Unerwartetes, sehr oft Befremdliches, und die glänzenden Herren in seiner Suite – denn er hatte ja nun eine Suite – schüttelten heimlich den Kopf. Aber er war der Großvater, und niemand konnte ihm dreinreden. Nur die Reise in jene Südprovinz, die einst Galizien geheißen hatte, unternahm er ohne Murren. Hier hatte er oft ein Asyl gefunden und hatte unter den nachsichtigen Blicken der Österreicher die ersten Kader seiner Legion formiert. Auch war hier die Zeit der Kämpfe noch nicht lange vorüber, sein Erscheinen unter dem ukrainischen Volk hatte

werbenden Sinn, und es war vielleicht noch Gefahr dabei. Er fuhr beinahe gerne hierher.
Erst kam er nach Krakau, der alten Hauptstadt. Da stand er in ihrer Kathedrale, die Polens Pantheon war, vor den Särgen derer, die vor ihm für die Nation gefochten hatten, ihrer Könige, Dichter, Soldaten, und wußte, daß er bald bei ihnen liegen würde. Daran dachte er gern; immer war der Tod in seinen Gedanken und oft auch in seinen Reden.
In nicht so würdevoller Gestalt begrüßte der Tod ihn in der Stadt Lemberg. Hier ging der Großvater lange umher zwischen den schwarz klaffenden Ruinen des jüdischen Viertels, die niemand wegräumen mochte. Es waren seine eigenen Soldaten gewesen, die da gebrannt und gemordet hatten. Was dachte der alte Revolutionär? Juden waren einmal seine Mitkämpfer für die Freiheit gewesen. Hatte die Feindschaft gegen die bleichen Fremden auch in seinem Gemüt Wurzeln geschlagen, das durch zu viel Schicksal verdüstert war? Niemand wagte danach zu fragen.
Dann zog er weiter nach Osten, tiefer hinein in ukrainisches Gebiet, zu Pferde nun meist, denn hier waren die Bahnlinien noch unterbrochen. Und er hielt auch in der Stadt am Dnjestr seinen Einzug.
Die Stadt war bei der Neuordnung der Provinzen zum Verwaltungssitz ausersehen worden, denn der Krieg hatte sie nicht zerstört, und ihre Lage war günstig. Der Großvater kam, um den neuen Woiwoden feierlich in seinem Amt zu bestätigen.
Jede Erinnerung an Österreichs vergangene Souveränität hatte man weggetilgt. An der »Bezirkshauptmann-

schaft« war die kaisergelbe Fassade blendend weiß übertüncht, und überm Portal, an der Stelle von Habsburgs Doppelaar, spreizte ein weißer Adler im roten Feld seine Fänge und Schwingen.
Die Behörden sahen den Ehrentag nicht ohne Sorge heranrücken. Wenn der Marschall und Großvater einen Reiz darin sah, sich einer jüngst noch feindlichen Einwohnerschaft öffentlich darzubieten – der Woiwode und sein Sicherheitschef hörten allnächtlich in Angstträumen die Schüsse ukrainischer Attentäter. Die Polizei im Städtchen wurde verstärkt. Man nahm in der Stille ein paar Verhaftungen vor. Anlaß dafür gab es eigentlich nicht. Die halb ländliche Bevölkerung, gedrückt und bescheiden von Art, schien sich im Gegenteil gutmütig auf das Ereignis zu freuen. Und als der Woiwode anordnete, daß an jenem 14. Mai jedes Haus in der Stadt, durchaus jedes, in den polnischen Farben zu flaggen habe, da bedeckten sich ganz gehorsam alle die schiefen, bröckelnden Mauern mit weiß-rotem Tuch. Als die ersten – und niemand wahrhaftig durfte sie dafür tadeln – flaggten die Juden.
Erstaunlich nur und ein Glücksfall, daß so viel weiß-rotes Fahnentuch im Städtchen vorhanden war. Das war dem Kaufhaus Gelbfisch und Sohn zu verdanken, dessen Inhaber sich zur rechten Zeit bei den Textilfabriken in Łódź und Tomaszów eingedeckt hatte.
Nie würde der alte Herr Gelbfisch sich zu einer Transaktion von solchem Ausmaß entschlossen haben, und noch weniger wäre es ihm eingefallen, die teure Ware ohne jeden Aufschlag an die Bevölkerung weiterzugeben – all diese ungezählten Ellen weiß-roten Tuchs ganz einfach

ohne einen Heller Gewinn. Aber der alte Herr Gelbfisch war gleich zu Beginn des Krieges gestorben, und sein Sohn hatte allein zu verfügen.

Heinrich Gelbfisch war ein Enthusiast, eine jener entflammbaren Seelen, wie sie in seinem Volk nicht viel seltener sind als der bekanntere realistische Schlag – ein später Zeitgenosse von Byron und Schiller, dessen magern, dunkeläugigen Kopf Begriffe wie Menschenrecht, Freiheit, Verbrüderung unwiderstehlich zum Glühen brachten. Dem polnischen Unabhängigkeitskampf und den verwegenen Taten des Großvaters war er immer schon mit leidenschaftlichen Wünschen gefolgt, und nun, da das Werk gekrönt war, triumphierte er wie in eigener Sache – obgleich doch keineswegs ausgemacht schien, wie es gerade den Juden mitten in der Flut eines siegreichen Nationalismus ergehen würde.

Als ein persönliches Geschenk beglückte es ihn, daß sein Etablissement am Ringplatz der Rathaus-Freitreppe genau gegenüberlag. Dort nämlich sollte der große Empfang und ein Hauptteil der Feier sich abspielen.

Seine dreistöckige Fassade hatte er überschwenglich dekoriert. Nicht nur hingen zwischen den Spiegelglasfenstern weiß-rote Flaggen in ganzer Länge herunter. Er hatte außerdem noch, wo immer Raum blieb, fächerförmige Arrangements von kleineren Fähnchen anbringen lassen, so wie er es in Paris an offiziellen Erinnerungstagen gesehen hatte. Dies erschien ihm in Anbetracht der polnisch-französischen Waffenbrüderschaft besonders passend und sinnreich.

Lange schon vor der Mittagsstunde waren die breiten, geöffneten Fenster von geladenen Zuschauern besetzt.

Man sah an denen des ersten Stockwerks Heinrich Gelbfischs bevorzugte Gäste. Der Notar Krasna und seine ebenfalls weißhaarige Frau waren da, Daniel Zweifuß mit seinen beiden Söhnen und deren kopfreiche Familien, der Hotelbesitzer Herr Löw, dessen »Erzherzog Rainer«, jetzt »Weißer Adler« genannt, zwar auch hier am Ringplatz lag, jedoch auf der unbegünstigten Südseite, und der alte Arzt Doktor Adler mit seinen zwei unverheirateten Töchtern. Nur das mittlere der fünf Fenster war immer noch leer, und Heinrich Gelbfisch beugte sich öfters nervös über das Treppengeländer, in der Art eines Theaterdirektors, dem hoher Besuch zugesagt ist und der fürchtet, im Stiche gelassen zu sein.
Endlich erschienen diese letzten Gäste. Es waren zwei stille Frauen in Schwarz und ein Kind. Er eilte ihnen entgegen.
»Es war kein Durchkommen«, sagte Recha und entzog ihre gebrechliche Hand sanft seiner etwas zu stürmischen Huldigung, »schließlich haben wir den rückwärtigen Eingang gefunden.«
Sie war vielleicht etwas schlanker, als sie sechs Jahre früher gewesen. Und es war vom Durchlittenen in ihrem braunbleichen Gesicht eine Störung zurückgeblieben, ein schwach nur merkbares, doch unablässiges Vibrieren unterhalb ihres rechten Auges – wie das Zittern auf einer Seefläche an einem ganz ruhigen Tag. Seltsam wiederholte sich da an ihr eine Erscheinung im Gesicht ihres toten Geliebten. Aber das wußte sie nicht. Denn bei ihm hatte sich dieses Erzittern nur in Augenblicken des Zornes gezeigt, und im Zorn hatte sie Pattay niemals gesehen.

»Was sagen Sie zu unserm Kind, Herr Gelbfisch«, sagte Chana mit ihrer tiefen Stimme, »sie hat es heute zum erstenmal an.«

»Es« war ein schottisch gemustertes Kleidchen, kariert in verschiedenem Rot, mit weißem Fallkragen, losem weißen Gürtel und weißen Aufschlägen an den halblangen Ärmelchen. Ein ebenfalls schottisches Mützchen gehörte dazu, darin eine kecke Feder steckte, und Herr Gelbfisch selbst hatte das Ganze zwei Wochen zuvor an die Frauen verkauft, zu einem Preis, über dessen Geringfügigkeit er sich heimlich die Hände rieb. Mutter und Tante hielten die kleine Elisabeth an den Händen, und sie schaute, da sie sich examiniert fühlte, zu Heinrich Gelbfisch auf, mit einem ein klein bißchen verlegenen, aber im Grunde doch zuversichtlichen Blick, in dem eine reizende, sehr kluge Schelmerei lag.

»Ganz großartig sehen wir aus«, sagte Herr Gelbfisch, »der Marschall von Polen wird Augen machen, wenn er dich anschaut.«

Die kleine Elisabeth war fünf Jahre alt. Sie war nicht hübsch nach der Engelsweise. Sie sah weder Recha sehr ähnlich noch ihrem Vater; die beiden Elemente, von so weither zusammengetroffen, mischten sich in den winzigen Zügen auf eine überaus persönliche Art. Nichts darin war ganz regelrecht und gerade. Ihre Augen lagen ein wenig schräg. Es waren langgeschnittene, helle Augen, beinahe so hell wie die Pattays, mit bläulichen und goldenen Lichtern darin und voll von einem warmen, vieldeutigen Leben. Der Mund aber, ein holder, freundlicher Kindermund, folgte wieder der Augenschrägung genau, die feinen verwöhnten Winkel deutlich nach oben gebogen. Inmitten dieser schon unverwechselbaren Geprägtheit wirkte das weiche, noch völlig ungeformte Näschen wie ein rührender Witz. Schön war das Haar der kleinen Elisabeth, von der Farbe dunkleren Honigs, in seidigen Wellen flutete es reich hervor unter der Mütze. So stand sie zwischen den Frauen und schaute zu Herrn Gelbfisch auf, einen Fuß über den andern gestellt, so daß sich ihre Knopfstiefelchen scheuerten. Das war eine Haltung, die ihr die Tante Chana öfters verwiesen hatte. Aber die kleine Elisabeth von einer Gewohnheit abzubringen, war vielleicht nicht ganz einfach.

Marschmusik, noch gedämpft, wurde hörbar. Herr Gelbfisch führte seine drei Gäste vor das mittlere Fenster. Es reichte nicht bis zum Fußboden, sondern begann erst dort, wo Elisabeths Näschen war.

»Was machen wir da«, sagte der Hausherr, »du wirst ja nichts sehen.«

»Ich stell' mich auf meine Zehen, dann geht's schon.«

»So lange kannst du auf deinen kleinen Zehen nicht stehen.« Und er brachte aus dem Verkaufsraum einen Schemel herbei und hob sie hinauf. Die beiden Frauen hatten das Kind bei den Händen gefaßt und hielten sich seitlich im Hintergrund. Vom Volk auf dem Platz sah man wenig – den Ukrainern in ihrer bunten und schweren Tracht und den jüdischen Leuten dazwischen im dunkeln Sabbatgewand. Denn ein Kordon Soldaten in nagelneuen Uniformen hielt die Menge in weitem Kreis gegen die Häuser zurück. Dafür aber befand man sich dem Treppenpodest auf gleicher Höhe gegenüber, und dort hatten die Würdenträger der Stadt für den Empfang ihre Aufstellung genommen.

Der neue Woiwode stand dort, ein schmaler Herr im Zylinder, der aus verhaltener Nervosität eine steinerne Miene zur Schau trug, der Bürgermeister mit seiner Kette, derselbe noch, der einst Recha und Pattay so hastig zusammengegeben, Magistratsräte, mehrere Offiziere und die obersten Geistlichen. Ganz in Violett, mit einem großen Amethystkreuz vor seiner Brust, der Prälat der römischen Kirche, die die vorherrschende des neuen Staates war; der Priester des griechisch-katholischen Glaubens, dem die Ukrainer anhingen, eine leuchtende Figur in silbergestreiftem Himmelblau, aus dem ein rosenrotes Untergewand hervorblitzte; und etwas abseits von beiden, weißbärtig, in schwarzem Talar, der Erste Rabbiner. Über seine Teilnahme am Empfang waren in der Judenschaft lange, aufgeregte Debatten geführt worden. Die einen fürchteten, man werde sein Auftreten als Zudringlichkeit auslegen, die andern hielten sein Fernbleiben für ganz unmöglich und einen Affront. Schließlich machten ja die Juden fast die Hälfte der Bevölkerung aus. Da stand er nun also und war bemüht, eine selbstverständliche Miene zu zeigen.
Im Grunde waren sie alle nervös. Beklommen schauten sie hierhin und dorthin, begannen Gespräche untereinander, die gleich wieder abrissen, oder horchten der Musik entgegen, mit der der Großvater herantritt. Aber wer von ihnen geradeaus auf die Front des Kaufhauses blickte, der sah dort in ihrem freudigen Kleidchen die kleine lächelnde Mittelfigur, die frei im Fenster zu schweben schien. Und wer sie ansah, nervös oder nicht, der lächelte auch.

III

Der Großvater ritt ein kleines, hellgraues Pferd von arabischer Rasse, das zur Trompetenmusik der Ulaneneskorte genießerisch tänzelte. Denn es lagen nun wieder Ulanen in der Kaserne, beinahe ebenso prächtig anzuschauen wie vordem die österreichischen, und ihre beste Schwadron war dem Großvater auf der Lemberger Straße entgegengeritten.

Im Sattel hatte er massig gewirkt mit seinen sehr breiten Schultern. Aber als er nun abstieg, bemerkten alle, daß er kaum mittelgroß war und ganz schmal in den Hüften. Leichtfüßig von den Herren der Suite gefolgt, stieg er zwischen dem Woiwoden und dem Bürgermeister, die ihn am Fuß der Treppe empfangen hatten, zu dem Podest empor, während die Trompeter fortfuhren zu blasen und Salutschüsse dazwischendröhnten. Einiges Hochrufen und das dünne Geläut von der griechischen Kirche her gingen beinahe unter.

Die versammelten Würdenträger begrüßte der Marschall ziemlich eilig und aufs Geratewohl und reichte dabei dem Rabbiner, der zufällig näher stand, vor den christlichen Geistlichen seine Hand, was unter den Zuschauern Schocks von sehr verschiedener Art auslöste. Dann ließ er sich zu dem in der Mitte stehenden, einzigen Sessel geleiten und nahm, da ihm offenbar heiß war, in ganz unmilitärischer Weise seine schwer betreßte Schirmmütze ab. Einer der Magistratsräte sprang herzu, um ihn von ihr zu befreien, und hielt dann während der ganzen Zeremonie die Mütze in seiner Hand, was ungeschickt wirkte.

Der Huldigungslärm war verstummt. Der Großvater blickte gerade vor sich hin auf seinem thronartigen Sitz, und jedermann konnte seine legendären Züge deutlich studieren. Aus der Generalsuniform, die an den Schultern schlecht saß und auf der wie durch Zufall da und dort Sterne und Ordenskreuze angesteckt waren, erhob sich ein zarter, nervöser Kopf mit einer Gelehrtenstirn unter grauschwarzem, rauhem Haar. Die Brauen der tiefliegenden, klug und einsam blickenden Augen waren auffällig stark zusammengewachsen. Den Mund sah man nicht, ein gebauschter, hängender Schnauzbart verbarg ihn, und Leute, die mit der Lebensgeschichte des Großvaters intimer vertraut waren, wie zum Beispiel Herr Gelbfisch, wußten, daß es damit seine Bewandtnis hatte.

»Den Bart trägt er nicht gern, er haßt ihn sogar«, sagte er dort gegenüber leise zu Recha. »Aber sein Mund ist entstellt. Den hat ihm einmal ein Polizeisoldat mit dem Gewehrkolben eingeschlagen.«

»Warum hat der Soldat das gemacht?« fragte, ohne sich umzudrehen, die kleine Elisabeth, für die diese Mitteilung eigentlich nicht bestimmt gewesen war.

Herr Gelbfisch übertrug seine Anbetung für Recha sehr stark auf ihr Töchterchen. »Du mußt wissen«, begann er sofort, »daß von der russischen Polizei –«

»Aber Herr Gelbfisch«, unterbrach ihn Chana mit einem brummenden Lachen, »wie soll denn ein Kind solche Sachen verstehen.« Gelbfisch verstummte.

»Traurig schaut er aus, Mama«, sagte unvermittelt das Kind, »ich glaube, er möchte schon wieder fort.«

»Pst«, flüsterte Recha, als könnte der Marschall sie hören.

Der hatte sich drüben die Begrüßungsrede des Bürgermeisters angehört, mit einem Gesicht, das wohl eher gefaßt und gottergeben als traurig zu nennen war. Nun stand er auf, und die Ulanentrompeter bliesen durchdringend einen Tusch, um die Rede des Nationalhelden einzuleiten.
Er begann sie mit einer unkonventionellen Geste, indem er den rechts neben ihm stehenden Woiwoden bei der Hand ergriff und ihn mit seinem Namen, Thäddäus Skolski, der Bevölkerung vorstellte. Herr Skolski hielt seinen spiegelnden Zylinder in der freien Hand und erschien noch bleicher als vorher.
»Leicht wird er's nicht haben«, sagte der Großvater. »Schwere, peinliche Lasten werden auf seinen Schultern liegen, und er wird Maßnahmen durchführen müssen, die ihn unpopulär machen. Wenn das der Fall ist, kann ich ihn nur bitten, sich mit meinem Beispiel zu trösten. Ich weiß sehr gut, warum man mir im Kriege meinen Posten anvertraut hat. Einfach, weil ihn niemand sonst haben wollte. Eine richtige Armee existierte ja nicht, unsere Soldaten kamen daher wie die Landstreicher. So steht es heute mit der Administration. Es ist alles in Unordnung. Keine anerkannten Gesetze gibt es und beinahe kein Geld. Da muß man Männern wie Herrn Skolski danken, daß sie sich der Last unterziehen.«
Und er ließ die Hand des Woiwoden los, der sich mehrmals verbeugte.
»Ihr wollt aber nicht solche Worte der Ermahnung von mir hören, sondern etwas, was eure Herzen erhebt. Ihr wollt von mir hören, was ihr schon wißt: daß ein heroischer Kampf endlich durch den Sieg gekrönt worden ist,

daß unser langer Traum Wirklichkeit gewonnen hat. Ja, das ist alles wahr.«
Er verstummte ganz unvermutet, pausierte lang, schien sich in seinen Gedanken zu verlieren.
»Jede Nation«, fuhr er fort, »hat ihre geschichtlichen Denkmäler, Heiligtümer, auf die sie mit Andacht blickt. Aber unser größtes Heiligtum ist etwas, was man in Zukunft nicht mehr wird sehen können. Es sind die Grenzen, die gestern noch unser Reich zerteilt haben. Unwirkliche Striche, so nichtig, daß das kleinste Tier drüberhin huschen konnte. Aber unsere Nation haben sie auseinandergespaltet hundertundfünfzig Jahre lang. ›Vergeßt eure gemeinsame Vergangenheit‹, riefen die Zwingherren uns zu, ›gemeinsame Freuden, gemeinsame Tränen. Entfremdet euch einander, noch besser: haßt euch, am besten: bekriegt euch, schlachtet einander!‹ Hier in dieser Provinz brauche ich davon nicht viel zu sagen. Noch ist das Blut nicht trocken, das hier vergossen wurde. Das soll nicht wiederkommen. Denkt nicht mehr: Der dort ist ein Pole von Abstammung, aber ich bin ein Ukrainer. Glaubt mir – es ist nicht wichtig. Laßt mich an ein Wort erinnern, das euer Bürgermeister gebraucht hat – nicht aus Stolz erinnere ich daran, sondern weil es beweist, was ich meine. Er hat gesagt, ich mit meiner Person sei die Verkörperung Polens. Nun – im Sinne derer, die Blutstropfen nachzählen, bin ich gar kein Pole. Da bin ich ein Litauer, geboren auf einem litauischen Gutshof von litauischen Eltern. Die Litauer stammen woandersher als die Polen, sie sprechen eine andere Sprache. Aber beide haben jahrhundertelang ein gemeinsames Leben gelebt, und nur das hat Bedeutung.«

Es schien ihm jetzt wohl, als habe er lange genug geredet, und wie auf der Suche nach einer abschließenden Wendung hob er den Kopf, so daß seine Blickrichtung sich veränderte.
Etwas Überraschendes ging vor in seinem Gesicht. Er mußte etwas gesehen haben, was ihn erfreute. Gelassen, als wäre er allein, griff er in die Seitentasche seines Uniformrocks, brachte eine Brille zum Vorschein, setzte sie zurecht und schaute aufmerksam, lächelnd auf die gegenüberliegende Front. Dann nahm er das Glas wieder ab und steckte es ein.
»Ich habe erwähnt, daß ich ein Litauer bin. Aber in diesem Augenblick hat etwas mich daran ermahnt, daß ein Teil meines Blutes noch viel weiter herstammt. In alter Zeit ist ein Vorfahr von mir übers Meer gekommen, aus Schottland, als ein Verfolgter, weil er seinem schottischen König die Treue gehalten hatte. An den Mann denke ich gern. So steht das mit mir. Und trotz alledem hat euer Bürgermeister mich so nennen können – wie er mich genannt hat.«
»Er hat herübergesehen«, flüsterte Recha und legte ihren Arm um Elisabeth, als müsse sie sie vor dem Augenstrahl des Mächtigen schützen.
»Elisabeth hat er angesehen«, sagte stolz Herr Gelbfisch, »ihr Kleidchen hat ihn erinnert.«
Chana wandte ihm ihr Gesicht zu. »Von allen spricht er, Ihr Marschall – Schotten, Polen, Ukrainern, was weiß ich. Nur von uns spricht er nicht.«
»Was will ich sagen mit alledem«, kam von drüben die Stimme. Klar und wie aufgefrischt schallte sie über den Platz. »Damit will ich sagen: Glaubt nicht an die Redens-

arten von der Abstammung und vom Blut. Gebt euch nicht einem Haß hin, der aus dieser Quelle genährt wird. Es ist etwas andres, das zählt, etwas Geheimnisvolles und Tiefes, und wofür es kein besseres Wort gibt als ›unser gemeinsamer Geist‹. Durch den sind wir einmal eine Nation gewesen und wollen es wieder sein. Nicht eine, die ihr Entzücken in Unterjochung und Eroberung sucht, sondern eine, die in menschenwürdiger Existenz sich selber genugtut. Das wird sich nicht rasch vollziehen, nicht ohne Zweifel und Ratschläge. Wir Älteren werden das volle Licht schwerlich erblicken. Aber ein Kind darf getrost lächeln.«
Wieder, ganz unverkennbar, schaute er hinüber zu der kleinen Figur im Fenster. Jetzt, ohne sein Augenglas, sah er wohl nur einen freudigen Farbenfleck dort.
»Hundert Jahre lang haben unsere Kinder früh weinen lernen. Das soll nicht mehr sein. Ich bin schon ein alter Mann, aber ich habe zwei kleine Töchter, die zu Hause auf mich warten. Die will ich noch spielen und lachen sehen. Dann kann ich ruhig in die große Leere hinausblikken, aus der man nicht wiederkommt. Auf dieser Erde, die so viel Tränen getrunken hat, gibt es nichts Besseres als ein lächelndes Kind.«
Die Herren in seiner Suite sahen einander an. Sie warteten, was der Großvater noch weiter Erstaunliches sagen werde. Aber er sagte nichts mehr. Das war das Ende seiner Rede gewesen.

IV

Es kamen wieder regelmäßig Blumen ins Haus, und es waren Angestellte von Heinrich Gelbfisch, die sie ablieferten.
Im zweiten Kriegsjahr hatte Recha sein Kaufhaus zum ersten Male besucht. Sie kam mit Chana. Herr Gelbfisch war anwesend. Man hatte ihn nach dem Tode seines Vaters für unabkömmlich erklärt und aus dem Armeedienst entlassen, sehr zu seiner Erleichterung, da er ja Österreichs Sache als die seine nicht ansah. Kaum betrat Recha sein Etablissement, so erkannte er unter der Trauerkleidung mit Herzklopfen ihren Umriß. Denn er war ein Theaterenthusiast und ein Kenner, und ihrem Zauber als Schauspielerin hatte ihr tragisches Schicksal, von dem er wußte, noch eine wehe Verklärung hinzugefügt. Er eilte zu ihrer Bedienung herbei und horchte demütig auf die wohlbekannte, süße und scharfe Stimme, die in einem verwunderten Flüstern unter dem schwarzen Schleier hervordrang. Er geleitete die Frauen die Treppe hinunter, hielt die Türe vor ihnen auf und verneigte sich tief.
Als sie nach langer Pause wiederkam, führte sie die dreijährige Elisabeth an der Hand. Sie selbst war nicht mehr verschleiert, und Heinrich Gelbfisch gewahrte gerührt die winzige Störung in ihrem Gesicht, ihre Leidensspur. Wieder bediente er sie, war dann plötzlich verschwunden und legte, als er zurückkam, der kleinen Elisabeth eine stattliche Puppe in den Arm, die bunt als ukrainische Bäuerin gekleidet war und die Augen aufschlagen konnte.

»Sie hat nämlich ganz dein Haar«, sagte Gelbfisch und strich der Kleinen rasch und scheu über die honigfarbenen Locken.
Elisabeth schaute fragend zu ihrer Mutter auf.
»Das ist nichts für uns, Herr Gelbfisch«, sagte Recha. »Ich weiß überhaupt nicht, wem Sie so kostbare Puppen verkaufen können mitten im Krieg.«
»Das ist es ja. Eben. Gar nicht verkaufen kann ich sie jetzt. Sie tun mir geradezu einen Gefallen. Bitte!« fügte er leise hinzu, und es war ein fast ergreifender Nachdruck in dem Wort.
Recha sah ihn an, und in ihrem Gesicht erschien ein kleines, zögerndes Lächeln. Es war, als hätte dies Gesicht so sehr die Fähigkeit zu lächeln verloren, daß es sie schmerzte.
Aber nach dieser Szene konnte es unmöglich lange dauern, ehe Herr Gelbfisch an der Villa überm Fluß vorfuhr, um seine Aufwartung zu machen.
Das lag nun vier Jahre zurück, und mehr als zwei war es her, seit sich der Marschall und Großvater sein Augenglas aufgesetzt hatte, um Elisabeth zu betrachten. Das »schottische« Kleid war längst zu klein geworden für sie. Aber sie hatte geweint, als es zertrennt werden sollte, und so hing es im Schrank, zusammen mit seinem Mützchen.
Sie nahm es hervor, heute wie oftmals, und drehte es in den Händen. Es war Abend, sie sollte zu Bette gehen und zögerte nach Kinderart den Augenblick noch ein wenig hinaus. Heinrich Gelbfisch, der nun sozusagen zum Haushalt gehörte, stand neben ihr in dem weißlackierten Zimmer, darin sie mit Chana schlief.

»Das war doch mein schönstes Kleid, Onkel Heinrich. So eines bekomm' ich nicht wieder.«
»Unsinn, Bessie. Viel schönere wirst du bekommen.«
»Aber das Schottische wird es nicht sein.«
»Nun, wenn dir so viel daran liegt, kann man es nachmachen, bloß etwas größer.«
»Es wäre doch nicht dasselbe.«
Das war abschließend gesagt, in einem Ton, der auf Verständnis verzichtete. Denn selbst die kleine Elisabeth behandelte Herrn Gelbfisch nicht ganz als Erwachsenen.
Später dann saß er im Wohnzimmer bei den Frauen und perorierte vor ihnen über die Begebnisse draußen in der europäischen Welt, mit so bebendem Anteil wie je, trotz mancher bittern Erfahrung. Nichts hatte seinem Schwärmertum Abbruch tun können, nicht einmal der Umstand, daß man ihn schnöde zurückwies, als er sich um Aufnahme in einen der politischen Klubs bewarb, die überall in der jungen Republik aus der geeinten Erde schossen. Noch immer war der Untergang der drei Kaiserreiche, der »drei finsteren Kolosse«, wie er sie nannte, ein Gegenstand seines Entzückens, auch als sich längst neue Wolken über dem Weltteil zu sammeln begannen.
»Ni Dieu ni maître«, stieß er begeistert hervor, und Recha, die allein das verstand, sah mit melancholischem Spott die Flamme in seinen runden, schwarzen Augen zucken, die zu nahe beisammen lagen.
»Chana, es geht wirklich nicht weiter«, sagte sie, als er schließlich gegangen war, »hast du gesehen, was er wieder geschickt hat?«
»Was denn?«
»Eine neue Lampe fürs Eßzimmer.«

»Nun, die alte war ja wirklich fatal.«
»Aber es vergeht keine Woche, ohne daß er was schickt. Der Teppich hier, das Schildpatt auf meinem Toilettentisch, das viele Spielzeug für Bessie, die Delikatessen, die Weine –«
»Wenn es ihn glücklich macht.«
»Aber es gibt ihm nach und nach einen Anspruch.«
Chana schwieg. Sie saßen einander am runden Tisch gegenüber, Chana mit einer Näharbeit beschäftigt, zu der sie trotz ihrer Jahre keine Brille benötigte, Recha über einer Stickerei in den braunen und mattgrünen Tönen, die ihr Geschmack waren. Die Fenster standen offen gegen die warme Aprilnacht.
»Dem jungen Zweifuß bin ich heute begegnet«, sagte Chana, scheinbar ohne Zusammenhang. »Er hat nach der andern Seite geschaut, um mich nicht zu grüßen.«
»Die werden uns nicht mehr lange hier wohnen lassen.«
»Sie werden uns wohnen lassen, solang wir die Miete bezahlen.«
»Wie lange wird das noch sein.«
»Ja, das frag' ich mich auch.«
Die Kamine der Zweifußschen Zuckerfabrik, tausend Schritte flußaufwärts, rauchten nicht mehr. Schon während des Krieges war die Produktion dort sprungweise zurückgegangen, und nun hinderten neu aufgerichtete Zollbarrieren die Ausfuhr nach dem ehemaligen Absatzgebiet. Das schlimmste aber war: es fehlte am Betriebskapital. Denn die Mehrzahl der Forderungen, die der alte Daniel Zweifuß seinen Söhnen hinterlassen hatte, erwies sich als uneinbringlich. Die Adelsfamilien, deren historiche Namen seine häßliche Hand so zuversichtlich in das

Geheimbuch eingetragen, waren versprengt und verarmt, viele ihrer Söhne im Felde gefallen. So war es begreiflich, daß eines Tages aus dem Kontor der feiernden Fabrik ein Schreiben nach der Villa hinübergebracht wurde, das die Witwe des Oberleutnants Graf Pattay um Rückerstattung jener längst fälligen zwanzigtausend Kronen ersuchte.

Recha hatte von dieser Schuld nichts gewußt. Die Rechtslage war zweifelhaft. Notar Krasna, der konsultiert wurde, war nicht der Ansicht, daß eine Verpflichtung bestehe. Aber Recha fühlte sie auf sich. Um ihretwillen hatte Pattay dies Darlehen aufgenommen, und die Söhne dessen, der es gewährt hatte, waren nun selbst in Bedrängnis. Ihr Impuls war, herzugeben, was sie besaß. Das war wenig genug. Die Ersparnisse aus ihren Bühnenjahren waren unter den Stößen der Währungskrise zusammengesunken. Allvierteljährlich bot die Aufbringung ihres Mietzinses ein Problem. Mußten sie nun in der Tat das Haus am Fluß und den Garten verlassen?

An diesem Punkt setzten Chana und der alte Jurist ihre Überredungskraft ein. Zwei Zimmer irgendwo in der Stadt beziehen, Elisabeth aufwachsen lassen in der kellerigen Feuchte dieser luftlosen Gassen – es war ein Opfer, vor dem Recha zurückschrak.

Aber es gab einen anderen Verzicht, und an den rührte Chana mit keinem Wort. In dem weißen Hause war Rechas Herz. Hier war sie mit Pattay glücklich gewesen, hier hatte sie gelebt in der kurzen Zeit, da sie wirklich gelebt hatte.

V

Bessie hatte den Tisch gedeckt, und Chana trug das Abendbrot auf. Die alte Frau und das Kind waren jetzt miteinander allein. Ehe Recha von der Reise zurückkam, die sie kürzlich angetreten hatte, konnten Monate vergehen. Man mußte sogar hoffen und wünschen, daß es viele Monate sein würden.

Draußen fuhr ein Wagen vor. Die beiden legten Messer und Gabel hin und sahen einander an. Da ging schon die Tür auf, und im Reisekostüm kam Recha herein. Sie sah derangiert und krank aus.

»Da bin ich schon wieder«, sagte sie und nickte sonderbar zu Elisabeth hinuter, die auf sie zugesprungen war. Elisabeth ließ die Arme herabfallen. Man hörte draußen im Flur den Kutscher den Koffer niedersetzen, hörte ihn gehen und den Wagen davonrollen.

»Du kommst genau richtig zum Abendbrot«, sagte Chana mit einer Stimme, der man die Anstrengung, natürlich zu bleiben, nicht anmerkte, »es gibt sogar etwas Gutes.«

Recha setzte sich an den Tisch, ohne Jackett und Hut abzulegen, wie eine Fremde.

Und dann kam es. Ihr Kopf sank vornüber auf ihre ausgestreckten Arme, und ein Schluchzen riß ihren schmalen Körper hin und her.

»Tante Chana!« Elisabeth bewegte kaum ihre Lippen.

»Geh vor ins Schlafzimmer, Bessie. Decke Mamas Bett auf.«

Elisabeth nickte ernsthaft. Sie bückte sich nach Rechas Hut, der zu Boden gefallen war, und ging.

Chana umfing die Nichte von rückwärts und richtete sie mit ruhiger Gewalt in die Höhe. Einen Augenblick ließ sie das zuckende Gesicht an ihrer Schulter ruhen. Dann nahm sie ihr das Jackett ab und begann sie schon im Gehen zu entkleiden.

»Chana, du weißt ja nicht –«

»Ich will jetzt nichts wissen. Leg dich nur hin. Das Bett ist immer ein Trost.«

Nicht rasch ging die Krise vorüber. Chana, nach ihrer Art, besaß die Stärke, stumm abzuwarten. Sie fragte nicht, ob ein Arzt geholt werden solle, hatte keine der fahrigen Besorgtheiten, die in solchen Fällen den Kranken verstören. Verließ sie das Zimmer, so kam Elisabeth herein und rückte sich den Stuhl an das Bett. Sie war nicht lauter als Chana und zeigte eine Fähigkeit auszuharren, die merkwürdig war für ein Kind. Nur die Gewohnheit, ihre Schuhe aneinander zu scheuern, hatte sie beibehalten. Sie tat es fast unaufhörlich, aber vorsichtig, ohne Geräusch, und genoß es doch immerhin, daß jetzt niemand da war, es ihr zu verbieten.

Am Morgen des dritten Tages aß Recha zum erstenmal, schlief dann über den Mittag, und als sie erwachte, sah die kleine Elisabeth, daß ihr Gesicht war wie sonst.

Ein leichtes Anthrazitfeuer brannte. Draußen schien helles Septemberlicht. Ein schräger Strahl leuchtete auf dem blonden Schildpatt der Toilettengarnitur und erreichte den Silberrahmen der großen Photographie auf dem Tischchen daneben. Sie zeigte Franz Pattay in voller Uniform, die Tschapka mit dem Haarschweif in die Hüfte gedrückt, das klare, freie Gesicht dem Beschauer mit einem unbefangenen Lächeln zugewendet.

»Bessie, rück mir das Tischchen mit dem Bild unten ans Bett. Da blendet es nicht.«
»Ja, Mutti.«
Und sie sprang auf.
»Mutti?« fragte Recha, und das Kind sah, daß sie lächelte, »seit wann sagst du Mutti zu mir? Nicht mehr Mama?«
»Mutti ist lieber.«
»Zärtlicher, meinst du.«
»Ja, zärtlicher. Mutti – ist's jetzt vorbei?«
»Ganz vorbei.« Und schon begannen ihre Tränen wieder zu strömen. Aber sie schmerzten nicht länger. Sie öffnete ihre Arme, und die Kleine stürzte über sie her, leidenschaftlich.
»Bessie – du drückst mich ja tot!«
»Ich hab schon geglaubt, du magst mich nicht mehr.«
»So was Dummes kannst du nicht glauben.«
»Mutti – war es so dumm?«
Die Kleine richtete sich empor, saß auf dem Bettrand und schlenkerte ihre Beine, beglückt.
Chana kam herein. Sie trug ihr Sabbatkleid und ein dunkelrotes, seidenes Umschlagtuch, das von Heinrich geschenkt war.
»Gehst du aus, Chana? Das ist recht.«
»Ich will in den Tempel.«
»Ist denn schon Freitag?«
»Du bist wirklich ganz aus der Ordnung. Laubhütten ist. Freudenfest. Hörst du nicht?«
Sie hob ihren Finger. Aus dem Garten kam leichtes Hämmern und Knacken von Ästen.
»Heinrich hat uns seine Leute geschickt. Sie bauen eine

Hütte im Garten. Lauf hinaus, Bessie, schau ihnen zu.«
»Laubhüttenfest, Freudenfest«, wiederholte Recha und wandte ihre Augen nach Pattays lächelndem Bild.
»Sag einmal, Chana, mußt du gleich gehen?«
»Es ist noch nicht fünf. Heinrichs Leute nehmen mich dann zur Stadt mit dem Wagen.«
Und sie setzte sich zurecht. Nun würde sie hören. –
Vor nicht ganz zwei Wochen war Recha nach Warschau gereist, um ein Bühnenengagement anzutreten.
Sie war vor diesem natürlichen Ausweg aus ihren Schwierigkeiten bisher immer zurückgewichen. Der Gedanke, sich wieder dem Publikum darzustellen, zu tanzen, Walzerlieder zu singen, jagte ihr Ängste ein. Eine Demütigung schien ihr gewiß. Sie fühlte sich zu alt, verbraucht und verwelkt mit ihren dreiunddreißig Jahren. Und ganz sicher war sie vergessen.
Aber in diesem Frühjahr und Sommer griff ihnen die Not an den Hals. Als die Juli-Miete herankam, packte sie ihre Schmuckstücke zusammen und bot sie den beiden Händlern an, die im Städtchen als Juweliere firmierten. Aber in dem ausgebluteten Land, und zumal hier in der Provinz, war für Kostbarkeiten kein Markt. Sie gewann nur eben Hilfe für den Moment.
Sie wußte, welch anderen Schritt Chana schweigend von ihr erwartete. Heinrich drängte sie nicht. Aber sie lag wach in vielen Nächten und wog das Unrecht an ihrem Kind gegen das Unrecht an dem Manne, den sie nicht liebte. Ihre verwundete Natur scheute zurück vor der unersehnten Umarmung. So ging man nicht in die Ehe mit einem redlichen Menschen.
Da kam um die Mitte August der Antrag aus Warschau.

Das Theater, an dem sie ihre Erfolge geerntet hatte, lud sie ein, wie vordem in einer Operette des jüngeren Strauß die Titelpartie zu singen. Es war ein reizendes Werk, das sie immer geliebt hatte. Und der Brief war bestechend. Der Warschauer Direktor schrieb im Tone schmeichelhafter Überredung und bot ihr eine stattliche Gage mit einer Art Entschuldigung an. Ganz offenbar setzte er voraus, daß sie als Witwe eines Mannes aus so großem Haus in mehr als bequemen Umständen lebe.

Erstaunt gewahrte die alte Frau die Wirkung dieses Schreibens auf Recha. Die Höflichkeit dieses Theatermenschen, der sie fast ein Jahrzehnt nicht gesehen hatte, überzeugte sie unmittelbar von der Grundlosigkeit ihrer Zweifel. Nun sah sie es klar: noch war sie imstand, allen Nöten durch ihr Talent ein Ende zu machen. Nicht in ungesunder, trüber Enge würde ihr Kind herankümmern müssen. Und sie akzeptierte mit einem so enthusiastischen Brief, daß Chana ihr riet, doch in gemessenerem Tone zu schreiben.

In Warschau ließen die Dinge sich verheißungsvoll an. Sie war nicht vergessen. Die Blätter nahmen eifrig Notiz von ihr, Unbekannte füllten ihr das Hotelzimmer mit Blumen, ältere Kollegen, mit dem reizenden Überschwang polnischer Leute, begrüßten sie wie eine täglich Entbehrte, endlich Heimgekehrte.

Ein Kummer freilich war es und fast ein Schlag, daß sie ihren alten Gesangslehrer Dossi nicht mehr vorfand. Sie hatte sich während der Zeit, die bis zum Probenbeginn noch blieb, bei ihm einsingen wollen und hatte ihm schon von unterwegs eine Depesche gesandt. Der ehemalige Bariton der Scala, der für seine Fechterfigur und

exquisiten Manieren nicht minder berühmt war als für seine Lehrmethode, hatte sie in vergangenen Tagen als Schülerin immer bevorzugt. Aber Dossi war tot. Er hatte auch jedes Recht, tot zu sein; er wäre ein Achtziger gewesen, wenn er gelebt hätte. Das hatte sie nicht bedacht, und es gab ihr ein Gefühl der wegsinkenden Zeit.
Von Eile gedrängt, griff sie nach dem ersten Ersatz, den man ihr empfahl. Das war ein deutscher Opernsänger, dem vor einigen Jahren ein Unglücksfall die Karriere zerstört hatte. Entstellt, tief verbittert, hatte er sich nach dieser polnischen Stadt zurückgezogen, die für seine Begriffe außerhalb der Zivilisationssphäre lag. Er kannte noch heute nicht zwanzig Worte der Sprache.
Recha erschrak, als sie unter dem sorgsam gelockten Blondhaar in ein Antlitz blickte, dessen linke Seite als gelähmte Halbmaske herabhing. Der Mann starrte sie an, aus Augen, die nicht mehr in gleicher Höhe lagen, und mit nervöser Hellsicht wußte Recha, daß er das kranke Erzittern in ihrem Gesicht, ihre Leidensspur, wie einen Hohn auf die eigene furchtbare Entstellung empfand.
In einer Atmosphäre von Kälte und Antipathie begannen die Stunden. Nach der langen Entwöhnung war sie wenig zufrieden mit Halt und Farbe ihres Organs, und die Korrekturen dieses Lehrers, gleichgültig, ja wegwerfend vorgebracht, trugen nicht dazu bei, ihre Zuversicht zu stärken.
»Die Stimme sitzt nicht, Herr Kammersänger«, rief sie irritiert, »es wird immer schlechter.«
»Ach, sitzen tut sie schon«, gab er zur Antwort, und es lag Unheil und Hohn in der Art, mit der er das Wort wiederholte.

Sie stand zu seiner Linken am Flügel, sie hatte die zerstörte Gesichtshälfte unter sich und wagte nicht, ihren Standort zu wechseln.
Als sie sich nach acht Tagen verabschieden konnte, fühlte sie sich erlöst. »Natürlich wäre es gut«, sagte sie höflich, »unser Studium auch während der Probenzeit fortzusetzen. Aber ich gestehe Ihnen, daß ich das Honorar in Betracht ziehen muß. Vielleicht kann ich mit dem Korrepetitor noch üben.«
Er hielt schon die Tür vor ihr auf. »Ja, üben Sie mit dem Korrepetitor«, sagte er. »Und vielleicht sehen Sie doch einmal einen Halsarzt!« Und er schloß die Tür hinter ihr.
Verstört kam sie am andern Morgen in das Theater. Sie hatte bisher nur an zwei Arrangierproben teilgenommen. Dies war ihre erste Probe mit dem vollen Orchester. Der Kapellmeister, ein unruhiger jüngerer Herr, der vage an Arnold Grünbaum erinnerte, entschuldigte sich bei dem Gast. Sein erster Geiger sei krank. Es werde nicht alles zum besten sein.
»Auch bei mir kaum«, sagte sie trübe.
Damit stand sie in der Kulisse und horchte auf die Rezitative der einleitenden Szenen. Die Bühne war leer. Ihr Auftrittslied erklang. Sie ging hinaus. Sie öffnete ihren Mund.
Nichts kam. Die Stimme war ein dünner, brüchiger Faden. Die triumphale Walzermusik schwoll zu ihr auf wie eine gierige Brandung. Der Kapellmeister klopfte ab.
»Nicht markieren, Gnädige!« Das war der Direktor, der mit dem Regisseur im Parkett saß. »Nur heraus mit der Stimme!«
Wieder rauschte das Walzerlied auf. Sie hörte sich selbst

nicht. Es war alles vorbei. Da half auch kein Arzt. Nicht nur eine Saite hing schlaff, ihr Instrument war zerbrochen.
Jenseits der Walzerbrandung öffnete sich der Raum, grabesschwarz, ungeheuer. Unter ihr der Bretterboden begann Wellen zu schlagen. Sie sang weiter, vier Takte lang, sechs.
Das Orchester spielte noch fort. Der Kapellmeister wagte nicht, nochmals abzuklopfen. Die beiden Herren irgendwo saßen stumm, ihre Zigarren glühten in dem offenen Grab. Es gab nichts mehr zu sagen, nichts zu erklären.
Sie trat ab. Über einem Versatzstück lagen ihr Hut und ihr Mantel. Sie stemmte sich gegen die eiserne Bühnentür, die nur einer furchtbaren Anstrengung wich.
Sie gelangte in ihr Hotel. Sie reiste. Da war sie.

VI

Zu dieser Zeit des Jahres bauten überall in der Welt fromme Juden sich Hütten. Die buchstabengläubigen wohnten darin, die lässigeren nahmen während der sieben Tage wenigstens ihre Mahlzeiten dort. Nicht ganz aus Gebälk und Brettern durfte solch eine Hütte gezimmert sein, ihr Blätter- und Zweigdach sollte nicht völligen Schutz bieten gegen Regen und Wind, und das Sternenlicht sollte hindurchscheinen.
»Dies«, so verfügte wortkarg das Buch, »soll euch an jene Zeit erinnern, da ihr in der Wildnis in Hütten gewohnt habt.«
Aber es erinnerte die Juden an nichts mehr. Selbst denen,

die in den Lehrhäusern über rabbinische Schriften gebückt saßen, wurde der Festsinn der sieben Tage nur dämmerig erkennbar. Zu undenklich lang war es her, daß sie als wandernder Stamm ihre Herden getrieben hatten, auf der Suche nach neuen Weiden oder nach herrenlosem und fettem Land, wo sich siedeln und säen ließ. Weide und Ackerflur, Herde, Aussaat und Ernte – es gab auf dem Rücken der Erde kein Volk, so abgetrennt vom anfänglichen Erbteil wie dieses letzte, das aus antiker Frühe noch übrig war.

Aber wo immer ein Gärtchen lag hinterm Haus, ein dunkles Höfchen auch nur zwischen Mauern, da hatten sie etwas Hüttenartiges aufgerichtet, schoben Tisch und Bänke hinein und saßen und aßen in dem wackligen Unterschlupf. Im Schmutz der feuchten Gassen liefen ihre Kinder mit Jubelfähnchen herum, auf deren buntem Papier Mosis Bild aufgemalt war über hebräischen Zeichen. Gehorsam schritten die Älteren in den Tempel zur Freudenfeier. Aber worüber die wandernden Vorväter sich einst gefreut hatten, das wußten sie nicht mehr.

Der erste der sieben Morgen ging strahlend auf überm Djnestrtal, und als Recha sich angekleidet hatte, traten die drei in den Garten hinaus, um in der Hütte zu frühstücken. Unten, nahe überm Fluß, hatten die Männer am Vortag sie hingebaut – eine ausnehmend schöne Hütte, hoch, die Wände so solide, wie es erlaubt war, und das luftige grüne Dach mit bunten Herbstblumen reizend durchflochten. Sie standen und blickten bewundernd hin. Dann faßte die alte Frau Recha und das Kind bei den Händen, und alle drei wandelten über den morgenfeuchten Rasen hinunter. Die breite Tür stand offen gegen den

Fluß. Drinnen war der Tisch verlockend gedeckt. Neben Chanas Platz lag ihr hebräisches Buch, gebunden in blauen Samt und mit vergoldeten Spangen geschlossen. Da Recha am Vorabend noch zu Bette gelegen hatte, war dies Frühstück das erste gemeinsame Festmahl, und ehe Chana das Brot brach, sprach sie den Segen.

»Gepriesen seist Du, mein Gott und Gott meiner Väter, der Du uns befohlen hast, in Hütten zu wohnen.«

»Was heißt das?« fragte Elisabeth.

Chana übersetzte es ihr. Das Kind hielt mit beiden Händen die Tasse umklammert, blies auf die heiße Milch und schaute mit einem kleinen Schielen zu Chana auf.

»Warum hat der Herr befohlen, in Hütten zu wohnen?«

»Das ist einmal so. Man braucht nicht alles zu wissen.«

Die Kleine setzte die Tasse nieder und leckte den Milchrand ab, der um ihren Mund zurückgeblieben war.

»Aber wenn der Herr es befohlen hat, muß er doch wissen, warum.«

»Der Herr weiß alles«, sagte Recha. »Nimm lieber deine Serviette, und leck dich nicht ab wie ein Kätzchen.«

Sie aßen und tranken.

»Wie hübsch Heinrichs Leute das gemacht haben!«

Recha sah sich um in dem sauber gefügten Räumchen und schaute dann hinaus auf den Fluß und die spielzeughaft beieinanderliegende Stadt, über der die letzten durchsonnten Morgennebel flogen.

»Übrigens, Recha – er war gestern selbst hier. Er hat dich nur nicht stören wollen.«

»Heinrich?«

»Ich hab's gewußt, Mutti. Onkel Heinrich hat mitgeholfen beim Bau.«

»Und das hast du mir gar nicht erzählt?«
»Aber Mutti, wenn jemand sagt, es ist ein Geheimnis!«
»Ja, natürlich –. Hör einmal, Bessie, ich möchte dich etwas fragen.«
Elisabeth sah ihre Mutter aufmerksam an und legte den Rest ihres Honigbrots auf das Tischtuch. Recha nahm das Brot und legte es auf einen Teller.
»Wünschst du dir eigentlich manchmal, Onkel Heinrich wär' dein Papa?«
»Onkel Heinrich – eigentlich nicht.«
»Aber du magst ihn doch gern.«
»Ich mag ihn schon gern. Nur Angst könnt' ich nicht vor ihm haben.«
»Angst? Muß man Angst haben vor einem Papa?«
»Nicht wirklich Angst, Mutti. Aber einbilden muß man sich's können.«
»Mir scheint, du redest Unsinn«, sagte Chana. »Lauf lieber hinauf und hole mir meinen wollenen Schal. Es ist doch noch kühl.« Elisabeth lief.
»Recha – er kommt heute nachmittag.«
»Das habe ich erwartet.«
»Ich red' dir nicht zu. Du bist frei.«
»So frei wie man ist in einer Lage wie unsrer.«
»Das klingt beinahe, als wäre er dir zuwider.«
Recha schüttelte langsam den Kopf.
»Er ist ein sanfter, aufrichtiger Mensch. Von zuwider ist gar keine Rede.«
»Nun, das ist mehr, als die meisten Bräute von sich sagen können.«
»Wahrscheinlich.« Recha lächelte ein bißchen über die melancholische Weisheit.

»Für ihn wär's auf alle Fälle ein Glück. Unter uns gesagt – ich glaube, er macht auch geschäftlich allerhand Dummheiten. Gut, wenn er eine vernünftige Frau bekommt.«
»Ich bin gar keine so vernünftige Frau.«
»Aber du hast eine vernünftige Tante«, sagte Chana mit einem brummenden Lachen, das doch recht befriedigt klang. Elisabeth sprang herein mit dem Wolltuch. Chana legte es neben sich auf die Bank.
»Ist dir nicht mehr kalt, Tante Chana?«
»Jetzt nicht mehr. Hast du fertig gefrühstückt?«
Elisabeth nickte. Die alte Frau öffnete die vergoldeten Spangen an ihrem Buch, schlug es auf, dort wo das Zeichen lag, und las das Gebet.
»Herr, Du mein Gott und Gott meiner Väter, wir sind Deinem Gebote gefolgt und haben in dieser Hütte gesessen. So gib auch, daß wir im kommenden Jahre würdig befunden werden, in der Hütte des Leviathan zu sitzen.«
»Tante, was heißt das?«
Chana runzelte halb ärgerlich ihre Stirn. Aber Recha nahm das samtene Buch und übersetzte die hebräischen Worte für ihr Kind.
»Wer ist der Leviathan, Mutti?«
»Der Leviathan – wahrhaftig, ich weiß nicht.«
Aber in Chanas altem Kopf regten sich Erinnerungen an die eigene Kinderzeit, als in einem Judenstädtchen im Norden ihr lang verstorbener Vater am Sabbat aus den Fabeln und Lehrmärchen der Haggada erzählt hatte. Da war vom Leviathan die Rede, dem nach Blut brüllenden Ungeheuer, das von den Gerechten erlegt wird und dessen Haut sie für sich ausspannen als Zeltwand.

»Der Leviathan, Bessie, das ist ein Ungetüm – damit sind böse Menschen gemeint.«
»Böse Menschen«, wiederholte die Kleine mit grübelndem Ausdruck. »Mutti – warum verstehe ich kein Hebräisch?«
»Hebräisch ist nicht so leicht.«
»Alle jüdischen Kinder können Hebräisch.«
»Im Frühjahr kommst du in die Schule. Da lernst du's.«
»Das wird fein«, sagte Elisabeth.
Die beiden Frauen saßen still und blickten auf das Kind mit dem honigfarbenen Haar, auf seine hellen, heiteren Augen mit den bläulichen und goldenen Lichtern darin, die Pattays Augen waren.

VII

Es war ein Gespräch von mehr als zwei Stunden und beinahe ein Verlobungsgespräch. Nur das allerletzte, ganz klare Wort war noch nicht gefallen. Recha stand vor einer weit offenen Tür und wußte, daß sie eintreten müsse, aber noch sperrte, undurchschreitbar, ein magnetischer Riegel die leere Schwelle. Es war nicht Abneigung, was sie gegen Heinrich empfand, wie er da auf dem abfallenden Rasen neben ihr saß und sie im Reden aus seinen runden, schwarzen Augen so sanft und dringend ansah – und auch keineswegs hemmende Fremdheit. Viel eher war es das Gegenteil, ein Gefühl des zu nahe Verwandtseins. So, als sollte ihr jüngerer Bruder sie jetzt gleich in die Arme nehmen und als seine Braut küssen. Doch dies alles, natürlich, war Sache der Nerven, war Einbildung,

kranker Unsinn. Ein Zurück gab es nicht, durfte keins geben.
»Ich komme ein Stück mit hinaus, Heinrich«, sagte sie und trat mit ihm auf die Landstraße. Die Sonne war schon hinunter, es wurde angenehm kühl.
Der Augenblick war nun da. Ehe sie stehenblieb und ihn seinen Wagen besteigen ließ, der dort langsam vorausfuhr, mußte alles entschieden sein. Zögernd ging sie. Sie setzte sich Fristen. Wenn sie jetzt in den Hof der Zweifußschen Fabrik hineinblickte und er war völlig von Menschen leer – dann würde sie sprechen. Aber als sie heran waren, standen hinter dem Gitter die Zweifußschen Kinder und schauten unfreundlich durch die Stäbe. – Wenn sie jetzt bis zwanzig zählen konnte, ehe die Pferde dort vorn die Birkengruppe erreichten – dann tat sie den Mund auf. Aber sie war mit ihrem Zählen nicht rechtzeitig zu Ende. Die Straße senkte sich schon, und man sah den Eingang zur Brücke. Dies war die letzte Station; vor der Brücke gab sie ihr Ja. Sie wandte die Augen nach Heinrich. Er war kaum größer als sie, wie er da neben ihr herschritt, zierlich und schmal. Sie bemerkte den leichten Schweiß, der ihm auf der Schläfe stand. Mitleid durchzuckte sie wie ein Schmerz, Mitleid nicht weniger mit sich selbst als mit ihm. Da war die Brücke. Man hörte den langsamen Tritt der Pferde auf den Bohlen schallen. Ein Mann kam über die Brücke daher und traf am Eingang mit ihnen zusammen. Der Mann wich seitlich zurück, machte gewissermaßen Front, nahm seine Mütze ab und verbeugte sich achtungsvoll. Recha dankte befangen.
Er sah aus wie ein ukrainischer Bauer, breitschultrig,

freundlich. Aber er trug keinen Bauernkittel, sondern einen unbestimmt grüngrauen Rock, der einmal ein Uniformstück gewesen sein konnte, und auf dem Rücken ein kleines Felleisen aus Sackleinwand.
»Ich erlaube mir, die Frau Gräfin zu begrüßen«, sagte der Bauer in einem mühevollen, slawisch artikulierten Deutsch.
»Wer sind Sie denn?« fragte Recha und wußte schon die Antwort, während sie sprach, »Sie sind ja der Pjotr.«
Der Mann verbeugte sich wieder. Er blickte sich um und legte sorgfältig seine formlose Mütze hinter sich auf das Brückengeländer. Dann griff er in seine Brust und brachte ein blaues, zusammengeknotetes Tuch zum Vorschein. Einen Zipfel davon nahm er zwischen die Zähne und knüpfte mit der Hand das Bündel auf. Jetzt erst sah Recha, daß sein linker Ärmel leer herunterhing.
Auf der flachen Hand bot Pjotr ihr den Inhalt seines Tuches dar. Es waren eine kleine lederne Taschenuhr und ein altertümliches Medaillon aus gehämmertem Gold.
»Das bringe ich vom Herrn Grafen«, sagte Pjotr.
Recha nahm das Medaillon und blickte drauf nieder. Das künstliche Linienwerk auf dem Deckel verrückte sich ihr, verzerrte sich durch den Tränenschleier. Sie fuhr sich mit dem Handrücken über die Augen und drückte die Feder auf. Sie sah das Bildchen – sich selber und Pattay, ihre beiden Köpfe nahe beieinander, winzig, aber wohlgetroffen und scharf, jung alle zwei, lächelnd, glücklich. Es war eine Aufnahme aus jener Zeit im Gebirg, den Wochen seliger Windstille.
Pjotr stand dort und hielt noch immer die lederne Uhr auf dem blauen Tuch vor sich hin. Recha lehnte sich ge-

gen die Brückenbrüstung. Die Zeit ward zunichte. Die sieben Jahre waren nicht gewesen. Da kam dieser Pjotr und brachte diese Gegenstände »vom Herrn Grafen«.
»Wo kommen Sie her nach der langen Zeit?« fragte sie endlich.
»Ich war gefangen. Dann war ich in Jakutsk. Das ist sehr weit.«
»Wie lange sind Sie zurück im Land?«
»Zehn Tage, wenn die Frau Gräfin erlaubt. Vor zehn Tagen bin ich gekommen.«
»Es sind Sachen von Pattay«, wandte sich Recha an Heinrich, so als habe er nicht dem Ganzen beigewohnt und bedürfe einer Erklärung. »Pjotr war Pattays Mann.« Sie gebrauchte keinen der üblichen Ausdrücke – Pattays Putzer oder Offiziersbursche oder Diener. »Pattays Mann«, sagte sie, und es klang wie von weither. »Heinrich – ich muß jetzt mit ihm reden.«
»Ja, das verstehe ich«, sagte Herr Gelbfisch.
Er nickte Recha zu. Eigentlich war es eine kleine Verneigung. Er gab auch Pjotr einen Gruß, drehte sich um und ging davon über die leere Brücke, an deren jenseitigem Ende sein wartender Wagen sichtbar war. Recha blickte ihm nach, seiner kleinen, schmalen Gestalt im schwarzen Festtagsrock. Er ging steif und ein wenig gebeugt, man sah ihm sogar von rückwärts an, wie gut er wußte, daß er für immer davonging.

VIII

Es wurde schon dämmerig. Haus und Garten lagen ganz still. Chana, die mit dem Kinde zur Stadt gegangen war, dehnte ihren Spaziergang aus, sicherlich um dem Verlobungsgespräch Zeit zu lassen. Die beiden Stühle, auf denen es hatte stattfinden sollen, standen nahe beisammen noch auf dem Rasen. Hier stetzten sich Recha und Pjotr, und sie ließ den Zurückgekehrten erzählen.

Pjotrs Rede zu folgen fiel ihr zuerst nicht ganz leicht. Ukrainische und polnische Brocken mischten sich trübend in sein Armeedeutsch, und noch andere, fremdere Laute klangen dazwischen, deren Ursprung nicht recht zu deuten war. Dann aber, je länger er sprach, kam ihm die halbvergessene Sprache fließender zurück.

Das erste, was er Recha versicherte, war, daß er die beiden Andenken, Medaillon und Uhr, mit ausdrücklicher Erlaubnis der Vorgesetzten an sich genommen habe, damals, als Pattay gefallen war und nach Wien überführt werden sollte. Bei seinem ersten Urlaub von der Front wollte er sie in Rechas Hände liefern. Aber Pjotr bekam keinen Urlaub. Wie ein Stück Kork auf dem Meer wurden die Ulanen im Osten Europas umhergeschwemmt. Und eines Tages war Pjotr gar kein Ulan mehr, sondern kauerte als Infanterist in einem Schützengraben der erstarrten Front. Bei einem unvermuteten nächtlichen Vorstoß der Russen verlor er im Nahgefecht einen Arm und geriet in Gefangenschaft. Er wurde krank auf dem Abtransport und fieberte monatelang in einer Typhusbaracke irgendwo an der Grenze Sibiriens. Ohne Hilfe und Pflege genesen und immer ostwärts geschleppt, fand

er sich schließlich, ein kaum mehr bewachter Krüppel, in einer unglaubhaften Gegend zwischen den Strömen Aldan und Lena, wo gar nichts wuchs, die Menschen nach Gold in der kreidigen Erde wühlten und etwas sprachen wie Türkisch. Hierhin gelangte kein Brief und nur der späteste, schwächste Nachhall vom Zusammensturz in der Welt. Lange schon gab es kein Österreich mehr und länger keine Zarenregierung, als Pjotr wieder in Bewegung gesetzt wurde, mit sechs anderen zusammen, heimwärts diesmal. Fußmärsche über gefrorene Schneisen, Wochen im Schlitten, im Karren, endlich der Güterwaggon einer Bahn. In einer Stadt namens Omsk lud man sie aus – zu einem Aufenthalt von drei Monaten. Die sieben kampierten in einer verlassenen Schnapsbrennerei, wo es beinahe nichts zu essen gab, jedoch Zigaretten in Fülle, und Pjotr saß rauchend am zerschlagenen Fenster und schaute auf die weite, feldähnliche Straße hinaus, auf der Kamelkarawanen und kirgisische Ponys zogen. Dann, mitten in einer Nacht, hieß man die Heimkehrer aufstehen und trieb sie zum Bahnhof. Statt des erwarteten Güter-und Viehzugs nahm ein heranrauschender Expreß sie auf, mit weichen Betten und gedeckten Speisetischen, und nach einer unerklärlichen Luxusfahrt traf Pjotr an der Grenze der Republik Polen ein, von deren Existenz er durchaus nichts wußte und deren stimmberechtigter Bürger er seit mehreren Jahren war.
Sein Dörfchen fand er nicht mehr. Es war vom Kriege rasiert. Die paar Holz- und Steintrümmer lagen schon grün überwachsen. Nur die Mauer des Friedhofs stand aufrecht und das Feuerwehrhaus, in dessen Innern eine Spritze verrostete. Er wanderte nach dem Hauptort sei-

nes Distrikts. Dort ließ man in den Schreibstuben der Starostei den schüchternen Krüppel tagelang warten. Von seinem Vater und seinen sieben Geschwistern wußte niemand etwas.
Pjotr war gründlich allein. Sein Herr lag seit sieben Jahren in seiner entfernten Gruft, und nichts blieb zu tun übrig, als der Witwe Uhr und Medaillon zu überbringen, die Pjotr auf all seinen eisigen Wanderungen, in all seinen Elendsbetten eingeknüpft am Leibe getragen und die ihm merkwürdigerweise niemand gestohlen hatte. Die weiße Villa am Fluß war sein letztes und einziges Ziel, und er wußte es in seinem simplen Kopfe nicht anders, als daß sie der Ort sei, an den er gehörte. Seine Sorge war nur, die Frau Gräfin werde ihn vielleicht für unbrauchbar halten, weil er nur einen Arm besaß.
Beklommen lauschte Recha auf den schwerfälligen Bericht und auf Pjotrs Hoffnungen. Sie hätte ihn unterbrechen müssen, seine Illusionen zerstören, ihm klarmachen, daß sie selbst arm war, in diesem Hause kaum noch geduldet, und daß es hier für ihn weder Obdach noch Arbeit gab. Sie vermochte es nicht. Da saß er vor ihr im sinkenden Dunkel, voller Vertrauen – das arme Stück Menschenwrack, ihr zugetrieben auf phantastischen Umwegen, mit seiner letzten Botschaft von Pattay. Am Hause wurden die Fenster hell. Chanas große Figur erschien in der Gartentür. »Sitz ihr noch immer beisammen?« sagte die tiefe Stimme, »es wird doch zu kalt.«
Recha stand auf, Pjotr folgte ihr, und sie traten beide in den Lichtkreis.
»Pjotr ist gekommen«, sagte Recha. »Du wirst dich erinnern an ihn. Er hat mir Sachen von Franz gebracht.«

»Jetzt?« fragte Chana und umfaßte die verstümmelte Gestalt mit dem Blick.
»Er war in Asien gefangen. Haben Sie nicht Hunger, Pjotr? Kommen Sie doch ins Haus.«
»Ich danke der Frau Gräfin gehorsamst«, sagte Pjotr. »Ich habe heute schon etwas gegessen.«
Mitten im Wohnzimmer stand die kleine Elisabeth und schaute aus weiten, erregten Augen auf den fremden Menschen. Ihr Gesicht war gerötet.
»Bessie muß sich erkältet haben«, sagte die alte Frau, »sie soll gleich zu Bett.«
Recha legte Elisabeth die Hand auf die Stirne. »Ja, sie hat Fieber. Pjotr – das ist unser Kind. So groß ist es schon.«
Pjotr verbeugte sich. »Ich habe die Ehre, guten Abend zu wünschen, Komteß.«
»Wie nennt er mich, Mutti?«
»Sie heißt Elisabeth, Pjotr. Der Mann hat deinen Vater gekannt, Bessie. Gib ihm die Hand.«
Elisabeth streckte ihre Hand aus. Da sah sie, daß der fremde Mann nur eine besaß. Auf einmal schossen ihr die Tränen in die Augen. Sie faßte nach dieser einen Hand und bedeckte sie mit Küssen.
»Was machst du denn Bessie! Da sehen Sie's, Pjotr, sie ist richtig krank.«
Pjotr, in tiefer Verstörung, stand steif wie auf dem Exerzierplatz. Er atmete kaum vor Scham.
»Mutti, bleibt Pjotr jetzt bei uns?«
»Das weiß ich noch nicht –«
»Wir haben jetzt die Hütte. Da kann er gut wohnen.«
Chana trat hinter das Kind und faßte es um die Schultern. »Komm jetzt zu Bett.«

»Ich will aber, daß er bleibt!« schrie Elisabeth und stampfte mit dem Fuß. »Mutti – versprich mir's.«
»Also gut. Heute nacht bleibt er.«
Elisabeth riß sich von Chana los und flog ihrer Mutter wild an den Hals. Dann ließ sie sich gehorsam ins Schlafzimmer führen.
Auf der Schwelle drehte Chana sich um.
„Und Heinrich?« fragte sie nur.
Recha schüttelte den Kopf.

IX

Die kleine Elisabeth hatte sich keineswegs einfach erkältet. In der Nacht wachte Chana an ihrem lauten Stöhnen auf; das Kind warf sich im Schüttelfrost und erbrach. Und am Vormittag hätte es keines ärztlichen Blickes mehr bedurft, um die Natur der Erkrankung zu erkennen. Nacken und Hals der Kleinen zeigten bereits den scharlachnen Ausschlag.
Der alte Doktor Adler, seit Monaten im Begriff, sich aus seiner Praxis zurückzuziehen, brachte ans Krankenbett den Kollegen mit, auf den er sie nach und nach übertrug. Dies war Doktor Kasimir Silbermann, der mit Glanz promoviert hatte, auch gewiß modernere Kenntnisse besaß als der siebzigjährige Hausarzt, nur leider nicht dessen beschwichtigende persönliche Aura, die selbst schon ein Heilmittel war. Verweisend schüttelte er seinen mageren Kopf mit dem pechschwarzen Kinnbart, als sich Recha außerstande erklärte, diese Ansteckung zu begreifen. Fünf Wochen sei es mindestens her, wohl eher sechs, seit

Elisabeth mit anderen Kindern in Berührung gekommen sei. Das besage nicht das geringste, ließ Silbermann sie wissen. Kontakt sei durchaus nicht vonnöten, ein infiziertes Kleidungsstück, irgendein Möbel genüge, auch Übertragung durch genossene Milch komme vor, da man im Körper von Kühen Erreger gefunden habe. Während seiner Ausführungen konnte man fast von Minute zu Minute verfolgen, wie sich der unheilvolle Aussatz über Ärmchen und Brust der Kleinen verbreitete. Mit halbem Bewußtsein lag sie, atmete gurgelnd aus ihrem dichtverschwollenen Hals und preßte leise klagend die Hand an ihr Ohr. Doktor Silbermann nickte. »Sie sehen, wie die Entzündung sich fortpflanzt – durch die Eustachische Röhre vom Hals in das Mittelohr.« Er sprach in einem Ton, als habe er alles vorausgesagt und niemand habe auf ihn hören wollen.

»Die Ohren auch!« sagte Chana. »Was macht man da, Doktor Adler?«

»Ausspritzen alle vier Stunden. Der Kollege schreibt Ihnen die Lösung dann auf.«

Er überließ dem Kollegen sämtliche Maßnahmen. Er wußte genauso wie der, daß in Fällen wie diesem die Natur ihren Lauf haben mußte und daß hier der Senat der Medizinischen Fakultät in Warschau so ohnmächtig war wie ein Dorfbader. Mit gesammelter Miene erteilte Silbermann seine Weisungen: Vollbäder mit einem Zusatz von Soda, lauwarme Packungen, Abreibungen mit einer kompliziert benannten Flüssigkeit, die aber nichts war als Karbolöl, und leichteste Kost, allerleichteste – als hätte es in der Absicht der Frauen gelegen, das hochfiebernde Kind mit Wildschweinpastete zu füttern.

An der Akkuratesse, mit der die Frauen seine Anordnungen befolgten, hätte der strenge Gelehrte nichts aussetzen können. Nie verließ eine von ihnen das Haus. Drei-, viermal täglich ging Pjotr über die Brücke zur Apotheke. Die Krankheit der kleinen Elisabeth hatte sein Bleiben gar nicht erst zum Problem werden lassen. Es war jetzt einfach ein Glück, daß er da war. Pjotr sah die Patientin nicht. Sie aber, auffallenderweise, hatte mitten in Hitze und Schmerzen den fremden Mann nicht vergessen. Es ging draußen ein Platzregen nieder – da fuhr sie aus ihrem Halbschlummer auf und rief, man müsse rasch das Hüttendach zudecken, damit Pjotr nicht naß werde. Und als dann am dritten, dem kritischen Tag, ihre Temperatur der Lebensgrenze sich näherte, da kreiste ihr wankendes Seelchen unablässig um Pjotrs fehlende Hand. Dringend erkundigte sie sich, wieder und nochmals, ob denn keine Möglichkeit sei, daß diese Hand, die der Leviathan ihm abgebissen, doch wieder nachwachse, wenn auch vielleicht etwas kleiner.
»Ich will aber, daß er zwei Hände hat, kannst du's denn nicht machen, Tante Chana!« rief sie und weinte bitterlich.
In der Nacht sank das Fieber, und als am Vormittag Recha der Kleinen ihre Karbolwaschung verabreichte, konnte sie feststellen, daß der brennrote Ausschlag abzublassen begann.
Aber eine langsame Rekonvaleszenz stand bevor, und die Schmerzen in Hals und Ohr waren zunächst eher quälender als in den Tagen fieberischer Umschleierung.
»Wie ist es denn heute?«
»Ganz scheußlich, Mutti. Es sticht und brennt wie ver-

rückt. Aber ich glaube, sterben muß ich jetzt nicht mehr.«

»Was redest du eigentlich! Seit wann sterben Kinder?«

»Kinder sterben ganz oft«, sagte Elisabeth. »Nach meiner Meinung sterben sogar mehr Kinder als alte Leute. Ich werde mal Onkel Adler fragen.«

Sie schloß die Augen und lächelte wissend, wobei ihr die angeschwollenen Lider weh taten.

Recha erzitterte das Herz vor unmäßiger Liebe.

Sie hätte nicht die Mutter zu sein brauchen, um das Kind hinreißend zu finden in dieser Krankheit. Mit einem Gleichmut, in dem Ironie, beinahe Lustigkeit war, sah es gewissermaßen von außen seinen Schmerzen zu. Dieser Gleichmut kam von weither – von dorther. In die Sorge und Zärtlichkeit der beiden Frauen mischte sich eine Art von befremdetem Respekt.

Übrigens kehrte im Maß ihrer Genesung auch Elisabeths Eigensinn kräftig zurück. Sie protestierte entrüstet, als man ihr die Schlucke Champagner und die kleinen runden Eisstückchen entzog, die ihr in den ersten kritischen Tagen verabreicht worden waren.

»Aber, Bessie, dein Hals tut dir ja gar nicht mehr weh. Du kannst ganz ordentlich trinken und essen.«

»Das war doch das einzige, Mutti, was wirklich Spaß gemacht hat.«

»So! Und der Pjotr muß jeden Tag in die Stadt laufen und dir das Eis holen.«

»Muß er? Jaja. Ich möchte mich überhaupt bedanken bei ihm.«

»Der Pjotr darf nicht ins Zimmer«, sagte Chana. »Solange deine Haut sich abschält, bist du noch ansteckend. Du

willst doch nicht, daß er deinen Scharlach hinüberbringt in die Stadt.«
Darauf verlangte sie, Pjotr wenigstens von weitem zu sehen. Und draußen vorm Fenster erschien sein Bauerngesicht mit den gutmütigen Augen und dem sandfarbenen Haar und lächelte huldigend.
»Danke, Pjotr«, rief sie mit Anstrengung. Pjotr hob ungeschickt die Hand zum Gruß und verschwand.
»Den Pjotr mag ich«, erklärte sie mit verwöhnter Bestimmtheit.
Die Umstände brachten es mit sich, daß der einarmige Bauer während dieser Wochen in die Geheimnisse der kleinen Familie eingeweiht wurde. Missionen von delikater Natur mußten ihm anvertraut werden.
Das Schrecknis der fälligen Miete zum Beispiel war diesmal untergegangen in der Angst um das Kind. Der Termin wurde einfach vergessen. Aber einige Tage danach kam aus der Fabrik mit der Mahnung zugleich die endgültige Kündigung.
Recha antwortete sofort. Sie setzte auseinander, wie alles sich verhielt, und bat herzlich um Aufschub.
Drüben ließ man Pjotr vor dem geschlossenen Gitter eine Stunde lang warten und händigte ihm dann einen eisig stilisierten Zettel ein, der eine Frist von sechs Wochen gewährte. Am 15. November, mittags zwölf Uhr, habe die Villa nach geschehener Zahlung und sachverständiger Desinfektion von den Mietern geräumt zu sein.
»Du kannst ruhig wissen, wie die Sachen hier stehen«, sagte Chana zu Pjotr, der in der Nähe der Tür verharrt war. »Wir sind arme Leute. Nur aus Gnade läßt man meine Nichte noch wohnen.«

Pjotr, nach seiner Weise, verneigte sich.
»Die Frau Gräfin wird bei besseren Menschen Quartier finden.«
»Sag nur nicht immer Frau Gräfin zu mir«, rief Recha, die nervösen Tränen nahe war. »Eine schöne Gräfin, die dir nicht einmal Lohn zahlen kann.«
»Das macht gar keinen Unterschied. Es ist eben ein großes Unglück, daß der Herr Graf damals gefallen ist.«
»Du wirst dich nach einer anderen Stelle umschauen müssen.«
»Wie die Frau Gräfin befiehlt. Aber einen Menschen mit einem Arm wird niemand haben wollen.«
Dabei blieb es dann auch. Pjotr stellte weiter die einzige Verbindung mit der Außenwelt dar. Er war es, der zum Pfandleiher trug, was Recha an wertvollem Eigentum noch geblieben war: das silberne Tischzeug, den Rest ihres Schmucks, einen Sealpelz aus ihren Bühnentagen. Entrüstet über die zähe Knickerei des Versatzamts, kam er zurück. Der erlöste Betrag war auch wirklich deprimierend gering, kaum zur Bezahlung der Ärzte würde er ausreichen.
Der Tag kam, an dem die kleine Elisabeth zum ersten Male ihr Bett verließ und zu gehen versuchte. Sie befand sich in einem Zustand hinfälliger Schwäche. Der Herbst hatte abscheuliches Wetter ins Djnestrtal gebracht. Eisige Oststürme wechselten ab mit heftigen Regengüssen. Man sah in Wochen den freien Himmel nicht. Nach Ansicht der Ärzte war es dringend geboten, das Kind in reine Bergluft zu bringen, wollte man gefürchtete Nachwirkungen ausschließen. Da oben in der Tatra, im schönen Kurort Zakopane, lag jetzt bereits Schnee, und die

Sonne schien. Aber für empfehlenswerter noch hielt Doktor Silbermann Pontresina oder Sankt Moritz. Und er blickte unwillig auf, als Chana bei Erwähnung dieser Ortsnamen unerwarteterweise ihr brummendes Lachen hören ließ. Sie dachte an die Rechnungen in der Apotheke und bei den Krämern, die zu begleichen keinerlei Aussicht bestand. Es war nun soweit. Recha mußte den Schritt tun, der von allen der peinvollste war.
Heinrich Gelbfisch hatte kein Lebenszeichen gegeben, seit sie sich an jenem Nachmittag dort am Brückenkopf von ihm getrennt hatte. Er hatte verstanden, hatte ihre stumme Absage als so endgültig genommen, wie sie gemeint war. Daß er während Elisabeths Krankheit, die ihm nicht verborgen geblieben sein konnte, kein Wort der Erkundigung fand, zeigte, wie tief verwundet er war. Unter solchen Umständen an seine Großmut zu appellieren – es war ein kaum beschreitbarer Ausweg. Aber sie schrieb, sie bat ihn um Beistand.
Nach einer unvermutet kurzen Zeit war Pjotr zurück. Er trug Rechas Brief in seiner Hand, uneröffnet.
»Frau Gräfin, Herr Gelbfisch ist nicht in der Stadt. Herr Gelbfisch reist um die ganze Welt.«
Sie wußte sofort, was gemeint war. Diese Fahrt hatte Heinrich lange geplant, er hatte von ihr als Hochzeitsreise geträumt und auch schon gesprochen, damals, als er hoffte, Recha zu gewinnen. Es handelte sich um eine der Luxusfahrten, wie sie die großen Reedereien veranstalteten – vorbei an den schönen Ländern des Mittelmeers ins wunderreiche Asien und zurück über die Hafenstädte der Neuen Welt. Nun hatte er sich also seinen Wunsch erfüllt – um zu verwinden. Monate würden vergehen,

ehe er zurückkam. Der Stellvertreter, dessen Namen Pjotr berichtete, war den Frauen ganz fremd.
Die kleine Elisabeth war nun fast den ganzen Tag außer Bett. Vorsichtig und vergnügt bewegte sie sich in den vertrauten Stuben umher. Sie war während dieser Krankheitszeit auffallend gewachsen, wirkte gebrechlich und rührend.
Der November schritt vor, und Aufschub blieb nicht mehr möglich. An einem düstern Nachmittag, an dem der Wind stoßweise über den Djnestr heulte, machten sich die Frauen auf, um neues Quartier zu suchen. Sie fanden schließlich zwei Zimmer am Stadtrand, die wenigstens freien Ausblick boten. Über ein Stück baumloses, strauchloses Land hinweg sah man den langgestreckten Bau der Kaserne, in der jetzt die polnischen Ulanen lagen. Da das Haus neu war – zu neu vielleicht, um gesund zu sein – , bot die kleine Wohnung ein gewisses Maß an Komfort. Und sie war billig. Aber das hinderte nicht, das Recha sich nach Arbeit würde umsehen müssen, ohne Verzug und ohne wählerisch zu sein.
Schweigend legten sie ihren Heimweg zurück durch den frühen und finsteren Abend. Sie dachten beide an das Kind, das sie liebten.
»Ein Elend ist's, alt und unnütz zu sein«, sagte Chana, als sie schon mitten auf der Brücke waren. Der Sturm fiel die beiden so wütend an, daß sie sich am Geländer festhalten mußten. Und Recha dachte, daß Chana wirklich schon so alt war – fünfundsechzig Jahre im nächsten Monat –, und es war wie eine ganz neue, schreckliche Entdekkung.
Zu Hause fanden sie Elisabeth bereits in ihrem Bett. Pjotr

saß neben ihr. Auf dem Nachttisch stand ein sorgfältig leergegessener Teller.

»Er hat mir Reisbrei gemacht, Mutti. Dick mit Zucker und Zimt. Der Pjotr kocht großartig.«

Sie war in strahlender Laune, wie immer, wenn sie sich mit ihm unterhalten konnte.

Recha löschte das Licht. Im Nebenzimmer war für die Frauen der Tisch gedeckt. Es gab ein dürftiges Abendbrot, aber Pjotr servierte es nach Art eines Herrschaftsdieners. Er trug einen weißen Handschuh dabei, Gott wußte, woher der kam.

»Ein Stück Roquefortkäse ist auch im Hause«, sagte er zeremoniell. »Wünscht den die Frau Gräfin zum Nachtisch?«

In diesem Augenblick hörte man Wagenrollen, und die Türglocke ging. Die Frauen sahen einander an. Der Zustand, in dem sie lebten, war derart, daß alles Unvermutete nur Unglück bedeuten konnte. Pjotr ging, um zu öffnen. Es erschien Notar Krasna.

Der Besucher berührte mit der Hand die kleine Rolle mit den Zehn Geboten oben am Türpfosten und nahm dann seinen Hut ab. Es war noch immer sein altmodischer Judenhut, breitkrempig, flach, aus braunem Velours und mit Pelz eingefaßt, den er damals vor dem »Erzherzog Rainer« so trotzig als einziger auf dem Kopfe behalten hatte.

Weißbärtig und kahl stand Krasna auf der Schwelle und verbeugte sich. Er trug eine kleine, lederne Mappe unter dem Arm.

X

Pjotr hatte den Tisch abgeräumt. Man setzte sich. Der Jurist legte seine Mappe vor sich hin.
»Ich wollte Sie eigentlich in meine Kanzlei bitten«, sagte er, und da er eine Anrede vermied, wurde nicht klar, ob er beide Frauen meinte oder nur Recha, »aber Ihr Telefon scheint nicht in Ordnung zu sein.«
»Wir haben keines mehr«, sagte Chana. »Wir konnten es nicht mehr bezahlen.«
»So. Aha. Ja – es handelt sich um eine Erbschaft.«
Recha lächelte. Die Mitteilung klang unwahrscheinlich in diesem Moment, komisch beinahe. Sie vermochte keinen Begriff mit ihr zu verbinden.
»Eine Erbschaft«, wiederholte Chana, und sofort begannen sich durch ihr Gedächtnis schattenhaft Gesichter zu bewegen, ein verschwimmender Zug jüdischer Gesichter aus dem Städtchen ihrer Jugend oben im Norden – Onkel Horowitz, Cousine Freidla. Aber das waren arme Leute gewesen, und zudem waren alle längst tot. Plötzlich kam Chana die Erleuchtung.
»Grünbaums!« rief sie aus. »Grünbaums in Berlin. Wer ist denen gestorben?«
Krasna schüttelte leicht den Kopf, lehnte sich zurück und schickte sich zu einer Erklärung an.
»Mutti!«
Es war die Stimme der kleinen Elisabeth. Recha entschuldigte sich und ging durch die Tür, die halb geöffnet blieb.
»Mutti, mach doch mal Licht!«
»Was willst du denn?«

»Noch einen Kuß.«
Recha beugte sich über das Bett und zog die Decke höher über Elisabeths Schulter.
»Tante Chana soll auch noch kommen!«
»Du mußt jetzt schlafen. Wir haben Besuch!«
»Nur einen Moment! Ich schlafe viel besser, wenn ich euch beide noch mal gesehen habe. Tante Chana!«
Chana erhob sich schwerfällig und trat auf die Schwelle: »Da siehst du mich. Ist dir jetzt wohler?«
»Das Kind war krank«, erklärte Recha, als alle drei wieder saßen. »Da ist sie jetzt schrecklich verwöhnt.«
»Sie war schon vorher ganz hübsch verwöhnt«, bemerkte Chana. Es klang nicht besonders mißbilligend.
»Um Ihr Kind eben handelt es sich«, sagte der Notar.
»Um Bessie?«
»Jawohl.« Er wandte sich jetzt eindeutig an Recha, jedoch immer, ohne eine Anrede zu gebrauchen.
»Am Tage Ihrer Trauung erschien in meiner Kanzlei Ihr verstorbener Gatte, um vor seiner Ausreise ins Feld gewisse Vorkehrungen zu treffen. Da er selbst über erhebliches Eigentum nicht verfügte, ersuchte er mich, im Falle seines Ablebens jener Verwandten, in deren Hand das Familienvermögen lag, eine Anempfehlung zu Ihren Gunsten zuzuleiten. Vor kurzem ist nun diese Verwandte, eine Fürstin Sofie Weikersthal, in Wien verstorben. Und sie hat in ihrem Testament der Anempfehlung insoweit stattgegeben, als zwar nicht Sie selbst, wohl aber ein etwaiges Kind aus Ihrer Ehe bedacht worden ist.«
»Ein etwaiges –«, wiederholte Recha, die der Auseinandersetzung mit Mühe folgte.
»Nun ja. Die Anempfehlung enthielt hiervon nichts. Graf

Pattay ist ja mehrere Monate vor Geburt seiner Tochter aus dem Leben geschieden.«
»Bessie erbt«, sagte Chana und ließ unvermutet ihr Lachen hören. »Das klingt ja sehr gut. Aber ist es auch gut?«
»Wie meinen Sie das?«
»Soviel ich weiß, ist das österreichische Geld noch weniger wert als das hier in Polen. Für zehntausend Kronen kann man sich grade zwei Eier kaufen.«
Doktor Krasna lächelte. »Für zwei Eier wäre ich kaum bei diesem Wetter zu Ihnen herausgefahren.«
Er nahm aus der Mappe ein Schriftstück zur Hand und brachte sein Gesicht in sachliche Falten.
»Das Schreiben kommt aus der Kanzlei von Hofrat Cajetan Dandl, Vermögensverwalter und jetzt Testamentsvollstrecker der Fürstin. Hofrat Dandl ist zugleich Kurator der Jesuitengesellschaft in Wien, von der ich annehme, daß sie als Haupterbin des großen Vermögens zu gelten hat. Die Väter Jesuiten sind kluge Verwalter, und Veränderungen auf der Landkarte verwirren sie nicht. Nein, mit entwertetem österreichischen Geld hat dieser Nachlaß nichts zu tun. Er besteht in soliden englischen und kanadischen Werten. Das Legat für Ihre Tochter Elisabeth beträgt zehntausend Pfund Sterling.«
Recha wußte nicht sehr genau, welchen Wert zehntausend Pfund Sterling vorstellten. Sie sah nur, daß im Augenblick der höchsten Bedrängnis die Hand ihres toten Geliebten aus der Gruft herausgriff, um sein Kind zu schützen. »Außerdem«, hörte sie Krasna sagen, »ist verfügt, daß eine Darlehensschuld Pattays an den Fabrikbesitzer Daniel Zweifuß mitsamt der aufgelaufenen Zinsen zu bereinigen ist.«

Pjotr würde nicht mehr mit Bittbriefen vor dem Fabrikgitter warten müssen. Man trieb sie nicht aus dem Haus, aus dem Gärtchen. Bessie mußte nicht dort hinüber in diesen entsetzlichen Neubau mit dem Ausblick auf die Kaserne. Ungedrückt und frei und gesund würde sie aufwachsen dürfen – als ein glückliches Kind zu einem glücklichen Menschen.
»Mein Gott«, flüsterte sie.
Chana sagte mit tiefer Stimme: »So sind solche Dinge nicht. Wir haben bestimmt nicht alles gehört. Daß ein Mensch einem andern ein Vermögen vererbt und einfach sagt: Nimm's und genieß es, das kommt nicht vor auf der Welt! Sicher muß prozessiert werden um das Geld, es liegt irgendwo fest –«
»Nichts dergleichen«, antwortete Krasna. »Das Geld liegt in Wien bei der Anglo-Österreichischen Bank und ist verfügbar. Nein, da ist alles in Ordnung.«
»Bessie wird eine reiche Dame«, murmelte Chana. Sie schien überzeugt. Ihr hartflächiges Gesicht war blaß und fast andächtig.
»Eine Bedingung allerdings ist dabei«, sagte Krasna und vermied die Frauen mit seinem Blick. »Aber das lese ich besser vor.« Er hielt sich das Schreiben seines frommen Wiener Kollegen vor die alten Augen.
»Voraussetzung für den Antritt der Erbschaft ist, daß das Kind des Grafen Franz Pattay, sofern ein solches vorhanden, dem römisch-katholischen Glauben angehört, worüber kirchliches Zeugnis vorzulegen wäre. Sollte das Kind bisher nicht in dem Glauben seines Vaters auferzogen worden sein, so wäre an ihm binnen drei Monaten nach Behändigung dieses die Taufe vorzunehmen und

der Vollzug der heiligen Handlung anher zu melden. Eine solche beglaubigte Mitteilung müßte vor dem 15. März nächsten Jahres bei dem Unterfertigten eingetroffen sein; andernfalls das in Rede stehende Legat zugunsten von der Erblasserin namhaft gemachter religiöser Institute verfällt.«
»Noch einmal, bitte«, sagte Chana. Und bereitwillig, langsamer, las Herr Krasna den Absatz ein zweites Mal vor. Dann legte er das Schriftstück genau rechtwinklig auf die anderen zurück, wobei er weiter dem Blick beider Damen sorgfältig auswich. Eine vollkommene und lange Stille trat ein.
Recha hatte es heimlich gewußt. Solche Wunder ereigneten sich nicht. Nie würde Chana den geforderten Schritt zulassen, nie auch nur der Erwägung zugänglich sein, ob dem fremden, dem verworfenen Glauben des Vaters hier ein Seelenrecht zustehe. Der Gedanke kam Recha gar nicht, daß bei ihr selbst, die die Mutter war, eine Entscheidung gesucht werden könnte. Chana war das Haupt der Familie, war es immer gewesen. Chana, der jene »anderen« nie völlig als Menschen gegolten hatten. Chana, die in der deutschen Stadt verzweifelnd in ihrem Zimmer gewartet hatte, weil sie, Recha, sich allein durch die christlichen Menschenmillionen bewegte. Chana, die wie eine Kranke aus dem Theater nach Hause kam, weil sie einige Stunden in Atemnähe der gedrängten »anderen« hatte ausharren müssen. Chana, die aufleuchtete und erst wieder sie selbst war, als sie in Warschau jüdische Menschen in jüdischer Tracht in den Straßen erblickte. Chana im Tempel, mit ihrem Sabbatkleid und Feiertuch. Chana, wie sie die vergoldeten Spangen öffne-

te an ihrem Buch und mit tiefer Stimme die Gebete las in der Sakralsprache ihres Volkes. Und noch eine andere Stimme klang Recha im Ohr: »Nicht alle Christen sind Teufel, Chana!« Die rügende Stimme ihres Vaters war das, den Christen dann doch getötet hatten. – Es war alles vorbei. Einen Augenblick war das Elendsdunkel zerrissen, und Licht war herabgestrahlt auf ihr Kind. Nun erschien alles schwärzer verhängt als zuvor.

»Ja, Doktor Krasna«, sagte sie endlich, »da gibt es wohl wenig zu überlegen.«

»Nichts«, sagte Chana laut. »Gottes Willen kennen wir nicht. Aber daß er unsere Elisabeth für ein glückliches, freies Leben geschaffen hat, das glaube ich.«

»Was willst du sagen?« fragte Recha mit völlig weißen Lippen.

»Die Verantwortung tragen wir, Recha. Will Gott strafen, so straft er uns, nicht das Kind.«

Sie saß da, fast wie aus Holz. Aber sie weinte. Niemals hatte Recha sie weinen sehen, nicht einmal damals, als die beiden Männer gemordet wurden. Die Tränen fielen einzeln und schwer aus Chanas Augen, die sie weit offen hielt.

Eine Woche später danach reisten Recha und das Kind hinauf in die Tatraberge, auf deren frühem Schnee das heilende Sonnenlicht strahlte. Und wieder zwei Monate später wurde in der Salvator-Kirche hinter dem Türkentor die kleine Elisabeth im Namen des Vaters, des Sohnes und des Heiligen Geistes in die Gemeinschaft der Kirche aufgenommen.

XI

Wie es ihr die Mutter an jenem Morgen in der Laubhütte in Aussicht gestellt, trat Elisabeth mit dem Frühjahr in eine Schule ein. Aber Hebräisch lernte sie dort nicht. Man hatte gar keine Wahl gehabt. Die jüdische Schule, aus einleuchtenden Gründen, kam nicht mehr in Frage. Die ukrainische, ganz in der Mundart der Gegend geführt, von den Behörden vernachlässigt und miserabel dotiert, verbot sich gleichfalls. Es blieb nur die polnische Anstalt, die unter liebevoller offizieller Fürsorge stand. Zweiundzwanzig kleine Mädchen saßen beisammen in der untersten Klasse, alle etwas jünger als Bessie, meist Töchter der Beamten, Offiziere, Juristen, die mit der veränderten Staatsordnung in das Städtchen gekommen waren. Das Kind des Woiwoden war darunter und ein Töchterchen des Sicherheitschefs. Beinahe die Hälfte von ihnen trug Namen von Adelsklang, und so auch die Dame, die in allen Fächern hier unterrichtete – mit einziger Ausnahme, der Religion.

Es war ein Fräulein Skarga, aus alter, aber völlig verarmter Familie, Hinterbliebene eines im Kriege gefallenen Oberstleutnants, der man dieses Schulamt als Versorgung geboten hatte. Sie versah es nicht ohne eine distinguierte Gekränktheit. Auch physisch war sie empfindlich, und die Atmosphäre in dem zu engen Klassenzimmer belästigte ihre Nerven. So bestand sie darauf, selbst während der kalten Monate immer mindestens ein Fenster offenzuhalten, was gelegentlich zu Kontroversen mit den besorgten Eltern der Zöglinge führte.

In der hintersten Bank, in einer Art von Absonderung,

saßen fünf Schülerinnen, von denen es als zweifelhaft galt, ob sie dem polnischen Unterricht im Tempo der übrigen würden folgen können. Denn in den Familien dieser fünf war die tägliche Umgangssprache immer nur Deutsch oder Jiddisch gewesen. Hier saß auch Elisabeth. Sie hatte in ihrem kurzen Leben kaum ein Wort Polnisch gehört, so daß Recha sich vornahm, ihr zu Hause ein wenig nachzuhelfen. Sie begann auch wirklich mit diesen Stunden. Aber mit jedem Tag kam die kleine Elisabeth sorgloser aus ihrer Schule zurück.

»Ich verstehe schon ganz gut, was sie sagen«, erklärte sie nach ein paar Wochen. Es war so. Die neue Sprache flog ihr an. Kein Auswendiglernen, keine Gedächtnisübung schien notwendig für sie. Es war, als brauchte sie nicht erst ihren Verstand in mühevolle Funktion zu setzen, sondern als drängen Lautbild und Wortsinn wie Luft oder Sonne ihr durch die Haut. Es konnte vorkommen, daß sie daheim sich in Spiel oder Mahlzeit ganz plötzlich unterbrach und lange polnische Sätze vor sich hinredete, mit vollkommener Aussprache und offenkundiger Lust, so als schmeckten Rhythmus und Klang ihren kleinen Ohren sinnlich gut.

Dabei erstreckte sich diese Lernfähigkeit durchaus nicht auf alle Gegenstände. Was ihr nicht gemäß war, das fiel wie durch ein Sieb. Mutlos saß sie über den Rechenaufgaben und rief die Hilfe von Mutter und Tante an: »Ich kann das einfach nicht lernen, Mutti«, rief sie und blickte zu Recha auf mit einem Ausdruck, sehr ähnlich dem, mit dem einst Pattay den Kopf in die Hand gestützt hatte, als ihm die »Geschichte der österreichischen Kavallerie« beinahe den Dienst bei seiner glänzenden Waffe verleidete. »Fünfzehn mal zwölf. Wieviel ist fünfzehn mal zwölf? Ich hab' keine Ahnung. Und wenn ich es weiß – was weiß ich dann schon?«

»Nun, Bessie, zum Beispiel, du gehst in einen Laden und kaufst zwölf Pfund Zucker zu fünfzehn Groschen. Da mußt du doch wissen, wieviel du bezahlen sollst.«

»Das weiß doch das Fräulein, das mir den Zucker verkauft.«

»Die hat es ja auch einmal lernen müssen. Und was so ein Fräulein kann, das kannst du doch auch.«

»Eben nicht. Ich nicht. Weißt du, Mutti, es ist nichts dahinter.«

»Wohinter?«

»Hinter solchen Zahlen. Es ist nichts drin. Ich kann mir nichts denken dabei.«

»Unsinn! Wie schnell hast du Polnisch gelernt. Tausend polnische Worte und noch viel mehr.«

»Ja, Worte, Mutti! Worte sind schön. Man kann gar nicht genug davon haben. Unter den polnischen sind manche, die klingen so sanft, man könnt' einfach weinen.«

Recha strich ihr eine honigfarbene Strähne vom Augenwinkel weg.

»Mit alldem wirst du mir nicht einreden, daß ein gescheites Kind nicht das Einmaleins lernen kann.«

»Ich bin vielleicht gar nicht gescheit«, sagte Bessie mit grübelndem Ausdruck.

Es war nur ein Glück, daß für Fräulein Skarga gegenüber den Fortschritten in der Sprache des Vaterlandes sonstige Mängel nicht zählten. Sie hatte zu Anfang durchaus keine Vorliebe gehegt für diese Schülerin, in der sich, wie ihr bekannt war, mit dem mißachteten jüdischen Blut das der vertriebenen Fremdherren vermischte. Aber je öfter Elisabeth aufstand in ihrer letzten Bank und der hübsche Mund mit den verwöhnten Winkeln in weichem, immer reinerem Polnisch Antwort gab, desto mehr verblichen die Vorurteile des patriotischen Fräuleins.

Es bestand kein sachlicher Grund mehr, sie weiter dort hinten in dem Miniatur-Ghetto zu belassen.

»Von morgen ab sitzest du in der zweiten Bank. Daczyńska und Bortnowska rücken ein wenig zusammen.«

Das Fräulein verfügte es zeremoniell, als hängte sie der kleinen Elisabeth den Orden vom Weißen Adler um den Hals.

Aber als nach der Stunde die Kinder das Klassenzimmer verließen, blieb Bessie zurück und näherte sich dem Katheder.

»Was willst du, Elżunia?« fragte das Fräulein.

Es war eigentlich Sitte, die Schülerinnen bei ihren Familiennamen anzureden. Aber als zu Beginn des Schuljahrs Elisabeth sich mit dem ihrer Muter gemeldet hatte, hielt eine komplizierte Scheu die Lehrerin davon ab, die Korrektur vorzunehmen. Sie nannte sie also nicht Pattay, sondern rief sie als einzige bei ihrem Vornamen. Und neuerdings, mit ansteigender Sympathie, war sie zur polnischen Diminutiv- und Koseform dieses Vornamens übergegangen.

»Elżunia, willst du etwas?« fragte sie noch einmal und blickte von ihrem Klassenbuch auf, in dem sie Eintragungen vorgenommen hatte.

Bessie stand vor ihr, die Füße gekreuzt, und scheuerte ihre Schuhe gegeneinander – eine Gewohnheit, die ei-

gentlich ihren Reiz für sie verloren hatte und in die sie jetzt nur aus Verlegenheit zurückfiel.
»Fräulein – wenn ich darf – ich möchte lieber dort sitzen bleiben.«
»Warum denn? Du brauchst doch keine Nachhilfe mehr.«
»Geht es nicht vielleicht doch?«
»Aber du sprichst ja Polnisch wie eine Polin – beinahe so gut«, fügte sie schwach hinzu.
»Das ist es auch nicht.« Elisabeth schielte jetzt vor Befangenheit. »Die anderen werden sich kränken.«
Die adelige Jungfer drückte die Augen zusammen, als wollte sie irgendein Detail an Elisabeth mit besonderer Schärfe erkennen. Ihr dünnlippiger Mund stand etwas offen dabei.
»Schön, dann bleib sitzen«, sagte sie trocken und kehrte mit einer verabschiedenden Geste zu ihrer administrativen Schreibarbeit zurück. Bessie ging.
Die vier jüdischen Kinder hatten ihr zu Solidaritätsgefühlen eigentlich wenig Anlaß gegeben. Alle vier hatten zu Hause aus Familiengesprächen entnommen, daß mit dieser Schulkameradin irgend etwas in schwerer Unordnung sei und daß vertrauter Umgang mit ihr nicht gewünscht werde. Von Beginn an zeigten sie ihr eine Kälte, die an Feindseligkeit grenzte.
Elisabeth wußte natürlich oder ahnte doch deutlich, was da im Spiel war. Sie mußte allein damit fertig werden. Zu Mutter und Tante zu reden verbot sich. Seit jener gewissen Zeremonie in der Salvator-Kirche gab es zwischen ihnen ein unbetretbares Gebiet. Damals hatte Recha sich beladenen Herzens auf alle die Fragen vorbereitet, die

Bessie nun stellen würde. Aber sie kamen nicht. In ihren Zärtlichkeitsausbrüchen, die häufiger und heftiger waren als je zuvor, trat etwas zutage wie Schuldgefühl. Genau hätte niemand sagen können, was in ihr vorging.
»Sie schweigt schon heute wie du«, sagte Recha zu der alten Frau, »es ist beinahe unheimlich.«
Chana gab keine Anwort.
Auf jener letzten, der Ghetto-Bank, saß unter den fünfen auch die kleine Justine Zweifuß, Daniels Enkelin, ein ungesund dickliches Kind mit zwei steifen schwarzen Zöpfen und großen, dunklen, leer blickenden Augen. Es wäre das Natürliche für Bessie gewesen, gemeinsam mit dieser Nachbarin den weiten Schulweg zurückzulegen. Aber daran konnte gar nicht gedacht werden.
Äußerlich zwar war längst alles in Ordnung gebracht. Nicht nur sahen sich die Erben des alten Daniel in ihren Forderungen befriedigt; Recha hatte zudem das weiße Haus und den Garten käuflich von ihnen erworben, zu Bedingungen, die der beratende Notar Krasna hoch über Gebühr fand. Aber nichts vergibt der Mindergeartete schwerer als Unrecht und Härte, die er selber geübt hat. Man war dort drüben geradezu froh, als man aus dem Übertritt der kleinen Elisabeth Anlaß und Rechtfertigung zu neuer Feindschaft gewann – obgleich dieser Akt der Abtrünnigkeit nicht wenig mit dem Umstand zu tun hatte, daß in der Zuckerfabrik ein paar der Kamine nun wieder rauchten.
Aber Elisabeth hatte bessere Begleitung als Julius Zweifuß' leeräugiges Töchterchen. Denn pünktlich an jedem Morgen stand Pjotr wartend für sie bereit und wiederum dann mit dem Glockenschlag gegenüber dem Schultor.

Gleich zu Anfang war eine Differenz zwischen ihm und Bessie entstanden, als er sich mit Selbstverständlichkeit anschickte, ihren kleinen Bücherranzen zu tragen. Sie protestierte.

»Das geht absolut nicht, Pjotr. Ich will nicht, daß alle die Kinder sehen, daß du etwas für mich schleppst.«

Schließlich einigte man sich. Sobald sie jenseits der Brükke das Städtchen betraten oder verließen, legte Pjotr die schmalen Riemen Elisabeth über die Schultern. Aber selten fruchtet ein Kompromiß. Justine Zweifuß, der sie unvermeidbarerweise recht häufig begegneten, verbreitete mit beflissenem Hohn die Tatsache von Pjotrs Sklavendienst. Dennoch, da die Regelung nun einmal bestand, blieben die beiden dabei, die leichte Last am Brückeneingang zu wechseln. Sie genoß diese Wege mit Pjotr. Er hatte so fremdartig viel erlebt in Kampf und Gefangenschaft – er war wie ein unerschöpfliches Märchenbuch, das man wahllos aufschlagen konnte.

»Wo waren wir stehengeblieben«, hieß es frühmorgens, »jetzt weiß ich es wieder – beim Fluß!«

»Bei welchem Fluß denn, Fräuleinchen«, sagte Pjotr, der ganz genau wußte, um was es sich handelte. »Da kann ich mich gar nicht erinnern.«

»Ach, Pjotr, du willst mich bloß ärgern. Bei dem ungeheuern Fluß, an dem keine Brücke war und kein Boot und kein Dorf weit und breit und überhaupt nichts. Und da saßet ihr am Ufer zwei Tage lang und eine Nacht, und keiner wußte, was machen. Und dann zog sich einer die Stiefel aus, weil ihm seine Füße wehtaten, und watete hinein. Und da ging ihm das Wasser nur an die Knöchel, und der ganze Fluß war ein Witz.«

»Ja«, sagte Pjotr, »überhaupt nicht probiert hatten wir's. So dumm ist der gewöhnliche Mann.«

»Ich hätte es auch nicht probiert«, erklärte Elisabeth. »Jetzt erzähl weiter. Drüben überm Fluß, hast du gesagt, war wunderbar grünes Land, eine richtige Himmelswiese. Aber wie ihr hinüberkamt, war's ein Sumpf–«

Pjotr hatte zu Anfang in dem slawisierten Armeedeutsch erzählt, in dem er damals an jenem Laubhüttentag Recha seinen ersten mühsamen Bericht abgestattet hatte. Aber das änderte sich. Denn wann immer aus diesem Gemisch Pjotrs ursprüngliches, angeerbtes Ukrainisch hervorklang, spitzte seine Zuhörerin hochangeregt ihre Ohren.

»Noch einmal, Pjotr, wie heißt das? ›Die Ponys waren nicht größer als Hunde.‹ Das ist beinahe so wie auf polnisch. Sag's noch einmal – langsam!«

Bald redeten sie fließend miteinander in Pjotrs eigenem Idiom, wie er es einst in seinem verschwundenen Dorf von Mutter und Geschwistern erlernt hatte.

»Du bist ein ganz großartiger Lehrer, Pjotr. Ich geh' eigentlich doppelt in die Schule.«

»Das Fräuleinchen ist wie der Herr Graf. Der verstand auch gleich jede Sprache. Wie heute weiß ich es noch – am ersten Tag –, ich habe seine feinen Hemden auspakken müssen. Da hat er gleich einen Witz gemacht auf ukrainisch.«

Das war einfach nicht wahr. Aber es war auch keine gewöhnliche Lüge in Pjotrs Mund. Denn Pattay war für ihn nicht ein Mensch mit Vorzügen und Mängeln wie andere; er war das nie wiederkehrende Bild des Absoluten, früh von Pjotr erschaut, wie ein Frommer einmal im Le-

ben die Vision erschaut, von der er dann zehrt durch die Jahrzehnte. Pattay war vollkommen gewesen, vollkommen schön, vollkommen gütig, vollkommen klug, vollkommen tapfer.
»Hätte er mich damals nur mitgenommen«, – und mit »damals« war jener Augustnachmittag gemeint, an dem der Oberleutnant von seinem Erkundungsritt nicht zurückgekehrt war – »ich wär' nicht im Dorf geblieben mit diesen Ulanen.« Pjotr vergaß, daß ihn ein Befehl genauso festgehalten haben würde wie jene. »Ich hätte aufgepaßt, und die Russen wären dem Herrn Grafen nicht in den Rücken gekommen.«
Denn es stand fest für Pjotr, daß sein Herr damals von gewaltiger Überzahl umzingelt worden war – und ein Kosak hatte ihn durch feige Schüsse von hinten getötet.
»So schön lag er da, Fräuleinchen, wie sie ihn brachten. Schön wie Gottes liebster Engel. Das war ein Herr – so einer kommt niemals wieder.«
Elisabeth preßte fester Pjotrs Hand, in der ihre winzige ganz versank. So gingen sie meistens. Pjotrs verbliebene Rechte war ein große, starkfingrige Bauernhand; sie war noch breiter und kräftiger geworden, seitdem sie allein alle Arbeit zu tun hatte.
Einmal, im schwülen Sommer, bemerkte Elisabeth, daß Pjotr einen Zwirnhandschuh angelegt hatte. Sie wunderte sich.
»Es ist anständiger so, Fräuleinchen.«
»Anständiger? Wieso denn anständiger?«
»Der gewöhnliche Mann schwitzt an den Händen«, antwortete Pjotr, »da ist es so besser.«
Bessie blieb stehen. »Gib deine Hand her!«

Gehorsam hielt er sie hin, und sie zog ihm den Handschuh von den Fingern.
»So etwas darfst du nicht wieder sagen«, erklärte sie.
»Es ist aber wahr. Es kann nicht angenehm sein. Und anständig ist es auch nicht«, beharrte er.
Sie blickte ihm gerade in seine gutmütigen Augen. »Ich werde dir sagen, Pjotr, wie das ist. Wenn man jemand nicht leiden kann, dann mag man auch seine Hand nicht anfassen – da kann sie sein, wie sie will. Und wenn man jemand mag, dann ist es ganz gleich, ob er schwitzt.«
Sie steckte ihm den Handschuh in seine Jackentasche, legte ihr Händchen in seine gewaltige Pfote und zog weiter neben ihm her.

XII

Der Geistliche machte halt vor der Villa und legte den Finger auf den Klingelknopf. Aber er ließ seine Hand wieder sinken und seufzte.
Er war ein hochgewachsener, magerer Mann mit einem alten Gesicht, das geschulte Sanftheit und melancholische Klugheit ausdrückte. Seine Stirne unter dem flachen Hut war ein wenig feucht von der Mühe des Weges, und seine plumpen, fast viereckig geschnittenen Stiefel sowie der Saum seines langfaltigen Rockes zeigten sich weiß bestaubt. Das Wetter in diesem Frühling war sehr vorzeitig trocken und warm.
Er entschloß sich und läutete. Lange hörte er nichts. Dann kamen drinnen langsame, schwere Tritte zur Tür – Tritte von ähnlichen Stiefeln, wie er selber sie trug. Es

war Chana, die öffnete. Ihr künstlicher Scheitel berührte beinahe den Türbalken. Sie setzte mehrere Male an, ehe sie sprach.

»Sie kommen wegen Elisabeth? Sie ist in der Schule.«

»Ich möchte Elisabeths Mutter sprechen«, sagte der Besucher und nahm seinen Hut ab. »Mein Name ist Pfarrer Korzon.«

Chana ging mit ihren stampfenden Schritten voran und ließ den Geistlichen in ein Gartenzimmer eintreten, das von weißer Mittagssonne leuchtete.

Es war eines der beiden Zimmer, die nach dem Kauf an das kleine Haus angebaut worden waren, großfenstrig und weit, mit hellen Cretonne-Möbeln ausgestattet, ein reizend wohnlicher Raum.

Zwischen zwei Fenstern, auf einem Tischchen, das mit grüner Seide überhangen war, blickte die Photographie Pattays aus ihrem Silberrahmen. Davor lagen seine lederne Taschenuhr und das Medaillon.

Der Pfarrer, alleingeblieben, beugte sich nieder zu dem Bild, und als er sich aufrichtete, seufzte er wiederum, sei es von der leichten Anstrengung oder aus intimeren Gründen.

Dann stand er mitten im Raum und hielt seinen Hut in der Hand. Sein Auge wurde von der metallenen Kapsel angezogen, die oben an der Eingangstüre schräg angebracht war. Er näherte sich und schaute danach empor.

Dann kamen die Frauen herein – Recha sehr schmal und zart, in einem hochgeschlossenen grauen Morgenrock mit glockigen Ärmeln, hinter ihr Chana. Er wandte sich um.

»Ich sehe«, sagte er zur Begrüßung, »Sie folgen der Sitte,

jeden hier Eintretenden sogleich an Gottes Gebot zu erinnern. Ein herrlicher Brauch.« Er erhielt keine Antwort.
»Dies ist meine Nichte«, sagte Chana, bereits im Begriff, sich wieder zurückzuziehen.
»Wollen Sie nicht bleiben bei unserm Gespräch? Ich weiß, wie nahe Sie dem Kinde stehen.«
»Nehmen Sie Platz, Herr Priester«, sagte Recha.
Die ungelenke Anrede mußte ihm seltsam im Ohr klingen. Er setzte sich. Seine klobigen und bestaubten Stiefel standen befremdlich nebeneinander auf dem schimmernden Fußboden, der aus zweierlei Hölzern in schrägem Muster eingelegt war.
»Ich bin Elisabeths Katechet«, sagte Korzon.
»Katechet?«
Es war Chana, die fragte. Es war, als fasse sie einen wildfremden und bedrohlichen Gegenstand an.
»Ihr Lehrer. Ich erteile ihr Religionsunterricht. Im Zusammenhang damit bin ich gekommen.«
»Gibt sie Anlaß zur Klage«, fragte Recha, »lernt sie schlecht?«
»O gar nicht. Durchaus nicht. Davon kann gar keine Rede sein. Sie lernt im Gegenteil mit besonderer Leichtigkeit. Und ihr Betragen während der Stunden ist das beste und höflichste. Ich habe das Kind sehr liebgewonnen – in diesen drei Jahren.«
Seine Stimme schien diese letzten Worte behutsam zu unterstreichen. »Nur eben«, wiederholte er, »– es sind jetzt drei Jahre. Schon nach dem ersten war sie mit unserem Katechismus völlig vertraut, sie kannte, was er in Frage und Anwort enthält, die Glaubensartikel, die Gebote des Herrn, die Heilsmittel –.«

Zu spät fühlte er, daß dieser letzte Ausdruck hier nicht begriffen werden würde. Er errötete ein wenig, blickte auf seine weißen Stiefel hinab.
»Wer sich dieses wenige zu eigen gemacht hat, der hat eigentlich unserer Kirche schon genug getan – was das Wissen betrifft.«
»Und Sie sagen, Herr Priester –?«
Er machte sich frei. »Elisabeth liebte dieses Buch. Und man muß es auch lieben. Sein Inhalt ist natürlich der gleiche überall in der Welt. Aber die Fassung, wie sie in diesem Lande gebraucht wird, ist eine besonders glückliche. Die polnischen Bischöfe, denen man sie verdankt, waren Meister des Wortes, und eindrucksvoll haben sie die herrlichsten Stellen der heiligen Schriften darin verwendet. Da hat es mich innig erfreut, zu sehen, wie stark die Wirkung auf Elisabeth gewesen ist – ja, zu Anfang hat mich das sehr glücklich gemacht.«
»Zu Anfang«, wiederholte Recha beklommen, »später demnach –«
Dem Pfarrer war die Stirn feucht geworden wie zuvor auf der Landstraße. Er spürte wohl: Er hätte deutlicher sein müssen, rascher, geradeaus auf sein Ziel zusteuern. Aber noch fand er nicht zurück von seinem Umweg.
»Es gibt da Stellen in unserm Buch«, fuhr er fort, »da sind in lateinischer Sprache die Gebetsworte angeführt, wie sie der Priester während des Gottesdienstes verwendet. Dies soll mit Hilfe der beigefügten Übersetzung unsere Kinder instand setzen, den Vorgängen bei der Messe von Beginn mit Anteil zu folgen. Aber ich möchte fast zweifeln, ob hier die redigierenden Prälaten das Rechte getroffen haben. Nach meiner Erfahrung ist diese schöne

Mühe an den meisten Kindern verloren. Nicht so bei Ihrer Elisabeth. Ich staunte, mit welchem Verständnis sie gleich die altheiligen Formeln begriff. Der starke, innige, redliche Klang des Lateins schien einen tiefen Eindruck auf sie zu machen. Und als ich mit ein wenig privatem Unterricht nachhalf – unregelmäßig, eine Viertelstunde hier, eine halbe dort –, da öffnete sich ihr der Geist der Sprache fast wie von selbst.«

»Ja«, sagte Recha, »für diese Dinge hat sie eine Begabung.«

»Begabung und Eifer. Um mir ein Freude zu machen, lernte sie lange lateinische Kirchengesänge auswendig und rezitierte sie für mich auf eine Weise, daß es zu Herzen ging. Meine Freude war wirklich groß. Aber heute mache ich mir das beinahe zum Vorwurf.«

Er hielt inne, zögerte und entschloß sich.

»Zu spät ist mir aufgegangen, daß es keineswegs der Glaubensgehalt dieser Worte war, was das Kind anzog. Sie empfand ihre große Schönheit auf eine ganz andere Weise – auf eine weltliche Weise. Und das ist nicht alles. Ich bin zu der Überzeugung gekommen, daß sie sich ihrem eigenen Kern und Inhalt, der Glaubenswahrheit selbst, entziehen wollte. So daß sie schließlich mit all ihrem Wissen und all ihrer starken Empfindung von dem Ziel der Katechese weiter entfernt war als das dumpfeste und einfältigste meiner Kinder.«

»Von welchem Ziel?« fragte Recha.

Pfarrer Korzon schöpfte Atem. Allmählich erst war ihm deutlich geworden, welch breites und tiefes Wasser hier zu überbrücken war.

»Diese Unterweisungsstunden«, sagte er sanft, »sind ja

nicht Selbstzweck. Sie dienen dazu, die jungen Gemüter für Gottes Gnade bereitzumachen. Außer Elisabeth sind alle Kinder am Ende des ersten Jahres in die Gemeinschaft der Kirche eingegangen.«

»Wir dachten, das geschieht durch die Taufe«, flüsterte Recha. In der schweren Betretenheit dieser Stunde war das kranke Erzittern unterhalb ihres Auges deutlicher wahrzunehmen als sonst.

»Durch die Taufe – gewiß. Die Taufe ist das erste und notwendigste Sakrament. Durch sie wird das Menschengeschöpf der Erbsünde ledig, wird ein Gotteskind und ein Himmelserbe. Aber sie ist nur der Eingang, unbewußt meist wird das Kind durch diese Pforte hindurchgetragen. Anders die Kommunion. Der erste Empfang des Abendmahls ist ein bewußter Akt, die freiwillige, freudige, demütige Vereinigung mit Gottes Leib und Blut. Bis zur Schwelle dieses heiligsten Tages die jungen Seelen heranzuführen ist die Aufgabe des Katecheten. Ich habe sie an Elisabeth nicht erfüllen können.«

Völlig unerwartet erhob sich Chana von ihrem Stuhl. Riesig stand ihre dunkle Figur im Raum; ihr Atem war hörbar. Seit einiger Zeit litt sie an Oppressionen, die Doktor Silbermann auf eine beginnende Störung der Herzarterien zurückführte.

»Wir sind ganz unwissend in diesen Dingen«, sagte sie schwer und laut. »Sagen Sie unumwunden, Herr Pfarrer, worin das Kind sich verfehlt hat und was sie von uns erwarten.«

Korzon war ebenfalls aufgestanden, und in der selbstverständlichen Gleichzeitigkeit dieser Geste wurde plötzlich der Weltmann erkennbar, der er vor seiner Weihe zum Priester einmal gewesen war. Hager und groß, wenig gebeugt, stand er der alten Frau gegenüber, durch die ganze Breite des mittagshellen Zimmers von ihr geschieden.

»Elisabeth ist nicht wie die anderen zum Tische des Herrn gekommen. Sie hat sich der Beichte und Kommunion bis heute entzogen. Da habe ich schließlich geglaubt, sie werde von Ihnen zurückgehalten.«

»Von uns!« rief Recha.

»Ich glaube es nicht mehr, gnädige Frau. Aber vielleicht, wenn man die besonderen Umstände in Betracht zieht, wird meine Vermutung verzeihlich.«

»Sicherlich«, murmelte sie, »o gewiß.«

»Ich hatte zuerst nicht an dergleichen gedacht. Am Ende des ersten Jahres, als der Tag schon nahe bevorstand, da kam sie zu mir und bat mich um Aufschub. Sie sprach in Andeutungen, gab mir keine recht faßbaren Gründe an. Aber es war zu fühlen, daß das Kind sich in einem Gewissenszwiespalt befand. Es schien mir unrecht, gefährlich vielleicht sogar, in sie zu dringen. Aber das zweite Jahr verging, und die österliche Zeit war wieder heran. Diesmal wurde sie krank. Sie verschwand aus der Schule und erschien erst wieder nach Pfingsten, als der von der Kirche gesetzte Zeitpunkt verstrichen war. Gewiß erinnern Sie sich –«

Recha sah vor sich nieder auf den Estrich. »Vorigen Mai, ja gewiß. Sie sah elend aus, aß nicht, sie hatte auch Fieber. Der Arzt konnte nichts finden –«

»Jetzt ist es bald wieder soweit. Sie steht in ihrem elften Jahr. Länger darf ich meine Pflicht nicht vernachlässigen, es wäre die schwerste Verfehlung gegen mein Amt. Vor einigen Tagen habe ich Elisabeth nach der Stunde zurückgehalten und sie ernsthaft befragt. Aber sie konnte nicht Rede stehen – sie, die doch immer so klug und bestimmt zu antworten weiß. Ich sah nur, daß sie mit aller Gewalt ihre Tränen zurückhielt. Was konnte ich anderes vermuten, als daß ihr der heilige Schritt verboten worden sei! Das war ein Irrtum. Ich weiß es jetzt. Aber darum kann ich doch nicht bedauern, daß ich zu Ihnen gesprochen habe. Von denen, die das Kind am meisten lieben, wird auch der beste Rat kommen.«

In dem Schweigen, das folgte, hörte man draußen die Eingangspforte gehen und Stimmen, die sich vergnügt unterhielten. Man unterschied Pjotrs etwas sprödes Organ und Elisabeths Lachen. Dann wurde die Tür aufgerissen, und sie war da, in ihrem blauen Schulkleid, die Haare ein bißchen unordentlich, ihre Mappe unter dem Arm – denn die Zeit des Bücherranzens war ja lange vorüber für sie.

Im Hereinstürmen erstarrte sie und verharrte nahe der Tür, die hinter ihr offen blieb. Sie war groß für ihr Alter und hielt sich sehr gerade. In ihrem plötzlich erbleichten Gesicht erschienen die schimmernden Augen immens.

»Willst du nicht deinen Herrn Lehrer begrüßen«, sagte Recha endlich mit Anstrengung.

Elisabeth legte ihre Mappe auf einen Stuhl. Sie wandte sich gegen Korzon hin und vollzog eine Kniebeuge. Ihre Bewegungen wirkten pedantisch, vollkommen leer. Hinter ihr wurde von außen die Türe geschlossen. Niemand sprach mehr.

Dann ging sie zwischen ihrer Mutter und dem Priester hindurch. Sie ging auf Chana zu, die laut atmend da-

stand. Sie hob ihre beiden Arme und lehnte ihr Gesicht gegen die Brust der alten Frau.
»Es hat nichts geholfen«, flüsterte sie in das dunkle Tuch hinein. »Ach, Tante Chana, ich hätte es euch so gerne erspart.«

XIII

Heinrich Gelbfisch war lang von seiner Fahrt über die sieben Meere zurück. Er hatte weder vergessen auf ihr noch verschmerzt, doch er hatte sich abgefunden.
Wieder saß er wie vordem am Abend bei den Frauen und unterhielt sie von den Begebenheiten der Welt. Aber was er sagte, klang anders als einst, und durch den dunklen Glanz seiner runden Augen stach jetzt häufig, wie hervor aus einer neu erschlossenen Kammer, ein hartes, fanatisches Licht.
Ein rauhes Erziehungswerk an seiner enthusiastischen Seele hatte gleich nach Beginn seiner Trostreise eingesetzt.
Der holländische Dampfer, auf dem er sie unternahm, war unter gewöhnlichen Umständen ein Schiff für zwölfhundert Passagiere. Für diese Weltfahrt nahm er nur hundertsechzig auf, alles Leute, die sich einen teuren Müßiggang von sieben Monaten ohne einen Blick auf ihr Bankbuch zu leisten vermochten.
Die Gesellschaft hielt sich von Anfang an nach nationalen Gruppen ziemlich strenge geschieden, und nur gelegentlicher Austausch von Höflichkeiten fand statt. Am zahlreichsten waren die Deutschen, und unter diesen

wieder ein Clan von rheinischen Industriellen, deren joviale Behaglichkeit Tag und Nacht mit saftigen Akzenten über das Schiff schallte. Unauffällig, ein bißchen langweilig, präsentierte sich ein holländischer Kreis, hinter dessen solider Fassade sich allerhand Welterfahrung und ironische Gescheitheit verbarg. Die Briten vollends wirkten wie von einer luftleeren Schicht umschlossen; einige ihrer Frauen ausnehmend schön, und zwar von keineswegs kühler, sondern höchst lebensvoller und verlokkender Schönheit; ältere Herren, deren frisch gebliebene Züge ein in unangezweifelter Sicherheit verbrachtes Dasein bezeugten, und jüngere, einer nervöseren Generation angehörende, bei denen sich ein erschüttertes soziales Gewissen bis in die betonte Vernachlässigung ihrer Kleidung ausdrückte.
Es gab ein paar Inseln zwischen diesen Kontinenten. Zwei französische Akademiker, Junggesellen, eng miteinander befreundet seit ihren Jugendtagen in der École normale, die in nie abreißender Diskussion stundenlang auf Deck promenierten, auch im leuchtenden Sonnenschein stets in dunklem Rock mit der Kommandeurs-Rosette im Knopfloch. Zwei neuvermählte und stark verliebte Ehepaare aus Dänemark. Und eine spanische Adelsfamilie, deren bloßer Name eine historische Welt von Glauben, Mut und Grausamkeit aufriß, vielköpfig, mit einer Dienerschaft, die fast schon ein Hofstaat war, komplett mit Arzt und Kaplan.
Alle erschienen sie eingeordnet und wohlig versorgt. Nur Heinrich Gelbfisch war allein. In seinem korrekten Anzug saß er an seinem Tischchen im Restaurant und bediente sich mit schüchternen Bewegungen von der

üppig langen Speisenfolge. Allein blieb er später im großen Salon, bemüht, sich von den Darbietungen der malaiischen Tanzkapelle unterhalten zu lassen. Allein wanderte er auf Deck durch die herbstmilde Nacht oder lag während der Sonnenstunden hier auf dem Ruhestuhl, vor den Augen ein Buch, von dem seine Gedanken traurig und sehnsüchtig zu Recha überschweiften.
Vermutlich bestand bei den Eingereihten gar keine besondere Abneigung gegen den stillen Einzelgänger. Man nahm ihn nur einfach kaum wahr.
Aber Heinrich war zur Empfindlichkeit allzu wohl präpariert. Alte, entschlossen verschmerzte Wunden brannten neu, wie eben empfangen. Als er sich damals, ein Bürger der jungen Republik, um Aufnahme in jenen polnischen Klub bewarb – wie war er behandelt worden! Hier auf dem Schiff war es wie dort und wie immer: Sie schlossen ihn aus, weil er ein Jude war.
So wechselte er in der Tat seine ersten Worte mit anderen, als die Gesellschaft zu einem Ausflug an Land ging. Man wurde von Ceuta in bereitgehaltenen Autos durch steinig zerrissenes Land nach der marokkanischen Stadt Fes transportiert. Fährt man auf längere Dauer zu vieren im Wagen, so ignoriert man nicht einen der Teilnehmer, und harmlos bezogen die drei Holländer – ein Importkaufmann aus Rotterdam mit seiner sehr liebenswürdigen Schwester und ein alter Professor aus Utrecht – den bescheidenen kleinen Mann in ihre Konversation ein. Aber leider war eben Heinrich zu diesem Zeitpunkt selbst nicht mehr harmlos. Er argwöhnte Herablassung, Mitleid und hielt sich spröde zurück.
Die zwei Tage im weißgleißenden Fes lohnten sich reich.

Hier war Mittelalter dicht vor den Toren Europas. In den verschlungenen Marktgassen, um die stummen Moscheen quoll und roch und scholl arabisches elftes Jahrhundert.
Aber am zweiten Tage wurde die Mellah besucht. Und die Mellah war das jüdische Ghetto.
Trüb gekleidete Menschen, gedrückt oder unbehaglich erregt. Ihre Gesichter unterschieden sich kaum von den Berbern im Burnus dort drüben; seit unvordenklichen Tagen hatte die gleiche Erde und Sonne an ihnen geformt. Doch sie vermischten sich nicht. Sie mieden und wurden gemieden.
Die Reisenden, von ihrem Führer bedeutet, blickten durchs Fenster in eine ebenerdige Stube. Dreißig oder vierzig kleine Knaben warfen da drinnen unter eintönigem Singsang ihre Köpfchen zur Rechten und Linken, nach Anleitung des Lehrers im Kaftan, der hoffnungslos blickte. So hätte Heinrich im ersten besten polnischen Städtchen durchs Fenster schauen können; er hätte das gleiche gesehen. Von den Reiseteilnehmern äußerte keiner ein Wort. Aber seine Empfindlichkeit vermutete, daß sie nur deshalb nicht sprachen, weil er bei ihnen stand.
Zum zweiten Mal legte das Schiff in Jaffa an, und er setzte den Fuß auf das Land, das nach Englands Willen und Spruch seinem Volke neu als Wohnung aufgetan war. Der Weltbürger Heinrich Gelbfisch hatte den jüdischen Heimattraum niemals mitgeträumt. Aber das Programm dieser Reise schien nun einmal darauf angelegt, sprunghaft seine Erziehung zu fördern.
Ohne Aufenthalt ging es landein nach Jerusalem, zu den

Stätten der Verehrung. Man sah sie, den Ölberg, den Teich von Bethesda. Man sah besonders das Heilige Grab, den verwirrenden Ort, wo in der Enge die Kirchen der Konfessionen einander bedrängen, Kirchen der Griechen, Römer, Kopten, Armenier, angefüllt mit ihren Weihgaben, ihren Lampen und Leuchtern, Gefäßen und Teppichen, Figuren, Ikonen. Die entzweiten Bekenner streifen einander, Mord und Verachtung im Blick. Unter Dünkel und Torheit und unterm Devotionalientrödel erstickt der Gedanke an den, aus dessen sanftem und starkem Herzen Hoffnung und Weisheit strömt.

Heinrich blieb lang hier zurück. So also sah der innerste Schrein der christlichen Welt aus. Aber in Klage und Gebet lagen jüdische Männer drüben vor der abblätternden Mauer, von der sie glaubten oder zu glauben versuchten, sie sei von Salomonis Tempel übriggeblieben.

Am Tage darauf, vor der Rückkehr aufs Schiff, sah er am Meer ihre neue Stadt. Mit weiten luftigen Straßen stieg sie empor, man meinte, verfolgen zu können, wie zukunftsmutige Arbeit die Baulücken schloß. Schon gab es eine Bibliothek, gab es Kliniken, ein Theater. Die da entwarfen und maßen, ebneten, aushoben, bauten und schmückten, sie waren heimgekehrt aus zweitausendjähriger Versprengung. Sechzig Vätergeschlechter waren rechtlos gewandert. Nun wohnten sie wieder im eigenen Recht.

Dies war ihre moderne Burg, ganz jüdisch, trotzig jüdisch. Sprach man zu ihnen von Neid und Feindschaft der rings hausenden Araber, so erhielt man ein Achselzucken, ein Lächeln. Sie waren stolz, und sie waren nicht duldsam. Der Fremde, der in ihren Straßen ihre nationale

Blockschrift nicht zu entziffern vermochte, fühlte sich verloren und ausgeschieden, und das sollte er auch.
Die Teilnehmer am Ausflug kehrten denn also nach flüchtiger Umschau an Bord zurück. Ihnen war, von den hebräischen Schildern abgesehen, dies Tel Aviv eine aufschießende Siedlung wie andere mehr in einer ungeduldigen Welt.
Aber Heinrich vermochte sich kaum zu trennen. Das Herz sprang ihm auf. Ernstlich erwog er, ob er nicht die Weiterfahrt aufgeben solle und bleiben.
Er schleppte ein schweres Bücherpaket mit aufs Schiff, Literatur, die er in einem der hellen, wohlgeordneten Läden erstanden hatte. Werke ökonomischen, politischen, historischen Inhalts. Er hatte viel zu lernen über sein neues Land.
Die Bücher waren voll von redlichen Vorbehalten. Wirtschaftsprobleme, verwickelt, nur in langer Mühsal zu lösen, türmten sich auf. Der britische Impuls, dem man die Gründung verdankte, mochte eines nicht fernen Tages unter weltpolitischen Rücksichten erlahmen. Die arabische Gefahr blieb flagrant.
Er las und begriff. Aber bis zum enthusiastischen Kern seiner Natur drang kein erkältender Zweifel. Sein Herz glühte so unbedingt für die Heimführung seiner Nation, wie es nur je für Völkerverbrüderung geschlagen.
Sah er nun auf afrikanischer oder asiatischer Erde, unter Dunklen und Gelben, Menschen aus seinem Blut, so schien ihm, als warteten sie und wüßten nur nicht, worauf. Und jedem hätte er zurufen mögen: Heb deinen Kopf, Bruder, ich weiß, wo für dich das Heil und die Zukunft liegt.

Er fühlte sich nicht mehr als Gezeichneter auf diesem Schiff. Denn wie alle hatte auch er ein Vaterland. Und da er sich unbekümmert unter ihnen bewegte, stellte sich ganz natürlich mancher freundliche Umgang her.
Noch immer schweiften seine Gedanken sehnsüchtig ab, wenn er von seinem Deckstuhl hinausblickte über indische oder pazifische Wasser. Und unabweisbar formte sich ihm der Traum, doch eines Tages Recha noch zu gewinnen und mit ihr heimzukehren zu ihrem Volk. Aber dann trat die Gestalt des ukrainischen Bauern dazwischen, der ihr dort auf der Brücke Medaillon und Uhr jenes toten »andern« hinbot und so sie wegrief von ihm.

XIV

Für den Zurückgekehrten war es ein Schock, als ihm in der Villa am Fluß Pjotr die Tür öffnete.
Aber das war eine Minute später vergessen, als er sich von Recha mit Freude empfangen sah. Ihr war die Enttäuschung, die sie ihm hatte antun müssen, wie eine Schuld auf der Seele gelegen; nun bot sie ihm erleichtert die alte gastliche Freundschaft. Und auch Chana war er willkommen. Man war etwas reichlich allein gewesen in letzter Zeit.
Zwar kam seit neuerem Notar Krasna häufig ins Haus. Aber seine Besuche blieben beruflich. Er war bei Antritt der Erbschaft von Wien her zu Elisabeths Gegenvormund bestellt worden und wachte über das ihr zugefallene Vermögen mit Genauigkeit und Geschick. Vertrauen

zu dem alten Juristen stellte sich sogleich ein, Vertraulichkeit nicht.
Und im übrigen lebte man in der weißen Villa wie auf einem gemiedenen Eiland.
Denn von den eingesessenen Familien am Ort war man durch Rechas Ausnahmeschicksal von jeher gemieden gewesen, und Elisabeths Konversion machte den Abstand unüberschreitbar. Nicht für die Erben des alten Zweifuß allein bildete dieser Schritt einen Gegenstand genußreich-gehässiger Unterhaltung. Er war für sämtliche Orthodoxen der Greuel.
Daran änderte auch der Umstand nichts, daß ja schließlich das Kind nur dem Glauben seines Vaters gefolgt war. Der brachte nur den ursprünglichen Frevel frisch ins Gedächtnis zurück: Rechas unverzeihliche, nie zu sühnende Ehe.
Die Frauen begriffen das, besonders Chana begriff es – wie gründlich! Aber mit Sorge sahen sie, daß auch Elisabeth in der gleichen Isolation heranwuchs. Das Mißtrauen gegen sie, das ihren jüdischen Mitschülerinnen früh eingeimpft worden war, erhielt sich von Klasse zu Klasse. Und sie selber sorgte dafür, daß es da keinen Ersatz gab. Denn gegen die kompakte Mehrheit, gegen all die kirchen- und vaterlandsfrommen kleinen Töchter des polnischen Landadels verhielt sie ihrerseits sich unabänderlich spröde und ungesellig.
Es war ein Zustand, der kaum als normal und befriedigend gelten konnte. Wie aber ihn ändern! Als Chana eines Tages von der Möglichkeit sprach, das Kind in andere Umgebung zu bringen, in ein Pensionat im Ausland etwa, zu unbelastetem Umgang – da war Recha vor

Schreck unfähig zu antworten, und Pjotr, der im Zimmer beschäftigt war, fiel eine Porzellanschale mit Nüssen aus seiner sonst so geschickten Hand. Der Sache wurde also nicht mehr gedacht, und Elisabeths kleine Welt bestand weiter aus Mutter und Tante, dem verstümmelten Bauernsohn, der ihr Höriger und Vertrauter war, und Onkel Heinrich Gelbfisch, für den sie ein sonderbares und eigentlich unstatthaftes ironisches Mitgefühl in ihrem früh geprüften Herzen trug.

Es konnte nicht ausbleiben, daß Heinrich erfuhr, was während der Zeit seines Fernseins mit dem Kinde geschehen war. Er weigerte sich, es zu glauben. Dann vernahm er von Recha selbst den Zusammenhang.

»In Not«, rief er, »in wirklicher Not! Und ich segle derweil auf dem Meere herum wie ein Narr.«

»Vergessen Sie' s«, murmelte Recha, »es hat sich ja alles geordnet.«

»Geordnet. Wahrhaftig! Und wie sich's geordnet hat.«

Er saß da wie ein Mann, der seiner letzten Glückschance nachblickt. Nie würde Recha nun mit ihm heimkehren können ins uralte Zukunftsland. Schwer kam er darüber hinweg. Das neu erweckte jüdische Gewissen sprach laut in ihm, und sein Schuldgefühl steigerte nur seine Zärtlichkeit. Wochen vergingen, ehe er Elisabeth anreden konnte, ohne mit den Tränen zu kämpfen. Und da Maßhalten nicht seine Sache war, begann er das Kind zu verwöhnen, auf eine Art, daß es Recha zuviel wurden.

»So geht das nicht weiter. Sie plündern ja Ihr Kaufhaus für sie. Heute nun wieder –«

»Ich bitte Sie, Recha! Ein Gürtelchen. Auch ein Geschenk!«

»Was denkt sich denn so ein Kind? Sie wird sich noch für etwas Besonderes halten.«
»Ist sie ja auch.«
»Unsinn! Ich mein' es im Ernst. Sie verderben sie ja.«
»Nicht Bessie. Bessie kann niemand verderben.«
Chana betrachtete ihn. »Hübsch verrückt sind Sie, Heinrich«, sagte sie brummend. Im Grunde war sie ganz seiner Ansicht.
Aber Heinrich Gelbfisch »plünderte sein Kaufhaus« noch auf andere, wirksamere Art als durch Geschenke an Bessie. Er hatte es bei seiner Rückkehr in blühendem Zustand vorgefunden; unter seinem Stellvertreter war lukrativer gearbeitet worden als je zuvor.
Denn die polnische Oberschicht, die seit der Erhebung des Städtchens zum Verwaltungszentrum im Anwachsen war, brachte neue Bedürfnisse mit. Diese Funktionäre, Offiziere, Ärzte, Juristen, richteten sich auf die Dauer hier ein. Sie kauften Möbel und Teppiche, Weißzeug und Silber, Tafelservice und Bilder. Ihre Damen waren gewohnt gewesen, sich in Warschau zu kleiden; der angeborene Sinn der Polinnen für Eleganz wollte befriedigt sein. Und es gab für das Warenhaus Gelbfisch kaum Konkurrenz. Hätte Heinrichs verstorbener Vater die Einnahme-Kolumnen des Hauptbuchs prüfen können, er wäre überrascht gewesen.
Die Bankabschlüsse allerdings hätte man ihm besser nicht gezeigt. Denn die Substanz schmolz zusammen.
Heinrich Gelbfisch hatte an Freigebigkeit nichts eingebüßt seit den Tagen, da er zum Einzug des Marschalls und Großvaters die ganze Stadt mit polnischen Fahnen versorgte. Nur die Empfänger waren jetzt andere.

Mit neugeschärften Augen sah er sich um in der Republik und fand, daß sie den Millionen ihrer jüdischen Bürger nur widerwillig noch Raum ließ. Methodisch, mit obrigkeitlicher Billigung begann man, ihnen die Existenz zu erschweren, und der Einfluß des Marschalls schien nicht mehr kräftig genug zum Widerstand. Man erfand für die Juden besondere Steuern. Den Weg in die freien Berufe verlegte man ihnen durch raffinierte Examina. Boykotte wurden gemeldet; vereinzelt, aus abgelegenen Bezirken, auch schon blutige Ausschreitungen.

Die Juden hatten sechshundert Jahre lang auf dieser Erde gelebt. Nun wendeten sich ihre Augen heimatwärts.

Heinrich wußte bei sich, daß er selbst nicht heimkehren würde. Es hätte den Verzicht auf Rechas Nähe bedeutet, und ohne sie war auch das Land Israel ein Exil. Um so enthusiastischer warf er sich auf die Pflicht, andern die Pforte aufzutun, die ihm selber versperrt war.

Auf seinem Tisch häuften sich die Bücher, Broschüren, Aufrufe, Prospekte. Bald wußte er besser Bescheid in Palästinas Landbau und Industrie als in seinem eigenen Warenlager. Seine Zeit gehörte der Korrespondenz mit den Organisationen, die Transport und Ansiedelung besorgten. Die meisten von denen, die fortstrebten, waren bitter arm. Geld und mehr Geld war vonnöten. Und er gab.

Er gab, fast ohne zu reden. Jeden Monat befanden sich unter den Rückwanderen solche, deren Schiffskarte vom Hause Gelbfisch bezahlt war. In der Buchhaltung schüttelten sie angstvoll die Köpfe. Mitten in der Prosperität war man vom Kapitalmangel bedroht. Und es kam wirklich der Tag, da die Firma bei ihren Lieferanten aus Warschau und Łódź um Prolongation ihrer Wechsel ansuchen mußte. Heinrich sprach nicht davon. Aus einer ganz gelegentlichen Bemerkung Krasnas erfuhren die Frauen, wie es um ihren Freund stand. Der Notar war erstaunt, sie ununterrichtet zu finden.

»Aber wie ist das denn möglich?« rief Recha. »Bei diesem Geschäftsgang. Sind Sie denn sicher?«

»Vollkommen sicher. Man redet von Liquidation. Es ist einfach kein Geld mehr da.«

Es war ein Abend im Winter, schneelos und ziemlich kalt. Hier drinnen war es behaglich. Elisabeth saß unten am Tische und schrieb mit durchgedrücktem Finger schief geneigten Kopfs in ihr Schulheft.

»Wenn Onkel Heinrich kein Geld mehr hat«, sagte sie, ohne aufzublicken, »warum geben wir ihm dann keins?«

»Schreib' lieber deinen Aufsatz zu Ende. Du sitzt schon drei Tage daran.«

»Ja, Mutti, diesmal ist's schwer.«

»Schwer? Wieso denn. Kościuszko in Amerika. Über Kościuszko weißt du doch alles.«

»Über Kościuszko weiß ich schon alles, Mutti. Aber meine Sätze gefallen mir nicht. Die sind zu lang und ganz fad.«

»Ach, wenn die Tatsachen richtig sind, wird Herr Karbowiak nichts sagen.«

»Karbowiak? Der versteht davon nichts. Das mach' ich für mich selber.«

»Jedenfalls«, sagte Recha und beugte sich zu ihr hinüber, »sieht dein Heft ganz schauderhaft aus. Alles verkleckst und ausgestrichen.«

»Ich schreib' es ins Reine. Mutti, warum geben wir Onkel Heinrich kein Geld? Wir sind doch reich.«
»Reich? Wie kommst du darauf?«
Bessie legte die Feder hin. Ihre Schreibfinger waren voll Tinte.
»Wir haben doch ein Auto. Autos haben nur reiche Leute.«
Wirklich war vor kurzem ein kleiner, blaulackierter Fiat angeschafft worden, an dem Pjotr beständig putzte und rieb und den seine erstaunliche Hand mit Sicherheit lenkte. Es war hauptsächlich Chanas wegen geschehen, deren Füße sie nicht mehr recht trugen.
Chana lachte mit schwerem Atem.
»Hören Sie das, Doktor Krasna? Und solch ein Kind halten manche Leute für klug.«
Aber Herr Krasna lachte nicht mit. Er war nachdenklich geworden. Nach einigen Minuten schob er seine Papiere zusammen, und Pjotr fuhr ihn zur Stadt.
Das war an einem Montag gewesen. Schon am Mittwoch erschien er wieder, unangemeldet und früh am Tage. Chana lag noch zu Bett, mit ziehenden Schmerzen im linken Arm und Rücken, die sie für rheumatisch erklärte. So empfing ihn nur Recha.
»Ich habe die Bücher geprüft. Es ist in der Tat, wie wir dachten. Das Unternehmen selber ist kerngesund.«
Recha erinnerte sich nicht, irgend etwas »gedacht« zu haben. Im ersten Augenblick wußte sie nicht einmal, wovon Krasna sprach.
»Gelbfisch und Sohn«, fuhr er fort, »haben im vorletzten Jahr mit fünfzehn Prozent Reingewinn gearbeitet, im letzten mit achtzehn, und die Kurve steigt weiter nach

oben. Gebraucht wird ein Kapitalzuschuß von hundertzehntausend Zloty. Das wäre ein rundes Viertel von Elisabeths Erbteil. Wir könnten uns keine bessere Anlage wünschen.«
»Und Heinrich wäre geholfen?«
»Natürlich müssen wir volle Kontrolle haben. Es darf kein Scheck mehr hinausgehen, der nicht meine Unterschrift trägt.«
»Und ist er einverstanden damit?«
»Wie sollte er nicht? Mit seiner wilden Großzügigkeit hat es ja auf alle Fälle ein Ende – so oder anders. Sie wissen ja, wie er ist.«
»Ein Kind«, sagte Recha.
Der Notar lächelte.
»Jedenfalls nicht genau das, was man sich unter einem ernsthaften Geschäftsmann vorstellt. Wissen Sie, was er gesagt hat, als ich mit meinem Vorschlag herauskam? ›Da wird jetzt also die Bessie mein Kompagnon – das ist ja reizend.‹«

XV

Pfarrer Korzon, die weiße Stola über seinem lichtgrünen Ornat, nahm aus dem Silbergefäß die weiße Oblate, hielt sie zwischen Daumen und Zeigefinger seiner rechten Hand und vollführte so das Kreuzeszeichen.
»Möge der Leib unseres Herrn deiner Seele zum ewigen Leben helfen.«
Und er legte die Hostie in Elisabeths Mund. Sie empfing sie mit niedergeschlagenen Augen, die Hände gefaltet.

Ihr Gesicht war weiß wie der kleine Schleier, der ihr Haar bedeckte.
Der Priester kehrte vor den Altar zurück, stellte das silberne Gefäß in seine Nische zurück, sank ins Knie und verschloß dann den Schrein.
Während er der Seitentür zuschritt, die der Meßnerknabe vor ihm offenhielt, wandte er ein wenig den Kopf nach der einsamen Kommunikantin dort vorne in ihrer Bank. Er streifte sie mit einem nachdenklichen, zärtlichsorgenvollen Blick und verschwand in der Sakristei.
Es war dieselbe Salvator-Kirche, in der Elisabeth getauft worden war. Das bescheidene Bethaus war zu dieser Morgenstunde fast leer. Wer von den polnischen Gläubigen zum Frühgottesdienst wollte, der bevorzugte die neue Kirche am Ringplatz, die im Vorjahr unter offiziellem Gepränge eingeweiht worden war.
Stille und Kühle. Nur von dem alten Arbeitsmann, der in erdfarbenen Kleidern, mit erdfarbenem Gesicht seitlich vor dem Altar der heiligen Anna betete, kam ein Hüsteln und ein Brümmeln. Und in der hintersten Bank, nahe dem Ausgang, saß im schwarzen Rock Pjotr, der strenggenommen gar nicht hierhergehörte, sondern in eine Kirche mit dem griechischen Kreuz und den Holzkuppeln.
Jetzt stand er auf, näherte sich der Knienden und berührte sie an der Schulter.
»Kommen Sie, Fräuleinchen, Sie müssen doch essen.«
Denn während der ganzen Zeremonie war er den Gedanken nicht losgeworden, daß Elisabeth nach der Vorschrift seit dem Vorabend hatte fasten müssen.
»Sie sind ja ganz blaß«, wiederholte er draußen in der

Sonnenhelle, »Sie werden noch krank.« Und er wollte eilig mit ihr auf den Wagen zu, der blau an der Gassenecke blitzte.

Ein bißchen angestrengt lächelte sie.

»Aber Pjotr, ich kann doch einmal zwei Stunden aufs Frühstück warten. Davon wird man nicht krank.«

Doch er hatte schon recht; sie fühlte sich elend. Sie hatte in der Kirche gefroren in ihrem weißen Kleid.

»Ich möchte nicht gleich nach Hause«, sagte sie. »Setz' dich ein bißchen mit mir in die Sonne.«

Neben der Kirche lag ein kleiner Friedhof. Das Gitter stand offen. Sie traten ein.

Der Friedhof, mit alten, halb versunkenen Gräbern, verwachsenen Wegen, lehnenlosen Bänken aus Stein, war mehr wie ein Gärtchen. In seinen Büschen, die niemand beschnitt, sangen die Vögel.

Es war nicht mehr jenes Frühjahr, in dem Pfarrer Korzon draußen in der weißen Villa erschienen war.

Ein paar Tage nach seinem Besuch, in einem langen vertraulichen Gespräch, hatte er Elisabeth versprochen zu warten. Sie selber sollte ihn wissen lassen, wann sie bereit wäre. Er zeigte keinerlei Ungeduld, nicht einmal, als man sich bei der vorgesetzten geistlichen Behörde über diesen Ausnahmefall gereizt zu wundern begann. Und wie sie dann kam, verlangte er nicht, daß sie den Schritt über die Schwelle zusammen mit den Kindern des neuen Jahrgangs tun solle, die alle so viel jünger waren. Er nahm, wie es ihm die Regel erlaubte, den ernsten Akt während einer stillen Messe vor, auf eine beinahe private Art.

Jetzt ging er draußen am Gitter vorbei, mit seinem flachen Hut und langfaltigen Rock. Er sah die beiden auf ihrem Bänkchen sitzen und grüßte hinüber. Sie standen auf und blieben stehen, bis Korzon nicht mehr zu sehen war.

»Hier ist's hübsch, Pjotr«, sagte Elisabeth, »findest du nicht? Gar nicht traurig, wie eigentlich Friedhöfe sind.«

»Das kommt daher, Fräulein, daß die Gräber so alt sind. Die Leute, die hier liegen, sind lange tot, und auch die andern, die um sie geweint haben, sind tot. Es ist aus mit der Trauer, und damit ist alles vorbei.«

Sie sah ihn an. »Du meinst, Pjotr, wenn man einmal da liegt, dann kommt nichts mehr – mehr ist gar nicht dahinter? Sehr fromm ist das nicht.«

»Ich sollte auch sowas nicht sagen, Fräuleinchen – heute am wenigsten.«

»Wird das denn bei euch in der Kirche gepredigt?«

Pjotr verzog das Gesicht. »Guter Gott, nein«, sagte er. »Bei uns in der Kirche ist die Feierlichkeit ein bißchen verschieden, und der Geistliche hat ein anderes Kleid. Aber sonst ist's das gleiche. Ich habe auch immer geglaubt, was man glauben soll. Bis zum Krieg. Da sind wir einmal auf ein Dorf zumarschiert. Wir glaubten, das Dorf wäre leer. Aber auf einmal schossen da Maschinengewehre. Unsere halbe Kompanie fiel um, sechzig Mann oder achtzig. Sie lagen da wie die Enten. Seitdem denke ich, daß alles aus ist.«

»Wieso denn, Pjotr! Ob ein Mensch stirbt oder sechzig auf einmal – was soll denn das ändern?«

»Wie die Enten nach der Jagd lagen sie da«, wiederholte Pjotr, als sei damit das Ganze geklärt.

»Alles vorbei«, wiederholte Elisabeth, »das ist doch entsetzlich trostlos.«

»Ich weiß nicht, Fräuleinchen«, sagte er sanft. »Ausruhen, ganz und für ewig, ist auch etwas Schönes.«
Es war Pjotr anzumerken, daß er sich über diese Fragen öfters seine Gedanken gemacht hatte.
»Es gibt doch hundertmal mehr tote Menschen als lebendige«, meinte er, »wo sollten die alle Platz haben? Da sagt man immer, wie traurig es ist, daß ein Mensch, der gelebt hat, auf einmal nun nicht mehr lebt. Aber vorher war eine lange Zeit, da hat er auch nicht gelebt, und niemand findet das traurig. Sein Grab möchte ich schon einmal sehen«, sagte er ganz ohne Übergang.
Elisabeth blickte ihn fragend an.
»Das Familiengrab mein' ich, in Wien. Sicher ist es sehr prächtig. Ich möchte schon wissen, wie der Herr Graf im Tode liegt.«
»Vielleicht komme ich einmal hin, Pjotr. Dann schreibe ich genau die Inschriften ab und erzähle dir alles.«
Er nickte. Er sah auf seine Uhr. Es war eine hübsche silberne Armbanduhr, ein Geschenk Heinrich Gelbfischs. Er sprang auf.
»Um Himmels willen, Fräuleinchen, da sitz' ich und schwatze ganz ohne Gewissen. Sie müssen doch frühstücken.«

XVI

Sie sprach zu Hause nicht davon; aber mehr und mehr glich ihre Schulexistenz der eines versprengten Soldaten in Feindesland. Sie gehörte zu niemand. Die Freundschaften unter den polnischen Mädchen reichten ins private Leben hinüber, in ihre Offiziers- und Beamtenfamilien, die alle versippt oder durch Interessen verbunden waren. Die paar jüdischen Schülerinnen, die man von Klasse zu Klasse mitführte, waren geduldet, gleichgültig akzeptiert, man übersah sie. Nur Elisabeths Dasein, Dabeisein war eine stete Beunruhigung. Wenigstens hätte man sich gewünscht, daß sie ihre Isolierung schmerzhaft empfinde. Sie schien aber nichts zu entbehren, niemand zu brauchen.

»Hochmütig ist sie, die Dame mit dem gepantschten Blut«, sagte Jadwiga Lubecka, die Tochter des Polizeichefs, der zu Hause Gelegenheit geboten war, antisemitische Wendungen aufzuschnappen.

Und Wanda Slawek, deren Vater dem Steueramt vorstand, fügte epigrammatisch hinzu: »So hochmütig, daß sie es nicht einmal zeigt. Ihre Art, auf uns herunterzusehen, ist, daß sie uns gar nicht ansieht.«

Nicht viel anders reagierten Elisabeths Lehrer – mit der einzigen Ausnahme von Fräulein Skarga.

Mit der aristokratischen Jungfer hatte Freundschaft sich hergestellt. Es begann mit Spaziergängen am Dnjestr entlang. Dann lud sie Elisabeth zum Tee bei sich ein und setzte ihr die köstlichen kleinen Kuchen vor, für die der Zuckerbäcker Spiegelglaß bekannt war und von denen sie selber nie aß. Sie erschien auch in der weißen Villa und hielt steife, verlegene Konversation mit den Frauen. Und über das verständige Maß gerührt zeigte sie sich, als an ihrem Geburtstag Elisabeth sie mit einer Rezitation in altertümlichem Polnisch überraschte – dem freien Vortrag einer berühmten Staatsrede des Jesuiten Peter Skarga, der ein Bruder eines ihrer Vorfahren gewesen war.

»Wie hast du nur meinen Geburtstag herausgebracht,

Elzunia«, sagte sie mit naß glänzenden Augen. »Und kein schöneres Geschenk hättest du dir ausdenken können. Was für ein gewaltiger Strom in diesen Sätzen, nicht wahr! Und was für ein hoher Ernst in der Warnung. Der kannte seine Polen und fürchtete für sie. Wollten sie nur jetzt wieder hören auf seine Stimme! In diesem Staat sitzt der Wurm, heute wie damals.«

Leider jedoch hatte die Lehrerin in der Schule mit Elisabeth nichts mehr zu tun. In den höheren Klassen unterrichteten Männer, hitzig-patriotische Kriegsteilnehmer zumeist, die mit ihren Dekorationen im Knopfloch erschienen. Voll Mißtrauen blickten sie auf die Einzelgängerin. Hinter deren Höflichkeit, ihrem gleichbleibenden Wohlbetragen witterten sie eine Reserve, die schlimmer war als die gelegentlichen Ungezogenheiten der anderen. War es nicht eigentlich unverschämt, daß dieses Kind einer Jüdin und eines habsburgischen Offiziers das nationale Polnisch reiner als alle schrieb, daß sie in der heroischen Landesgeschichte am klarsten Bescheid wußte! Und auch das Französische flog ihr verletzend rasch an; nach sechs Monaten sprach sie es besser als der Pedant, der es lehrte.

Anzuhaben war ihr nicht viel. Für die Mitschülerinnen war das ein schleichender Ärger. Es versprach wenig Gewinn, jemand zu sticheln und zu hänseln, der mit einem geschliffenen Wort unfehlbar parierte – wobei denn in diesen hellen Augen ein Licht aufblitzte, vor dem man sich klüger zurückzog. So sah man sich auf die üblichen Darbietungen beschränkt: das unterhalb mit Tinte beschmierte Pult, die mit Wasser vollgegossene Schultasche. Nur gelegentlich raffte man sich zu Größerem auf.

Einmal, an einem Regentag, als Bessie aus dem Gebäude herauskam, sah sie Pjotr neben dem kleinen Fiat auf der Erde knien.
»Sehen Sie das«, rief er von weitem. »Kaum zehn Minuten war ich vom Wagen fort, und nun schauen Sie an, was passiert ist!«
Mit einer naiv-pathetischen Geste zeigte er auf einen total luftleeren Pneu, und auf die blaue Lackierung, die kreuz und quer zerkratzt war.
»Das müssen Sie anzeigen, Fräuleinchen! Alles kann man diesen Teufelsratten doch nicht durchgehen lassen.«
Rot vor Entrüstung, blickte er zu ihr auf. Sie stand da in ihrem dunklen Lodencape, das von ihren geraden Schultern herabfiel wie ein Rittermantel und von dem der Regen troff. Aus ihrer Lederkappe hing das honigfarbene Haar naß und strähnig hervor.
»Anzeigen, Pjotr! Bei wem denn? Die Lehrer freuen sich höchstens. Aber was kommst du auch mit dem Wagen! So geht's, weil du nicht auf mich hörst.«
»Sie hören ja auch nicht«, sagte Pjotr, den die Untat an seinem zärtlich geliebten Fiat ganz aufsässig machte. »Wie schauen Sie denn aus! Bei solch einem Wetter nimmt doch jedes Gottesgeschöpf einen Schirm.«
Sie lachte. »Gut, von heut' an trage ich einen Schirm wie eine Madame. Jetzt komm, und mach dir nichts draus!«
Aber sie selber machte sich allerhand aus der heimtückischen Bosheit. Ihre Gleichgültigkeit war schon lange zerrieben und durchgescheuert. Und ein paar Wochen später führte ihr Überdruß zu zwei Vorfällen, die sich nicht so leicht reparieren ließen wie ein zerschnittener Reifen.
Man stand am Ende des Schuljahres, zwei Tage vor der

Ostervakanz. Die Versetzung in die nächsthöhere Klasse hatte man ihr, beim redlichsten Willen, wieder einmal nicht verweigern können. Und trotz ihrer Schwäche in den mathematischen Fächern befand sie sich leider sogar unter jenen fünf Ersten, die an diesem Tag nach der Tradition vom Schulinspektor mit einer kleinen Ansprache und Ehrenprüfung ausgezeichnet wurden.
Dieser Inspektor, der in Haar- und Barttracht und sogar in der Sprechweise das Bestreben verriet, dem nationalen Standbild des Marschalls und Großvaters zu gleichen – ein Ehrgeiz, den ein fliehendes Kinn und wässerig hervorquellende Augen ganz aussichtslos machten –, stand am Katheder neben dem Hauptlehrer und rief aus einer Liste die Namen auf.
»Komteß Elisabeth Pattay.«
Alles blieb still.
»Hören Sie nicht?« sekundierte der Hauptlehrer.
Sie erhob sich halb aus der Bank. »Ich wußte nicht, daß ich gemeint war.«
»Sie kennen doch wohl Ihren Namen«, sagte der Inspektor und blickte sie an, wobei er versuchte, seine Quellaugen zusammenzukneifen.
»Ich heiße Elisabeth Doktor. Jedenfalls will ich so heißen.«
Durch die Klasse ging ein erregtes Raunen. Man war glücklich, sich in legitimer Entrüstung mit der Autorität zusammenzufinden. Der Inspektor stellte überlegene Gelassenheit zur Schau: »Graf Pattay war der Name Ihres Vaters – oder stimmt das nicht?«
»Mein Vater hieß so«, sagte Elisabeth.
»Nun also. Wir Polen ehren erfüllte Pflicht beim Feinde.

Sie brauchen sich seines Namens nicht zu schämen. Im Gegenteil, Sie dürfen stolz auf ihn sein.«
Elisabeth blickte haßerfüllt diesen Menschen an, der da ihrem Betragen hämisch eine Auslegung gab, an die er selbst nicht glaubte.
»Ich brauche keine Belehrung, Herr Inspektor«, sagte sie laut. »Ich weiß selbst, worauf ich stolz zu sein habe.«
Das beglückt-entrüstete Raunen schwoll wieder an. Man feierte unterwürfige Vermählung mit der Macht.
»Verlassen Sie die Klasse, Elisabeth Pattay«, kommandierte der Lehrer. »Warten Sie im Vorraum zum Konferenzzimmer.«
Der Vorraum war fensterlos und schlecht ventiliert. Er enthielt zwei Strohstühle, eine riesige Landkarte von Polen und eine Büste des Großvaters. Eine ungeschirmte elektrische Birne brannte.
Draußen kündete die Schelle des Pedells den Stundenschluß an. Sie hörte die Stimmen und das Getrappel der herausstürmenden Mädchen. Dann war wieder alles stumm.
Der Hauptlehrer öffnete die Tür und durchschritt den Raum, ohne stehenzubleiben.
»Sie finden sich morgen um zehn Uhr hier ein«, warf er ihr hin und verschwand.
Auf der leeren Treppe kam ihr Fräulein Skarga entgegen. Elisabeth grüßte fremd.
»Was hast du, Elżunia? Du siehst erhitzt aus. Bist du krank?«
»Ich bin ganz gesund«, sagte Bessie. »Ich habe mich unverschämt gegen den Schulinspektor benommen, und man wird mich hinausschmeißen.«

Das Fräulein öffnete ihren blassen Mund. Aber sie sagte nichts, sondern lief hastig weiter die Treppen empor.
Auf dem Platz vor dem Gebäude standen die Schülerinnen in Gruppen beisammen. Wo sie vorbeikam, verstummte man. Aber als sie die Tochter des Polizeichefs passierte, trat die ihr quer in den Weg.
»Ich weiß schon, worauf ich stolz zu sein habe«, imitierte sie mit plärrender Stimme.
Elisabeth nahm sich zusammen und ging um Jadwiga herum.
»Judenkomteß!« brüllte man ihr in den Rücken. Und gleichzeitig flog aus einer der Gruppen ein Stein.
Elisabeth sah ihn kommen. Sie hob zum Schutz ihre linke Hand, die getroffen wurde. Sie spürte einen reißenden Schmerz.
Die Blicke der Horde im Rücken, bog sie in die Sobieskigasse ein. Ihr Ringfinger zeigte eine blaue Verfärbung. Sie versuchte ihn zu bewegen. Der Schmerz stach ihr bis in die Schulter hinauf.
Gleich um die Ecke wohnte hier Doktor Silbermann. Mit Hilfe seines jüngst erworbenen Röntgenapparats, auf den er sehr stolz war, durchleuchtete er düstern Blicks das getroffene Glied und fand es gebrochen. Die Einrichtung und Schienung nahm er unter lokaler Betäubung vor, die sich als unzulänglich erwies.
Den Arm in der Schlinge, verantwortete sie sich am andern Tag vor der Konferenz, und Fräulein Skarga erregte Mißbilligung, als sie die forensische Prozedur gleich zu Beginn mit einer besorgten Frage nach dieser Verletzung unterbrach.
»Der vierte Finger ist gebrochen«, sagte Elisabeth, wobei

ihr im selben Moment die trockene Antwort schon leid tat.
Dann wurde ihr der Beschluß mitgeteilt, sie gnadenweise vorläufig in der Lehranstalt zu belassen. Beim geringsten fernern Verstoß jedoch habe sie sofortige Wegweisung zu gewärtigen.
Mehr war über den Fall nicht zu sagen. Aber es schien, als kosteten die versammelten Herren den Augenblick aus und könnten sich zur Verabschiedung so rasch nicht entschließen.
Eine sinnlose Pause entstand.
»Es war lieb von Ihnen, sich zu erkundigen«, sagte Elisabeth, als wäre sie mit dem Fräulein allein.
Es war nicht als Frechheit gemeint. Aber der richtenden Körperschaft war die ganze Wirkung gestört.
»Gehen Sie«, rief der Hauptlehrer. »Ihre Mutter wird schriftlich benachrichtigt.«
Diesmal war es in der weißen Villa jedermann klar, daß ihres Bleibens nicht sein konnte. Den »geringsten fernern Verstoß« wartete man besser nicht ab.
Durch seine ausländischen Korrespondenten begann Herr Gelbfisch Erkundigungen einzuziehen. Pensionate in England, Österreich, der Schweiz wurden erwogen. Schließlich einigte man sich auf das berühmte Institut von Madame Dieudonné in Lausanne.
Als von Elisabeths Finger die Schienung entfernt wurde, zeigte sich, daß Doktor Silbermann schlechte Arbeit getan hatte. Der Finger war verkrümmt, nicht sehr stark, aber merklich. Es würde notwendig sein, ihn nochmals zu brechen und in seine richtige Form zu bringen.
Alle wunderten sich, als sie sich weigerte.

»Es ist eine Kleinigkeit, Bessie«, sagte Heinrich Gelbfisch, der mit bei der Mahlzeit saß. »Und der Professor in Lemberg wird dir nicht weh tun wie dieser Silbermann.«
»Fräulein Elisabeth hat keine Angst«, sagte da der servierende Pjotr. Verwundert sah man ihn an.
Elisabeth lachte und betrachtete ihren Finger.
»Ich hab' ihn ganz gern so«, sagte sie.
»Gern?« fragte Chana.
»Ganz gern. Es ist ja auch bloß an der linken Hand.«
Pjotr stand ihr gegenüber am Tische, noch immer rot vor Verlegenheit bis unter sein sandfarbenes Haar. Sie zwinkerte ihm freundschaftlich zu. Dann glitt ihr Blick an seiner linken Seite nieder, wo der leere Ärmel hing.
Man erwartete sie zu Anfang des Sommers im Pensionat. Herr Gelbfisch ließ sich's nicht nehmen, Recha und ihr als Reisemarschall zu dienen. Und seine unersättliche Fürsorge gestaltete diese Fahrt nach der Schweiz sehr teuer und kompliziert.

Dritter Teil
Pjotr

I

Ein warmer Windstoß drückte das Fenster auf. Er blätterte in Madame Dieudonnés Hauptbuch und ließ die beschriebenen Blätter aufflattern, die vor Elisabeth auf dem Tische lagen. Sie ging zum Fenster und schloß es.
»Der Föhn«, sagte sie und schaute über den See zu den Bergen der französischen Seite, die unterm Vorfrühlingslicht ungewohnt nahe erschienen, mit scharfen Schatten in den trennenden Tälern.
»Nicht der Föhn«, sagte Madame. »Unsern Vent de Pluie müßtest du eigentlich kennen in deinem vierten Jahr.« Sie schickte einen Blick nach dem Himmel, der noch vollständig klar war. »Hoffentlich kommen die Kinder trocken nach Hause. Sicher hat wieder keines einen Schirm mitgenommen.«
»Ja«, sagte Elisabeth, »gegen Schirme hat man etwas in diesem Alter.« Und sie lächelte, als gedächte sie einer fernen Vergangenheit.
Die Kinder, nämlich die sämtlichen Zöglinge des Pensionats, waren heute zu einer Matinée ins Theater geführt worden, wo eine Truppe der Comédie-Française mit Racines »Athalie« gastierte.
Madame genoß die seltene Nachmittagsstille im Haus,

allein mit ihrer erwachsenen Schülerin. Sie genoß auch die Eintragungen und Additionen in ihrem Hauptbuch; denn die Geschäfte des Pensionats gingen gut. Sie gingen gleichmäßig gut seit fast einem Vierteljahrhundert. Damals hatte der Tod ihres Gatten, der ein Archäologe von Namen und Mitglied der Académie des Inscriptions gewesen war, sie mit dürftigen Mitteln zurückgelassen, und sie hatte ihr Lehrinstitut in engem Rahmen aufgebaut. Nie war sie später der Versuchung erlegen, ihn zu erweitern. Der Ruf solider Exklusivität, persönlichster Sorgfalt ließ sich nur aufrechterhalten, wenn die Zahl der Pensionärinnen begrenzt blieb. Es waren zwanzig, heute wie damals.

Sie war eine füllige Dame mit reichem, gepflegtem schwärzlich-silbernem Haar, einer gutgeformten, etwas zu hohen Stirn und klug und freundlich blickenden Augen hinter der Goldbrille. Dem Eindruck von Gelehrsamkeit und Behagen fügte sich nur ein karger, sehr kleiner Mund nicht völlig befriedigend ein, der anzeigte, daß diese angenehme Matrone nebenbei eine vorzügliche Rechnerin war.

Ein knitterndes Geräusch gegenüber am Tische ließ sie von ihren Kolumnen aufschauen.

»Du kassierst schon wieder ein Blatt«, sagte sie lächelnd. »Diese Übersetzung muß schwer sein.«

»Nicht schwer, Madame, sondern völlig unmöglich.«

»Das kann ich kaum glauben. Die hübsche Erzählung von Monsieur Géraldy hast du in drei Tagen übersetzt. Und eine Zeitschrift in Warschau hat dir Komplimente gemacht und hat sie gleich abgedruckt.«

»Ja«, sagte Elisabeth. »Aber das hier ist anders.«

»Saint Julien l'Hospitalier!« Die Direktorin schüttelte ihr stattliches Haupt. »Es ist doch längst in alle Sprachen der Welt übersetzt.«

»Ich mach' es auch nur für mich, Madame.«

»Zur Übung? Das brauchst du nicht mehr.«

Elisabeth legte ihren Bleistift in das aufgeschlagene Buch und sah vor sich nieder.

»Es ist eigentlich nur eine Art, es besser zu lesen«, sagte sie stockend. »Wenn man versucht, es in eine andere Sprache zu bringen, dann geht einem langsam auf, was für ein Wunder es ist. In jedem von diesen Sätzen liegt ein Geheimnis, das mehr ist als das, was er ausdrückt.«

»Nun«, sagte Frau Dieudonné, »mit solch einer Leserin würde der Meister zufrieden sein, wenn er noch lebte. Mir sind seine Werke zwar immer äußerst poliert erschienen, aber doch etwas trocken und kalt.«

»Trocken, kalt«, wiederholte Elisabeth.

Frau Dieudonné lachte. »Das sagst du, als ständest du vor einem Abgrund, über den keine Brücke führt. Ich will dir deine Götter nicht rauben.«

Elisabeth machte einen letzten Versuch.

»Irgendwo, Madame, erzählt er von einer Mauer, die er einmal gesehen hat – auf der Akropolis, in Athen. Eine ganz nackte Mauer. Die sei so herrlich gewesen, so schön der Stein und die Proportion, daß er Herzklopfen bekam vor lauter Entzücken. So, sagte er, müßte Prosa auch sein. Manchmal glaube ich zu verstehen, was er damit meint.«

»Ganz sicher verstehst du's«, sagte tröstend Madame, der vor so viel Leidenschaft etwas unheimlich wurde, »und eines Tages wirst du selbst etwas Gutes hervorbringen.«

»Ich, Madame? Niemals! Bücher schreiben dürfen überhaupt nur Menschen wie Flaubert oder Tolstoi. Die andern machen nur nach und sollten sich schämen.«
»Da gehst du wieder zu weit. Dem Publikum kultivierte Unterhaltung zu bieten, ist ein sehr schöner Beruf.«
Elisabeth ließ einen Moment vergehen.
»Gewiß, Madame«, sagte sie artig.
»Aber für dich gibt es ja mancherlei Aussichten. Erst neulich wieder hat Monsieur Delangre erklärt, daß du drüben in Genf Karriere machen könntest, als Interpretin beim Völkerbund. Schade nur, daß du so jung bist.«
»So jung, Madame? Anderthalb Jahre älter als Ihre älteste Schülerin. Es wird wirklich bald Zeit, daß ich nach Polen zurückkehre, zu meiner Mutter und Tante.«
»Die Damen wünschen ja selbst, daß du bleibst. Oder sind dort in letzter Zeit die Verhältnisse besser geworden?«
»Nicht für uns Juden«, sagte Elisabeth.
Madame zuckte zusammen.
»Diese ewige Betonung, Lisa – wirklich, es ist nicht geschmackvoll. Ein moroser Tick.«
»Ja, den haben mir meine Mitschülerinnen beigebracht. Sie hätten Jadwiga und Wanda kennen sollen, Madame!«
»Ich dächte, unsere Mädchen hier hätten das gutgemacht. Die hängen ja alle an dir, geradezu schwärmerisch. Ich habe gemerkt, daß sie sich um gewisse kleine Andenken von dir streiten.«
»So etwas habe ich auch bemerkt«, sagte lachend Elisabeth. »Meine Taschentücher verschwinden, eins nach dem andern.«

»Manchmal denke ich mir«, sagte Madame Dieudonné träumerisch, »du könntest hier unterrichten. Und noch viel Besseres könnt' ich mir vorstellen. Ein Jammer, daß du so jung bist!«
Elisabeth hob ihren Kopf. Sie wartete auf eine Erklärung für diese seltsame Klage, die da zum zweiten Mal kam. Madames Blick wanderte über den See nach dem französischen Ufer. Aber sie sah dort nicht die verbleichenden Berge, über denen jetzt Wolken zogen. Was sie sah, das waren rechtshin die Türme von Notre-Dame, und zur Linken war's der Pont-Neuf und die Flußfront des Louvre. Sie saß vier Treppen hoch in der kleinen Wohnung am Quai des Grands-Augustin, wo Professor Dieudonnés Bücher unverrückt auf den Regalen standen und seine Kästen mit den antiken Goldmünzen. Unter Bedenken und Opfern hatte sie diese Wohnung beibehalten alle die Jahre her, mir ihrer unverheirateten Schwester, Mademoiselle de Trévoux, als Platzhalterin. Hier, trotz der vier Treppen, gedachte sie einst ein Ruhejahrzehnt ihres Alters zu verbringen, oder lieber noch zwei.
»Ja«, sagte sie, »wärst du dreißig, Lisa, wärst du nur sechsundzwanzig – du könntest an meine Stelle hier treten. Wie schön wäre das. Es ist ein trüber Gedanke, gleichgültigen Händen zu überlassen, was man mit Sorgfalt aufgebaut hat.«
»Daß Sie mir das zutrauen, Madame –«, Elisabeth war so gerührt, daß sie ganz vergaß, stolz zu sein.
»Aber es ist ja Unsinn, ich weiß es. Wenn du einmal soweit bist im Leben, dann hast du geheiratet und erinnerst dich nur noch vage an dieses Haus.«
»Ich würde dir gute Bedingungen machen«, fuhr sie ver-

sonnen fort – denn ihr wirtschaftliches Gewissen verbot ihr sogar in einem Wunschtraum, die praktische Seite zu ignorieren. »Wenn ich auch am Ertrag beteiligt bliebe, du hättest eine auskömmliche Existenz. Deine Mutter und Tante würden bei dir wohnen, in diesem angenehmen Klima. Für jeden wäre gesorgt. Aber diese acht, neun Jahre machen alles zunichte«, endete sie, und vor ihren Augen tauchten Notre-Dame und Pont-Neuf zurück ins Unerreichliche.

Es war dunkler geworden im Zimmer, und auf einmal schlug heftiger Regen gegen die Scheiben.

Madame Dieudonné blickte auf die Uhr. »Jetzt ist das Theater aus. Die Kinder werden schön naß werden.«

Es klopfte. Der Bauernbursche aus dem Valais, der im Hause Dienerstelle versah, brachte die Nachmittagspost.

»Hier ist einer für dich, Lisa.« Und sie reichte ihr den Brief über den Tisch.

Elisabeth griff begierig danach. Sie war, ganz ungewohnterweise, seit zwei Wochen ohne Nachricht geblieben. Der Brief trug eine polnische Marke. Aber es war ein grobes Kuvert, und die geschnörkelte Rundschrift kannte sie nicht.

Der Junge aus dem Valais nahm die sortierte Post in Empfang und ging, um sie auf die einzelnen Zimmer zu verteilen.

Madame beschäftigte sich mit ihrer eigenen Korrespondenz. Wie sie davon aufblickte, sah sie Elisabeth dasitzen, den geöffneten Brief in der Hand, mit strömenden Tränen.

»Was ist es denn, Kind? Etwas Schlimmes von Haus? Doch nicht deine Mutter!«

Sie verneinte stumm. Frau Dieudonné stand auf, trat neben sie und legte ihr den Arm um die Schulter. Sie fragte nicht weiter.
Elisabeth las ihren Brief noch einmal. Er kam von Pjotr. Aber Pjotr, der der lateinischen Schrift nicht mächtig war, hatte diese Botschaft diktiert. So klang sie ungelenk und formell.
Chana war krank, kränker als jemals. Es war das Herz, und Pjotr wußte und teilte mit, daß das Ende nicht fern war. Er tat das gegen Chanas Verbot. Sie erfährt es noch zeitig genug, wenn alles vorbei ist, hatte die Frau Tante geäußert – und Elisabeth wußte, daß dieser Satz wörtlich zitiert war. Aber Pjotr hatte es für unrecht gehalten, der Frau Tante zu gehorchen. Das geehrte Fräulein, stilisierte der Besitzer der Rundschrift, würde das in Zukunft möglicherweise niemals verzeihen. Dann folgten kaufmännische Ergebenheitsfloskeln und, ebenfalls in der fremden Hand, die Unterschrift Pjotr Gargas.
Darunter aber standen in kyrillischen Buchstaben auf ukrainisch zwei Worte:
»Prychody zywo.« Komm schnell.

II

Früh am Tage langte sie im Wiener Westbahnhof an. Ein Aufenthalt von mehreren Stunden in der unbekannten Hauptstadt lag vor ihr, und sie hatte nichts zu verrichten hier auf ihrer Fahrt zu einer Sterbenden, nichts als den Besuch bei einem Toten.

In die Ankunftshalle schien das graue Vorlicht eines naßkalten Februarmorgens. Sie wollte sich nach der im Halbschlaf verbrachten Nacht ein wenig auffrischen; aber sie fand das Waschkabinett unbehaglich verwahrlost, die Handtücher aus Papier, die Seife wie Stein. Sie beorderte ihr Gepäck nach dem Nordbahnhof und machte sich auf zur Stadt.
In der langen, schlechtgepflasterten Mariahilfer Straße kamen ihr wenige Menschen entgegen, verdrossen auf ihrem Weg zur frühen Arbeit. Wie sie die Ringstraße erreichte, begann es zu nieseln. In trüber Verlorenheit säumten Staats- und Wohnpaläste sie ein. Aber aus einem Kaffeehaus nahe der Oper fiel durch geraffte Vorhänge gelbes Licht verlockend übers nasse Trottoir. Drinnen war es warm, und das Frühstück, so erfreulich nach unbehaglicher Nacht, stand auf dem Tischchen, kaum daß sie's bestellt hatte. Köstlicher, mild-kräftiger Kaffee; zierliche Semmeln, die frisch krachten unter ihren gesunden Zähnen. Sie ließ sich ein Ei geben, sogar noch ein zweites. Auf einmal erschrak sie über sich selbst. Da saß sie und ließ es sich gutgehen, während dort in dem weißen Zimmer, darin sie so viele Jahre neben ihr geschlafen, Chana nach Luft rang und den Tod kommen sah. Wie konnte man Mitgefühl von irgendeinem Menschen erwarten, wenn ihr das bei ihren Nächsten geschah! Und während sie es dachte, tasteten ihre Finger schon nach der Zigarette, ohne die das Körperglück dieses Frühstücks nicht vollkommen war.
Ein Kellner eilte herzu, um ihr Feuer zu reichen. Dann legte er nach der Ortssitte den Stoß der neuesten Zeitungen für sie bereit.

Es war ein älterer Kellner, absolut kahl, mit südlich schwarzen, wimperlosen Augen und hochgebuckelter Nase. Sein weißes Vorhemd war nicht recht sauber, und sein Frack spiegelte schäbig.
Da steht so ein alter Mensch morgens um fünf Uhr auf, dachte Elisabeth, und zieht sich den Frack an. Seltsame Pflichten füreinander erfinden die Menschen.
Er war neben ihr stehengeblieben und wies auf das Zeitungsblatt, das zuoberst lag.
»Große Neuigkeiten, Gnädigste«, sagte er devot und vertraulich.
Sie blickte schräg auf die alarmierende Aufschrift.
»Deutscher Reichstag in Flammen. Schonungsloser Kampf der Regierung gegen die Brandstifter.«
Darunter zwei Bilder. Zur Linken das Berliner Parlamentshaus, aus dessen Kuppel das Feuer schlug. Rechts aber, mit Odinslocke, amorpher Nase und Seherblick, der neueste Herr der deutschen Geschicke, seit Wochen nun allen weißen, gelben und schwarzen Presselesern dieses Planeten hinlänglich vertraut.
»Der wird's ihnen zeigen«, flüsterte hingegeben der Kellner.
»Wem?«
»Aber den Roten, Gnädigste – 's wird Zeit. Vor denen ist nichts mehr sicher.«
Elisabeths Blick haftete auf einem eingesetzten Flicken in der Nähe seines Ellbogens.
»Sind Sie selbst denn so reich?« sagte sie leise.
Sein Mund öffnete sich, rund vor Erstaunen.
»Verstehen denn Gnädigste nicht? Die Roten. Die Juden. Die bringen jeden ums Brot. Schauen sich Gnädig-

ste unsre Kaiserstadt an, unser Wien! Gnädigste können sich allerdings an die schöne Zeit nicht erinnern, sind noch zu jung – Bitte sehr, bitte gleich!« unterbrach er sich und wedelte mit seinem Tuch, denn irgendwo hatte ein Gast an die Tasse geklopft.

Aber er war schon ein Feind. Mit bitterer Würde nahm er sein Trinkgeld entgegen, als Elisabeth aufbrach, und den Weg zu der Kirche, nach der sie ihn frug, behauptete er nicht zu kennen.

Die Ringstraße war nun belebt. Umströmt von Geschäftigkeit, bei offenen Fenstern und Kaufläden wirkten die Prachtgebäude nicht mehr gespenstisch. Weiterhin aber auf ihrem Weg in den schöngewundenen Gassen der Inneren Stadt redeten holde Fassaden, kunstreiche Gitter von einer andern, fühlenderen Zeit. In den Ehrenhöfen, in die sie hineinblickte, wuchs Gras zwischen den Quadern. Vielsilbig komplizierte Aufschriften zeigten an, daß diese Adelshäuser jetzt Behörden als Unterkunft dienten. Sicherlich gab es hier auch ein kleines Palais, das einmal die Pattays für sich erbaut hatten. Aber die wohnten jetzt alle beieinander in jenem letzten Haus, nach dem sie sich durchfrug.

Es war die Kirche zu Sankt Quirin, nicht weit von dem Platze Am Hof.

Die schwer gepolsterte Tür sank hinter ihr zu. Sie beugte das Knie mit einer tiefen, furchtsamen Höflichkeit. Aber sie tauchte nicht ihre Finger in das geweihte Wasser, um sich mit dem Kreuz zu benetzen, sondern ging auf Zehenspitzen, als wäre ihr Eindringen unerlaubt, ins Juwelenlicht der gemalten Fenster hinein.

Stille und Kühle. Die Kirche war leer. Nur von einer alten

Frau, die in erdfarbener Kleidung, erdfarbenen Gesichts seitlich irgendwo kniete, kam ein Hüsteln und Brümmeln, und der Laut brachte den Morgen ihrer ersten Kommunion zu Elisabeth zurück. Ferne schien das. Sie war kaum in einer Kirche gewesen seither. Kehrte sie in ihren Ferien aus der Schweiz in das polnische Städtchen zurück und begegnete ihr da der geduldige Priester, der sie einst so schonend über die Schwelle geführt, so wurde sie rot und schlug ihre Augen nieder, als hätte sie ihn betrogen.

Und war es nicht so? Durch Geburt zwischen die Religionen gestellt, hatte sie nie zu einer ein Herz gefaßt und hatte wie selbstverständlich auf Gotteslehre und Gottesgeschichte immer nur geblickt wie auf ehrwürdige Märchen. Ein Gott, der die Menschen so böse erschuf, daß zu ihrer Erlösung sein anderes Selbst den Tod sterben mußte – für Millionen war er die Wirklichkeit und jedem zweifelnden Gedanken entrückt. Verriet es nicht eine Krankheit, einen trockenen Schaden an ihrer Seele, daß sie sich nicht einmal sehnen konnte zu glauben – weder an Chanas strengen, einsamen Gott noch an den sanften Helden am Kreuz und seine liebliche Mutter?

Schüchtern sah sie sich um. Vorne erweckten hohe, schwach brennende Kerzen das Inkarnat und Gold des Hochaltars zu umschleiertem Leben. Und dort, gleich rechts hinter dem geschnitzten Gestühl, begann auch die Reihe der Gräber.

Diese kleine Kirche zu St. Quirin war wie eine Familiengruft. Wenigstens auf der einen Seite des Schiffes lagen nur Pattays. Die frühesten von den Gräbern vermochte Elisabeth nicht deutlich zu sehen, da es ihr unstatthaft

schien, den abgeschrankten, erhöhten Chor zu betreten. Aber auch die ersten unten im Schiff waren noch sehr alt, beschädigt die Figuren und die Schrift zersprungen.
Langsam ging sie die Jahrhunderte entlang. Im Panzerhemd ruhten die Steinritter über ihren zerfallenen Resten, die Hände im Schuppenhandschuh betend erhoben, mit aufgestelltem Visier. In einer Nische sah sie zwei winzige, schmucklose Särglein mit den Fußenden schräg gegeneinandergestellt; keine Inschrift nannte die Namen der zwei kleinen Grafen, die da ohne Geschichte gestorben waren. Daneben, aufgetürmt, das Ehrenmal eines Matthias Cornelius Pattay, Türkensiegers und Feldmarschalls, barock triumphal, mit tubablasenden Genien, Flügellöwen und starr flatternden Fahnen. Auch ein geistlicher Pattay war da, ein Bischof in Dalmatica und Inful, den kunstreich geschnitzten Krummstab zur Seite. Sein Bildnis aus gelblichem, zärtlich poliertem Stein war von allen das schönste. Dann kam eine sonderbar wüste Lücke; hier war Mauerwerk von der Wand gefallen, und niemand hatte es fortgeschafft. Zuletzt aber, schon in der Nähe der Tür, die ins Freie ging, erblickte Elisabeth den, den sie suchte.
Sie erschrak. Denn die Ähnlichkeit war vollkommen. Zug für Zug glich dieser Vater aus Stein seiner Photographie im silbernen Rahmen, die daheim auf dem Tischchen stand.
Nicht wie die andern lag er auf seinem Sarge ausgestreckt. Von einem Sarge war nichts zu sehen. Als einziger in der Reihe stand er aufrecht da, nur wenig erhöht, das mitten entzweigebrochene Wappenschild zu seinen Füßen. Noch erschien der Stein, aus dem er geformt war,

allzu kalkig weiß, nicht geadelt vom Alter, und dieser Umstand verlieh der Porträtähnlichkeit etwas Unheimliches, beinahe Anstößiges.
Sie hatten ihn nicht im Soldatenkleid dargestellt. Er war barhaupt und trug einen gerade herabfallenden, fußlangen Mantel mit aufgemeißelter Kette und Kreuz: Ornat eines in der Familie hergeerbten Ritterordens. Dafür war der Ausdruck seines Gesichts völlig unfeierlich – die steinernen Lider lächelnd geschlossen, mit freier Stirn und freundlichem Mund stand da ein heiter unbeschwerter Herr seinem Kind gegenüber, das ihm die Tochter von sechzig wandernden, leidenden Geschlechtern geboren hatte, als er selber schon tot war.
Fast so sehr wie ihm selbst glich sein Steinbild dem Mädchen. Sogar das Cape, das sie trug – es war jetzt ein schwarzes, aus einem schweren, seidigen Stoff – fiel von ihren geraden Schultern ähnlich herab wie sein Ordensmantel. Die hellen Augen mit den goldenen Lichtern darin waren so langgeschnitten und waren eingebettet wie seine steinernen. Die kurze, feine Nase war die seine, das runde Kinn. Nur ihr Mund, der schon ganz ein Frauenmund war, zeigte in reicheren Kurven die Andeutung einer Üppigkeit, die unter einer südlichen Sonne gereift war – vor sechzig Geschlechtern.
Sie fühlte sich geisterhaft angerührt von der Begegnung. Aber sie war weder ergriffen noch traurig und bildete sich auch keineswegs ein, es zu sein. Und da sie nicht vergessen hatte, wem zuliebe sie hier war, setzte sie sich dem Steinmal gegenüber auf eine Ecke der Bank, nahm ihr Taschenbüchlein hervor und kopierte für Pjotr die Grabschrift, die seitlich auf einer Tafel angebracht war.

DOMINUS
DOM. FRANCISCUS OTTO DE PATTAY
ET SCHLERN
COMES PALATINUS
NATUS A.D. 1886. DEFUNCTUS A.D. 1914
R.I.P.

Darunter aber stand dies:

»Homo, natus de muliere, brevi vivit tempore,
repletus multis miseriis, qui, tanquam flos, egreditur
et conteritur, et fugit velut umbra.«

(»Der Mensch, vom Weibe geboren, lebt kurze Zeit und ist voll Unruhe, geht auf wie eine Blume und fällt ab, flieht wie ein Schatten und bleibt nicht.«)

Sie las das Geschriebene durch, und auf einmal kamen ihr vor der wunderbar einfachen Klage die Tränen. Unwillig schüttelte sie den Kopf über sich. Diese Worte paßten ja nicht einmal recht. Kurz freilich war Pattays Frist gewesen, seine Blüte zertreten worden vor dem Sommer – aber »repletus multis miseriis«? Ein Dasein voll Elend? Wer mochte diese Schriftstelle ausgesucht haben für den glänzenden jungen Herrn, der ihr Vater gewesen war?
Wie sie aus der Kirche heraustrat, schlug über ihr tiefdröhnend die Uhr viele Male. Es blieb ihr eben noch Zeit, den Zug zu erreichen. Er fuhr von demselben Bahnhof, und es war sogar noch derselbe Zug, mit dem Pattay in seine kurze Zukunft abgereist war, vor zwanzig Jahren.

III

Das Bett, in dem Elisabeth noch im Vorjahr geschlafen hatte, war hinausgeschafft worden. Aber sonst erschien das weißlackierte Zimmer ganz unverändert. Von der Unordnung einer Krankenstube war nichts zu bemerken, keine umherstehenden Medizinflaschen und Schüsseln, keine Binden, Kompressen, Wattepakete. Ein einziges Flakon, gefüllt mit winzigen, weißen Tabletten, stand auf dem Nachttisch. Und zur andern Seite von Chanas Bett ragte vom Boden auf ein hoher, massiver Eisenzylinder. Ein dünner Schlauch leitete Sauerstoff zu der Gummimaske, unter der die alte Frau laut und unregelmäßig atmete.

Elisabeth war mit der Kranken allein. Vor zehn Tagen war sie angelangt, und heute endlich hatte sie Recha, die in vielen Wochen das Haus nicht verlassen, zu einer Ausfahrt mit Pjotr bewegen können. Nun schlug ihr das Herz vor Verantwortung. Unverwandt sah sie zu, wie die schwarze Maske über Chanas Gesicht sich bauschte und wieder zusammenfiel.

Mit einemmal hörte diese Bewegung auf. Angstvoll faßte sie nach Chanas Hand und erhielt einen schwachen, beruhigenden Gegendruck. Sie nahm ihr die Maske ab. Chanas Gesicht erschien ganz so, wie Elisabeth es seit vielen Jahren gekannt hatte; nur die Partie unter den Augen zeigte sich bräunlich verfärbt und teigig gedunsen.

»Hast du gemeint, ich bin tot?«

In Chanas ausgebleichter Stimme war ein fernes Echo ihres brummenden Lachens von einst.

»Aber Tante Chana –«
»Nun, wir zwei brauchen einander nichts vorzumachen.«
»Fühlst du dich besser?«
»Besser! Ich kann dir sagen, Kind, diese Schmerzen da links – als ob ein Berg drückte, aber von innen. Oh –«
Der welke, zersprungene Mund stand lechzend offen. Die Nasenflügel sanken ein. Elisabeth griff nach der Maske.
»Nein! Die Tabletten! Noch eine! Drei!«
»Aber Silbermann sagt doch –«
In Chanas Gesicht erschien ein solcher Ausdruck von Qual und Geringschätzung, daß Elisabeth ihr einfach den Willen tat. Chana zerbiß die Tabletten und schluckte. Fast augenblicklich glättete sich ihr Gesicht.
»Hilft immer noch«, sagte sie glücklich. »Nitroglyzerin, Bessie. Damit sprengen sie Felsen. Oh, wie gut –«
»Du wirst sehen, das bringt dich über die ganze Krankheit hinweg.«
Chana lachte. Diesmal war es wirklich das brummende Lachen von ehedem.
»Das glaubst du doch selbst nicht. Wozu auch! Genug gesprengt. Nächstes Jahr wär' ich achtzig –«
»*Wirst* du achtzig«, sagte Elisabeth.
Hierauf ging Chana nicht ein. »Ersticken wenigstens werde ich nicht«, erklärte sie sachlich. »Der Silbermann macht sich ja wichtig und sagt einem nichts. Aber dieser Professor aus Lemberg hat ganz vernünftig geantwortet. Er meint, es geht plötzlich zu Ende. Da reißt sich irgendwas los in der Ader, sagt er, so ein kleines Geschoß, und fliegt einem mitten ins Herz. Schön, Bessie, daß du noch gekommen bist«, sagte sie ohne Übergang.
Elisabeth legte zärtlich ihre Hand auf die hagere, bräun-

lich gefleckte. »Das sagst du jetzt. Aber hätte der Pjotr sich nicht einen Mut gefaßt –«
»Der Pjotr ist gut«, sagte Chana, und die vier Worte waren wie Placet und Siegel unter Pjotr Garmas' ganze Existenz. Sie wandte voll die Augen auf das junge Gesicht: »Hübsch siehst du aus, Bessie. Schade, daß ich deinen Mann nicht mehr kennenlerne.«
»Wer denkt denn an so etwas, Tante. Ich bin noch nicht achtzehn.«
»Ich war auch nicht viel älter. Mein Mann war so fromm – der hat mich nie angesehen vor unserer Hochzeit. Sonst hätte er's wahrscheinlich sein lassen.«
Elisabeth lachte und preßte die Tränen hinunter, die vorquellen wollten.
»Bessie!«
»Ja, Tante?«
»Was werdet ihr anfangen, wenn ich tot bin?«
»Du sollst jetzt von so was nicht reden.«
»Wann soll ich *denn* reden davon? Bessie, ihr müßtet fort.«
»Fort von hier? Kannst du dir denken, daß Mutti das will?«
»Erst kommst einmal du. Du kannst doch nicht hier sitzen und Recha Staub wischen helfen.«
Sie schickte einen amüsierten Blick über die pedantische Ordnung des Zimmers.
»Hier schaut es wahrhaftig aus, als wäre schon alles vorüber – ausgeräuchert und aufgeräumt.«
Elisabeth nickte. »Es ist wie eine Manie«, sagte sie leise. Jedesmal, wenn sie in den Ferien nach Hause kam, hatte sie diesen Ordnungs- und Reinlichkeitsdrang ihrer Mut-

ter gesteigert vorgefunden. Pjotr mit seiner einen Hand hielt das kleine Haus untadelhaft sauber. Aber ruhelos bewegte Recha sich in den Zimmern umher, rückte Bilder und Spiegel gerade, spähte in Ecken und unter Teppiche und rieb Flecken hinweg, die nicht da waren. Sie trug Zeughandschuhe dabei, die ständig gewaschen wurden. Ihr Bedürfnis nach Körperreinheit war zur völligen Qual geworden. Sie hatte die Gewohnheit angenommen, vier-, fünfmal am Tage sehr heiß zu baden, was ihrer Gesundheit nicht zuträglich war. Als einmal auf ihrer Oberlippe ein kleiner Ausschlag erschien, hielt sie sich tagelang im verdunkelten Zimmer, betupfte die entzündeten Stellen unablässig mit Alkohol und zitterte vor Widerwillen gegen sich selbst.

»Ja, es ist krankhaft«, wiederholte Elisabeth, »man müßte einen Nervenarzt fragen.«

»Kind, das sitzt tief, dieser Ekel«, antwortete Chana und schloß ihre Augen. Mit der Klarsicht derer, die abscheiden, zog sie die Linie zum lange Vergangenen. Hinter ihren geschlossenen Lidern sah sie die Hütte und das traurige Höfchen von Wieniawa, sah sich selber eingesperrt in der Kammer, wie sie rasend am Riegel rüttelte, und draußen den Greuel: die zwei schwarzen Gestalten, die da von den Bäumen schwankten, und die Kosaken, die sich gleichmütig hermachten über das vierzehnjährige Kind.

»Ihr müßt fort«, sagte sie wieder. »Macht zu Geld, was ihr könnt. Wartet nicht lange. Hier wird's wieder schlimm.«

»Meinst du wirklich? Solange der Marschall lebt –«

»Der Marschall! Er soll sich sonderbar aufführen in seinem Warschauer Schloß. Und um ihn herum, hinter ihm,

da sind Leute ... Oh, Bessie«, stöhnte sie auf, »der gräßliche Druck – es fängt wieder an –«
»Du sprichst auch zu viel, Tante Chana.«
Elisabeth kniete vor dem Bett und legte ihre Wange auf die Hand, die über den Rand hing. Chana beruhigte sich. Ihr Atem ging gleichmäßiger.
»Deinen Großvater haben die Tiere ermordet«, hörte Elisabeth sie sagen, »und dann deinen Vater.«
Erschrocken blickte sie auf. Da sah sie, daß Chana lächelte mit ihren zersprungenen Lippen.
»Nein, Bessie, ich rede nicht irre. Du meinst, dein Vater sei im Kampf mit den Russen gefallen. Es ist aber nicht so. Der Mensch, den er damals abgestraft hat vor dem ›Erzherzog Rainer‹, der hat ihn ermordet.«
»Der Rittmeister Schaller?« fragte Elisabeth ungläubig. Sie kannte die alte Geschichte. Immer erzitterte ihr das Herz vor Vergnügen, wenn sie daran dachte. Noch kürzlich, vor dem Steingesicht in der Wiener Kirche, hatte sie sich ihrer erinnert.
»Der Schaller?« fragte sie noch einmal. »Aber wann denn, wie denn? Es kam doch nicht zum Duell.«
»Duell! Hast du schon einmal gehört, daß solch ein Schuft sein Leben riskiert?«
Ihre Stimme klang kräftig. Ihre Augen flackerten vor Abscheu und Haß. Mit einer unbekümmerten Bewegung drehte sie sich Elisabeth zu.
»Nicht, Tante Chana! Du mußt doch still liegen.«
»Ich liege noch lang genug still. Bessie – deiner Mutter habe ich's niemals erzählt. Besser, sie glaubt, was alle geglaubt haben. Aber du sollst es wissen –«
Erstaunlich, wie alle die Fakten in ihrem Gedächtnis haf-

teten, die sie damals in der verlassenen Kaserne dem eitlen Geschwätz des Schreibers hatte entnehmen können. Wie Pattay seine Ulanen im Dorf zurückließ, um allein über den Hügel weiterzureiten. Wie seine Leute die Schüsse hörten und wie sie ihm nachfolgten und wie sie ihn fanden, sein Pferd neben ihm grasend, und von den Russen weit und breit keine Spur ...

»Und er hatte die Schüsse im Rücken, Bessie! Dieser antisemitische Schweinehund hat es getan.«

Sie hatte sich aufgerichtet in ihren Kissen. Und Elisabeth lauschte mit solcher Anspannung, daß sie nicht mehr daran dachte zu warnen.

»Das vermutest du aber alles nur, Tante Chana«, rief sie, »wissen kann man es nicht.«

Chanas Gesicht wurde fleckig rot. Sie schüttelte heftig den Kopf.

»Ich weiß es. Als wär' ich dabeigewesen, so weiß ich es. Dein Vater hat sterben müssen, weil er in uns Juden Menschen gesehen hat. Und ist das nicht schön?«

Elisabeth nickte. Sie atmete kaum.

»Paß auf – so ist das gewesen. Der Hund war ganz in der Nähe. Er sieht deinen Vater über den Hügel reiten. Er reitet ihm nach – unten herum. Er schneidet Pattay den Weg ab. Geräusch macht es keines, da unten ist lauter Sumpf. Dann legte er sich auf die Lauer, versteckt sich, und wie dein Vater daherkommt, mit den Augen zum Feind, da zielt er und jagt ihm von hinten die Schüsse hinein in sein anständiges Herz – –«

Sie saß aufrecht im Bett. Sie gestikulierte, während sie sprach. Auf einmal warf sich ihr Körper in schnellender Bewegung seitlich zurück, ihr Kopf hing über den Bett-

rand, der Mund stand weit offen, und ihm entbrach ein Schrei – hoch schrillend, zerreißend, entsetzensvoll.
Elisabeth umfaßte Chanas Kopf mit den Händen. Von den Augen war nur das Weiße zu sehen. Es kam noch ein Laut, ein Gurgeln und Ächzen, aber es kam schon von jenseits der Grenze. Wie sie's vorausgewußt, so war das Ende gekommen. Ein Blutgeschoß hatte sich losgerissen in ihr und war hineingeschleudert worden mitten in ihr starkes, anständiges Herz.

IV

Der Krokus und die weißen Narzissen, die man auf Chanas Hügel gesät hatte, blühten dicht in die Höhe, lang vor der Zeit. Fast ohne Übergang kam ein warmer, leuchtender Frühsommer in das Dnjestrtal.
Elisabeth empfand es wie ein Unrecht an der Verschwundenen, als sie sich nach langen Wochen eines traurigen Stillsitzens hinauszusehnen begann in Sonne und starke Bewegung. Aber sie wußte auch, daß Chana als erste über solche Skrupel gelacht haben würde. Und dort, gleich unten vorm Garten, lud der Dnjestr zum Bade ein, breit, voll, mit rasch und lautlos ziehenden Wogen.
Sie war eine leidenschaftliche Schwimmerin. Während der Schweizer Jahre hatte sie zwischen März und November das Vergnügen in dem herrlichen See kaum einmal versäumt. Sie schwamm nicht kunstgerecht, aber ausdauernd; ihre gesunde junge Brust, ihre geraden Schultern und kräftigen Arme gaben mühelos her, was

sie ihnen abforderte. Sie fühlt sich köstlich frei und zu Hause im Element.
Sie entschloß sich doch endlich.
»Heut' werde ich einmal baden, was meinst du?«
»So früh im Sommer?« antwortete Recha. »Es wird noch nicht offen sein.«
»Offen?« Bessie verstand nicht.
»Und außerdem, Bessie, »ich weiß nicht – diese Menschen dort in der Anstalt, viele sind schmutzig, man holt sich etwas –«
Elisabeth nahm den Arm ihrer Mutter und führte sie die niedrige Eibenhecke entlang, die den Garten gegen das Flußbett hin abschloß.
»Doch nicht drüben in dieser Bucht! Die ist für Frösche und kleine Kinder. Schau – der Dnjestr ist sauber, wenn er auch gelb ist. Da holt man sich nichts.«
»Im offenen Fluß willst du baden! Das tut doch kein Mensch. Der Dnjestr ist reißend.«
Aus Rechas Stimme klagte bleiches Entsetzen. Es war ergreifend und komisch. Elisabeth senkte den Kopf. Von der Härte unbekümmerter Jugend war nichts in ihr, und wohl begriff sie den leidenden Egoismus ihrer Mutter, deren Dasein Verlust und Verzicht gewesen war. Sie schickte einen abschiednehmenden Blick über die ziehende Weite.
Aber am Abend, nach der Mahlzeit, trug sie doch ihren Kummer hinüber zu ihrem Vertrauten. Er saß auf dem Bänkchen vor der kleinen Garage, in der auch sein Zimmer war, und rauchte aus einer Tonpfeife. Wie er Elisabeth kommen sah, stand er auf und klopfte die Pfeife aus.

»Laß doch den Unsinn, Pjotr. Ich rauche ja auch.«
»Ausklopfen und Anzünden ist das halbe Vergnügen«, sagte Pjotr sentenziös und steckte die Pfeife ein. »Ein alter Mann muß wissen, was sich gehört.«
Obgleich dazu Mitte der Vierzig kaum Anlaß war, sprach Pjotr neuerdings gerne von seinem Alter. Er schien die Altersvorzeichen zu lieben. Seitdem er zu ergrauen begann, ließ er sich bis zur Wangenhälfte hinunter schmale Bartstreifen stehen – eine Tracht, die vage an habsburgische Zeiten gemahnte und seinem rasierten, starkknochigen Bauerngesicht eine verschollene Distinktion gab.
Bessie setzte sich neben ihn, und er hörte ihr zu.
»Da hat die Frau Mama nicht so unrecht. Der Dnjestr ist reißend.«
»Aber Pjotr – was soll denn da reißen! Schnell ist er, nichts weiter.«
»Na, Fräuleinchen. Ich hab' es einmal probiert, gerade hinüberzuschwimmen. Da kam ich weit unten an Land.«
Elisabeth gab keine Antwort. Er lachte.
»Ich weiß schon, was Sie sich denken: Du natürlich mit *einem* Arm.«
»Daran hab' ich durchaus nicht gedacht«, sagte Bessie verlegen. »Gegen die Strömung kann man nicht schwimmen. Aber hinuntertragen lassen könnt' ich mich doch, und dann einfach zurücklaufen.«
»Jawohl! Im nassen Anzug und Lungenentzündung bekommen.«
»Ich sehe schon«, sagte Bessie entmutigt, »an dir habe ich auch keine Hilfe. Steck wenigstens deine Pfeife wieder an.«

Sie saßen rauchend nebeneinander und schwiegen. Drüben im erleuchteten Hause sah man Recha sich durch die Zimmer bewegen, haltmachen vor einer Stelle der Wand und geraderücken, was gerade hing. Über das Wasser her kamen, rasch nacheinander und scheppernd, neun Schläge von einer Kirchenuhr. Neun andere folgten, weiterher, dumpfer und langsam. Dann war wieder alles still, und man hörte die Grillen.
Am nächsten Nachmittag trat Pjotr unvermutet in Elisabeths Zimmer. Er nahm zeremoniell seine Mütze ab.
»Wenn das Fräulein jetzt schwimmen will – ich wäre bereit.«
»Du, Pjotr, wieso? Sollst du vielleicht nebenherschwimmen?«
»Herfahren«, antwortete Pjotr mit feinster Artikulation.
»Im Wagen neben mir her! Hast *du* dir das ausgedacht?«
»So wird die Frau Mama sich nicht ängstigen. Sie hat es wenigstens versprochen.« Pjotr lächelte mit behutsamem Stolz auf seine Diplomatie. »Sie schwimmen, Fräuleinchen, solang's Ihnen Spaß macht – und dann steigen Sie ein.«
»Das kommt mir doch eher albern vor«, sagte Elisabeth schwach.
Es wurde ihre beste Stunde am Tag, den ganzen Sommer hindurch. In ihrem stahlblauen Trikot lief sie durch die Hecke über den Uferstreifen ins Wasser. Oben auf der Straße setzte Pjotr den Wagen in langsame Bewegung. Der Wagen war wieder ein Fiat, aber diesmal ein Kabriolett und dunkelweinrot lackiert.
Die Straße lief über dem Fluß hin. Pjotr brauchte keinen Moment seine junge Herrin aus den Augen zu lassen, die

dort von den lautlosen Fluten sich wiegen ließ, vorwärts schnellte, stillezuhalten schien, sich wohlig warf. Sie hatte eine sportlich nicht sehr korrekte Art, den Kopf hochgereckt überm Wasser zu tragen. Das Licht blitzte auf ihrer glatten, blauen Kappe. Auf einmal war sie verschwunden, tauchte lang, und obwohl Pjotr nun wußte, wie sicher sie war, wurde ihm jedesmal während dieser Minute seine Hand krampfig am Lenkrad. Aber da war sie wieder, hob grüßend einen glitzernden Arm zu Pjotr hinauf. Sie schwamm zwei Meilen, schwamm drei. An einer flachen Stelle stieg sie ans Ufer, lief die Böschung hinauf, er stand schon bereit und hüllte sie ein in den Mantel.

»Pjotr, was war das für ein Automobil, das da vorhin vorbeikam?«

»Das war unser Herr Polizeichef.«

»Lubecki?«

»Jawohl. Fräulein Jadwiga mit ihrem bestechlichen Schwein von Papachen.«

»Hst du bemerkt, wie sie anhielten? Die werden schön lachen über uns.«

»Das werden wir mit Geistesstärke ertragen«, antwortete Pjotr.

Sie waren zurückgelangt. Recha stand hinterm bewachsenen Gitter, wie jeden Tag, und bestrebte sich, gleichgültig auszusehen.

»Da seid ihr ja«, sagte sie, so wie jeden Tag, und bog mit ihrer Hand eine unbotmäßige Ranke ordentlich zwischen die Stäbe zurück.

V

Aber die schönen Monate währten kurz, und wie in diesem Jahr die Wärme plötzlich gekommen war, so fiel auch unerwartet ein früher Winter ein. Ungegliedert, ohne Verlockung streckte sich vor Elisabeth eine klösterlich abgeschlossene Existenz aus, bevölkert von alten Menschen.

Pjotr allein war nicht alt. Sprach er davon, daß er's sei, so klang es halb wie ein Spiel, halb wie Ungeduld. Als lebten in seinem redlichen Herzen noch Wünsche und Unruhen, die es ihn verlangte, bald dahinten zu lassen.

Alt war Fräulein Skarga. Sie hielt sich straff aufrecht und war fähig zu langen Gängen mit Bessie, am vereisten Fluß hin, wie in früheren Wintern. Aber seit sie vor bald drei Jahren ihr Lehramt quittiert hatte, war die letzte Verbindung gerissen zwischen ihr und dem Tag. Sie lebte rückwärtsgewendet. Mit der Tür ihrer kleinen, verschollen möblierten Wohnung tat sich ein totes Jahrhundert vor Elisabeth auf.

Alt vor der Zeit war Herr Gelbfisch. Treu, hingebungsvoll, still geworden, nahm er beinahe jeden Abend seinen Platz ein am Ofenfeuer der Villa. Seine bescheidene Figur schien vollends zusammengesunken unter Desillusion und lastender Ahnung. Sein Haar war grauer als Pjotrs. Aber Recha war weiß. Das reiche, reine Silber stand ergreifend zu ihrem bräunlichen Gesicht mit den wehrlos blickenden Augen. Die schmal gebliebene Gestalt, die fürstlich geformten, empfindlichen Hände, alles erschien hauchhaft gebrechlich an ihr, obgleich Recha nie krank lag.

Seit Chanas Hingang gab es für sie keinen Daseinsinhalt außer Elisabeth. Sie war von einer unterwürfigen Zärtlichkeit gegen ihr Kind. Nie kam es vor, daß sie ihr etwas befahl. Aber ihre Liebe, ein stiller und leidender Fanatismus, war tyrannisch in seiner angstvollen Ausschließlichkeit. Es wurde ihr zur untragbaren Qual, das Mädchen allein zu lassen. Unwiderstehlich getrieben, öffnete sie ihre Tür.
»Wo bleibst du denn, Bessie?«
»Aber wo werde ich sein? Ich übersetze ein bißchen.«
»Mir war plötzlich so bang.«
Sie konnte halbe Stunden lang wortlos neben ihr sitzen und ihre Hand halten wie die Hand eines Geliebten. Und es war auch nicht anders. Es war Pattays Hand, die sie hielt. In Elisabeth wandelte leibhaftig, stark und schön das kurze Glück, das die ganze Blüte und Frucht ihres früh verstörten Daseins gewesen war.
Elisabeths Herz zog sich in Beklemmung zusammen. Ihr war, als müsse sie ewig so sitzen, ihre Hand in dieser zerbrechlichen, ausgeliefert dieser armen, nie zu stillenden Liebe.
Sie setzte sich tapfer zur Wehr gegen die pressende Lebensangst. Sie wollte dergleichen nicht denken. Allzu leicht, sie wußte es wohl, übertrug sich auf Recha, was in ihr vorging.
Aber es war schon zu spät.
»Wozu bin ich noch da«, klagte die scharfe und süße Stimme, »dir nur zur Last! Ich hätte sterben sollen statt Chana.«
»Mein Geliebtes, was quälst du dich!«
Bessie umfing sie, küßte die schmale Wange, das weiße

Haar. Ohne es selbst recht zu wissen, gab sie Recha nie mehr den Mutternamen. Sie war von Chana allein gelassen worden mit einem verängsteten, vom Leben grausam behandelten, hinfälligen Kind.
Aber es war ein Kind, das tragisch Bescheid wußte.
»Weißt du, Bessie, mir hat das Leben nichts zugeleitet, mich wenig gelehrt, ich habe nichts gesehn, nichts erfahren. Nun sitze ich mit leeren Händen da und habe nur dich.«
Wenig gelehrt, nichts erfahren. Aber war es wirklich zu spät? Die Welt stand offen. Und da war Chanas strenge Ermahnung, diesem polnischen Land den Rücken zu kehren, bevor es zu spät sei.
Chana hatte Gefahren dabei im Auge gehabt, jene politischen Wolken, unter deren Schatten Heinrich verstummt war und in sich zusammensank. Vielleicht aber bedeutete solch ein Wechsel zugleich auch Heilung und Glück für Recha – und eine Befreiung für sie selbst.
Doch das Problem war entmutigend. Elisabeth vergegenwärtigte sich die lautlose, eingefriedete Existenz ihrer Mutter. Kaum verließ sie mehr das Haus und den Garten. Eine Fahrt ins Städtchen hinüber war ein Entschluß. Elisabeth fürchtete, sie zu verstören mit dem ersten andeutenden Wort.
Keinesfalls durfte sie sprechen, ehe ein klarer, vernünftiger Plan in ihr feststand. Und da war niemand, dessen Rat sie vertraute.
Heinrich vorzeitig einzuweihen, verbot sich durchaus; allzu tief schnitt eine solche Veränderung in sein eigenes Dasein ein. Fräulein Skarga? Die zeitabgewandte Jungfer war seit ihren Jugendtagen niemals gereist. Der welt-

unkundige Krasna war tot, sein Sohn und Nachfolger im Notariat ein pedantischer Ehrenmann von geringer Erfahrung.
Der eine aber, auf dessen redliche Klugheit sie immer baute, Pjotr, vermochte gerade hier nicht zu dienen.
Die Entscheidung entglitt ihr. Sie fühlte sich hilflos. Schließlich war sie ein neunzehnjähriges Kind.
Da kam, schon gegen das Frühjahr, ein umfänglicher Brief aus der Schweiz. Madame Dieudonné wiederholte ihr Angebot. Lisa, schrieb sie, sei jetzt mit ihrer Mutter allein; da werde eine Verpflanzung weniger schwierig sein als zu Lebzeiten ihrer alten Verwandten. Und bald zu handeln sei weise. Niemand könne voraussehen, wie lang eine Übersiedlung ungehindert noch möglich sein werde. Überall zittere schon der Boden unter den Vorstößen kommenden Unglücks.
Was sie selber betreffe – sie habe bei Lisas Fortgang doch nicht geahnt, wie sehr sie ihr fehlen würde. Ihr Haus, trotz all der Jugend, die es bevölkerte, sei ihr einsam geworden. Übrigens komme hinzu, daß eben jetzt zwei Lehrkräfte ausgeschieden seien: Fräulein Dinklage wegen nervöser Unverträglichkeit, die sich seit dem Umsturz in Deutschland jählings bei ihr entwickelt habe, und Miß Abercrombie durch Heirat. Lisa werde reiche Tätigkeit vorfinden.
Sie ging aber weiter. Jener Gedanke, ihr Lebenswerk später einmal ganz in Elisabeths Hände zu legen, träumerisch hingesprochen von ihr an jenem letzten Nachmittag – er war jetzt mehr als ein Luftbild. Verschlug es wirklich so viel, ob dann Lisa ein paar Jahre mehr oder weniger zählte? Hatte sie nicht unter den Kindern eine

Art Autorität und Verehrung genossen, als sie fast selbst noch ein Kind war? Scherzhaft erinnerte Madame Dieudonné an die verschwundenen Taschentücher. Und dann – wer wisse, wie bald – werde sich Lisa ja auch verheiraten, mit einem Mann aus gelehrtem Stande etwa, um Arbeit und Verantwortung mit ihm zu teilen. Madame Dieudonné hatte ihren praktischen Wunschtraum sorgfältig ausgebaut.

Es folgten unmittelbare Vorschläge. Sie warf ein Jahresgehalt aus, das in Anbetracht ihrer ökonomischen Vorsicht stattlich genannt werden mußte. Verlockend beschrieb sie die Wohnung, die sie bereithielt. Es handelte sich um die oberen Zimmer im Seitentrakt – Lisa kenne sie ja –, freundlich und mit Geschmack eingerichtet, übrigens frisch tapeziert, und alle drei mit dem vollen Ausblick über die Stadt und den See. Gewiß würde auch Lisas Mutter sich wohl fühlen, abgesondert, wie sie da wäre, und fröhlichem jungen Leben doch nahe.

In Elisabeth strahlten alle Hoffnungen auf. Dieser Brief war ein Fingerzeig, war der Weg. Sofort begann sie, sich mit den Einzelheiten der großen Änderung zu befassen. Wie vor allem war Pjotr einzuordnen in diesen Plan, der keines Menschen Sprache verstehen würde dort in der Schweiz? Denn daß es von Pjotr nie eine Trennung gab, war das eine, was feststand.

Sie schwieg noch. Sie wartete ihren Augenblick ab. Alle Zeichen schienen günstig zu stehen. Sie durfte hoffen, Recha weniger lebensscheu und unzugänglich zu finden als seit langer Zeit. Dafür gab es ein kleines, ermutigendes Symptom.

Noch nicht eine Woche war es her, da hatte Herr Gelb-

fisch von einem Kunstereignis berichtet, das im Städtchen erwartet wurde. Ein Virtuose von Weltnamen sollte auf seiner Tour durch das Land mit dem hauptstädtischen Orchester auftreten. Eindrucksvolles, populäres Programm: Szymanowski, Brahms und das große Violinkonzert von Tschaikowskij. Es war die erste Darbietung solcher Art hier am Ort. Die Sitze waren nahezu ausverkauft.
Zu Elisabeths ungläubiger Freude hatte Recha den Wunsch geäußert, auch hinzugehen. Es stellte sich heraus, daß sie den Künstler in ihrem vergangenen Leben gekannt hatte. Sie beschrieb den berühmten Mann, wie er ihr erst in Berlin, später mehrmals in Warschau erschienen war: unscheinbar von Gestalt, mit dem beunruhigend anziehenden Kopf eines melancholischen Knaben, gar nicht eitel, wunderbar klug und über vielerlei Gegenstände feurig beredt.
Elisabeth hörte dem zu wie einem wehmütigen Märchen. Daß ihre Mutter einmal einer Welt angehört haben sollte, in der man den Pfad solcher Menschen kreuzte, daß sie geschmückt, hinterm Rampenlicht an hundert Abenden selber begrüßt und bestaunt worden war – so gar nichts erinnerte mehr daran, daß es wehe tat. Elisabeth stand auf und ging aus dem Zimmer; denn sie mußte weinen.
Aber sie war voller Zuversicht. Sie trug Madame Dieudonnés Brief auf der Brust wie den goldenen Schlüssel zum Tor der Welt. Am Abend nach dem Konzert, wenn Recha, das Herz gelockert durch die Musik, heimkam von ihrem festlichen Ausflug ins lang Entwohnte, dann war der Augenblick da, um zu reden.

Elisabeth war an dem Tage wach vor der Zeit. Der lange Morgen verging nicht. Am Nachmittag vermochte sie nicht länger stillzuhalten vor froher Vorwegnahme. Drüben in seiner Garage putzte Pjotr am Wagen.
»Pjotr«, rief sie ihm zu, »mir sagt's mein krummer Finger, wir werden verreisen.«
»Wohin denn! Nach Lemberg?«
»Lemberg! Du wirst dich noch wundern.«
»Wenn's bloß nicht Jakutsk ist, Fräuleinchen. Da wär' ich dagegen.« Sie lachte und schritt aus, die Straße entlang.
Trüber Tag. Der Dnjestr ging hoch, mit treibenden Eisschollen. Ein grauer, wattiger Himmel verfloß mit dem märzlichen Land, aus dem jede Farbe gewichen schien. Aber sie wanderte stürmenden Schritts ihrem leuchtenden See zu und den Matten des Waadt und des Valais.
Es wurde dunkel. Sie befand sich so weit von Haus, daß sie einen Rollkutscher, der mit seinem Pferdchen leere Fässer zur Stadt fuhr, bitten mußte, sie mitzunehmen. Sie kam nur eben zurecht, sich noch umzukleiden.
»Gleich bin ich soweit«, rief sie zu Recha hinüber, denn schon hörte sie Pjotr den Wagen vorfahren. Als keine Antwort kam, ging sie hinüber zu ihr.
Recha saß vor dem Toilettentisch, im schwarzsamtenen Kleid mit ihrer Brustkette aus kleinen goldenen Schilden, reglos, die bekleideten Hände im Schoß, den sorgsam frisierten Kopf gesenkt und in Tränen.
Es war unüberwindlich. Sie vermochte es nicht. Der Gedanke an das Gedränge, den erleuchteten Saal, die weißen Gesichter, die Stimmen, an die mächtige Musik selber sogar, machte sie ersticken vor Angst. In rührenden Ausdrücken bat sie Elisabeth um Verzeihung.

Sie hatte gekämpft, man sah es ihr an, und war unterlegen. Das verriegelte Tor in die Welt – der goldene Schlüssel schloß es nicht auf. Elisabeth brauchte zwei Herzschläge Zeit, sich zu fassen. Sie schob einen Schemel heran.
»Niemand zwingt dich, Geliebtes. Unter uns: Er soll längst nicht mehr gut sein.«
Aber während sie redete und die Hand ihrer Mutter hielt, schlich durch ihr Herz eine Erinnerung, vor der sie erschrak.
Es war auf dem Wawel in Krakau. Der Fremdenführer hatte die Gewölbe unter der Kathedrale gezeigt. Er war düster gesprächig. Er erzählte von Toten, die sich in abgeschlossener, versiegelter Gruft lebensähnlich erhalten, aber beim geringsten Zustrom von Luft in sich zusammenfallen und Staub sind.

VI

Zu jener Zeit schloß der Marschall und Großvater seinen Pakt mit den Deutschen. Das Wolfsgeheul von dort drüben verstummte; das Gezeter über schlecht behandelte Blutsgenossen, das Brüllen nach Grenzregulierung, es wurde abgedreht wie eine Leitung mit Jauche. Der Mißduft verzog sich.
Freundschaft also und guter Wille auf zehn lange Jahre, unterschrieben, besiegelt, beschworen. Kein rauhes Wort mehr gegen den Nachbar. Waffengewalt, durch Staatsakt und Manneswort perhorresziert und geächtet. Wahrhaftig, da hatte der Marschall mit einem Meisterschlag sein altes Leben gekrönt.

Alles in Polen atmete auf, Beherrschte und Herrschende. Der Arbeitsmann in den Slums von Warschau und Łódź, schuftend um ein Fünftel des Lohns, den man seinem Kameraden in Leeds oder Pittsburgh bezahlte; der Bauer im übervölkerten Dorf, so auf die Notdurft beschränkt, daß ihm der Ankauf von ein Paar Stiefeln sein trostloses Jahresbudget umstieß – sie wußten, daß nun wenigstens kein Krieg sein würde, und sie waren dankbar.
Dankbar waren andere auch, aus anderen Gründen.
Die Gutsherren auf ihren weiten, dilettantisch verwalteten Ländereien, die christlichen Häupter der Industrie, die gottgleich schreitenden Militärs, das angeschwollene Heer der Beamten und Staatspfründner, sie alle kannten nur eine Angst: die vor der verschlossenen, trächtigen Welt, die da von der östlichen Grenze ungeheuer sich ausstreckte über ganz Asien. Dorther, von der fürchterlichen Doktrin, die sich gegen jede Voraussage und Verfemung seit bald zwei Jahrzehnten lebendig erhielt, war ihr Alles bedroht: Bodenbesitz, industrielles Diktat, Erbschlösser und Warschauer Stadtpalais, Kastenprivileg und -distanz.
Gegen diese Todesgefahr der Gefahren war der deutsche Gewalthaber der natürliche Bundesgenosse. Aber er wollte ja nicht. Zwar heulte er unverdrossen seine Kreuzzugsparolen gegen den Kremlin. Zugleich aber schäumte der Böse kaum minder wüst gegen Polen, dessen adlige und besitzende Herren zum Hochzeitskuß mit dem belfernden Strolch so bräutlich bereitstanden.
Nun hatte der Marschall es doch noch geschafft. Er war noch zu brauchen, der Alte. Freudenfeste wurden gefeiert auf Schlössern und Landsitzen und in den Apparte-

ments mit den hohen Plafonds an der Avenue Szucha. Die einzigen, die sich nicht freuten, waren die Juden. Drüben, im erwachten Germanenland, wurden ihre Brüder zum Vieh degradiert, zerprügelt, verstümmelt, ohne Ahndung erschlagen. Was konnte allein, was mußte auch hierzulande die Frucht dieses Bundes sein! Wieder saßen die Händler und Handwerker hinter verriegelten Fensterläden im Dunkel, den Gebetsmantel um die Schultern geschlungen, da der sie verraten zu haben schien, auf den sie gebaut hatten.
Aber es war nicht an dem. Zwar von dem Volksmann von einst, dem stürmenden Streiter für gleiches Recht und für Brot, war nicht mehr viel übrig. Man ist nicht umsonst so lang an der Macht. Sein Geist, erschöpft von allzuviel Schicksal, verlor sich auf Schattenwegen. Jähe Eruptionen von Ekel und Zorn wechselten ab mit langer Ermattung. Seine Militärs und Privilegierten, die »Obersten«, schlossen dichter den Ring um ihn und verstellten seinen geschwächten Augen den Ausblick.
Doch er sah zwischen ihren Schultern hindurch. Er kannte das Spiel, das da anlief seit seinem Pakt. Es war das alte Spiel der Zarenregierung. Alles im Land, was befahl und schmarotzte, atmete köstliche Morgenluft. Er kannte dies kunstreiche Crescendo in der Presse – wie da von Monat zu Monat das Ziel bei immer vulgäreren Namen genannt wurde. Unter den Studenten gab es inszenierten Krawall. Wanderredner zogen durch die hungernden Ebenen und klärten die Bauern auf über die beschnittenen Teufel, die da in ihrer Mitte von Wucher, Betrug, Mädchenhandel und Zauberkniffen sich mästeten.
Das Ärgste geschah ihnen nicht. Im verwölkten Gemüt

des Alten flackerte ein Licht von Anstand und Wahrheit fort, entzündet in jener fernen Zeit, als hebräische Schwärmer und Waffenfreunde neben ihm geblutet hatten für ein freies Polen. Er hielt seine nicht mehr stete Hand über die Wehrlosen, schützte ihr Leben und, wo er's vermochte, ihr Eigentum. Die randalierenden Hochschulknaben unterwarf er dem Zugriff der Polizei. Mit einem Federzug verbot er eine ungeduldige neue Partei, die sich »Nara« benannte und deren eingestandenes Ziel der Pogrom war.

Er sah auch noch klar genug, um an seinen eigenen Pakt nicht zu glauben. Vermutlich verachtete er den kreischenden Seher und sein Rudel noch mehr als die russischen Knutengeneräle von einst. Nein, es gab keinen Bund mit den Wölfen. Er zuckte seine schweren Achseln über diese zehnjährige Freundschaft.

Was er gewollt hatte, war Aufschub. Der war erreicht. »Jeder Tag ohne Krieg ist Gewinn«, wurde seine stehende Wendung. Und er trieb die Obersten an, zu rüsten, zu rüsten, damit Polen ein Wall und Widerpart sei gegen den reißenden Freund, wenn der seine Berge von Stahl heranwälzte am Tage des Paktbruchs.

Die Obersten hatten viel mehr Vertrauen als er. Was zweifelte eigentlich dieser Gewesene an der prächtigen Armee, die er selber geschaffen hatte? War nicht der polnische Soldat als todesmutig berühmt? Vor allem war da die Kavallerie, unvergleichlich beritten und hochtrainiert, ein trostreich erhebender Augenschmaus für jedes patriotische Herz.

Und dann – es kam ja kein Krieg. Der Alte sah Gespenster. Die Obersten fühlten solch tiefe, brüderlich Sympa-

thie für diesen Führer und Kanzler. Er war ihr bestauntes Vorbild. Genau solch einen Staat zu errichten, wie seiner war, rassenrein, judenfrei, autoritär, war ihr innigster Traum. Wie sollte seine Liebe nicht dauern.
Freilich – auch für sie drängte die Zeit. Noch war das Land eine Art Republik. Da gab es ein Parlament, in dem alles Gesindel Gesetze beschloß und Gesetze zu Fall brachte. Bauernvertreter, Sozialisten, ukrainischer Pöbel, weißrussischer, und sogar diese Juden. Das mußte weg. Blieb etwas stehen vom Parlament, dann nur eine Stuckfassade mit der Leere dahinter. Alle Gewalt dem Präsidenten, ihm die »eine, unteilbare Autorität« – einbegriffen das Recht, seinen Nachfolger selbst zu ernennen. Den Nachfolger hielten die Obersten schon bereit. Und daß sich künftig das Amt in der richtigen Linie fortpflanzte, dafür würde gesorgt sein.
Aber der Coup war nur möglich, solange der Alte noch lebte. Nur sein jeder Frage entrücktes Prestige, sein geheiligter Namenszug, legitimierte den Umsturz. Ihm die Hand zu führen, konnte so schwer nicht sein. Längst war er aller Parteien und Fraktionen tief überdrüssig, verachtete die Debatten der gewählten Vertreter als Gezänk und Gewäsch. Man ist nicht umsonst so lang sein eigenes Denkmal. Legte man ihm jetzt einen Beschluß auf den Tisch, worin das Parlament sich selber entmachtete – er würde nicht nein sagen.
Alles kam darauf an, daß am entscheidenden Tage die Opposition an der Sitzung nicht teilnahm. Dann, wie der Blitz aus der Nacht, der Antrag, das Votum – und die Anmarschstraße zu Polens wahrer Größe lag frei.
Lautlose, fiebernde Tätigkeit. Dem Marschall waren

nicht mehr viele Wochen gegönnt. Da war im tiefsten Geheimnis dieser Professor aus Wien ins Belvedere gerufen worden. Krebs der Leber – dem Sterbenden blieb das Urteil verborgen, den Emsigen nicht. Und wirklich, mit Trick und Schlich, mit Pfiff und Kniff kam man durchs Ziel. Zwischen einem Spiel Patience und der Fütterung seiner Tauben schrieb der Marschall-Befreier seinen legendären Namen unter diese neue Verfassung vom 23. April 1935. Ein paar Tage darauf war er tot.

Volkstrauerwoche. Düsterer Pomp. Vorbeizug der Zehntausende vorm Katafalk in der Kathedrale der Hauptstadt. Elisabeth las davon in der Zeitung. Sie las seit neuerem die Zeitungen sehr genau. In diesen Tagen waren sie voll von feierlichen Details. Sie las von der bevorstehenden Überführung auf den Wawel in Krakau, damit der Volksbefreier dort liege bei Polens Helden und Königen. Sein Herz aber sollte nach seinem Wunsch in Wilno zur Ruhe gelegt werden, zu den Füßen seiner Mutter.

Abends sprach Heinrich von dem versunkenen Tag, da der Großvater und Marschall hier eingeritten war, um von der Rathaustreppe zu sprechen.

»Immer hat er dich angesehen, Bessie. Seine Worte waren tröstlich und edel. ›Glaubt nicht an die Lehre von der Abstammung und vom Blut! Hundert Jahre lang haben unsere Kinder früh weinen lernen, das soll nicht mehr sein!‹ Und immer die Augen auf dir, deinem schottischen Kleidchen. Ich seh' es noch vor mir.«

»Es ist noch vorhanden«, sagte da Pjotr, der den Kaffee servierte. Alle waren erstaunt. Pjotr ging und kam sogleich wieder.

Es war ganz unglaubhaft winzig. Ausgeblichen die roten Karos, Gürtelchen und Kragen vergilbt. Aber zerdrückt war es nicht. Offenbar war es sorgfältig aufgehängt, dort, wo es Pjotr so prompt gefunden hatte.
»Daß du da drin einmal Platz gehabt hast«, sagte Recha und sah ihre schöne, erwachsene Tochter an.
»Und das hab' ich auf dem Kopf gehabt«, sagte Elisabeth und drehte in ihrer Hand das schottische Mützchen, das auch noch vorhanden war. Die kecke Feder, die darin steckte, war in der Mitte geknickt.
»Ja, das Federchen war eines Tages zerbrochen«, bemerkte Pjotr, »ich weiß nicht, wie das passiert ist.«
Alle sahen ihn an.

VII

An einem Nachmittag im Oktober, der abschiedsgolden und warm war, hatte sie nach dem Spaziergang Fräulein Skarga nach Hause begleitet, hatte in der verschollenen Wohnung eine Tasse sehr leichten Tee bekommen und durchschritt nun auf ihrem Weg zur Dnjestrbrücke die Kreuzgasse. Auf dem schmalen Trottoir vor der Posamenteriewarenhandlung Berges preßte sich ein Offizier, der ihr mit einer Dame entgegenkam, flach gegen das Auslagefenster, um sie passieren zu lassen.
Sie war schon ein ganzes Stück weiter, als jemand dort hinten sie anrief. Sie kehrte sich um. Mit ausgestreckten Armen eilte Wanda Slawek auf sie zu.
»Elisabeth, du läufst ja vorüber, als ob du mich gar nicht kenntest.«

»Nicht als ob«, sagte Elisabeth, »ich habe dich wirklich nicht erkannt.«
Die Klassenkameradin von ehedem, das Töchterchen des Steueramtschefs, war zu einer hübschen, vollbusigen Dame herangewachsen. Sie war ein Jahr jünger als Bessie, sah aber bereits nach allzuviel Petits fours und süßem Likör aus.
Vorstellend wies sie auf den Offizier, der ihr gemessener gefolgt war: »Mein Bruder Stanislaw. *Er* hat nicht erlaubt, daß ich dich einfach vorbeilasse.«
Der junge Mann verbeugte sich bestätigend, eine Hand an der Schirmmütze, mit zartem Sporengeklingel. Strichschlank in seiner knappen Montur, mit seinem gezirkelten Bärtchen im frischen Gesicht, die Brauen über den sanft-frechen Augen wie mit Tusche gemalt, war er die bestrickende Illustration aus einem Damenroman.
»Es geht auch wirklich zu weit«, bemerkte er lächelnd, als ihm die Wirkung seiner Person hinlänglich gesichert schien. »Da hält man elf Monate im Jahr in den wolhynischen Sümpfen ritterlich Grenzwacht gegen die Roten. Und kommt der Ritter auf Urlaub, so unterschlägt ihm die eigene Schwester die Reize der Heimat! Wanda – es ist ein Skandal.«
Das wurde mit einer selbstgefällig gedrechselten Ironie produziert, die er Anlaß haben mußte für unwiderstehlich zu halten. Elisabeth kitzelte das Lachen im Hals.
Sichtlich nicht ohne Überwindung sekundierte ihm seine Schwester: »Wahrhaftig, warum sieht man dich nie! Absicht kann's doch nicht sein. Schließlich waren wir Freundinnen.«
»Waren wir?« fragte Elisabeth. Sie hob ihren verkrümm-

ten Ringfinger in die Höhe und bewegte ihn ein wenig vor Wandas Nase hin und her.
Wanda lief purpurn an.
»Aber das waren doch Kindereien – lange vergessen.«
Der Leutnant war diesem Vorgang ohne Verständnis gefolgt.
»Mein gnädiges Fräulein«, sagte er frisch, »darf ich mich so benehmen, wie es das Reglement uns Kavalleristen vorschreibt? Attaquez toujours! Am fünfzehnten findet hier ein Garnisonsball statt. Die Herren Ulanen versichern, es werde sehr glänzend zugehen. Jahresfeier der Unabhängigkeit Polens. Wollen Sie sich nicht anschließen? Es wird mir eine Ehre sein, Sie zu eskortieren – – ein ganz ungemeines Vergnügen«, fügte er mit einem Siegerblitz aus seinen sanft-frechen Augen hinzu.
»Aber Wanda!« rief Elisabeth vorwurfsvoll. »Du hast ja deinen Bruder nicht aufgeklärt. Seien Sie glücklich, Herr Slawek, wenn ich Ihre Einladung ausschlage. Mit mir am Arm wollen Sie beim Nationalfest erscheinen! Ihre Karriere wäre dahin.«
Der Augenblick verlangte Größe von Wanda. Sie bezwang eine wütende Verlegenheit.
»Was redest du denn! Das stimmt ja alles durchaus nicht. Erstens dein Vater, nicht wahr? Und dann, du bist katholisch getauft so gut wie wir beide.«
»Es hat nichts geholfen bei mir«, sagte Elisabeth dumpf, als stürze diese Erkenntnis sie in einen Abgrund von Trauer.
Aber kaum war sie davon, begann schon ihr Ärger. So benahm man sich nicht! Eiskalte Freundlichkeit wäre am Platze gewesen. Ihr Betragen war ohne Geschmack,

albern und billig. Schließlich war sie ja nicht mehr fünfzehn.
Allein diese Selbstkritik hielt nur an bis zur Brücke. Was zum Beispiel hätte Chana gesagt zu dem Vorfall? Gar nichts; gelacht hätte sie, ihr brummendes Lachen. Und Pjotr? Pjotr hätte auch nichts dagegen. Nun also. Sie kam ganz zufrieden nach Haus.
Dies hatte sich an einem Donnerstag abgespielt. Am Samstag, morgens um elf, läutete es an der Tür, und Pjotr brachte zwei Visitenkarten herein: Rechtsanwalt Dr. Alwin Zweifuß und Justine Salzer, geborene Zweifuß.
»Schon wieder eine Schwester mit Bruder«, sagte Elisabeth und zog ihre Brauen zusammen. Und ehe Recha noch fragen konnte, was dieses »schon wieder« bedeutete, waren sie da.
Die dickliche Justine von einst erschien jetzt eher karg von Figur, obgleich ihre Verbindung mit dem Fellhändler Salzer bereits mit zwei Knaben gesegnet war. Ihre dunklen, leerblickenden Augen saugten die Einzelheiten des Milieus in sich ein. Denn es war Justines erster Auftritt im Lager dieser Gemiedenen, von denen drüben in der Fabrik so genußreich gehässig die Rede ging.
»Wie liebenswürdig, daß Sie uns aufsuchen«, sagte Recha und trocknete heimlich mit dem zerknüllten Taschentuch ihre Hand, die sie den beiden gereicht hatte.
»Mein Bruder«, erklärte Justine, »hat sich jetzt hier niedergelassen, er wohnt nebenan bei den Eltern –«
»Und da«, schaltete Alwin gefällig ein, »ist der Wunsch wohl begreiflich, unsere nachbarlichen Beziehungen mehr auszubauen.«
Bessie öffnete schon ihren Mund. Da werde er beim

Anfang beginnen müssen, wollte sie sagen, diese nachbarlichen Beziehungen hätten sich eigentlich immer aufs Gesichterschneiden beschränkt. Aber nach einem Blick in Rechas schüchtern gespannte Miene bezwang sie sich. Alle vier nahmen Platz.
Unähnlich denen der Schwester, schauten Herrn Alwins Augen zugleich schmelzend und schlau in die Welt. Auch war er nicht dunkel wie sie, sondern rötlich von Haar und besaß zu einer zierlichen Wohlgestalt die plumpen, häßlichen Hände seines Großvaters Daniel. Sorgsam breitete er die Schöße seines Besuchsrocks hinter sich aus, zog die schwarzweiß gestreiften Hosenbeine hinauf, um ihre Kniffung nicht zu gefährden, und begann ohne weiteres von sich und seinen Errungenschaften zu reden, so als vermöchte in aller Welt kein anderer Gegenstand das Interesse irgendeines Menschen auch nur flüchtig zu fesseln.
Er hatte, gab er bekannt, an der deutschen Universität Leipzig seine Studien begonnen. Vier Jahre war das nun her. Respektvoll, unter Nennung ihrer sämtlichen Titel, zählte er die juristischen Lehrer auf, zu deren Füßen er dort gesessen. Leider hatte dann der politische Umschwung seinem Verbleiben ein Ende bereitet.
Über diesen Umschwung in Deutschland äußerte sich Alwin Zweifuß durchaus objektiv. Ausschreitungen seien vorgekommen, Auswüchse existierten, gewiß. Aber man durfte über Schönheitsgebrechen die großartigen Seiten dieser Bewegung keineswegs übersehen. Eine völlig neue, zukunftssichere Staatskonzeption war da auf dem Marsch.
Er pausierte und schien auf Applaus zu warten.

»Rauchen Sie nicht?« fragte Elisabeth.
Herr Zweifuß hielt seine häßliche Hand über den offenen Kasten, als wähle er kennerisch zwischen den Zigaretten.
»Alwin, heute doch nicht!« entfuhr es Justine.
Aber er wiegte lächelnd den Kopf und drückte die Augen zusammen, erhaben über solch ein Sabbat-Verbot. Genießend zog er den Dampf ein und fuhr fort in seiner Autobiographie.
Er war denn also zurückgekehrt, um an polnischen Hochschulen seine Ausbildung abzuschließen. Widerstände gab es auch hier – begreiflicherweise. Denn die Zahl der jüdischen Hörer war angeschwollen, weit über jede vernünftige Proportion hinaus, und die Regierung bemühte sich drastisch um Einschränkung. Alwin war nicht geneigt, die Regierung dafür zu tadeln. Ihn jedenfalls hatte man inskribiert. Und diese Studentenkrawalle, die eine gewisse rötliche Presse so verantwortungslos aufbauschte? Jungenstreiche, nichts weiter. Hielt man sich nur taktvoll zurück und sah nicht geradezu aus wie ein Lumpenhausierer, so geschah einem nichts. Es stimmte, daß für jüdische Kandidaten die Prüfungen spürbar erschwert wurden; zu bestehen waren sie trotzdem, wie Exempel bewiesen. Es stimmte, daß die Niederlassung neuer jüdischer Anwälte ungern gesehen wurde; jedoch Alwin war etabliert. Etabliert in bevorzugter Lage, wo man jüdische Mieter sonst aus Grundsatz zurückwies. Dort befand sich seine Kanzlei, Ecke Sobieskigasse und Kornhof.
Angespannt und nicht ohne nagende Zweifel, hatte Justine den Effekt der brüderlichen Darbietung zu verfolgen versucht. Sie blieb völlig im dunkel. Kaum daß

Recha von Zeit zu Zeit ein höfliches Wort zwischen die Strophen seines Hochgesangs einschob.
»Ein Glas Sherry vielleicht«, sagte sie jetzt, ziemlich verspätet. Pjotr brachte den Wein. Man trank ihn beinahe stumm. Elisabeth jedenfalls äußerte nicht ein Wort. Mich halten sie für ganz idiotisch, dachte sie freudig und spielte mit der Idee, diesen Eindruck durch ein kleines, imbezilles Schielen oder durch nie gehörte, tierähnliche Laute noch zu vertiefen.
Aber sie brachen schon auf. Elisabeth schloß die Tür. »Das war hinreißend«, sagte sie angeregt. »Willst du wetten, Geliebtes, daß ich weiß, was du jetzt sofort tun wirst?« Und sie vollführte die Geste gründlichen Händewaschens.
Recha errötete schwach. Sie hatte sich in der Tat die ganze Stunde hindurch nach Seife und Bürste gesehnt.
»Mach dich nur über mich lustig«, sagte sie ungekränkt.
»Lustig machen, wieso denn? So nötig hat man es selten.« Und sie umarmte die Mutter.
Dann begab sie sich in die Küche hinaus, wo Pjotr hantierte.
Pjotr hatte seit den fernen Tagen des Reisbreis seine Kochkünste beträchtlich entwickelt. Einfache Speisen, die leichte Mittagsmahlzeit fast immer, bereitete er ohne Beistand.
»Schon fort, Fräuleinchen? fragte er und klirrte am Herd.
»Ja, die sind fort. Sag einmal, Pjotr, was wollen alle diese Geschwister plötzlich von uns?« Und sie berichtete von der Begegnung mit Wanda und ihrem militärischen Bruder. »Überall Liebe und Frieden. Kannst du mir's erklären?«

»Das kann ich«, antwortete Pjotr. »Fräuleinchen, Sie sind eine reiche Erbin.«
»Daran hab' ich noch gar nicht gedacht«, sagte Bessie betroffen.
»Natürlich nicht. Aber die denken daran. Einmal wird's ja auch sein.« Er beugte sich über seine eiserne Pfanne.
Bessie schnupperte. »Was machst du denn heute?«
»Omelette aux fines herbes.«
»Wie? Sag das bitte noch einmal.«
»War's nicht richtig gesprochen?« fragte Pjotr und wendete seinen Eierkuchen auf die andere Seite.
Elisabeth zog sich einen Schemel heran, umfaßte ihre Knie mit den Händen und sah ihm nachdenklich zu.
»Du machst schon nichts falsch. Wenn ich daran denke, wie rasch du Schreiben gelernt hast.«
Es war ein paar Wochen her, da hatte sie Pjotr vorgeschlagen, ihm das lateinische Alphabet beizubringen:
»Dann kannst du so schreiben, daß es die Polen verstehen, und kannst polnische Bücher lesen.«
»Nur los«, hatte Pjotr gesagt, »aber ein alter Mann lernt nicht mehr gut.«
Sie hatte mit einer langen Unterrichtszeit gerechnet, sich eigentlich darauf gefreut. Allein nach wenigen Stunden las Pjotr die neue Schrift und schrieb sie geläufig.
»Ein alter Mann wird ja noch ein paar Buchstaben lernen können«, sagte er jetzt.
»Ach, du immer mit deinem Alter! Komisch. Steht hier am Herd und macht Eierkuchen für uns.«
Pjotr antwortete nicht. Er begann sein Omelett zusammenzurollen.
»Da bilden solche Tröpfe sich ein, alles müsse so sein, wie

es ist – solch ein berittener Affe wie Slawek oder dieser trostlose Alwin. Und es ist alles bloß Zufall. Aus dir hätte Gott weiß was werden können, Pjotr, ein Gelehrter, ein General, ein Minister – ein besserer, als wir sie haben.«
»Natürlich«, meinte Pjotr gelassen. »Aus dem gleichen Stück Holz kann man eine Kanzel schnitzen oder den Galgen.«
Bessie spitzte die Ohren. »Das muß ich mir merken. Ein hübsches Sprichwort ist das.«
»Was für ein Sprichwort?« fragte Pjotr erstaunt.

VIII

Heinrich Gelbfischs Büro im zweiten Stockwerk seines Geschäftshauses ging mit beiden Fenstern nach dem Ringplatz und der Rathausfassade hinaus. Rechts hinüber sah man die ehemalige Bezirkshauptmannschaft, hinter deren geweißter Front der Woiwode amtierte, sowie das Gotteshaus der römischen Katholiken, vor ungefähr einem Jahrzehnt in ziemlich leerem Prunkstil erbaut. Links aber, schräg zur Reihe gestellt, die griechisch-katholische Kirche, deren drei hölzerne Kuppeln mit den Jahren noch ungleicher und schiefer geworden zu sein schienen.
Auf dem holperigen Pflaster des Rings drückte sich Bude an Bude, Karren an Karren, mit den bunt leuchtenden Gewändern der ukrainischen Verkäufer dazwischen. Lärm schallte herauf. Es war ein Marktmorgen im Mai.
»Schließen wir lieber die Fenster«, sagte Herr Gelbfisch.

»Sonst kann sich Bessie nicht konzentrieren. Und es ist ja ein großer Moment.«
Notar Krasna nickte. Er war ein Mann Ende der Dreißig, mit braunem Spitzbärtchen und kühl blickenden Augen hinter der Goldbrille. Die Würde seines Vaters und Vorgängers im Amt erschien bei ihm auf steife Sachlichkeit reduziert. Er blätterte befriedigt in seinen Papieren.
Eine Woche zuvor hatte Elisabeth ihr einundzwanzigstes Jahr vollendet. Sie war volljährig. Diese Zusammenkunft heute ging auf Herrn Krasnas Verlangen zurück.
»Sie tun mir vielzuviel Ehre an«, sagte die Mitbesitzerin des Hauses Gelbfisch. »Bestimmt versteh' ich kein Wort von Ihrem Bericht, so klar er auch sein wird.«
»Rechnungslegung muß sein«, erwiderte Krasna trocken verbindlich. »Sie werden mir Entlastung gewähren oder anordnen, daß auf meine Dienste verzichtet wird.« Und er begann, in großen Linien das Bild der Geschäftslage zu entwerfen.
Trotz der unbehaglichen Läufte, trotz Deflationsbeschwerden und Steuerdruck war sie einfach vorzüglich. Mochte es den nichtchristlichen Bürgern im Lande sonst ergehen, wie es konnte, mochte man sie seit dem Tode des Marschalls aus Gewerbe und Handel immer brutaler verdrängen – Gelbfisch und Sohn hatten nicht zu leiden gehabt.
Denn die Bevölkerungszahl war stetig im Anwachsen; seit der Ort zum Verwaltungszentrum geworden war, hatte sie sich um die Hälfte erhöht. Und da der herrschende Kapitalmangel die Entstehung von Konkurrenzunternehmen verbot, behaupteten Gelbfisch und Sohn weiter das Feld und sorgten für die Luxusbedürf-

nisse der polnischen Oberschicht. Im abgelaufenen Jahr hatte man mit dreißig Prozent Reingewinn gearbeitet. Elisabeth war in der Tat »eine reiche Erbin«, da konnte kein Zweifel sein.

Der Notar ließ die segenbeladenen Blätter des Hauptbuchs durch seine mageren Finger gleiten.

»Sie werden kaum Wert darauf legen, dies alles durchzustudieren?«

»Um Gottes willen, Herr Krasna. In Mathematik war ich immer die Letzte.«

Er quittierte mit dünnem Lächeln.

»Ich habe auf dem Papier hier die Haupt- und Schlußzahlen zusammengetragen. Sie orientieren sich leicht.« Und er überreichte der großjährigen Prinzipalin ein Doppelfolioblatt mit rot und schwarzer Lineatur.

Beide Männer sahen ihr zu, während sie las, Krasna ein wenig überheblich zufrieden, Heinrich nachdenklich und gerührt. Es war ihm wie gestern, daß er ein Stockwerk tiefer die winzige Bessie auf den Schemel gestellt hatte, damit sie durchs Fenster hinaussehen könne. Da saß sie, eine verständige, große Person, und las einen Geschäftsbericht. Er selber jedoch? Zwischen damals und jetzt lag die ganze Geschichte seines sinkenden Herzens.

Sie behielt das Blatt mit den Zahlen über Erwarten lang in der Hand. Ohne daß sie sich bewegt hätte, fiel ihr eine Strähne ihres honigfarbenen Haars immer wieder über ein Auge.

»Ja«, sagte sie endlich und strich die Strähne zum letztenmal zurück. »Da ist ein Punkt, den begreif' ich nicht ganz. Was ist das: Unterstützungen und Zuwendungen 900 Zloty?«

»Das war nicht zu umgehen«, erklärte Herr Krasna. Seine Stimme klang plötzlich sehr achtungsvoll. »Für die wohlhabenden Mitglieder der Gemeinde ist es völlig unmöglich, unter einen gewissen Betrag herunterzugehen. Es gäbe Gerede und böses Blut. Ein Nobile officium sozusagen.«
Elisabeth nickte. Sie sah nicht vergnügt aus. Sie faltete das Blatt zusammen und legte es auf Herrn Krasnas Akten zurück. Die Konferenz ging zu Ende.
»Onkel Heinrich«, rief sie, sowie sie allein mit ihm war, »schau einmal da hinunter mit mir!«
Sie hatte ein Fenster geöffnet.
»Ein hübsches Bild, nicht wahr, diese Bauern in ihrer Tracht, gestickt und geputzt! Vor einem Jahr war es nicht so farbig. Da waren zu viel schwarze Kaftane darunter. Jetzt ist es viel lustiger.«
Heinrich sah sie von der Seite her an. In ihren hellen, ein wenig schrägliegenden Augen blitzten und flammten die Lichter.
»Liest der Mann nicht die Zeitung! Bloß die Überschriften braucht er zu lesen: ›Unsern Bauern alle Verkaufsstände!‹ ›Polnische Märkte judenrein!‹ Und es hat schon geholfen. Die Bauern verstehen zwar nichts von diesem Geschäft, das weiß jeder. Aber die Juden sind weg, und das ist die Hauptsache. Die hatten alle nichts weiter als das bißchen Kleinkram auf ihren Karren. Jetzt sitzen sie da. Und da gibt der Mensch 900 Zloty her – bei diesem Riesengewinn!«
»Bessie«, rief Heinrich, schwach und begeistert, und tat, als nehme er Krasnas Partei. »Der Notar hat die Firma im Auge. Unsere Angestellten müssen auch leben. Er meint

es nur gut. Ohne seinen Vater und ihn wäre längst alles zu Ende. Ich hatte ja das Geschäft schon beinahe ruiniert.«

»Aber das weiß ich doch alles.« Sie legte im Eifer ihren warmen, kräftigen Arm dem kleinen Mann um die Schulter. »Trotzdem – 900 Zloty! Vor vier Wochen war Passah, nicht wahr? In der Zeitung, die er nicht liest, stand deutlich, daß zwei Drittel der Juden am Ort um Hilfe einkommen mußten. Zwei Drittel hatten nicht Geld genug für ihr ungesäuertes Brot und ein anständiges Kleid für den Tempel. 900 Zloty – wahrhaftig.«

Sie marschierte im Zimmer umher, zornig und verlegen zugleich, von ihrer Rolle beschämt. Als sie ihre Augen wieder auf Gelbfisch richtete, bemerkte sie, daß er weinte. Sie lief auf ihn zu.

»Aber Onkel Heinrich, was ist denn?«

Er lehnte seinen Kopf gegen die junge, bewegte Brust und ließ lautlos seinen Tränen den Lauf. Er weinte über sein Leben, das so voller Zuversicht, Mut und Großmut begonnen hatte und aus dem so gar nichts geworden war.

IX

»Pjotr, ich bin verzweifelt. Ich kann's einfach nicht.«

»Was denn, Fräuleinchen?«

Es war nach dem Bade, weit draußen an einer Stelle, wo das Land vom Flußbett unmittelbar in weichen, grünen Hügeln anstieg. Der Sommernachmittag war so schön, daß sie nicht gleich hatte zurückfahren mögen. In ihren weißen Frottémantel eingehüllt, saß sie im reichen Gras neben Pjotr. Ein paar Schritte unterhalb auf der Straße wartete der Fiat mit blitzenden Lichtern auf seinem weinroten Lack.

»Ich kann's nicht«, sagte sie wieder. »Da haben die ihre Vereine und Komitees – Suppenküche, Kinderhilfswerk und wie das so heißt. Da halten sie ihre Sitzungen ab und prüfen die ›Fälle‹ auf Würdigkeit, und blasen sich auf, diese Damen, die Blauschild, die Spitz, die Kupfermann und die süße Justine. Und tun, als wären die ›Fälle‹ eine Menschensorte für sich, bedenkliche Wilde, die man nur ja nicht verwöhnen darf, sonst werden sie frech. Der Zar von Rußland war nicht halb so erhaben. Die glauben wahrhaftig, sie seien was Besonderes, weil ihr Mann oder Vater Geld verdient. Pjotr, ich habe eine Weisheit entdeckt: Geld haben macht dumm.«

»Ich dachte, damit sei es vorbei, mit den Sitzungen.«

»Ja, es ist auch vorbei. Mich haben sie sowieso nur geduldet, du weißt schon, warum. Wenn irgendein jiddischer Ausdruck fiel – und das kam vor, so fein sie auch sind –, dann haben sie ihn übersetzt für mich, recht mitleidig, weißt du. Sie sind einfach zu blöd. Nun, ich habe es anders probiert. Ich habe die ›Fälle‹ aufgesucht. Die Namensliste hatte ich ja. Und jetzt kommt das Schlimme – dort ist's auch nicht gegangen.«

Pjotr sah sie ernsthaft an und gab keine Antwort.

»Du weißt nicht, wie's ausschaut bei ihnen. Bei euch auf dem Dorfe ist's auch ärmlich gewesen. Aber sicher nicht so. Das schmutzige Elend, Pjotr, die Traurigkeit. Wie sie schlafen in einem kellerigen Loch, das nie ein Sonnenstrahl austrocknet. Und Kinder haben sie, schrecklich

viel Kinder, lauter so bleiche, kleine Beter. Die kommen schon mit hoffnungslosen Augen auf die Welt, und bald zeigt sich's, daß sie recht gehabt haben.«
»Gut, daß die Mama von diesen Besuchen nichts weiß. Sie hätte Furcht vor den Krankheiten.«
»Sie braucht keine Furcht mehr zu haben. Onkel Heinrich ist gut. Man muß eben Geld hergeben, so viel wie nur möglich. Aber hingehen kann ich nicht mehr.«
Pjotr blickte sie unverwandt an.
»Sie sind so demütig, weißt du. Da kommt man hinein und bringt ihnen was und versucht, sich zu kümmern. Und sie wischen den Stuhl ab und wünschen Gottes Segen herunter auf einen. Es ist, als dächten sie ganz dasselbe wie die Weiber im Komitee: daß sie was anderes sind, was Schlechtes, Verächtliches, weil sie kein Geld haben. Und da steht man wie der Affe im Staatsrock und möchte in den schmutzigen Fußboden sinken.«
»Das ist einmal so«, sagte Pjotr. »Dank anhören ist von allem das Schwerste. Nämlich für jemand, der ein vornehmes Herz hat.«
»Ach, Unsinn –«
Aber er ließ sie nicht ausreden. »Beim Herrn Grafen war's auch so«, beharrte er. »Ich war erst zwei Monate bei ihm im Dienst, da kam Weihnachten. Der Herr Graf hat mir fünfzig Kronen geschenkt. Fünfzig Kronen, ich konnt' es nicht glauben. Ich habe mich bedankt, mit so ergebenen Ausdrücken, wie wir sie damals gebrauchten, und habe ihm den Saum küssen wollen an seiner Litewka. ›Du bist wohl übergeschnappt‹, hat er gesagt. ›Paß lieber auf, daß du meine Stute nicht mehr schief sattelst.‹ Aber dabei hat er gelacht. Denn das mit der Stute war gar

nicht wahr. Die war immer gesattelt wie mit dem Richtscheit. Er hat's nur nicht anhören können.«
»Auf mich paßt das nicht«, sagte Bessie verstimmt. »Ich bin einfach zu nichts zu gebrauchen.«
»Fräuleinchen – es paßt ganz genau.«
»Und ich bin auch kein Fräuleinchen mehr. Eine unnütze, lange Person. Sag endlich Bessie und du.«
Auf der Seite dröhnte ein Lastautomobil an ihnen vorbei. Die dicke Staubwolke brauchte lang, um sich niederzusenken.
»Feine Straßen gibt's hier in Polen«, sagte Pjotr. »Erinnern mich an Jakutsk.«
Die Sommerluft war durchsichtig wie zuvor. Aber auf dem Lack des Fiat blitzten keine Reflexe mehr, er war weiß überzogen. »Unsere Straßen sind nichts als Löcher und Schmutz«, wiederholte Pjotr. »Aber dafür haben wir das neue Gefängnis, mit Säulen davor, und das Denkmal vom König Sobieski, ganz golden.«
»Ja, scheußlich«, sagte Elisabeth. »Der Künstler ist der Schwiegersohn vom Woiwoden.«
»Man kann das Gesicht kaum erkennen, so glänzt ihm das Gold um die Nase. In meinem Buch sieht der König ganz anders aus. Ein sehr schönes Buch war das«, erklärte er nachdrücklich.
»War? Bist du schon fertig damit, mit beiden Bänden?«
Es handelte sich um eine populäre »Geschichte Polens«, reich illustriert, die ihm Bessie geschenkt hatte.
»Es war aufregend zu lesen. Da kann man sehen, daß sie sich immer schon die Köpfe eingeschlagen haben im Lande.« Er zögerte einen winzigen Augenblick. »Das ist aus Lemberg gekommen, nicht wahr?«

»Das Buch? Natürlich aus Lemberg. Hier gibt's keine Bücher zu kaufen.«
Pjotr nickte. »Hier gibt's eigentlich gar nichts. In anderen Städten haben sie Musik und Theater. Sogar in Omsk waren zwei, und das war ein Drecknest. Was machen eigentlich alle die Herrschaften abends, bevor sie zu Bett gehen? Die möchten sicher alle gern Bücher lesen.«
»Ich auch«, sagte Elisabeth mit einem Seufzer.
Denn es war eine Kalamität. In ihrer ummauerten Existenz, bei dem Mangel an sinnvoller Tätigkeit war dies Bedürfnis in ihr nur immer gewachsen. Sie sehnte sich nach der Wohltat des geformten Gedankens, nach dem Reiz und Geheimnis der Dichtung. Wo sich aber Genüge tun? Eine öffentliche Bibliothek gab es nicht. In Heinrich Gelbfischs Schrank standen nur Werke ökonomischen und politischen Inhalts, und die waren veraltet, denn sie stammten aus jener Zeit, da er noch in seinen Hoffnungen lebte. Fräulein Skargas kleiner Bücherbestand schloß ab mit dem 18. Jahrhundert. Wenn Elisabeth nach Lemberg hinüber kam, was ein- oder zweimal im Jahre geschah, so verbrachte sie lange Stunden im Buchladen wie in einer selten geöffneten Schatzkammer.
»Im Warenhaus Gelbfisch zum Beispiel«, redete Pjotr träumerisch vor sich hin. »Alles kann man da kaufen. Porzellan mit feinster Bemalung, ausgeschnittene Kleider, elektrische Teekannen, sogar Vögel und Goldfische. Bloß Bücher kann man nicht kaufen. Warum eigentlich nicht?«
›Warum denn eigentlich nicht‹, dachte Elisabeth folgsam. Ihre Einbildungskraft begann sogleich zu arbeiten. Eine Ecke mit Büchern – eine kleine Abteilung – ein

Lädchen im Laden vielleicht. Regale, bis an die Decke gefüllt mit geordnetem Geistesgut. Das Gold auf den Leder- und Leinwandrücken schimmerte zart. Bücher zusammenstellen, empfehlen, verbreiten, es wäre eine Tätigkeit, viel bescheidener noch als Übersetzen. Aber ein kleiner, demütiger Dienst wäre es doch an dem, was sie liebte.

Sie sah sich selber zwischen den hohen Gestellen. Und dann sah sie auch Recha. Leise frug Recha nach den Wünschen der Käufer, neigte bejahend den Kopf mit dem weißen Haar. Dann stand die schmale Gestalt auf der obersten Stufe der Trittleiter. Die empfindliche Hand fand das Buch, zog es heraus. Sie trug keine Handschuhe dabei. Neue Bücher waren solch reine Ware. Schlug man eins auf, so krachte es appetitlich vor Frische und roch wunderbar unberührt. Leichtfüßig stieg die Mutter herunter, fröhlich in der bescheidenen Arbeit – –

Elisabeth wandte die Augen nach Pjotr hin. Er war so verdächtig still. Sein gutes Gesicht zwischen den grauen Bartstreifen lächelte unbestimmt. Auf einmal wurde ihr klar, daß Pjotr sie geduldig zu jenem Punkt hingeführt hatte, wo er sie haben wollte.

»Fräuleinchen«, sagte er jetzt, »wir sollten nach Hause.«

Bessie stand auf.

»Wenn du noch einmal Fräuleinchen zu mir sagst – ich habe auch meine Namen für dich.«

»Was denn für Namen?« fragte er unschuldig.

»Die richtigen, sei ganz unbesorgt! Rattenfängerchen, Schlaumeierchen, Obergescheitchen. Oder Füchschen vielleicht?«

X

Beim Einbau der Buchhandlung war eine Ecke des Geschäftshauses – die nach der griechischen Kirche zu – in Parterrehöhe abgestumpft worden; durch eine Tür aus poliertem Holz mit kupfernen Ornamenten trat man hier von der Straße her ein. Rechts und links von der Ecke, hoch und ungemein breit, erstreckten sich die Spiegelglasfenster.

Dergleichen war am Ort nicht erschaut worden. Die ausgestellte Literatur, in Gruppen zusammengefaßt, mit Auszeichnung isoliert, aufgeschlagen auf kleinen Pulten auch wohl, mit Photographien bekannter Autoren dazwischen, blieb auch des Nachts, lang nach Verkaufsschluß, anlockend erleuchtet. Die Fenster warfen ihren Schein über den dämmerigen Ringplatz. Auf ihrem Abendspaziergang sammelten sich Leute davor, ganz betroffen von so viel Glanz, und erwogen, dieses verschwenderische Etablissement eines nahen Tages doch aufzusuchen.

Taten sie es, so umfing sie Behagen und Wohnlichkeit. Dies schien ein privater Bibliotheksraum eher als ein Geschäft, wo jemand für gute Zloyts möglichst viel Bücher verkaufen wollte. Lederbezogene Tische mit bequemen Sitzen darum standen für Leser bereit; der eine runde trug eine kleine Büste des Dichters Slowacki, sehr schön, aus massiver Bronze.

Es war keine »Ecke« geworden, kein Lädchen im Laden; sondern ein ziemlich großartiges, selbständiges Unternehmen.

Heinrich war bei seinen Rayonchefs nicht auf Enthusiasmus gestoßen, als er das Projekt unterbreitete. Ein Buchladen? Wer las denn Bücher am Ort! Und dafür sollte der Abteilung »Hausgerät und Beleuchtung« der Raum beschnitten werden, so daß dann kein Gasherd und keine Stehlampe mehr vernünftig zur Geltung kam? Wahrhaftig, die neue Ära ohne die zügelnde Kontrolle des Notars fing verheißungsvoll an.

Allein die Rayonchefs blieben im Unrecht. Die Buchhandlung war ein Erfolg.

Ihre ersten Besucher, Polen ausschließlich, betraten den Raum mit überlegenem Lächeln. Sie waren Weltleute, vertraut mit den Buchläden von Krakau und Warschau, womöglich von Wien und Paris. Was ließ sich erwarten in diesem Provinznest, in das man verschlagen war?

Sie erstaunten. Ihr Erstaunen war von zusammengesetzter Natur.

Den Beständen in polnischer Sprache gleich gegenüber leuchtete reihenweit das charakteristische Gelb französischer Literatur. Man fühlte sich angenehm angerührt. Französisch las man. Man las es vorzugsweise, mit Ostentation. Französisch zu können, war in Polen noch immer ein Freimaurerzeichen, daran sich die gute Gesellschaft erkannte. Allerdings sah man bei näherer Prüfung in den gelben Reihen Namen vertreten, denen ein Hauch des Unzuverlässigen, Unzulässigen anhing: Aragon, André Salmon, Cocteau, Jean Richard Bloch ... Immerhin, sie schrieben französisch.

Dann forschte man weiter und stutzte. Man stand vor unlesbaren Titeln in kyrillischem Druck. Was war das? Russisch etwa, importierter Aufruhr aus Moskau? Nein, die Bücher waren ukrainisch. Das gab es also? Schriftstel-

ler existierten in dieser buntgekleideten Masse von bäuerlichen Analphabeten?
Aber damit war das Ende der Überraschungen nicht erreicht.
Im vollen Licht, einem der breiten Fenster gegenüber, bot ein mächtiges Regal noch fremdartigere Erzeugnisse an – hebräische und jiddische Werke in ihrer asiatischen Blockschrift. Das war nicht viel weniger als Affront. Bildeten die beiden Damen sich vielleicht ein, daß adelige Herrschaften sich zusammen mit Kaftanträgern um den Tisch setzen würden, der die Büste des Nationaldichters trug?
Die beiden Damen. Denn Elisabeths rasche Vision vom sommerlichen Straßenrand war glückliche Wahrheit geworden.
Sie hatte ihrer Mutter den Plan erst entdeckt, als zwischen Heinrich und ihr schon alles im klaren war. Recha, natürlich, erschrak. Sie erklärte sich unfähig zu solcher Tätigkeit, unwissend und menschenentwöhnt wie sie sei. Aber dann war gar nicht viel Überredung nötig gewesen.
»Du wirst das wundervoll machen, Geliebtes. Schau es dir erst einmal an, wenn alles soweit ist.«
Es blieb ja auch kaum eine Wahl! Alles war besser, als die vielen Stunden des Tages von Bessie getrennt zu sein. Die anfängliche herzklopfende Scheu war bald überwunden. Recha genoß das vergessene Empfinden, nützlich zu sein. Die blitzblank elegante Umgebung besaß ihren Reiz. Und auch der Verkehr mit den Menschen war durchaus nicht, was sie gefürchtet. Denn es war ein sachlicher Verkehr, man brauchte keinem nahezukommen,

reichte niemand die Hand. Verabredet war, daß Recha nach ihrer Wahl eine Hälfte des Tages hier zubringen sollte. Aber bald kam sie häufig morgens mit Bessie und kehrte erst abends zurück.

An solchen Tagen nahm man oben in Heinrichs Büro ein kleines Mittagsmahl ein. Heinrich war glücklich, den zwei Menschen nahe zu sein, die er liebte.

Er war glücklich noch aus einem geheimeren Grund. Dies Unternehmen hier unter seinem Dach, diese vielsprachige, vorurteilsfreie kleine Zentrale für Geistesgut – sie trug einen Nachglanz, war wie eine bescheidene Realisierung seiner Menschheitsträume von einst. Heinrich war stolz auf den Buchladen und auf die, die ihn führte. Sie tat ihren Dienst nicht mit Recha allein. Ein Gehilfe versah jenes Schrifttum, das ihr selber nicht zugänglich war. Er war ein akademisch gebildeter junger Mensch. Józef Sußmann geheißen, den sein Vater, ein Synagogen-Vorbeter, unter Opfern für die juristische Laufbahn bestimmt hatte. Aber er hatte nicht soviel Glück gehabt wie der taktvolle Zweifuß. Bei der Prüfung wurden ihm Fragen vorgelegt, die der Dekan der Rechtsfakultät selbst nicht hätte beantworten können. Da saß er nun, schwächlich und still, dicke Gläser vor den mitgenommenen Augen, wartete auf Käufer für seine jüdischen Bände und las selbst unaufhörlich darin.

»Wie er mich an meinen Bruder erinnert«, flüsterte Recha. »Ich meine, ich sehe ihn noch in seinem Lädchen beim Tor, eigentlich war es nur ein Loch in der Mauer. Er hat auch Józef geheißen. Er war noch nicht neunzehn, wie die Kosaken ihn umgebracht haben. Meinst du, so etwas kommt wieder?«

»Daran sollst du nicht denken, mein Herz«, sagte Bessie beklommen. »Es liegt ja so weit zurück, dreißig Jahre und mehr.«
Sie war froh, wenn während solcher Gespräche die Straßentür ging und Kunden erschienen.
Kunden für Józef waren es selten. Nur fromme Juden lasen die Literatur, der er vorstand, und von ihnen waren die meisten arm. Die sich einstellten, verhandelten gedämpft mit dem Kantorssohn, als gewärtigten sie, jeden Moment aus dieser glänzenden Umgebung verwiesen zu werden. Ganz allmählich kamen sie zahlreicher. Es kamen nur Männer, sehr gelehrte darunter, fast nie eine Frau. Es sprach sich herum, daß man unbehelligt hier stehen und sich sattlesen könne, auch ohne zu kaufen. Aber es drohte wenig Gefahr, daß sich die Kaftanträger zusammen mit den polnischen Herrschaften um den Ledertisch setzen würden.
Ganz anders verhielt sich jener wohlhabende Kreis, mit dem Bessie bei den Komiteesitzungen in kurze, unerfreuliche Berührung getreten war. Hier kamen die Damen allein. Ihre Gatten und Väter waren allzu nutzbringend beschäftigt, um für Allotria Zeit aufzubringen. Die Damen traten selbstsicher auf, vielleicht etwas lauter als nötig. Sie trugen die internationalen Autorennamen auf ihrer Zungenspitze. Sie kauften polnische Bücher, französische Bücher, englische Bücher. Nur Józef Sußmanns Blockschriftregale ignorierten sie völlig.
Auch Ukrainer erschienen. Zwar eine intellektuelle ukrainische Schicht existierte hier kaum. Deren Zentrum war Lemberg; dort ging noch immer der Kampf um die Errichtung einer ukrainischen Hochschule. Aber es leb-

ten doch nicht nur buntkostümierte Bauern in der Provinz. Es gab Lehrer und Advokaten, es gab die griechisch-katholischen Priester, auch Beamte in bescheidener Stellung. Freudig griffen sie nach den Epen und Volksgesängen, den neuen Erzählungen in ihrer Sprache, die eine früh abgetrennte vollerwachsene Tochter der russischen war.
Doch die Polen überwogen natürlich. Ganz nach Pjotrs Vermutung ersahen sie dankbar die Möglichkeit, die langen Stunden vorm Schlafengehen lebendiger zu verbringen. Bücherlesen wurde die große Mode, Bücherkaufen jedenfalls wurde es. Man schenkte einander Bücher zu Weihnachten, zu Ostern, zum Geburtstag und Namensfest. Man akzeptierte, was einmal vorhanden war. Und da ja die Auswahl in Elisabeths Händen lag, machte sie sich's zur durchtriebenen Pflicht, das Herkömmliche, allzu liebedienerisch Platte aus ihren Regalen fernzuhalten. In den Wohnungen sehr konservativer Herrschaften häuften sich vorgeschrittene Warschauer Literatur und gelbe Bände mit unzuverlässigen Namen.
Bessie sah sie allesamt wieder, die Töchter des Landadels, von denen sie sich in der Schule abgetrennt hatte, um auf ihrer Ghettobank zu verbleiben. Die Töchter hatten ihr diese Haltung durchaus nicht vergessen. Sie kamen mit einer kleinen Vorfreude im Herzen, sich tüchtig bedienen zu lassen, sie springen zu machen.
Aber in Elisabeths Höflichkeit war ein Zug, vor dem die Pläne leider zerfielen. Schlank, hoch und hell, glitt ihre Gestalt an den Borden entlang; und sie brachte lächelnd das Buch. Es fiel geradezu schwer, an der Vorstellung festzuhalten, daß hier jemand um bares Geld Ware ver-

kaufe. Und auch diese leise weißhaarige Mutter, so unvermischt sie im schmalen Gesicht die Merkmale ihres Volkes trug, unleugbar wirkte sie distinguiert. Von ihr vermutlich hatte die Tochter den Hochmut geerbt. Denn man hatte noch nie erlebt, daß sie jemand die Hand reichte.

Aber man fühlte sich wohl. Man übersah die Damen der Komitees, übersah die paar stillen Ukrainer und jene schwarzen Figuren, die da im Hintergrund seltsame Bände von rückwärts aufblätterten. Man war unter sich. Um die Teestunde traf man sich beinahe lieber hier als an den Marmortischen beim Zuckerbäcker Spiegelglaß. Um diese Zeit stellten auch die Herren sich ein, und die Bücherstube war voll von Geplauder, Handküssen, Flirt.

Einmal, während der Mittagsstille, erschien Wanda Slawek. Seit jener Begegnung auf dem Trottoir in der Kreuzgasse hatte sie die Feindin sorgfältig gemieden. Aber nun war sie verlobt mit dem zweiten Staatsanwalt Roman Klimecki, und an seinem Arm trat sie auf.

Wanda hatte ihn präpariert, man sah es ihm an. Er trug einen Harnisch von ironischer Reserviertheit. Allein der schmolz, beklagenswert prompt, beim Anblick der lichtäugigen Dame mit dem honigfarbenen Haar. Er hielt sich nur eben zurück, ihr die Hand zu küssen.

Wanda erkannte, daß der Angriff ihr überlassen blieb. Sie sagte etwas sehr Gutes:

»Da verkaufst du also jetzt Bücher, Elisabeth.«

»Ja, was sagst du«, erwiderte Elisabeth schmerzlich. Aber dann, ganz eifrige Ladnerin: »Ich weiß, du liest nur Französisch. Da können wir dienen.«

Und sie führte den Staatsanwalt und seine Braut vor die gelben Reihen.
Es war eine Gemeinheit von Bessie. Rechtzeitig war ihr eingefallen, daß sich die Tochter des Steueramtschefs in der Klasse durch Unbegabung für Sprachen hervorgetan hatte. Einmal hatte sie lang nachhallendes Gelächter erregt, als sie aus einem Geschichtsbuch vorlas, Marschall Turenne sei »un des plus grands héros de la France« gewesen – wobei sie die Wörter »grands« und »héros« so unglücklich band, daß der tapfere Turenne aus einem der größten Helden zu einer der größten Nullen Frankreichs wurde.
Aber während seine Verlobte hilflos die Pariser Buchtitel studierte, richtete hinter ihrem Rücken Staatsanwalt Klimecki seine dunklen Augen, die er für Inquisitoraugen hielt, auf das bedienende Fräulein und lächelte ihr unverschämt ins Gesicht. Bessie amüsierte sich sehr.
Es war eine heitere, lebendige Zeit. Die Ummauerung ihrer Existenz war lautlos gefallen. Sie reiste auch und fand keinen Widerspruch. Verlagshäuser in Krakau und Warschau mußten aufgesucht werden. Sie erwog schon weitere Fahrten, nach Paris und nach Wien. Denn von überall strömte das gedruckte Gut auf ihren Borden zusammen. Nur aus Deutschland kam nichts. Die in Deutschland gedacht und gesungen hatten, irrten im Weiten. Deutschland war stumm. Europa sang noch und sprach. In Warschau zum Beispiel gab es eine unabhängige Literatur. Und es konnte kaum ausbleiben, daß sich Elisabeth der Zutritt erschloß zu diesem geisteslebendigen Kreis um die »Literarischen Nachrichten« und den »Skamander«.

Damals waren Vorlesungen von Autoren aus dem eigenen Werk beliebt und in Aufnahme. Sie lasen vor vollen Sälen in Łódź, in Krakau und Lemberg. Warum sollten sie nicht ein wenig südlicher vorstoßen? Der Parterreraum im Hause Gelbfisch bot einen schicklichen Rahmen.
Der erste, der hier neben der Lampe erschien, war Antoni Slonimski, als Bühnendichter berühmt. Doch er las betrachtende Prosa. Unter ihrer witzig blitzenden Fläche drangen murmelnd die Stimmen von Mitleid und Sehnsucht hervor, wie von einem unterirdisch mitziehenden Strom.
Polen, Juden, Ukrainer lauschten gedrängt, doch durchaus nicht vermischt. Als zwänge sie ein Gesetz der Chemie, so saßen sie scharf nach Gruppen getrennt. Getrennt gingen sie auseinander und priesen, was sie gehört, ein jeder in seiner Sprache.
Wenige Wochen darauf kam Polens großer Lyriker, Tuwim. Diesmal war der Andrang so heftig, daß aus allen drei Stockwerken nicht Sitze genug zusammengebracht wurden. Man schaffte Stühle aus dem »Weißen Adler« herüber, und noch immer standen Menschen an den polyglotten Regalen entlang und horchten auf diese tiefen, vollen Glockenlaute polnischer Sprache, deren Sänger ein Jude war.
Die Abende wurden zum etablierten Kunstereignis im Städtchen. Man hatte auf kein andres zu warten. Wünsche wurden geäußert. Man verlangte und hörte Józef Wittlin, dessen wahrheitskräftiges »Salz der Erde« eben jetzt die Gemüter erregte. Madame Iłłakowiczówna kam, Jan Lechón.

Und es erschien auch, den ganzen Weg her von Wien, ein exilierter, deutscher Autor, der sich durch seine Übertragungen polnischer Klassik Heimatrecht im Lande erworben hatte. Er war ein Mann von ansteckender Wärme und Freundlichkeit, überwallend beredt, in seinem Äußern so unordentlich wie ein Bohemien aus der Welt Murgers. Am Morgen nach seinem Vortrag hätte er abreisen sollen, er wurde in der Hauptstadt erwartet. Aber er blieb. Er blieb drei Tage, blieb fünf. Er war Tischgast in der Villa am Fluß und führte mit Elisabeth bis tief in die Nacht eine glühende Diskussion über gewisse Stellen in seiner Übersetzung Krasinskis. Tagsüber tauchte er alle paar Stunden im Buchladen auf. Er schien sich, aus welchen Gründen auch immer, von dem Städtchen am Djnestr nicht trennen zu können.
Am Morgen des sechsten Tags begleitete Elisabeth ihn zur Bahn, Pjotr trug ihm die verwilderte Handtasche. Der Zug fuhr an, der Scheidende winkte noch lang.
Es war noch derselbe kleine Bahnhof, an dem Pattay angelangt war, weit draußen, »auf dem halben Wege nach Wien«. Der weiße Kalkbewurf am Gebäude blätterte ab, und wie Flecken kranker Erinnerung zeigte sich das alte österreichische Gelb.
Der Fiat stand draußen an jenem Platz, wo einst der Kutschwagen mit den zwei Steppenpferdchen auf Pattay gewartet hatte.
»Willst du jetzt ans Steuer, Bessie?«
»Nein, fahr nur du. Seitdem ich es ordentlich kann, bin ich nicht mehr so ehrgeizig.«
Die Straße ging immer geradeaus zwischen den spätwinterlichen Stoppeläckern. Einzelne Siedlungen wurden

passiert, bescheidene Höfe, die zu Pattays Zeit nicht dagewesen waren. Trotz ihres geringen Alters wirkten sie schäbig, verwahrlost.

»Weißt du, Pjotr«, sagte Elisabeth, »eigentlich müßt' ich mich schämen. Da floriert jetzt der Laden, und berühmte Leute kommen und tragen vor, und für all das werd' ich gelobt. Und dabei stammt doch das Ganze von dir, ganz allein. Ohne dich wäre nichts da. Aber nie sagst du ein Wort, du erwähnst es gar nicht.«

»Bessie«, sagte Pjotr behaglich, »eins wird ein alter Mann noch vom Leben gelernt haben: daß man einen gewissen Satz nie aussprechen darf.«

»Was für einen Satz? Ich versteh' nicht.«

»Den Satz: Ich hab' es ja gleich gesagt. Das darf man nie aussprechen, im Bösen nicht und im Guten erst recht nicht.«

»Mein Gott«, sagte Elisabeth, »du wirst immer klüger. Gar nicht auszudenken, wie klug du sein wirst, wenn du wirklich mal alt bist.«

Sie lachten.

Die Straße bog um, gleichzeitig senkte sie sich, und der Fluß kam in Sicht, hochgehend vom Eisbruch, weißgelb, mit treibenden Schollen.

»Der deutsche Herr hat feuchte Augen gehabt, wie er gewinkt hat vom Zug«, sagte Pjotr. »Solch feuchte Augen hab' ich schon öfters gesehen.«

»Ja, Pjotr, ist es nicht sonderbar? Mit mir muß was nicht in Ordnung sein. Ich merke schon selber, daß ich manchem gefalle. Aber wenn alle Mädchen so reagierten wie ich, dann wär's bald aus mit der Menschheit.«

»Wird schon kommen, wird schon kommen«, sagte Pjotr

und warf das Lenkrad herum, um knapp vor der Brücke nach rechts einzubiegen.
»Ich weiß nicht, ob's kommen wird. Hier und in Warschau – es waren doch Männer dabei, die etwas vorstellen in der Welt, lebendige, bedeutende Menschen. Aber da regt sich nichts. Mir scheint, der einzige Mann, aus dem ich mir je was gemacht habe, heißt Pjotr Gargas.«
Es war gut, heiter und freundlich gemeint. Auf einmal sah sie, daß sich Pjotrs Hand derart um das Lenkrad krampfte, daß die Knöchel weiß wurden.
Sie erschrak. ›Um Gottes willen, was habe ich gesagt‹, dachte sie. ›Oh, ich hirnlose, fühllose, grausame Gans.‹
Denn vor den weißen Knöcheln an Pjotrs Hand war ihr die einfache Wahrheit seines Herzens aufgegangen.

Vierter Teil
Herkimer

I

Ein großer, offener Wagen kam langsam über den Ring daher und hielt vor der Buchhandlung. Ein Mann, der weder Kopfbedeckung noch Mantel trug, stieg aus und ging in den Laden hinein. Um sein Automobil, das weitgereist aussah, versammelten sich Kinder und auch mehrere erwachsene Personen.

Es trug eine amerikanische Nummer und daneben noch eine englische. Es war ein starkgebauter, sicherlich teurer Wagen, aber recht achtlos gehalten. Seine Kotflügel waren an mehreren Stellen eingebeult und die dunkelgraue Lackierung vielfach zerkratzt. Man hatte die rückwärtigen Sitze entfernt, und den freigewordenen Raum nahm ein abenteuerliches Durcheinander von Reisebedarf ein. Zwei große, ganz gleiche Reisetaschen waren zu sehen, ihr schönes russischgrünes Leder fleckig, eingerissen und durch Reste von Hotelklebemarken entstellt. Aus einer Leinwandumhüllung lugte die Tastatur einer Schreibmaschine hervor. Es gab eine riesige Thermosflasche, zwei andere Flaschen in Strohgeflecht, Mütze, Hut, Mantel, Kamelhaardecke, Bücher – mit Riemen zusammengeschnürt und einzeln herumliegend –, Zeitungen, Zeitschriften, Landkarten, Broschüren. Das Ganze wirkte anheimelnd verwahrlost, so als hätte jemand lange in diesem Wagen gewohnt.

Drinnen in der Buchhandlung streifte der Reisende unschlüssig an den Regalen entlang. Er blätterte dann in einem großen Atlas von Polen, der auf einem der Tische lag, kreuzte zur anderen Seite hinüber und nahm hier seine Wanderung wieder auf. Es war früher Nachmittag. Außer Józef Sußmann, der wie gewöhnlich im Hintergrunde las, war nur Elisabeth im Laden.
Nach einer Weile trat sie an den Fremden heran. »Kann ich Ihnen behilflich sein?« fragte sie. Sie sprach aus einem Taktinstinkt Polnisch, obgleich sie sicher war, nicht verstanden zu werden.
Der Mann sah auf, vielmehr er blickte hinunter zu ihr, denn er war außergewöhnlich groß, und errötete. Er errötete so, wie Elisabeth nie einen Menschen hatte erröten sehen: Zwei Feuer schlugen ihm rechts und links in die Stirne hinauf, und seine Augen – bemerkenswerte Augen, grüngraublau, mit einem starken dunklen Ring um die Iris – verwölkten sich. Er brauchte ziemlich lang, um zu antworten.
»Sprechen Sie vielleicht Deutsch«, sagte er endlich, und handhabte seinerseits dabei dies Idiom auf geradezu parodistisch angelsächsische Art. Elisabeth nickte. Nun denn, erklärte der Kunde erleichtert, was er suche, sei Literatur über diese Provinz hier, ihre Bewohner, Ökonomie, Erziehungsverhältnisse, Religion, was immer es sei. Aber es gebe sicherlich nichts, fügte er gleich selbstverdrossen hinzu, natürlich gebe es nichts. Jeder Mensch, absolut jeder, verfasse ja Bücher, es existierten auf dieser Erde allmählich überhaupt nur noch Schriftsteller, aber wolle man sich über irgend etwas orientieren, so gebe es nichts. Wenigstens sei das seine Erfahrung.

Es klang humoristisch und war auch wahrscheinlich so gemeint. Aber dahinter grollte ein wirklicher Ärger – oder mehr als ein Ärger, ein schmerzliches Unbehagen. Ganz unmittelbar und sofort empfing man den Eindruck, als stünde dieser gesunde, kräftige Mann unter dem Druck einer Sorge, eines Leids.
Er war Mitte der Dreißig, schmalhäuptig, mit langen, proportionierten Gliedern, die Hände sehr groß, aber auffallend wohlgebildet. Das braunblonde Haar wuchs ihm über einer breiten, nicht hohen Stirn widerspenstig durcheinander. Seine gerade Nase erschien vorne sonderbar abgeknickt, so als wäre sie unversehens zu lang geraten und der Schöpfer hätte das durch einen Meißelhieb korrigiert. Vielleicht hätte diese Nase das ganze Gesicht zur Groteske geprägt, hätte nicht der Mund alles gutgemacht. Es war ein herrlicher Mund, überaus klar und fein geschnitten, lebensvoll, geistreich beweglich, mit exemplarischen Zähnen, die nur freilich vom Tabaksdampf gelblich getönt waren.
Eine Atmosphäre von Sauberkeit umgab den Mann – jene unbedingte, geheimnisvolle Sauberkeit, die von Körperpflege beinahe unabhängig ist. Es verschlug zum Beispiel nicht das geringste, daß er sich offenbar diesen Morgen hastig oder im Halbdunkel rasiert hatte. Seiner eisklaren Haut war einfach nichts anzuhaben. Er hätte nach tagelanger Fußwanderung, nach Frontwochen im Infanteriegraben bestimmt nicht anders gewirkt. Man besitzt diese Eigenschaft oder enträt ihrer auf immer; sie ist eine der köstlichsten Gaben, die einem Menschen in die Wiege gelegt werden können.
»Lassen Sie mich sehen«, sagte Elisabeth, »Literatur über

das Land hier – nein, es gibt wirklich nicht viel. Dies hier ist brauchbar, ausgezeichnet sogar« – und sie zog einen Band aus der gelbgehefteten Reihe – »von einem Juristen aus der Sorbonne. Aber für Ihre Zwecke ist es wohl zu speziell.«
Der Fremde besah sich den Titel. »Kann gar nicht speziell genug sein«, murmelte er und nahm das gelbe Buch aus ihren Händen entgegen. »›Das neue Polen und die Juden‹ – wahrhaftig, darüber läßt sich Verschiedenes sagen.« Er blickte Elisabeth unwirsch an – wobei er wieder errötete. »Vorgestern war ja der erste Mai. In Warschau hielten die Arbeiter ihre Umzüge ab. Die jüdischen Arbeiter auch. Auf einmal fielen da Schüsse. Faschistische Jugend! Neben mir stand eine jüdische Frau mit ihrem Kind auf dem Arm. Einer der Schüsse traf das Kind, es war sofort tot. Nun, ich nehme an, Ihnen wird das egal sein.«
»Ist denn das wahr?« fragte Elisabeth mit vollständig weißen Lippen.
»Glauben Sie, ich fahre im Lande herum und lüge fremden jungen Damen was vor?« sagte der Besucher außerordentlich laut und grob. »Wie kommen Sie überhaupt hierher, als Engländerin«, fuhr er ohne Übergang fort, denn eben erst wurde ihm bewußt, daß sie sich seit längerem schon in seiner Sprache unterhielten.
»Ich? Ich bin hier geboren. Mein Gott, ist das wirklich passiert in Warschau? In der Zeitung stand nichts.«
»Natürlich nicht. Entschuldigen Sie nur meinen Ton. Man stößt auf ein bißchen viel Achselzucken heutzutage. Das macht einen Menschen nervös. Also sonst haben Sie nichts, was ich brauchen kann?«

Sie schüttelte langsam den Kopf. »Es ist alles in der Landessprache geschrieben – ukrainisch. Das wird Ihnen nicht dienen.«
»Allerdings nicht. Ich weiß kaum, was der Name bedeutet. Der eine sagt mir, in der Gegend hier wohnen Ukrainer, der andere sagt, es seien Ruthenen. Dann ist auch noch von Huzulen die Rede. Es ist verflucht kompliziert.«
»Gar nicht«, sagte Elisabeth und mußte lachen. »Ruthenen – das ist einfach der alte österreichische Name für Ukrainer. Und was die Huzulen betrifft –«
Aber in diesem Augenblick ging die Straßentür, eine Dame erschien und verlangte den neu veröffentlichten Roman von Kaden-Bandrowski.
»Ich nehme da Ihre Zeit in Anspruch«, sagte der Mann, als die Kundin gegangen war, und machte Anstalt, ebenfalls aufzubrechen.
»Die ist gar nicht so kostbar. Wollen wir uns nicht setzen? Sie kommen aus England, nicht wahr? Ich dachte nicht, daß sich dort irgendein Mensch für unsere Weltgegend interessiert.«
»Da haben Sie richtig gedacht. Und es gilt für alles, was östlich von Wien oder Dresden liegt. Wahrscheinlich werden Sie wieder glauben, ich lüge Sie an – aber es sind noch keine sechs Wochen her, da hat ein englischer Minister im Gespräch mit mir die Tschechoslowakei mit Jugoslawien verwechselt. Ein Staatssekretär im Kabinett Seiner Britannischen Majestät. Das werden die alles noch lernen müssen, bitter genau lernen, wenn erst das Ganze in Feuer steht«, fügte er hinzu, und wieder verdunkelte jenes schmerzliche Unbehagen, die Sorge, das Leid, sein

kräftiges Gesicht. »Übrigens, ich sollte mich vorstellen«, murmelte er und nannte seinen Namen, aber so rasch und undeutlich, daß Elisabeth ihn nicht völlig auffing. Es war etwas wie Harriman oder Harrison.
»Ich würde gern diese Gegend etwas kennenlernen«, sagte der Mann, »ein paar Tage herumfahren. Aber es hat wenig Zweck, wenn ich mich mit den Leuten nicht verständigen kann. Meinen Sie, es wäre jemand aufzutreiben, der mich begleitet, ein intelligenter Mensch –«
»Der sollte zu finden sein«, sagte Elisabeth und blickte ihn aufmerksam an.
Er entschloß sich. »Ich möchte gewissen Gerüchten auf die Spur kommen. Eine intensive Propaganda soll hier im Gange sein. Ein Bevölkerungsteil wird gegen den andern gehetzt, damit innen gleich alles zusammenbricht, wenn der Leviathan heranrückt.«
Der Leviathan – das Wort schlug in ihr an wie ein Glokkenruf aus der Meerestiefe. Wann nur hatte sie das gehört? Lang war es her. Sie lächelte unbestimmt.
Der Mann mißverstand das.
»Natürlich, da lächeln Sie. Ich kann mir immer nicht vorstellen, daß irgendein menschliches Wesen anders urteilt als ich. Für Sie bedeutet das alles nichts. Sie sehen ja auch so gottverdammt nordisch aus, verzeihen Sie nur.«
»Ich bewundere Ihren Instinkt«, sagte Elisabeth. »Ich bin eine Jüdin.«
»Was Sie nicht sagen«, gab er bissig zurück. »Ich weiß, daß es Leute gibt, die jeden Amerikaner für einen leichtgläubigen Idioten halten. Aber Sie übertreiben.«
»Das tu' ich auch«, sagte Elisabeth. »Und zwar um die Hälfte. Übrigens, hier kommt meine Mutter.«

Recha hatte die Buchhandlung durch die innere Tür betreten. Sie blieb stehen, als sie ihre Tochter im Gespräch erblickte.

Elisabeth stand auf, mit ihr der Fremde.

»Liebstes«, rief sie, »darf ich dich mit Mr. Harrison bekannt machen –«

Der Fremde öffnete seinen Mund, um den Namen zu korrigieren, unterließ es dann aber.

»– der mich soeben zur nordischen Faschistin ernannt hat.«

Der große Mann verneigte sich, ganz unamerikanisch zeremoniell, vor der zarten, weißhaarigen Dame. Recha reichte ihm sogleich die Hand zur Verwunderung ihrer Tochter.

»Sie werden die Wahrheit rasch herausfinden«, sagte sie. »Dafür sorgt Bessie schon selbst.«

Und sie ließ die beiden allein.

»Ich will mich nach jemand umsehen«, sagte Elisabeth, »der mit Ihnen fährt. Pjotr wäre natürlich der Beste.«

»Wer ist Pjotr?«

»Ein Ukrainer, der bei uns im Hause lebt. Ein sehr kluger Mensch. Wieviel Zeit haben Sie denn?«

»Das ist es eben. Nicht viel. Am zwölften wird in London der König gekrönt.«

»Und da müssen Sie unbedingt dabeisein?«

»Ja«, sagte der andere verdrießlich, »da muß ich nach Amerika sprechen, von morgen bis nachts.«

»Sie müssen den ganzen Tag nach Amerika sprechen, weil der König gekrönt wird?« wiederholte Elisabeth langsam. Einen Augenblick kam ihr der Verdacht, daß sie es mit einem Gestörten zu tun habe.

»Ja, glauben Sie, die Leute in Springfield, Illinois, oder in Springfield, Missouri, wären zufrieden, wenn ihnen nicht genau der goldene Wagen mit den acht grauen Pferden beschrieben wird, mit dem der König zur Kirche fährt? Und Ornat und Szepter und Reichsapfel und die Krönchen sämtlicher Peers, die sie im gleichen Augenblick alle miteinander aufsetzen? Das wollen die Leute wissen. Und dabei sperrt der Leviathan schon seinen Rachen auf, um sämtliche Könige und Kronen hinunterzuwürgen –«

»Der Leviathan«, wiederholte Elisabeth.

Alles war wieder da – die Laubhütte unten im Garten, offen gegen den Fluß hin; ihre Mutter, noch jung; Chana im Sabbatkleid, vor sich das blausamtene Buch mit den Goldspangen. Da zuerst hatte sie vom Leviathan gehört, dem nach Blut brüllenden Tier, das von den Gerechten erlegt wird und dessen zolldicke Haut sie für sich ausspannen als Zeltwand. »Der Leviathan, Bessie«, hörte sie Chana sagen, »das ist ein Ungetüm – damit sind böse Menschen gemeint.«

Sie lauschte der tiefen, vergangenen Stimme nach.

Dem Mann gegenüber schossen wieder die zwei Feuer rechts und links in die Stirne hinauf, während er die Träumende ansah.

II

John Herkimer gehörte jener Gruppe von amerikanischen Weltkorrespondenten an, die mit der verantwortlichen Redlichkeit ihrer Berichte, ihrer abgewogenen Rede über die Meere hin sich das Zutrauen einer Menschenmyriade gewonnen haben. Ihr Werk ist schwer und will nüchtern getan sein. Der verschrumpfende Erdball ist ihr Arbeitszimmer, ein Flug von Europa nach Asien und über ihr Geburtsland zurück nicht abenteuerlicher für sie als ein Gang vom Schreibtisch hinüber zum Bücherbrett mit den Nachschlagewerken.

Sie sind wenige, und sie kennen einander genau. Sie wissen gemeinsam so viel, was öffentlich auszusprechen ihnen versagt ist, daß der traditionelle Kampf um die ausschließliche Nachricht für sie seinen Sinn verloren hat. Alle haben sie aus den Quellen geschöpft und wissen, wie trübe sie sind. Sie haben den neuen Cäsaren gegenübergesessen in der aufgeblasenen Öde ihrer Audienzhallen und haben Schwatz und Schwall der Gewalt mit Kälte bewertet. Kein Aufwand betäubt sie, kein Theaterauftritt klirrender und blitzender Funktionäre, kein kommandierter Massenakt von fünfzigtausend im Chor brüllenden Sklaven.

Denn hier waltet ein Gesetz, ein geheimnisvoller Segen: Nie hat sich einer von ihnen vom Abgrund verlocken lassen. Alle haben sie den Leviathan schon in seiner frühen Vermummung erkannt. Den Regierungen der zu seinem Opfer bestimmten Völker, all diesen zaudernden, kraftlos erbötigen, heimlich sympathisierenden Politikern, haben sie scharf auf die Finger gesehen. Sie sind in jedem Moment an die Grenze dessen gegangen, was ihnen zu sagen erlaubt war. In ihren Zufallshotelzimmern, übernächtigt vor ihrer Schreibmaschine, dem Mikrofon, sind sie die Geschichtsschreiber und bescheidenen Propheten dieser blutigen Wende und die geistige Ehre ihrer amerikanischen Heimat.

Aber aufreibend ist es, die Wahrheit zu wissen und nur mit einem Bruchteil der Wahrheit warnen zu dürfen. In vielen Ländern gab es eine Zensur. Wo es keine gab, da starrten Stacheldrähte der Konvention, die keine Schere durchschnitt. Und das war nicht alles. Die Nachrichtenkonzerne, deren Angestellte sie waren, wußten genau oder glaubten zu wissen, welches Maß von Voraussicht die Millionen ihrer Kunden vertrügen. Es war ein bescheidenes Maß.

Widerstandsfähige Nerven sind da verlangt und ein guter Teil fatalistischen Gleichmuts.

Herkimer hatte sie nicht. Der Zwang, zu umhüllen und abzumildern, lastete ihm um das Hirn wie ein Eisenring. Er tat das Seine, ihn abzuwerfen.

Als über den Pyrenäen die Generalsrevolte begann, die Cäsaren ihre Hauptprobe abhielten am spanischen Volk, reiste er hin. Aber seine Berichte erschienen nur in vorsichtiger Auswahl. Man schüttelte in den New Yorker Büros den Kopf über ihn; man war dort ganz einverstanden mit der Nichteinmischungspolitik der europäischen Staatskanzleien.

Vor Madrid, bei Leganes, erhielt er einen Schuß in die Schulter. Er schämte sich beinahe der gar nicht gutartigen Wunde, weil er sie als Nachrichtensammler empfangen hatte statt mit dem Gewehr in der Hand. Sie heilte langsam, und er nahm einen Urlaub nach drüben. Aber statt sich zu pflegen, durchreiste er drei Monate lang die Vereinigten Staaten und redete öffentlich über den spanischen Krieg – Einleitungsakt der Tragödie.

Er stand vor den Leuten am Pult, so groß, daß die in den vordersten Reihen steil aufschauen mußten zu ihm; seinen Schulterverband sorgsam unter der weiten Jacke versteckt; unliebenswürdig vor leidenschaftlichem Ernst.

Er sprach vor gefüllten Sälen, natürlich. Herkimer – »Herk«, wie sie ihn nannten – war ein populärer Begriff. Aber sie saßen verdutzt. Sie waren gewohnt, ihm zu glauben. Schwerfällig machten sie sich bereit, die Schrift an der Wand zu entziffern, die da seine Hand mit starken, blutroten Strichen nachzog.

Von seinem Konzern wurde ihm bedeutet, daß er sich öffentlich schade, seine Beliebtheit aufs Spiel setze. Er antwortete hochgereizt, er dränge sich niemandem auf, man brauche ja nur den gewährten Urlaub in endgültige Entlassung umzuwandeln. Allein das wollte man nicht. Zu gut wußte man, was er wert war, seine Zuverlässigkeit und Arbeitskraft, seine Gabe für konzise und klare Prägung. Ziemlich unerwartet trug man ihm ganz im Gegenteil eine Erhöhung seiner Bezüge an.

Ehe er auf seinen Londoner Posten zurückkehrte, verbrachte er eine Woche, eine einzige, auf der Farm im mittleren Ohio, die sein Vater für ihn verwaltete.

Es war eine stattliche Farm, zwölfhundert Acres umfassend und prächtig im Stand. Vom langhingestreckten, einstöckigen Haus auf dem Hügel ging das Auge über friedvoll ruhendes Acker- und Weideland und über zwei blinkende Seen nach einem Kranz dunklen Föhrenwalds, der diese sich selbst genügende Welt breschenlos abschrankte. Es gab Weizen, Mais, Hafer auf diesem Gut, Gemüse, Vieh und Geflügel für weit mehr als die fünfzehn Familien, die hier siedelten. Sie lebten nicht nur selbst vom Ertrag, sie hatten ihren wohlbemessenen

Anteil am Erlös des Verkauften. Es war eine menschenwürdige Existenz.

Der alte Herkimer sorgte dafür, daß sie deren Urheber nicht vergaßen. Nie kam es vor, daß er eine Anordnung in seinem eigenen Namen traf. Und das war nicht angenommene Geste. Er selber lebte völlig, ging auf in dem Sohn, der ihm diesen arkadischen Abend bereitet hatte – nach einem schweren, gequälten Dasein.

Es hatte verheißungsvoll angefangen. Er war in einer Kleinstadt in Illinois geboren, als Sohn einer irischen Mutter und eines Vaters aus altangesehenem, ursprünglich pfälzischem Stamm. Er hatte eine juristische Ausbildung glänzend durchlaufen und zählte in jungen Jahren zu den gesuchten Anwälten von Chicago, das damals, Mitte der Neunzig, schon eine Millionenstadt und Schnittpunkt der großen Verkehrswege war.

Streikunruhen brachen unter den Eisenbahnarbeitern aus, Präsident Cleveland ließ Bundestruppen gegen sie anrücken, mehrere Gewerkschaftsführer wurden inkriminiert. George Herkimer gehörte zu den Verteidigern. Die Angeklagten wurden zu langen Strafen verurteilt; die Bahngesellschaften und ihre Hintermänner hatten gesiegt. Und sie vergaßen keinen, der sich ihnen entgegengestellt hatte. Der Rechtsanwalt Herkimer sah sich selbst aufrührerischer Tendenzen verdächtigt, er figurierte in den Zeitungen als »Anarchist«, seine Praxis wurde aufgelöst, sein Verbleiben unmöglich gemacht.

Niemals begriff er ganz, wie er unter die malmenden Räder der Machtmaschine geraten war. Sein Glaube an Rechtsgang und Recht war unheilbar verwundet. Er machte keinen Versuch, seine Existenz als Jurist wieder-

aufzubauen. Mit seiner jungen Frau, einem grazilen, zärtlichen Geschöpf aus französischem Blut, zog er in den Staaten umher – zuerst nach dem Süden, aus dem sie stammte, dann an die pazifische Küste, hinüber ins aufblühende Denver, nach St. Louis. Er versuchte sich als Baumwollmakler, als Clerk einer Schiffsagentur, als Grundstücksvermittler, im Zeitschriftenhandel. Aber seine Haut war zu dünn für die meisten dieser Berufe.
Schließlich – schon nach der Jahrhundertwende – landete er in der Stadt Columbus im Staate Ohio. Mehrere Versicherungsgesellschaften hatten hier ihren Sitz; eine von ihnen stellte ihn als Buchhalter ein. Er schien endlich zum Frieden gekommen. Ein Vorschimmer von Glück zeigte sich. Seine Frau erwartete ein Kind. Sie war nicht ganz jung mehr, mitgenommen von acht Wanderjahren. Sie starb an der Geburt.
Der zerstörte Mann und sein Söhnchen verblieben in der winzigen Wohnung, aus deren Fenstern man über zwei zusammenströmende Flüsse sah. Eine farbige Kinderfrau sorgte für den Knaben, solange er klein war. Später lief er tagtäglich nach Schulschluß quer durch die Stadt zum Gebäude der Versicherungsfirma und wartete an der Treppe, bis der Vater herauskam. Dann wanderten sie Hand in Hand miteinander nach Hause.
In vielen Nächten lag der Buchhalter Herkimer wach, von Zukunftsbildern bedrängt. Dieser Sohn, den er liebte, sollte einmal – nein, er mußte sich durchsetzen auf jener Bahn, aus der er selbst so unbegreiflich geschleudert worden. Er rechnete sorgenvoll. Studienjahre sind lang und sind teuer.
Aber sein Sohn war noch nicht sechzehn, da erschien er

eines Tages im Büro, erhitzt und glückselig. Er beugte sich zum Ohre des Vaters hinunter und flüsterte, es sei nun erreicht, er sei angestellt – mit zwölf Dollar Wochengehalt, beim Ohio State Journal als »Junge für alles«.
Was dann gefolgt war, erzählte der Vater unermüdlich. John Herkimer nie. Mit achtzehn Jahren gehörte er dem Stab seines Blattes als »Associate Editor« an, mit zwanzig folgte er einem Antrag hinüber nach Pittsburgh – zusammen mit dem Vater natürlich, dem er die Fron über Prämien-Kolumnen nicht länger erlaubte. Ein neues, verlockendes Angebot, das aus Chicago kam, wies er ab, weil er den Alternden nicht an den Ort seiner Lebensniederlage zurückführen mochte. Und dieser sentimentale Verzicht erwies sich als klüger als jede Berechnung. Denn man holte ihn nach New York. Sein Name war etabliert. Schon unterschieden die Menschen im weiten Land, was er schrieb und sprach. Dann begann in Europa die Sintflut zu steigen. Nun sprach und schrieb er von dort.
Wohlstand war da. Er erwarb das Gut in Ohio, nicht weit von der Stadt, wo sein Vater für ihn gefront hatte. Da regierte der nun als sein Statthalter über das waldumschlossene Acker- und Wiesenreich und erlebte alltäglich seine große Stunde, wenn die Stimme des Sohnes zu ihm übers Meer kam.
Es war durchaus keine »schöne« Stimme, der er da lauschte zugleich mit den vielen Millionen. Sie war eher rauh, widerspenstig wie das Haar über seiner Stirn, eine Raucherstimme, die knarzte und mitunter hustend brach; aber eine Mannsstimme, die Vertrauen eingab.
Der Alte hatte ein feines Ohr für ihre Nuancen. Seit John

nach London zurückgekehrt war, klang sie täglich beladener, immer schwerer von Ungesagtem und Vorbehalt.
Dann, eines Abends im März, kündigte die Stimme eine Unterbrechung an. Ihr Besitzer war im Begriff zu verreisen, hinüber nach dem Kontinent – in jenen Osten Europas, »über den wir so wenig Bescheid wissen und der bald wichtiger sein wird, als viele jetzt ahnen«.
Der alter Herkimer in dem Haus auf dem Hügel drehte seinen Apparat nicht mehr an. Was Johns Stellvertreter zu sagen hatte, interessierte ihn nicht.

III

Fünf Wochen war das nun her.
Er hatte sich in seinen schlechtgehaltenen Wagen gesetzt und war zum Hafen von Harwich gerollt, um nach Holland überzusetzen. Ein paar Stunden brachte er in Amsterdam zu; hier hatte er ein privates Geschäft.
In der Nacht durchfuhr er das Ruhrgebiet und sah diese Schmiede der Weltzerstörung aus fünfhundert Essen zum Himmel leuchten. In Berlin sprach er niemand. Er hielt einen zwölfstündigen Schlaf, um anderntags ohne Aufenthalt bis zu Deutschlands nördlichster Grenze vorzustoßen.
Hier begann seine Aufgabe. Im unfreundlichen Frühjahr reiste er durch die baltischen Länder, diese drei künstlich geschnittenen Staaten, die einem halbherzigen Friedensschluß ein prekäres Dasein verdankten.
Ihre Hauptstraßen waren elend genug. Aber er wich

noch ab von der Route, streifte gewissenhaft kreuz und quer und gelangte so schließlich hinauf bis zu der Stadt Reval, die die roten Ziegelkappen ihrer alten Türme in den eisigen Wassern der finnischen Meerbucht spiegelt. An ihr entlang fuhr er ostwärts – bis dorthin, wo es nicht weiterging.

Er trug in der Tasche einen vortrefflichen Paß, gestempelt mit vielen soliden, langfristigen Visen. Nur ein Visum fehlte. Dies Visum war nicht zu erlangen gewesen.

An der Stelle, wo es nicht weiterging, jenseits von Narva, beim Grenzwächterhaus, hielt er lange. Er schaute hinüber in das unbetretbare Reich, das sich von dieser Schranke ungeheuer ausstreckte über ganz Asien. Am Helm der drüben patrouillierenden Soldaten unterschied er den roten Stern. So lange hielt er in seinem Wagen, daß die estnischen Grenzwächter aus ihrer Holzhütte hervorkamen und ihn mißtrauisch betrachteten.

Er nahm sich auch auf der Rückreise Zeit. Als er Ende April das Gebiet von Polen betrat, führte er in seinen Notizen und mehr noch in seinem Gedächtnis Informationen mit sich, gründlicher wahrscheinlich und vielseitiger, als sie der Referent für baltische Angelegenheiten im Londoner Auswärtigen Amt besaß.

Er hatte mit Staatspräsidenten gesprochen, mit Bürgermeistern der Städte, Priestern von vier Bekenntnissen. Mit Industriellen, die alle klagten: Eigentümern von Gerbereien in Litauen, von Asphaltgruben in Estland, mit Reedern, Holzgroßhändlern, Papierfabrikanten. Und mit den teutonischen Baronen auf ihren Gütern, die in verzückter Ungeduld nach Deutschland hinüberstarrten, dorthin, wo endlich der Eroberergeist jener Ordensritter wiedererwacht schien, deren Ururenkel sie waren.

Er hatte es gründlich genommen. Er besaß auch einen Begriff davon, was im Volk die Leute dachten und fürchteten: Dorfschulzen, Dorflehrer, Dorfwirte, Kleinbauern und Holzfäller, die Fischer an der Rigaer Bucht und am Peipussee.

Verständigung mit ihnen war nicht einfach gewesen. Sie gebrauchten seltsame Idiome, Überreste verschollener Sprachen aus dem Innern von Asien. Alle paar Meilen war es ein anderes Idiom. Aber immer hatte sich schließlich jener »intelligente Mensch« gefunden, der ihn auf seiner Streife begleiten konnte, irgendein Karlis, Jonas, Stasys oder Peteris, der als Dolmetscher vermittelte.

Und hier nun, bei den Ukrainern, war es ein Pjotr.

Denn Elisabeth hatte rasch Wort gehalten. Gleich am Nachmittag präsentierte sich ihr einarmiger Freund im Hotel »Weißer Adler«, in Herkimers Zimmer, wo der Reisebedarf aus seinem Auto wüst umhergestreut lag. Die beiden Männer beugten sich miteinander über eine Landkarte, um für den morgigen Tag ihre Route festzusetzen.

Die Sprache, die sie sozusagen gemeinsam hatten, war Deutsch. Auf Herkimers Seite das parodistisch angelsächsische Deutsch, im Fluge zusammengehört und zusammengelesen. Bei Pjotr das slawisierte Armee-Patois aus österreichischen Tagen, das seither noch beträchtlich weiter verrostet war. Sie irrten sich erst auch häufig, mißverstanden einander und lachten darüber. Das stellte gleich von Beginn eine Vertraulichkeit her.

Früh am Morgen brachen sie auf. Die Fahrt in Herkimers Wagen ging erst eine Strecke nach Süden ins Wald- und Hügelgelände; dann bogen sie scharf zurück, über den Dnjestr und geradeaus nach Podolien hinein. Offenes, fruchtbares, baumloses Land. Dies war das weite, bequeme Tor, durch das einst in mittelalterlicher Zeit die »Goldene Horde« der Tataren brennend und raubend eingebrochen war.

Ein Einbruch stand wieder bevor. Aber diesmal drohten die Tataren von Westen. Die Sturmzeichen zu erkennen, war leicht. Ihre Vortruppen waren schon da.

Allenthalben mehrten sich die Landankäufe der fremden Siedler. Aus neugestrichenen Zäunen blickten Kinder dem Wagen nach, die weder ukrainisch noch polnisch aussahen. Sie fanden die Mauern beklebt mit Ankündigungen eines Vortrages über »Die ukrainische Sendung«. Je weiter sie kamen, desto frischer waren diese Plakate. Der deutsche Agitator war genau ihren Weg gezogen. Es war ein Freitagnachmittag; in Dörfern und Städtchen schlichen jüdische Männer schwarzgewandet zum Tempel. Bei sinkender Dämmerung gelangten die Reisenden an den Fluß Sereth und fanden nach einigem Umherirren eine Unterkunft für die Nacht.

In der Gaststube ging der Wirt umher und zündete Licht an – hängende Öllampen, die blakten und rochen. Um einen Tisch in der Ecke unterhielten sich fünf Männer in städtischer Kleidung. Was sie sprachen, war Deutsch. Beim Eintritt der Fremden senkten sie ihre Stimmen, und nach einer schicklichen Weile brachen sie auf.

Über dem Tisch, an dem sie gesessen hatten, hing das farbige Bild eines kühn blickenden Mannes in Generalsuni-

form. Pjotr las die Unterschrift vor: »Skoropadski, Held der Ukraine.«
Pjotr wußte nicht, wer Held Skoropadski war. Aber Herkimer kannte den Namen dieses Statthalters, den die Deutschen hier eingesetzt hatten im letzten Krieg. Er nahm den Öldruck vom Nagel. »Kunstdruckerei Egon Fritsche, Mockau bei Leipzig« stand auf der Rückseite zu lesen, in gotischen Lettern.
Der Wirt erschien mit den bestellten Speisen. Er warf einen unsicheren Blick auf Herkimer, der das Bildnis noch in der Hand hielt, schien etwas sagen zu wollen, seufzte dann auf und verschwand.
Gleich danach kam einer der Deutschen zurück. Er bückte sich unter den Ecktisch, als habe er etwas verloren, kroch dort unten umher, mit gespitzten Ohren vermutlich, und ging wieder, zögernd.
»Solche Leute mit Stehkragen«, sagte Pjotr und blickte ihm nach, »hat es früher hier nicht gegeben.«
Herkimer nickte. »Solche Leute mit Stehkragen sitzen jetzt in allen fünf Weltecken. Sie sitzen bei den Eisbären und bei den Affen, bei den Krokodilen und bei den Känguruhs. Es sind gründliche Brüder.«
Sie hatten ihre Mahlzeit verzehrt. Draußen schlug Regen gegen die Scheiben.
Pjotr stand auf. »Ich geh' nur und schließe den Wagen.«
»Dem tut kein Regen etwas. Aber hinten im Wagen liegt eine Flasche, die könnten wir brauchen.«
Er nahm zwei Gläser vom Wandbrett, als Pjotr zurück war, und goß liebevoll ein. Es war ein wunderbar milder, sehr alter Cognac, Ecke Piccadilly und Duke Street zu ziemlich sündhaftem Preis gekauft.

»Rauchen Sie nicht?« fragte Herkimer.
»Wenn es erlaubt ist.«
Pjotr holte sein Pfeifchen hervor, hielt es geschickt mit dem Kinn auf der Tischplatte fest und stopfte es aus dem Beutel, den der andre ihm hinhielt. Sein Gesicht strahlte auf beim ersten Zug, den er tat.
»Da hab' ich mein Leben lang immer geglaubt«, sagte er, »ich rauche Tabak.«
Auf einem Stuhl lag eine Zeitung, ein kleines Lokalblatt aus der Umgegend, ukrainisch gedruckt. Herkimer nahm es zur Hand. Die rückwärtige Seite zeigte sich angefüllt mit vulgären Karikaturen jüdischer Typen.
»Ja«, sagte Pjotr langsam, »wo das einmal anfängt, da ist das Unheil nicht weit. Wir in der Familie können auch davon singen.«
Herkimer blickte aufmerksam in sein Bauerngesicht.
»In Ihrer Familie, wieso?«
»Ach, nicht in meiner. Da war das Unglück von anderer Art. Die Familie der Frau Gräfin, meine ich.«
Herkimer begriff nicht genau, von wem da die Rede war. Er wartete ab.
»Ins Dorf einreiten wie die eisernen Teufel«, fuhr Pjotr fort, »ein Kind überfallen, unschuldige Menschen an den Bäumen aufhängen. Der Geist steht einem stille davor. Und der kleine Sohn ist davongelaufen und nie wiedergekommen. Das war das Brüderchen der Frau Gräfin.«
Es lag durchaus nicht in Pjotrs Weise zu schwatzen. Über die Menschen, die seine Welt ausmachten, kam eigentlich niemals ein Wort aus seinem Mund. Aber dies hier war anders. Vor dem großen, bedrückten und sicheren Mann hier am Tisch kam er von selbst ins Erzählen. Bes-

sie selber mußte viel von ihm halten, sonst hätte sie ihm nicht Pjotr mitgegeben auf dieses Fahrt, die so gar keine Spazierfahrt war.
Er spürte ganz einfach Vertrauen. Jenes selbe Vertrauen, das Herkimer den Millionen von Menschen eingab, wenn seine Stimme über den Ozean kam. Es trieb Pjotr an zu reden. Ganz gewiß, es konnte nur gut sein, wenn dieser Engländer oder Amerikaner alles erfuhr: welch einzigem, wundervollem Herrn Pjotr einmal gedient hatte, wie unsagbar schwer das Leben der Frau Gräfin verlaufen war, und wenn er auch von Herrn Gelbfisch vernahm und von der verstorbenen Frau Tante. Nur Elisabeth selber kam wenig vor in Pjotrs Erzählung. Und Herkimer fragte ihn nicht.
Im Reden begann von Pjotrs Armeedeutsch der Rost abzublättern. Herkimer verstand nun beinahe jedes Wort. Schweigsam rauchte er vor sich hin, nahm dann und wann einen dankbaren Schluck von dem 1872er Meudon und hörte dem ukrainischen Bauernsohn zu, aufmerksam wie nie einem Cäsaren.

IV

Als er am anderen Abend die weiße Villa betrat, wußte er über sehr vieles Bescheid, was sich in vergangenen Jahren hier zugetragen hatte. Daher kam es wahrscheinlich, daß weder Herr Gelbfisch noch Recha seine Gegenwart als die eines ganz Fremden empfanden.
Behagen herrschte gleich schon bei Tische. Pjotr servierte, sehr korrekt, in weißer Jacke und weißem Handschuh. Es gab ein vortreffliches, leichtes Mahl, von ihm zuberei-

tet, unter Assistenz der ukrainischen Frau, die seit neuerem ins Haus kam. Heute war übrigens auch Bessie erschienen, viel früher als sonst, und hatte in der Küche ehrgeizig nach dem Rechten gesehen.
Den Kaffee nahm man drüben im Wohnzimmer ein. Herkimer stand neben Heinrich, wie ein Turm aufragend über den zartgebauten, kleinen Mann. Herkimer empfand das als Pein – Bessie bemerkte es. Sie bemerkte auch, daß er nicht wagte, sich niederzubeugen, sich »herabzulassen« zu ihm. Und wie erleichtert er Platz nahm, als ihre Mutter das Zeichen gab. Es kam ihr vor, als spräche Herkimer schonend respektvoll zu den beiden, wie zu vornehmen Kranken etwa. Und als klänge eine Art Schuldgefühl mit in dem Ton.
Sie saß und beobachtete diesen fast Unbekannten, dem sie da vorgestern ohne Besinnen ihren Freund und lieben Vertrauten mitgegeben hatte auf seine problematische Fahrt. Sie nahm wenig teil am Gespräch, gegen ihre lebhafte Gewohnheit, und rauchte viele Zigaretten dabei.
Man fühlte sich wohl. Bessie hörte die Mutter lachen. Auch Heinrich erschien so unbelastet und heiter wie lange nicht. Und das lag nicht etwa daran, daß dieser Herkimer besonders amüsant oder überraschend erzählt hätte. Er erzählte beinahe gar nicht. Er hatte eine merkwürdig produktive Art zuzuhören, den andern reden zu machen. Möglicherweise, dachte Elisabeth, hing diese Gabe zusammen mit seinem Beruf – von dem sie einstweilen nur vage Begriffe besaß.
Es war von Reisen die Rede, von Herkimers Geburtsland; der Panamakanal wurde erwähnt. Es zeigte sich, daß auch Gelbfisch ihn einmal durchfahren hatte, auf sei-

ner Weltreise – fünfzehn Jahre war es nun her. Für Herkimer war das Anlaß genug, den Faden in Heinrichs Hände zu spielen. Nichts verriet, daß diese Route um den Planeten, die für jenen das Abenteuer seines Lebens gewesen war, ihm selbst von Berufsfahrten westwärts und ostwärts bis zum Alltäglichen vertraut war. Von den amerikanischen Häfen, den exotischen Stätten in Asien und Afrika schien er eben genug zu wissen, um ihm das Stichwort zu bringen – mit dem Effekt, daß Heinrich sich immer intensiver erinnerte, immer farbiger erzählte, sich freudig belebte.

Pjotr kam ins Zimmer herein und bot aus einer buntgemalten Karaffe Likör an, einen kristallhellen sehr feurigen Pflaumenschnaps, Bauernprodukt aus der Gegend. »Unser Herr Gast«, murmelte er, als er vor Elisabeth stand, »ist ja gleichfalls ein Raucher.«

»Lieber Gott«, rief sie und wies auf den Aschenbecher, den Pjotr eben auswechselte, »und ich halte bei meiner zwanzigsten –«

Beträchtlich erlöst setzte Herkimer seine Pfeife in Brand. Der Rauch zog blau hinaus durchs offene Fenster. Draußen war eine schöne und helle Nacht. So oft das Gespräch einen Augenblick ruhte, hörte man die Grillen und das sachte Rauschen vom Fluß.

Alle waren erstaunt, wie spät es schon war, als Herkimer aufbrach. Elisabeth ging voran, ihn hinauszubegleiten. Unter der Tür wandte er sich um und verbeugte sich nochmals. Als er sich aufrichtete, berührte sein Scheitel beinahe den oberen Pfosten. Er bemerkte dicht neben seinem Gesicht die kleine Metallhülse, die noch immer hier angebracht war.

Er fragte: »Was ist das?«
»Eine Mesuse«, antwortete ihm von draußen Elisabeth, »das gibt es in jedem jüdischen Haus.«
»Und was ist drin?«
»Ein Zettel mit den Zehn Geboten«, kam wieder ihre Stimme. »Jeder, der eintritt, soll es berühren und soll dann seine Hand küssen.«
Herkimer stand noch einen Augenblick still.
»Das ist schön«, sagte er.
Er bückte sich ein wenig und ging.
»Hast du gehört, Heinrich«, flüsterte Recha, als die Tür sich geschlossen hatte, »er hat gesagt: ›Das ist schön‹.«
»Nun ja – er ist ein empfindender Mensch.«
»Ganz so hat es Pattay gesagt, als er's zum ersten Male hier sah. Und Bessie hat dasselbe geantwortet wie damals ich – ich weiß noch die Worte.«
Heinrich nahm ihre Hand. »Es handelt sich ja um dieselbe Sache«, sagte er, wie tröstend, »da ist es natürlich.«
Recha nickte. Aber ihre Augen suchten Pattays lächelndes Bild mit dem Goldmedaillon davor und der Uhr.
Draußen war Herkimer in seinen Wagen gestiegen. Elisabeth stand neben ihm, den Arm auf den Rahmen gestützt, einen Fuß auf dem Trittbrett.
»Beachtenswert hübsche Augen haben Sie eigentlich«, sagte er. Es klang, als ringe er sich ein Zugeständnis ab. »Schimmern in allen Farben des Spektrums.«
»Das macht nur der Mond«, sagte sie. »Am Tag sind sie scheußlich. Übrigens – wie waren Sie mit Pjotr zufrieden auf Ihrer Expedition?«
»Gut, daß Sie mich fragen. Auf welche Art kann ich mich bedanken bei ihm?«

»Bedanken?«
»Nun«, sagte Herkimer, »Geld kann man ihm nicht gut schenken, solch einem Mann.«
Bessies Herz tat einen Sprung. Und einen Sprung, einen gewaltigen, tat in ihrer Einschätzung auch Herkimer in diesem Moment.
Sie sagte: »Darüber machen Sie sich keine Sorge. Wollen Sie denn schon fort – weil Sie an Abschiedsgeschenke denken?«
»Man hat angerufen aus London. Ich soll frühzeitig am Kanal sein. Alle Boote sind überfüllt für die Krönung.«
»Und die kann ohne Sie ja nicht stattfinden!«
»Unmöglich. Müßte abgesagt werden. Ja – einen Tag habe ich noch. Den möchte ich dazu benutzen, mir die nächste Grenze hier anzusehen.«
»Das ist die nach der Tschechoslowakei, in den Bergen dort hinten.«
Er schüttelte ungeduldig den Kopf.
»Nicht die. Die wird ja dann wertlos geworden sein.«
Erstaunt sah sie ihn an:
»Wertlos geworden? Wann wertlos geworden? Ich verstehe Sie nicht.«
»Damit sind Sie in feinster Gesellschaft. Die Minister in Paris und London verstehen es auch nicht. Nein, die rumänische Grenze. Wie weit mag das sein?«
»Vielleicht vier Stunden. Die direkte Straße führt hin.«
»Und wie heißt der Grenzort?«
»Zaleszczyki.«
»Wie?«
»Zaleszczyki«, wiederholte sie silbenweise. »Ich glaube, es ist eine Art Kurort. Sehr hübsch soll es sein.«

»Ich pfeife darauf, ob es hübsch ist.«
»Möchten Sie wieder, daß Pjotr mitfährt?«
»Das ist diesmal nicht nötig.«
Elisabeth faßte einen Entschluß. Sie würde ihn schwerlich gefaßt haben, hätte nicht Herkimer zuvor den Sprung mit jenen drei Worten getan.
»Komisch eigentlich«, sagte sie, »daß ich selber noch nie dort unten war –«
Sie zögerte einen Moment.
»Hätten Sie etwas dagegen, wenn ich mit Ihnen käme?«
»Nicht viel«, sagte Herkimer.

V

Es war hier nicht mehr der selbe Dnjestr, an dem Elisabeth geboren und aufgewachsen war. Ganz still zog der weise gewordene Strom zwischen grünen Ufern, schimmernd im Maimittagslicht.
In dem Gasthausgarten am Wasser blühten Aprikosen und Kirschen. Aber so südlich warm es schon war, Sommergäste ließen sich noch nicht sehen. Sie waren im Garten beinahe allein.
Zu ihrer Linken, keine dreihundert Schritt entfernt, überspannte eine Eisenbahnbrücke den Fluß. Die Hügel auf der anderen Seite, die ziemlich steil zum Wasser abfielen, waren Rumänien.
Eine Bedienerin kam und fragte nach ihren Wünschen. Sie trug das heitere Kostüm der Gegend: überm blauen, gestickten Leinenhemd das offene Jäckchen und zum rundgeschnittenen Rock den farbigen Fransenschurz.

Sie war ein ganz junges Ding, hübsch, wenn auch ein bißchen plump von Figur, dunkelhaarig, mit lachenden Augen.
»Sie meint, wir sollen Wein trinken zu unserem Fisch«, übersetzte Elisabeth. »Er wächst hier am Ort und sei ganz vorzüglich.«
»Polnischen Wein?«
Herkimer zog mit einer skeptischen Grimasse seine geknickte Nase hoch. Das Mädchen lachte und plädierte voll Eifer.
»Sie sagt, die Trauben kommen aus Kalifornien. Es sind Weinberge der Regierung. Ihr Vater ist Aufseher dort.«
»Ja, dann kann man nichts machen.«
Die Kleine lief fort. Schurz und Rock wirbelten um ihre hohen geschnürten Stiefel. Sie verschwand drüben im Haus. Auch die paar Gäste, die noch im Garten gesessen hatten, verließen ihn jetzt. Man hörte, ganz schwach, von der Bahnstation her ein Signalglöckchen.
»Friedlich ist's hier«, sagte Bessie.
»Ja, friedlich«, wiederholte Herkimer und schaute nach der leeren Eisenbahnbrücke. »Das scheint hier weit und breit die einzige Brücke zu sein, auf der man hinüberkam. Und die ist ja dann lange gesprengt.«
Sie blickte ihn an.
»So etwas sagen Sie nun schon zum zweitenmal. *Dann* hat die tschechische Grenze keine Bedeutung mehr. *Dann* ist die Brücke gesprengt. Die Zukunft ist doch kein Rechenexempel.«
Er gab keine Antwort.
»Schließlich, da existiert dieser Pakt mit den Deutschen. Es wird einem nicht wohl dabei, allerdings. Aber ein Frie-

dens- und Freundschaftspaket auf zehn lange Jahre – irgend etwas muß es doch heißen!«
Herkimer lächelte schwermütig.
»›Meinst du‹«, sagte er leise, zitierend, »›daß er einen Bund mit dir machen wird – daß du ihn immer zum Knecht habest –‹«
»Was ist das?«
»Nun, Sie haben doch so wissend gelächelt, als von dem Leviathan die Rede war.«
»Vom Leviathan. Ja, der Name hat mich an etwas erinnert.«
»›Meinst du, daß er einen Bund mit dir machen wird‹«, wiederholte Herkimer langsam, als suche er nach weiteren Worten. Sein Blick ging geradeaus übers Wasser, auf die grünen rumänischen Hügel hin.
»›Meinst du, er werde dir viel Flehens machen oder dir heucheln. Sein Herz ist so hart wie ein Stein und so fest wie ein unterer Mühlstein. Die Schuppen seines Panzers sind eng gefügt, und wenn er daherbricht, so ist keine Gnade da. Siehe, auf seinem Hals wohnt die Stärke, und vor ihm her hüpft die Angst – –‹«
»Wahrhaftig, ein akkurates Bild von dem Vieh«, unterbrach er sich; denn über den Gartenkies kam die Bedienerin mit dem vollen Tablett.
Der bestellte Fisch erwies sich als ganz vorzüglich. Es war eine Schleie aus dem Fluß, zart im Fleisch und mit würzigen Kräutern gekocht. Das Mädchen schenkte den Wein ein und blieb erwartungsvoll stehen. Herkimer kostete. »Den werden wir wegschütten müssen, wenn ihr Vater gerade nicht hersieht«, sagte er und machte ein entzücktes Gesicht.

Bessie übersetzte es ungenau. Die Kleine lächelte stolz.
»Fragen Sie sie doch einmal, ob es leicht ist, hier hinüberzuschwimmen.«
Das Mädchen gab Auskunft. Es sei nicht nur leicht – man brauche überhaupt nicht zu schwimmen. Man wate hinüber. Nahe beim Ufer sei das Wasser noch tief, ihr gehe es da bis zur Nase. Aber gegen die Mitte hin werde es auf einmal ganz seicht. Außer natürlich im Februar und im Juni.
Warum da nicht, ließ Herkimer fragen.
Sie lachte, belustigt, daß jemand nicht wissen sollte, was ihr selbst so geläufig war.
»Weil im Februar weiter oben das Eis bricht und im Juni der Karpatenschnee schmilzt. Dann ist es voll.«
»Im Februar bricht das Eis«, wiederholte Herkimer, als sie gegangen war, »und im Juni schmilzt der Schnee. Da kann man nur hoffen, daß das Eisenvieh nicht diese Monate wählt.«
»Sie können an nichts anderes denken«, sagte Elisabeth.
»Da die nicht daran denken, die es noch aufhalten könnten. Sie bemerken vielleicht«, fuhr er fort und sah Bessie nicht an, »daß ich nach einem Schlupfloch suche für Sie, für den Tag, da es anstampft.«
Bessie bekam plötzlich Herzklopfen. Sie hätte wohl eigentlich sagen müssen, seine Fürsorge komme ihr überraschend, gehe ein wenig zu weit nach so kurzem Bekanntsein. Aber sie sagte es nicht.
Auf der Rückfahrt hatten sie die Nachmittagssonne im Gesicht. Herkimer brachte aus einer Wandtasche eine dunkle Brille zum Vorschein und reichte sie ihr.
»Angeschwindelt haben Sie mich«, sagte er dabei. »Ihre

Augen sind auch bei Tage ganz hübsch. Die brauchen kein Mondlicht.«

Sie passierten ein Ortsschild mit dem Namen Niezwiskå.

»Hier«, sagte Herkimer, »sind wir vorgestern über den Dnjestr gesetzt, Pjotr und ich. Das war auch ein guter Tag.«

Die Straße war gut gewesen. Nun wurde sie schlecht. Sie fuhren langsamer.

»Das mit dem Leviathan«, fragte Bessie aus ihren Gedanken heraus, »war das aus der Apokalypse?«

»Apokalypse!« Er lachte. »Aber Elisabeth, daß Ihnen so etwas passiert! Da haben Sie einen ganzen Laden mit Büchern, einen wahren literarischen Völkerbund. Monsieur Proust und Mister Joyce; Hamsun, Huxley, Hemingway; Rolland und Romains. Und sicher haben Sie alle gelesen. Nur das Schönste haben Sie nicht gelesen.«

»Nämlich?«

»Nämlich ein jüdisches Drama, verfaßt vom jüdischen Shakespeare. Es heißt: Das Buch Hiob. Dort steht das über den Leviathan – und noch ganz andere Dinge. Zum Beispiel zwanzig Worte über das Menschengeschick – denen kann in alle Ewigkeit kein Joyce und kein Proust was hinzufügen.«

Er fuhr immer langsamer, hielt beinahe an.

»Der Mensch, vom Weibe geboren, lebt kurze Zeit und ist voll Unruhe. Geht auf wie eine Blume und fällt ab, flieht wie ein Schatten und bleibt nicht.«

»Doch«, flüsterte sie, »das habe ich einmal gelesen.«

Denn es war die Inschrift von Pattays Grab. Die Kirche in Wien war vor ihren Augen; die Tafel, von der sie's abgeschrieben hatte für Pjotr; das Steinbild des Vaters.

Ihre Fahrt ging zu Ende. Sie langten vor der weißen Villa an, als es zu dämmern begann.
»Elisabeth«, sagte Herkimer, »ich möchte, daß Sie immer wissen, wo ich zu finden bin.« Er nahm einen Zettel aus seiner Tasche. »In London kenne ich allerhand Leute, die nützlich sein können. Bitte – beim geringsten Anlaß, beim allerersten, telegrafieren Sie mir!«
»Dann«, sagte sie mit schwacher Ironie, »werden ja Telegramme nicht mehr befördert.«
Aber er lachte durchaus nicht. Er sagte: »Können Sie mir Pjotr mitgeben in mein Hotel? In der Maschine da hustet irgend etwas.«
»Natürlich«, sagte Elisabeth. Sie reichte ihm ihre Hand. Pjotr war sogleich zur Stelle. Herkimer zögerte wegzufahren. Einige Minuten verstrichen. Aber sie kam nicht mehr heraus.
»In der Garage wäre besseres Licht«, sagte Pjotr, als sie am Ringplatz vor dem »Weißen Adler« anhielten, »und sie haben alle Werkzeuge da.«
»Lassen Sie den Wagen nur stehen. Der ist ganz in Ordnung.«
Verwundert zog Pjotr hinter Herkimer her die Hoteltreppe hinauf. Oben im Zimmer herrschte beinahe Ordnung. Eine der grünen Taschen war schon gepackt.
»Ich glaube, hier ist noch was drin«, sagte Herkimer und schüttelte die strohumflochtene Flasche. Drinnen gluckste es schwach. Er goß einen Reisebecher halb voll und reichte ihn Pjotr. »Sie halten mich wahrscheinlich für einen Säufer«, sagte er mit der Flasche am Mund.
Pjotr lächelte milde. »Ein Säufer ist einer, der ohne Grund trinkt.«

»Ausgezeichnet, Pjotr. Sehr gut. Wenn einmal diese Bestien am Galgen hängen, dann gibt's bei mir keinen Kognak mehr. Setzen Sie sich doch hin!«
Pjotr nahm Platz, sein Becherchen in der Hand. Herkimer wanderte im Zimmer umher.
»Hören Sie zu. Hier im Lande geht's nicht mehr lang gut. Diese Stehkragenleute – Polen wird voll sein von ihnen. Nur ihre Stehkragen haben sie dann nicht an. Pjotr, wenn Ihre Damen fortmüssen von hier – Sie gehen doch mit?«
»Wenn ein alter Mensch draußen zu brauchen ist.«
»Alter Mensch – Unsinn. Mir gehört da eine Farm in Amerika. Mein Vater wohnt dort. Es sieht eigentlich nicht anders aus als bei euch. Dort ist immer ein Platz für Sie. Ich wäre froh, wenn Sie kämen. Denken Sie dran, Pjotr – auf Ihre Damen!«
»Auf die Damen«, sagte Pjotr befangen und trank.
»Ich möchte Ihnen etwas zum Andenken schenken.« Herkimer machte vor seinen Handtaschen halt. »Aber es müßte was sein, woran ich selber auch hänge. Und woran hängt schon der Mensch!«
Er brachte ein ledernes Behältnis zum Vorschein.
»An denen vielleicht noch am meisten.«
Nebeneinander hingen da vier kurze Pfeifen von verschiedener Form. Es waren anheimelnde Exemplare ihrer Gattung, aus wundervoll längsgemaserter Rosenwurzel und schimmernd poliert.
»Die hier ist ganz schön kühl, und es ist auch die leichteste«, sagte er und nahm eine Dunhill aus ihrem Loch. »Aber natürlich – ich habe hundertmal aus ihr geraucht. Das mögen Sie wahrscheinlich nicht?«
»O doch«, sagte Pjotr.

VI

Im November starb Fräulein Skarga.
Elisabeth erfuhr es durch Zufall, aus dem Gespräch zweier Mitschülerinnen. Es war Lungenentzündung gewesen, ein nur viertägiges Kranksein.
Es fiel ihr aufs Herz, daß sie die einsame Freundin in Wochen nicht mehr gesehen hatte. So achtlos betrug man sich, so ohne Gedanken, sogar dort, wo man liebte. Dies war nun dahin.
Über Ort und Stunde der Beisetzung wußten die Damen nichts. Sie verließ das Geschäft und zog Erkundigung ein: Es blieb ihr eben noch Zeit, um sich umzukleiden.
Ein wolkenfinsterer Nachmittag und ein armes Begräbnis. Es war die Salvator-Kirche beim Türkentor, in der Bessie getauft worden war, und der alte Friedhof daneben, wo sie nach ihrer Erstkommunion mit Pjotr auf der Steinbank gerastet hatte.
Eigentlich wurde hier seit langem niemand mehr beerdigt; man sah keinen frischeren Hügel zwischen den eingesunkenen. Aber offenbar hatte die aristokratische Jungfer gerade hier liegen gewollt, und sie mußte vorgesorgt haben. Vielleicht hatte sie selbst sogar den Platz für ihre Ruhe gewählt: diese stillste Ecke im verwilderten Totengärtchen, zwischen der Apsismauer und einem unbegangenen Feldweg, der hinten vorbeizog.
Zwei Herren von der Schulkommission hatten sich eingefunden; eine Nichte des Fräuleins, die aus Sambor herübergekommen war und sauer blickte über die Zumutung; ein Major in verschollener Uniform, Kriegskamerad ihres Vaters; und ein ukrainisches Weiblein, das ihr

zuletzt den Haushalt besorgt und in dessen Obhut sie auch gestorben war.
Als der Sarg herangetragen wurde, begann es zu regnen. Es war ein abscheulicher Regen, eisig, schräg peitschend. Der Sturm riß von Bäumen und Büschen die Blätter ab. Zur allgemeinen Verlegenheit kniete das ukrainische Weiblein dicht neben der Grube nieder, bekreuzigte sich unaufhörlich und betete laut.
Zwei Wochen später wurde Elisabeth ein umfangreiches Paket ins Haus geliefert: schwergebundene Bücher ungleichen Formats, stockfleckig alle und wurmzerfressen. Es war Fräulein Skargas gehüteter Schatz, früheste Ausgaben der Werke ihres berühmten Vorfahren, des Jesuitenmönchs, Staatsmanns, Königserziehers und Redners. Einer der Bände, der stattlichste, trug eine Widmung in des Fräuleins genauer und männlicher Hand.
»Ihr polnischen Menschen«, war da Peter Skarga zitiert, »der Feind wird einbrechen in Euer Land und wird Eure Uneinigkeit nutzen. Eure Herzen waren entzweit, wird er sprechen, nun geht Ihr zugrunde. All Eure Rechte werden begraben sein und ein Spott. Als Landstreicher werdet Ihr irren über die Erde, auf der Ihr einst frei waret, bettelarm und verachtet, umhergestoßen von Euern Zwingherren, gut genug eben, um Holz zu spalten und um Wasser zu schleppen unter dem Joch.«
Darunter hatte das Fräulein geschrieben:
»Für meine Elzunia, die dieses auswendig gelernt hat für mich, als sie noch klein und schon *viel zu mutig* war.

Helena Skarga.«

Die Worte »viel zu mutig« waren unterstrichen, sorgsam, mit Benutzung des Lineals.

Schauerlich kam diese Warnung aus lang zerfallenem Mund, weitergegeben durch einen, der sich auch schon mit Erde zu füllen begann.
Und es war schon die dritte.
»Was fangt ihr an, wenn ich tot bin. Wartet nicht lange! Hier wird's wieder schlimm.« Das war Chana, mit ihrem letzten Atem.
»Sie bemerken vielleicht, daß ich nach einem Schlupfloch suche für Sie.« Das war der lebendige Herkimer.
Von ihm kam des öfteren Nachricht. Zweimal zeigte er einen Wechsel seiner Adresse an. »Gut«, schrieb er etwa dabei, »daß der Februar um ist. Man kann wieder hinüberwaten.« Oder: »Debatte im Parlament über das Tier. Mattherzig, trostlos. Vor ihm her hüpft die Angst – wahrhaftig, das tut sie!«
Jedes Wort zwischen uns ist mir wichtig geblieben, besagten die Anspielungen.
Aber er erhielt keine Antwort. Sie fand nicht den Ton. Herkimer war ihr zugleich so nahe – und sie kannte ihn kaum. Was sie niederschrieb, klang ihr entweder steif oder übervertraulich. Schließlich gab sie es auf.
Es fehlte auch sonst nicht an Wetterzeichen in diesem dumpfigen Jahr. Sie zuckten über den Erdhorizont, von Spanien bis China. Und wie wütig drinnen in seinem Pferch das Eisentier um sich stieß und Leben zertrat, das ließ sich sogar aus dem polnischen Zeitungen lernen, so paktfromm sie flüsterten.
Als Elisabeth eines Morgens beim Frühstück von solcher Lektüre aufschaute, sah sie die Mutter sich gegenüber, einen offenen Brief in der Hand, mit ganz verlorenem Ausdruck.

»Du würdest nicht wissen, Bessie, von wem der kommt. Ich weiß es kaum selbst mehr.«
Das Schreiben stammte von Arnold Grünbaum, dem kunstbegabten Sohn jener Berliner Familie, in der sie mit Chana Zuflucht gefunden hatte vor undenklicher Zeit. Dieser junge Mensch hatte sie damals geliebt.
Recha vergegenwärtigte sich, daß der junge Mensch jetzt ein Sechziger sein mußte. Und geflüchtet war er nun selber. Er hatte, schrieb er, mehr Glück gehabt als Benno, sein Bruder. Benno – das war der gewitzte und ehrgeizige Geschäftsmann gewesen, der zu Pelzauktionen nach London fuhr, sich als einer der ersten ein Auto hielt und es nicht erwarten konnte, nach dem legitimierenden Westen zu ziehen. Nun war er ein verlorener Mann. Sein Pelzgeschäft hatten sie ihm unter höhnischen Kniffen gestohlen, und als er tolldreisterweise die Gerichte bemühte, war er in einem Lager verschwunden. Arnold mit seiner Familie war nach Frankreich entkommen und in Nancy gestrandet. Hier spielte er in einem Kaffeehaus, dem eigentlich ein anderer Name zukam, am Abend zu zotigen Liedern Klavier – vor den bezechten Mannschaften des zehnten Armeekorps, wie er mit sonderbarer Genauigkeit schrieb. Sie lebten im Elend.
Arnolds Hilferuf, falsch adressiert, war lang gereist; ein Wunder, daß er Recha erreicht hatte.
»Können wir Geld schicken nach Frankreich?« fragte sie. »Alle diese Bestimmungen jetzt –«
»Da kennt Heinrich die Wege. Die unglücklichen Menschen!«
»Bessie, du ahnst nicht, wie sie's getroffen haben muß. Sie waren so völlig zu Haus. Sie lebten so sicher.«

Und wir? hätte Elisabeth fragen müssen.
Aber sie hatte das Herz nicht.
Zum erstenmal, seit sie denken konnte, sah sie ihre Mutter zufrieden in ihrer Existenz, in der gemeinsamen, freundlichen Tätigkeit. Von ihrer krankhaften Scheu, der gehetzten Abseitigkeit, war kaum etwas übrig. Aus diesem Frieden, der beinahe Glück war, sollte sie Recha hinausreißen ins Ungewisse – und vielleicht ohne Not.
Elisabeth hatte die Stimmen ihrer Warner im Ohr. Aber deren Befürchtungen wurden von der Welt nicht geteilt. Aus Deutschland schallte eine Rhetorik des guten Willens heraus, nichts als Friedensklänge, Verständigungshymnen. Nie fiel gegen Polen ein rauhes Wort, Minister reisten an aus Berlin und jagten mit ihren polnischen Kollegen im Wald von Bialowiza den Auerochs. Und ebenfalls von Berlin, noch warm vom Empfang dort, kam auch der ehemalige Präsident der Vereinigten Staaten und wurde enthusiastisch geehrt, weil er im Elendsjahr nach dem letzten Krieg Polens Kinder gespeist und gerettet hatte. Nein, nach neuem Krieg, nach plötzlichem Überfall sah das alles nicht aus.
Freilich, zwei Tage nach diesem Präsidentenbesuch brach drüben das Ungetüm zum ersten Male aus seinem Pferch. Ein kleines Land verschwand in seinem Rachen, und es floß weiter kein Blut. Nur jüdisches floß. In den Staatskanzleien Europas regte sich nichts. Nicht einmal Protest kam. War nicht dieses Österreich »ein deutsches Bruderland« und also legitimer Fraß für das Tier? Nun würde es stille liegen und verdauen.
In der Villa kam eine offene Karte an, die in Salzburg zur Post geliefert war. »Er wird keinen Bund mit dir ma-

chen«, stand auf ihr zu lesen. Sie trug keine Unterschrift. Aber die Gegenwart, das Wort bleibt wahr, ist eine mächtige Göttin. So freundlich ist die Gewohnheit der täglichen Pflicht, der erfolgreichen Mühe. Elisabeths »Völkerbund« florierte erstaunlich. Sie hätte sich gestehen dürfen, daß ihr im Winkel dieser polnischen Provinz eine bescheidene Sendung erwachsen war. Und das galt noch besonders, seit unter den Eisentatzen nun auch Österreich erstickte.

Von dort hatten deutsche Denker, Dichter, Erzähler mit ihrem Werk noch zur Welt sprechen können. Jetzt sahen sich auch diese letzten nach einer besseren Zuflucht um. Diese Zuflucht war Holland.

Aus Amsterdam gelangte die gehetzte Literatur auf Elisabeths Regale am Ringplatz. Sie setzte ihren Ehrgeiz darein, daß nichts davon fehlte.

Aber die Bücher verkauften sich schwer. Dieselbe Welt, die sich die Augen zuhielt vor der deutschen Gefahr – sie begann sich die Ohren zuzuhalten vor der deutschen Sprache, auch dort, wo diese Sprache ein Instrument des Grams und der Auflehnung war.

Der Versand der Bücher aus Holland nach Polen war keineswegs einfach. Er geschah unter Umgehung des Pferchs; immer neue Umwege mußten ersonnen werden. Zahlungen zu bewerkstelligen, war ein Problem. Das machte Briefaustausch nötig, besonders mit einer dieser Verlagsfirmen – der, die am meisten wagte und galt. Angenehme Äußerungen kamen von dort, frei und humoristisch im Ton. Der Mann, der sie zeichnete, hieß Auerbach.

Es wäre nützlich und anregend, dachte Elisabeth, da ein-

mal persönlich Kontakt zu suchen. Auch war sie lange nicht draußen gewesen und verspürte beträchtliche Lust, einmal wieder die Nase in andre Luft zu stecken. Und die Reise war kurz. Man bestieg in Warschau das Flugzeug und war nicht genötigt, unterwegs seinen Fuß auf deutschen Boden zu setzen.
Unleugbar übrigens befand man sich, einmal in Amsterdam, ganz in der Nähe der britischen Inseln. Aber Bessie untersuchte durchaus nicht genau, wie weit diese geographische Tatsache bei ihrer Reiselust mitsprach.

VII

Das Haus, ein hundertjähriger feiner Ziegelbau, blickte mit seiner hohen und schmalen Front nach der Gracht. Ulmen spiegelten ihr gezahntes Blattwerk im lautlosen Wasser.
Droben das Zimmer im dritten Stock, zu dem man Elisabeth wies, schallte vor Tätigkeit. Die Arbeitenden waren beengt von Bücherstapeln und versandbereiten Paketen. Jemand diktierte. Zwei Schreibmaschinen klapperten durch die offenen Fenster in die Stille hinaus.
Herr Auerbach kam aus seinem Privatkontor und streckte ihr die Hände entgegen. Dieses Kontor war ein Kämmerchen; ein Schreibtisch hätte nicht Platz gefunden. Statt dessen sah man neben dem Fenster ein altmodisches Stehpult, wirr mit Papieren bedeckt. Zwischen den Regalen und Büchertürmen blieb gerade Raum für zwei Stühle.
Sie saßen kaum, so strömte schon das Gespräch ohne Hindernis. Sie hatten nicht nötig, erst gemeinsamen Bo-

den zu suchen. Wer bei Herrn Auerbach eintrat, war ein Verbündeter.
Er wirkte unmittelbar angenehm, durchaus nicht enttäuschend nach seinen Briefen. Seine sehr dunklen Augen im mittelmeerbraunen Gesicht unter einem wahren Helm von nachtschwarzem Haar leuchteten klug. Und er lachte gern, mit Genuß. Es war ein freies und tapferes Lachen, ein Lachen »trotzdem«.
Ja, in diesen zwei Stuben hatte die verjagte Literatur im Unwetter ihr Obdach gefunden wie Lear auf der Heide. Man hatte dem Eigner des Hauses, einem eingesessenen Verleger, dankbar zu sein für den Unterstand. Dankbar auch für jeden einzelnen Gulden seines scharf kalkulierten Leihkapitals. Ein bemerkenswerter Charakter, dieser alte van Lennep, mit seinem geschäftlich gezügelten Enthusiasmus – die Besucherin mußte ihn unbedingt kennenlernen.
Vierzig Publikationen waren im vergangenen Jahr allein aus den zwei Stuben hervorgegangen. Es gab noch immer ein Echo. Um das ummauerte Deutschland, das stumm und ertaubt lag, wohnten verstreut noch Menschen, die Deutsch lasen: in Holland, der Schweiz, der tschechoslowakischen Republik, den skandinavischen Ländern und neuerdings ja – er lachte fröhlich – etwas mehr auch in Polen.
Freilich, die Auflagen waren gering, und viele Autoren begriffen das nicht. Sehr berühmte waren darunter, gewöhnt an ein begieriges Publikum und an gesicherte Einnahmen. Da war oft Geduld nötig – »die Geduld einer Krankenschwester«, formulierte Herr Auerbach, und sein Lachen klang jetzt eher betrübt. Er durfte zum Bei-

spiel diesen Enttäuschten nicht antworten, daß er seinen Laden längst hätte zusperren müssen, hätte nicht mitunter die Übersetzung eines international bekannt gewordenen Werks Geld in die trockene Kasse geleitet.
»Hiervon erhoff' ich mir viel«, sagte er und nahm von einem Stapel, der gegen die Mauer lehnte, einen Band in glanzblauem Umschlag mit leuchtender, roter Schrift, »und nicht bloß aus geschäftlichen Gründen – – Aber mein Gott, was haben Sie denn? Fehlt Ihnen etwas –«
»Nichts«, sagte sie schwach, »sicher diese Reise im Flugzeug –«
»Wollen Sie Kognak?«
Sie schüttelte den Kopf und versuchte zu lächeln. Was für eine grundalberne Reaktion! Sie spürte, daß ihr Gesicht ohne Blut war und ihre Augen voll Tränen. Die Titelbuchstaben auf glanzblauem Grund verzerrten sich rot in die Länge:

LEVIATHAN
JOHN HERKIMER

Auerbach blickte an ihr vorbei, auf die Giebel jenseits der Gracht.
»Es ist der Vormarsch des Monstrums – die letzten vier Jahre, und vier Jahre voraus. In der Prophetie so klar wie im Rückblick. Kein Fragezeichen im ganzen Buch. Wem's da nicht den Rücken hinunterläuft! Nur der Titel, ich weiß nicht –«
»Ein guter Titel«, flüsterte sie.
Er zuckte die Achseln.
»In Amerika hat es sich riesig verkauft. Da sind sie bibelfester als hier und verstehen das Wort. Aber er hat auf dem Titel bestanden.«

»Hat er?« fragte sie leise.
»Wissen möchte ich«, fuhr Auerbach sinnend fort, »wo der Mann die Kenntnisse her hat. Von London kann er nie lang fort. Aber er kennt sein Europa. Jeden Strick in dem Fangnetz, das die ausgespannt haben, in Frankreich, dem Baltikum, Portugal –«
»Polen«.
»Polen«, bestätigte er. Er lachte unvermittelt, wie es eine Gewohnheit war, und langte von seinem Stehpult ein paar Blätter herunter.
»Das ist die Liste der Exemplare, die gratis versandt werden sollen. Vierhundert Stück! Ich habe schüchtern gefragt, wer dafür bezahlen soll. Er natürlich, hat er gesagt. Den sollt' ich meinen Autoren mal vorführen. Nun, wahrscheinlich kann er sich's leisten.«
Sie nickte. Sie sah jetzt nicht Herkimer vor sich, sondern das teure Automobil, zerbeult und zerkratzt.
»›Rippenstöße austeilen‹ nennt er das. Jeder, der irgendwo Einfluß hat in Europa, müsse einen bekommen. Nun sind es also vierhundert Rippenstöße. Wir haben drei Stunden zusammen gearbeitet an dieser Liste.«
»Ach, er war hier«, sagte Bessie.
»Ist noch. Sie kennen ihn wohl«, sagte Auerbach und tat, als gehe ihm diese Möglichkeit eben erst auf.
Und dann machte sich alles ganz leicht.
Herkimer hatte am folgenden Tag in London zurückzusein. Aber heute abend war er zu Gast bei den Auerbachs, draußen in Laren.
»Kommen Sie doch mit mir hinaus! Um sieben von Station Weesperpoort?« Er umfaßte ihr helles Gesicht mit dem Blick. »Meine Frau wird sich freuen.«

Das hatte einen zögernden Klang. Aber Bessie war nicht in der Verfassung, auf Nuancen zu achten.
Drunten ging sie im Ulmenschatten am Wasser entlang, unterm Arm das Buch, das ihr Auerbach mitgegeben. Sie gelangte zur Utrechtsche Straat. Am Rembrandtplein vor den Restaurants waren bunte Markisen einladend weit über die Terrassen herausgestellt. Sie verspürte plötzlichen Hunger, ließ sich ein Gericht Krabben geben und ein Glas Sherry dazu und rührte dann beinahe nichts an.
Der weite Platz mit den Zelten, mit der reichen, großblättrigen Pflanzung inmitten wirkte unbestimmt fremdländisch. Junge Leute blitzten auf ihren Rädern um das Rund, auffallend viel hübsche Mädchen darunter. Sie sah alles durch einen farbigen Nebel.
Wie töricht von ihr, wie provinziell, sich nicht zu erkundigen, wo Herkimer wohnte! Nun hatte sie bis zum Abend zu warten und sah ihn dann nicht allein.
Sie stand schon am Telefonapparat, zu einem Anruf bei Auerbach. Aber sie legte den Hörer zurück.
Wußte sie denn überhaupt, wie er sich stellen würde bei ihrem Wiedersehen? In vierzehn Monaten hatte sie keinen seiner Briefe beantwortet. Seit dreien war er selber verstummt. Er hätte jederlei Recht, befremdet und entfremdet zu sein.
Sie schlug sein Buch auf im Leinwandschatten und versuchte zu lesen. Sie trank drei Tassen von einem höllenstarken Kaffee, obgleich ihr Herzschlag nach Beschleunigung durchaus nicht verlangte.
Sie machte sich wieder auf. Der Julinachmittag strahlte, temperiert von der Meerbrise. Bessie durchquerte den

Kern der schönen, gelassen geschäftigen Stadt, stand eine Weile vor dem Palais der Königin, an dessen zurückhaltender Fassade die vielen Fenster sorgsam verhängt waren, und kehrte in weitem Halbkreis an einem Wasser entlang, in der Richtung nach ihrem Ausgang zurück. Vernünftig wär' es gewesen, im Hotel jetzt ein wenig auszuruhen. Sie legte gar keinen Wert darauf, sich am Abend hohläugig zu präsentieren. Aber vom Schlaf würde doch keine Rede sein. Und noch immer vier Stunden.

Sie entsann sich der berühmten Gemäldesammlung der Stadt und fand ihren Weg. Das war ein fragwürdiger Notbehelf. Sie verlor sich in den Sälen und Gängen voller Porträts, Stilleben, Meerbilder, Schützengruppen, Regentenstücke. Bessie liebte Museen nicht besonders. Solch ein Repräsentationsbild war für einen Ratssaal gemalt, so ein Seestück für das Empfangszimmer bei einem Admiral, dieses intime Frauenporträt für einen patrizischen Gatten. Hier hing das nebeneinander wie im Leichenschauhaus.

Natürlich, es lag an ihr. Sie »verstand« nichts von Malerei. Nie hatte sie das Bewußtsein gehabt, den Kern, das Geheimnis in dieser Kunst so zu spüren wie etwa den seligen Zusammenklang in einem Gedicht oder die spröde Magie einer Prosa.

Diese endlosen Bilderfluchten verschüchterten sie. Welch bedrängender Überfluß; welch meisterhafte und geisterhafte Routine. Da war einer mit Namen Wouwermans. Er kehrte fünfzigmal wieder. Nichts als Reitszenen, Reitergefechte, Jagden zu Pferd. Der Mann mußte von einer krankhaften Passion für Schimmel besessen gewesen sein. Überall paradierte im Mittelpunkt ein mächtiger Schimmel sein leuchtendes Hinterteil. Sie flüchtete vor diesem Wouwermans, machte in einem Seitenkabinett halt vorm Fenster und blickte erschöpft in den Lichthof.

Als sie sich umdrehte, sah sie sich einem Bild gegenüber, das unterhalb ihrer Augenhöhe da hing. Den Namen des Malers hatte Elisabeth niemals gehört, was übrigens nicht viel besagte. Aber es war das erste Bild, das sie in all der Überfülle wirklich sah. Sie rückte sich aus der Fensternische den Schemel heran.

Es war die typische holländische Flachlandschaft, gemalt in einem eigentümlichen Ton zwischen Herbstbraun und Silber. Irgendwo seitlich die Windmühle. Vorn ein gerader Kanal, den Widerschein der spätesten Tagesröte auf seinem moorigen Wasser. Und diesem vergehenden Rot antwortete ein anderes, ein stärkeres, warmes, aus den Fenstern eines Hauses im Hintergrund, dessen niedriger Umriß verschwamm.

Nirgends eine Bewegung; keine Menschenfigur. Aber dies Lampenrot wartete auf einen Mann, der jetzt gleich in den Feldweg einbiegen würde, um nach Hause zu kehren. Alles war schon darin: die gute Müdigkeit nach anständigem Tagwerk, Dampf der Abendsuppe, stokkendes Gespräch um den Tisch und die vorausgespürte traumlose Nachtrast. Mehr wird keinem gegeben, sagte das Bild, mehr kann dem Menschen nicht werden als sein Friede nach einem redlichen Tag.

Kein Wunder, daß solch klaglose Botschaft einen heute ergriff. Wer konnte noch ein unbedrohtes Stück Erde betrachten, ein Licht, das in einen ruhigen Abend hinausschien, ohne daß sich ihm das Herz zusammenzog vor dunkler Ahnung und Gram. Eine Schelle wurde durch die Säle geläutet. Die Wächter zeigten die Sperrstunde an. Es war noch immer erst fünf.

VIII

Frau Auerbach kam ihnen entgegen. Dahinter stand Herkimer. Überrascht war er nicht, das erkannte sie gleich, er hatte gewußt, daß sie kommen würde. Er nahm ihre Hand in die seinen. Von Befremdet- oder Entfremdetsein war da nicht eine Spur.
Ihre Hand ruhte in der warmen, trockenen Höhle dieser zwei riesigen, länger vielleicht, als sich schickte. Frau Auerbach betrachtete die beiden erstaunt.
Man ging sogleich zu Tisch. Allein, es wurde kein so behagliches Mahl wie jenes erste mit Herkimer, daheim in der Villa am Dnjestr. Und es lag an der Hausfrau. Kühle Mißbilligung ging von ihr aus.
Sie war eine ansehnliche Person, verlockend gewachsen, weißhäutig, mit einer Fülle von silbrigblondem Haar, das sie etwas zu künstlich frisiert trug. Ihr klares Gesicht mit den dunkelstahlgrauen Augen wäre schön zu nennen gewesen, hätte nicht ein unfreier, kleinlicher Zug gestört. Er rührte von einem auffällig kurzen Abstand zwischen Nase und oberem Lippenrand her. Bessie tat sich Gewalt an, nicht nach der Stelle hinzustarren. Sie hegte ein Vorurteil gegen solche Gesichter. Alwin Zweifuß und ihre Klassengenossin Jadwiga hatten so ausgesehen.
Auerbach selbst schien nicht der gleiche zu sein in

Gegenwart seiner Frau. Bedrückt saß er am Tische. Sein gutes Lachen »trotzdem« war selten zu hören.
Kein Scharfsinn war nötig, um der Ehe dieser beiden auf den Grund zu sehen. Man griff die Wahrheit mit Händen. Aus jeder zweiten Bemerkung der Frau züngelte sie hervor.
Sie teilte das Exil unter einem Zwang, der ihr nicht von außen auferlegt war. Sie hätte bleiben können dort drüben, dem Beispiel der Unzähligen folgen, die solch bedenkliche Ehebande abwarfen wie ein schmutzig gewordenes Hemd. Als ein Musterbild dessen, was dort reinrassige Schönheit heißt, hätte sie bei offiziellen Empfängen geglänzt, womöglich einen der oberen Henker geheiratet.
Diese Laufbahn blieb ihr verschlossen. Sie kam nicht los von dem dunklen, anziehenden Mann. Sie folgte ihm in sinnlicher Knechtschaft.
Aber sie trug es ihm nach. Sie zerrte an ihrer Kette. Alles, wofür er stand, war ihr tödlich zuwider. Sie haßte diese Bücher, in denen der deutsche Herrschaftsgedanke mit Spott und Mißachtung abgetan war. Sie haßte noch mehr deren Urheber, die überlebhaften Literaten, die Auerbach zu ihr ins Haus brachte.
Und dann haßte sie Frauen. Ihr Anspruch auf diesen Mann, dem sie den Glanz ihres Daseins zum Opfer brachte, war ausschließend und herrisch.
Zwar von den brünetten, beschatteten Jüdinnen, die seinem Kreis angehörten, drohte keine Rivalität; dies war nicht der Schlag, dem Auerbach zuneigte. Anders das helle, schlanke Geschöpf, das da heute an ihrem Tische saß und mit solch hochmütiger Höflichkeit schwieg.

Frau Auerbach hatte sogleich gewittert, daß zwischen dem Mädchen und diesem Amerikaner eine alte Vertrautheit bestand, und wahrscheinlich mehr. Dennoch blieb der Typus gefährlich. Sie legte ein Eisfeld zwischen sich und den Gast.

Übrigens irrte sie sich: Was sie für Hochmut nahm, war vielleicht mehr Beklommenheit. Elisabeth sah ein böses Ende voraus. Herkimer, sagte sie sich, war schwerlich der Mann, diese nadelscharf hervorzuckenden Spitzen einen Abend lang hinzunehmen. Einmal schlug er zurück. Und Auerbach war dann genötigt, Partei zu ergreifen, seine Frau zu decken. Sie litt im voraus für ihn.

Allein es sah aus, als hätte sie Herkimers Nerven weit unterschätzt. Er legte ein unerwartetes Talent an den Tag. Anspielungen nicht zu verstehen, Bosheit zu ignorieren. Leviathan schien aus seinen Gedanken verbannt. Er redete wie ein Tourist von den Tulpenfeldern bei Haarlem; von den malerischen Fischern der Insel Marken; vom Café Royal im Haag, wo man den Gast mit einem Menü von zehn Gängen dem Tod durch Überfütterung aussetze; sogar von Rembrandt und Hals.

Offenbar genoß er die Situation. Er zuckte spießgesellenhaft mit dem Augenwinkel, wenn er zu Bessie hinübersah.

Schon dachte sie, der Abend werde ohne Unfall vorbeigehn. Man saß bei den starken holländischen Schnäpsen. Eine Viertelstunde noch, eine halbe zum höchsten, und Aufbruch war möglich. Da sagte Frau Auerbach:

»Ich kann Ihren Namen nicht unterbringen, Herkimer? Ich zerbreche mir wirklich den Kopf. Ist es ein skandinavischer Name?«

»Leider ein deutscher.«
Er hatte es nicht gewollt. Man sah ihm an, wie er sich gleichsam innerlich auf den Mund schlug. Schuldbewußt trank er ein ganzes Glas von dem »Bittertje« aus. Aber das machte die Sache nicht besser.
»Pfälzisch«, erläuterte er. »Aus der Pfalz sind meine Leute gekommen. Ist aber lange her, Gott sei Dank.«
Zweite Entgleisung. Neues Glas Bitter. Die Hausfrau öffnete schon ihren Mund im Vorgenuß ihrer Antwort. Da griff Herr Auerbach ein.
»In Ihrem Unabhängigkeitskrieg«, sagte er rasch und laut, »gab es einen General, der so hieß.«
»Möglich«, erwiderte Herkimer, »in jeder Familie gibt es einen verdammten General.«
»So einen nicht. Es existiert eine Biographie über ihn. Ein ausgezeichneter, tapferer Mann. Muß kein übles Gefühl sein, aus solchem Blut herzukommen!«
Aber es war zu spät. Herkimers gute Laune war aufgebraucht. Er sagte verdrossen:
»Von dem Blut kann nicht mehr viel dasein. Bei uns wird fleißig gemischt. Meine Mutter war eine Französin, meine Großmutter Irin. Dann gab's da noch spanisches Blut, allerhand slawisches und« – er trank einen Bittern – »jüdisches hoffentlich auch, ich wünsch' es von Herzen!«
Zu vertuschen gab es da nichts. Elisabeth sah in Auerbachs dunklem Gesicht Schrecken und Pein. Sie stand auf, reichte der Feindin die Hand und nahm Abschied. Frau Auerbach, um ihre Szene betrogen, zuckte aus dem Handschlag zurück.
Der Hausherr begleitete seine Gäste bis auf die Straße.
»Geht noch ein Autobus nach der Stadt?« fragte Bessie.

»Noch viele«, sagte Herr Auerbach. »Sie sind nicht so lange geblieben!«
Ein Seufzer entfuhr ihm. Er korrigierte das, indem er tat, als atme er gierig die Kühle ein. Einen Augenblick stand man schweigend beisammen im hellen Abend.
»Gut, Sie zu kennen, Auerbach«, sagte Herkimer.
»Danke für alles.«
»Danke«, sagte auch Bessie. »Aber von unsern Verlagssachen haben wir gar nicht gesprochen.«
»Habe ich listig vermieden«, sagte Herr Auerbach. »Auf diese Weise seh' ich Sie morgen noch einmal in meinem Büro.«
Aber es kam nicht fröhlich heraus. Er ging in sein Häuschen zurück.
»Geschlagener Mann«, sagte Elisabeth. »Warum schleppt er das weiter!«
»Warum«, knurrte Herkimer. »Männer bleiben doch immer nur aus Mitleid verheiratet.«
Sie erwiderte nichts. Sie spürte, was vorging in ihm. Es lag nicht in seiner Natur, sich lange Zwang anzutun, und es bekam ihm schlecht. Nun brauchte er Zeit, sich zurechtzurücken.
Die menschenleere Straße lief geradeaus, zwischen Wiesen und kleinen Wäldern. An zurückliegenden Häuschen, ähnlich dem, das sie eben verlassen, schimmerten im Mond die holländisch blankgeriebenen Scheiben. Es tat wohl, so zu wandern. Der Autobus, der nach der Stadt fuhr, holte sie ein und verlangsamte sein Tempo. Aber keiner von beiden hob die Hand.
Elisabeth war es traumhaft zumute. Dieses Einandertreffen, Sichwiederfinden erschien ihr als eine unglaubwür-

dige Fügung, beinahe als Wunder, obgleich ihr die Logik sagte, daß an den Umständen nichts Erstaunliches war. Einerlei, das Leben meinte es gut mit ihr!
Sie lächelte im Gehen vor sich hin, weil sie nun schon zum drittenmal den Tritt wechseln mußte. Als hätte sie's ausgesprochen, wandte er ihr das Gesicht zu. »Absurd, wie lang meine Beine sind! Der letzte, der hätte Schritt halten können, war der verstorbene Lincoln.«
Seine Stimme klang wieder wie sonst. Frau Auerbachs Nachwirkung schien endgültig vorüber.
»Wie geht es denn Ihrer Mutter?«
Bessie gab Auskunft.
»Und Pjotr?«
»Pjotr – In diesem Augenblick sitzt er vor seiner Garage und raucht aus Ihrer Pfeife vorm Schlafengehn.«
»Freut mich, daß er sie mag.«
»Es ist schon eher ein Kult.«
Zur Rechten über einer offenen Einfahrt leuchtete blau ein gebogenes Transparent: Café-Restaurant Soerabaja. In dem Wirtsgarten, der ein Teil des umgebenden Wäldchens war, hingen über den leeren Tischen phantasievoll geformte Laternen, zur Rechtfertigung des exotischen Namens. Ein alter Kellner war damit beschäftigt, auf die Stühle zu klettern, um die Lichter zu löschen.
»Der wird sich so spät nicht freuen über uns«, sagte Elisabeth. Sie waren wie von selbst, ohne Verabredung, eingebogen.
»Wieder Kaffee«, fragte sie, als der Kellner bei ihnen stand, »oder was soll man nehmen?«
»Für mich kalte Milch«, sagte Herkimer. Der Alte ging, mit hängenden Schultern.

»Milch!« wiederholte Elisabeth. »Alles hätt' ich erwartet –«
»Pjotr sagt doch: ›Ein Säufer ist jemand, der ohne Grund trinkt‹. Augenblicklich habe ich gar keinen Grund, nicht den allergeringsten.«
Das war nach seiner Art eine Huldigung, eine Erklärung beinahe. Sie saß wohlig befangen. Der Kellner kam wieder.
»Tut mir leid, daß Sie wach bleiben müssen«, sagte Herkimer und begleitete sein hier doppelt unverständliches Deutsch mit einem schamhaften Handdruck. Man sah den Mann im Schein der nächsten Laterne das Empfangene prüfen; aufgerichtet verschwand er im Haus und ward nicht mehr gesehen.
Flüsternde Stille. Vom unfernen Meer strich ein Salzhauch herüber. Der volle Mond schien durch das kaum bewegte Blätterdach und malte ungleiche Flecken auf den Waldgrund, auf dem sie saßen.
»Das sind sonderbare Laternen«, sagte Elisabeth. »Sollen javanische sein. Sind aus Sachsen, natürlich. Solches Zeug kommt immer aus Sachsen.«
»Waren Sie einmal in Java?«
Er nickte. »Schöne Erzählungen haben sie auf diesen Inseln dort«, sagte er und sah schräg vor sich nieder auf einen Mondfleck am Boden. »Da lieben zwei Leute einander, sie heiraten, und bald kommt ein Kind. Aber sie sind zu arm, sie können kein Kind aufziehen. Der Mann geht nachts hinunter zum Fluß und ertränkt es. Im nächsten Jahr ist es wieder dasselbe, und auch im dritten. Immer ist es ein Knabe, und immer noch sind sie zu arm. Endlich kommt doch das Glück, und sie können ein

Kind haben. Sie lieben es sehr. Eines Abends geht der Mann mit seinem Knaben am Fluß spazieren. ›Sieh doch‹, sagte er zu ihm, ›wie schön der Mond auf das Wasser scheint.‹ ›Vater‹, sagt da das Kind, ›gerade so schön hat der Mond auf das Wasser geschienen, als du mich dreimal ertränkt hast‹.«
Sie konnte nicht widerstehen. Sie faßte mit der Hand nach der seinen. Es war ihre linke Hand, die, an der der Finger verkrümmt war.
»Woher haben Sie das?« fragte Herkimer.
»Von einem Steinwurf, als Kind.«
»Steinwurf. Ach so.«
Es klang, als wisse er alles von ihr. Als kenne er Fräulein Skarga, die Ghettobank, Justine, Jadwiga und Wanda – alle alten Geschichten.
»Gut, daß Sie das haben, Elisabeth.«
»Den Finger? Er ist doch abscheulich.«
»Gut ist es«, wiederholte er. »Was allzu vollkommen ist, das macht einen scheu. Man kann es nicht lieben.«
Sie lauschte dem nach. Die Worte entschleierten langsam ihren Sinn. Sie wandte ihm ihr Gesicht zu und sah die Gewißheit. Sie neigte sich ihm entgegen, an seine Brust, seinen Mund. Seine Arme umfaßten sie ganz. Und sie wußte, daß sie sich nie mehr loslösen würde aus seiner Umarmung.

IX

Zwei Monate darauf erwuchs der exilierten Frau Auerbach neuer Grund zur Begeisterung für ihr Volk und dessen Gebieter.

Unterm eifrigen Kopfnicken der westeuropäischen Staatsmänner sprang er der tschechoslowakischen Republik an die Gurgel und riß ihr die wehrhaften Glieder ab. Die Straße nach Osten lag für ihn frei. Ein Erzittern ging durch die Länder.
In Warschau die »Obersten« fürchteten nichts. Denn ihnen war gnädig erlaubt worden, sich aus dem zuckenden Torso ein Stück Beute herauszuschneiden. Blumen, Glocken, Musik. Man saß mit dem Räuber bei Tische. Da konnte jeder nun sehen, wie gröblich der verstorbene Marschall seinen eigenen Pakt unterschätzt hatte.
Allerdings – vielen im Lande mißfiel die Beutegemeinschaft. Nicht den Juden allein, deren Brüder in Deutschland eben jetzt wieder dem Zehntausend nach in Prügelhöllen gesperrt und um ihr Letztes gebracht wurden. Den besten unter den Polen selbst widerstand der Handel nicht minder. Er vertrug sich so schlecht mit der Überlieferung einer Nation, deren ganze Geschichte stolz ertragenes Leiden gewesen war.
Erleichterung fühlte man dennoch. Unbehaglich räumte man ein, daß das trübe Geschäft eine Art Gewähr für die Zukunft bedeute. Denn seit wann teilt einer sein Raubgut mit einem, den er morgen selbst zu überfallen gedenkt?
Ob auch Herkimer dieser Meinung war, ging aus seinen Briefen nicht hervor. Sie drückten sich über Fragen der Politik neuerdings vorsichtig aus. Denn der Postverkehr zwischen den Ländern verdiente nicht länger Vertrauen. Wiederholt waren Briefe geöffnet worden; Elisabeth sah die Spuren davon.
Es waren ausführliche Briefe jetzt, nicht mehr Karten

und Zettel – strömend zärtlich und warm. Die beiden waren sich einig über die gemeinsame Zukunft. Herkimer wußte und hieß es gut, daß sie sich von ihrer Mutter nie trennen würde. Er sah ein, daß auch so noch für Rechas Natur der Schnitt einer Verpflanzung schmerzhaft sein müsse. Zweimaliges Wandern wenigstens konnten sie ihr ersparen. Denn es gab Anzeichen dafür, daß seinem eigenen Bleiben auf dem Londoner Posten ein Ziel gesetzt war. Man verlangte ihn drüben.
Einmal blieben seine Briefe länger aus als gewöhnlich. Und dann kam ein Kabel vom Boot.
Genau während dieser Tage, im Frühjahr 1939, erhielt die exilierte Frau Auerbach wiederum Grund zur Erhebung. Der deutsche Gewaltherr stieß dem blutenden Rumpf der von allen verlassenen Republik sein Schlächtermesser ins Herz. Dann zog er ein, im Triumph, und schlief auf der Prager Burg im Bett der böhmischen Könige.
Jetzt begannen sogar die Helfer von gestern an ihrer Weisheit zu zweifeln. Die Stimmen der Warner, mißachtet bisher und nach Kräften erstickt, dröhnten ihnen im Ohr.
Einer von ihnen, Herkimer, ging drüben an Land. Es handelte sich noch nicht um seine Übersiedlung; er begann eine Redefahrt durch die Vereinigten Staaten wie vor zwei Jahren. Aber diesmal unternahm er sie mit der Billigung seines Konzerns und gefördert durch ihn. Die Zeiger waren weit vorgerückt an der Uhr.
Sein Name hatte noch zugenommen. Sein Buch befand sich in aller Hände. Es lasen die, deren halbeingestandene Ängste er aussprach und klar umriß; und auch die la-

sen es, die aus heimlicher oder offener Sympathie mit dem Unheil ihn im voraus verwarfen.
Seine Rundtour war auf vier Monate angelegt. Das Wetter wurde schon sommerlich; aber unvermindert strömten die Massen zu ihm in die heißen Säle.
Es war harte Mühsal. Zwischen den Flügen, Bahn- und Autobusfahrten, den Redeabenden selbst, den nie abreißenden Menschenbegegnungen sprach er in jeder Woche viermal über das Wellennetz seines Konzerns zu dem langsam aufwachenden Land.
Er behielt keine Stunde für sich. Seine Briefe konnten nur kurz sein. In jedem riet er zu rascher Entscheidung. Daß Polen als nächstes Opfer ausersehen sei, stand für ihn fest. Er drängte. Er nahm keine Rücksicht mehr auf unberufene Leser.
Aber beim ersten Versuch, ihre Mutter zu einem Entschluß hinzuführen, stieß Elisabeth auf ein wahres Entsetzen. Recha weinte und schloß sich ein. Ihr Zustand erinnerte an jene schlimmsten, vergangenen Tage, da man für ihren Verstand hatte fürchten müssen.
Elisabeth besprach sich mit Heinrich. Aber dorther kam keine Hilfe. Der kleine Mann war von fatalistischer Gleichgültigkeit wie gelähmt – ein Mensch, dem an Zukunft und Leben nicht das Geringste mehr lag. Er sah nur, daß Recha litt und daß man ihr Leiden ersparen müsse.
Es blieb nichts übrig, als abzuwarten. Im Hochsommer kehrte Herkimer nach Europa zurück. Dann würden sie handeln. Als dieser Zeitpunkt nahe bevorstand, empfing sie seinen ersten in Ruhe geschriebenen Brief. Er kam von der Farm.

Sie spürte, wie sehr er erlöst war, daß die Zeit der Trennung zu Ende ging. Nun schien ihm kein Warnruf mehr nötig.
Er nahm Elisabeth bei der Hand und führte sie durch sein Wiesen-, Acker- und Waldreich. Zum erstenmal erhielt sie einen Begriff davon, welch eine stattliche Heimat sie da erwartete. Er ging mit ihr durch das Haus auf dem Hügel, beschrieb die Räume, die sie für Recha einrichten würden, und das Zimmer für Pjotr, von dem man unmittelbar ins Freie hinaustrat, mit einer Bank davor, um abends zu rauchen, genau wie daheim. Was ihn selber betraf – er würde ja seine Zeit teilen müssen zwischen der Farm und Washington, seinem Arbeitsort. Aber die Reise war kurz. Bessie würde schon reichlich genug bekommen von seiner Gegenwart.
Der ganze Brief atmete eine sehnsüchtige Vorausnahme künftigen Glücks.
Am Schluß waren einige Zeilen von der Hand seines Vaters angefügt. George Herkimer schrieb:
»Ihr Bildchen werde ich meinem Sohn wegnehmen, ehe er fährt. Er sieht Sie ja bald, aber ich muß noch warten. Und fragen Sie doch Ihre Mutter, auf die ich mich freue, ob ich Polnisch lernen soll. (Es gibt zwei polnische Familien auf dem Gut.) Wir müssen doch eine Sprache haben, um über Euch beide zu klagen. Inzwischen, Elisabeth, seien Sie gesegnet von mir und bedankt.«
Herkimer reiste Ende August. Am Tag seiner Ankunft kam aus London ein Telegramm. Aber der Text war verstümmelt. Drei verständliche Worte schlugen unheimlich heraus: »American Legation Bucharest.«
Sie telegrafierte zurück; vergeblich. Sie kaufte alle

erlangbaren Zeitungen. Sie klangen eher beruhigend. Es figurierte da eine Nachricht, die englische Regierung habe über gewisse schwebende Fragen direkte Verhandlung zwischen Berlin und Warschau angeregt, Berlin habe zugestimmt.

In der letzten Augustnacht, spät, läutete in der weißen Villa das Telefon. Elisabeth lief hinüber ins Wohnzimmer, stieß schlafbetäubt gegen die Möbel, preßte im Dunkel den Hörer ans Ohr.

Es rauschte da drinnen und pfiff. Stimmen überschnitten einander, polnische, deutsche, dann englische Stimmen. Sie wartete lang. Sie schlug auf die Gabel. Keinerlei Antwort. Neues Stimmengesause. Auf einmal wurde der Apparat still. Alles riß ab. Schweigen wie aus dem Grab.

X

Das Monstrum aus Stahl und Wahn brach über die flache Grenze. Es zertrat das dünne Verteidigungsnetz, Stacheldrähte und Blockposten, so wie ein fünftausendpfündiges Flußpferd Schilf und Rohr am Ufer zerknickt.

Und dahinter war nichts mehr. Die »Obersten« hatten es klüglich verschmäht, das offenliegende Land in größerer Tiefe zu sichern: Vielleicht hätte ihr Paktfreund das übel vermerkt. Nun rollte sein Angriffsheer über die staubigen Straßen dieses verhängnisvoll trockenen Herbstes mit der Präzision eines Uhrwerks.

Die »Obersten« hatten vielleicht auch nicht deutlich gewußt, welch neuartiges Kriegsinstrument er sich unterm segnenden Auge westlicher Staatsweisheit da zusammengeschmiedet und -genietet hatte. Mit Infanterie gab er sich längst nicht mehr ab. Da marschierte kein Mann mehr zu Fuß. Da gab es kein Pferd. Es gab nur die Maschine. Motorisierte Sturmregimenter, den schweren und den leichteren Tank, schwere Panzerwagen und leichte, das motorisierte Feldgeschütz und die motorisierte Haubitze. Und zu Häupten der wandernden Festung den Schwarm von Bombern und fliegenden Fechtern, der die Bläue verfinsterte. Polen war denn also das Opfer. Aber Polen stand nicht allein. Die Regierenden in England und Frankreich, gezwungen vom Volksgefühl, hatten den Buchstaben ihrer Verträge erfüllt und befanden sich gleichfalls im Krieg. Nun wartete alle Welt auf die Hilfsaktion dieser Starken.

Nichts kam. Nichts konnte wahrscheinlich kommen. Denn die Staatsdenker in London und in Paris hatten kaum besser vorgesorgt als die »Obersten«. Die Welt war verblüfft.

Sie war auch verblüfft über Polen. Ein paar Monate wenigstens hätte es standhalten müssen! Aber nach zwölf Tagen bereits machten die amerikanischen Korrespondeten es klar, daß von seinen zerschmetterten Korps nur abgesprengte Reste noch kämpften, bloße Dessertbissen für das schon verdauende Raubtier.

Wie war so etwas möglich! War denn nicht der polnische Soldat als todesmutig berühmt? Das war er, mit Recht. Nur daß er – und die Korrespondenten machten es klar – ein altmodische Flinte in Händen hielt und daß bloß ein paar elende Kanonen da waren, um ihn zu decken.

Aber gab es nicht die Kavallerie, glänzend beritten und hochtrainiert, eine Augenweide für jedes patriotische

Herz? Ja, es war eine unvergleichliche Kavallerie, so großherzig tapfer im Angriff wie einst gegen den Deutschen Orden und gegen die Türken. Nur daß die bewimpelten Lanzen dieser Chevauxlegers und Ulanen an den Panzerwagen und Tanks wie Knabenspielzeug zersplitterten. Nach solch einer mittelalterlichen Attacke gegen ein Stahlgebirge blieb nichts übrig als tausend verstümmelt sterbende Ritter und tausend Pferde, die mit zerrissenen Bäuchen ihre Beine zum Himmel streckten.
Die Menschen im polnischen Land vergaßen ihren künstlich genährten Hader – zu spät. Es gab nicht mehr Litauer, Weißrussen, Juden, Ukrainer. Ineinanderverflochten warfen sich die Arbeiter, Bauern, geistig Geschulten und Händler dem Unheil entgegen. Sie widerstanden, mit ihren bloßen Händen beinahe, auf der Westerplatte, bei Hel, in Modlin, um Lemberg. Die Hauptstadt selbst, unterm Bombenschlag aus der Luft und den rings massierten Geschützen, verweigerte ihre Kapitulation vier höllische Wochen lang. Wo ein Armeeteil erlag, da verschmähten es die Offiziere, sich gefangenzugeben. Die hochnäsigen Dandys von gestern schlossen sich zu Bataillonen zusammen, um doch noch zu sterben. Das war das Privileg, das sie jetzt noch beanspruchten.
Alle hatten erkannt im unerbittlichen Licht dieses wolkenlosen September, was da heranrückte. Nicht einfach ein fremder Eroberer, wie zehnmal zuvor in Polens Leidensgeschichte, sondern ein Grauen, das überhaupt noch keinen Namen besaß. Grauen, Hirnseuche und Haß – kalter, tauber, leeräugiger Haß, Lebenshaß, Glückshaß. Das in der Stahlretorte wiedererzeugte, reißende Menschenvieh aus gesetzloser Urzeit.

Denn mit der Eroberungsmaschine zugleich zog ein anderes Heer ein, dessen Aufgabe nicht Landgewinn war, sondern Schrecken, Marterung, Erniedrigung und Vertilgung. Alles was da Schutzstaffel hieß, Schwarze Garde, Verfügungsgarde, Schutzpolizei und wofür es einen gemeinsamen Namen gab, den sie selber sehr schätzten: die Mordkommandos. Kompakte Motorregimenter, schwarz oder grün uniformiert, Stahlpeitsche und Maschinenrevolver im Gürtel und an der Mütze das stolz gezeigte Emblem: Totenkopf und Totengebein.
Sie waren des Häuptlings rarstes Produkt, seine Auslese aus deutscher Jugend. Gutgenährte, muskelkräftige Burschen, in den heimischen Torturkellern und Tötungsbaracken an Sozialisten und Juden geschult. Sorgfältig, wissenschaftlich entmenscht – zu hochwichtigem Zweck.
Denn auch Folter und Mord an unterworfenen Völkern war nur Vorbereitung für diese Elite.
Dem Häuptling graute vor seinem eigenen Volk.
Es war ein schnellgläubiges, unmündig schwankendes Volk. Er hatte es erst in den Wahnwitz geschwatzt, dann in Knechtschaft geschreckt und gestreckt. Aber das Gespenst der deutschen Vergangenheit schlurfte durch seine Nächte. Er wußte, was einmal kam. Ein Volk, dessen freie Unsterbliche im Geistersaal an der oberen Tafel sitzen, wird nicht vollkommen eins mit einem giftigen Gauner. Einmal riß es die Augen auf vor dem Abgrund verworfenen Elends, vor den es geführt war – und wollte zurück. Das war dann die Stunde. Für sie benötigte er nicht Regimenter, sondern Brigaden, Armeekorps seiner motorisierten Hyänen.

Von ihnen ummauert, zog er jetzt ein, im Feiglingstriumph, die Nüstern gebläht vom Brand- und Leichengestank. Dann kniete er auf dem Wawel in Krakau am Grab des Marschall-Befreiers.
Hier ruhen Polens Helden, Dichter und Könige, die Besten von denen, die für seine Freiheit gelebt und geblutet haben. Er wußte genau, was er tat. Es war erwogene Schändung. Er sah sich ja selbst: einen bluttropfenden, schmierigen Strolch im Heiligtum der Nation. Polens Gegenwart zu zertreten war nicht genug. Seine finstere Posse am Grab sollte alle Geschichte, allen leidvollen Stolz austilgen aus polnischen Herzen.

XI

Elisabeth ging mit Pjotr zur Stadt. Eigentlich hatte sie früher aufbrechen wollen. Aber ihre Mutter allein zu lassen, wagte sie nicht. Und Heinrich, den sie gebeten hatte zu kommen, war erst gegen Mittag erschienen.
»Jetzt ist es zu spät für die Pässe«, sagte sie, lehnte sich gegen das Brückengeländer und blickte auf das gelbgrau durchschießende Wasser.
»Wir bekommen ja doch keine, Bessie. Auf diesem Amt ist bloß noch ein einziger Schreiber, und der weiß nicht Bescheid. Aus Verzweiflung schreit er die Leute an.«
»Vielleicht geht es ohne Pässe. An der Grenze unten ist eine Stelle, da kann man über den Fluß.«
»Ja, Bessie, das ginge schon. Aber wie kommt man zur Grenze. Es gibt kein Benzin mehr am Ort, nicht einen

Tropfen. Als hätten's die Leute getrunken. Pferde sind bei der Armee.«
»Und mit der Eisenbahn?«
Er zuckte nur seine Achseln.
In der Tat war das Städtchen am Dnjestr seit mehreren Tagen isoliert. Alle Verbindungen, auch die über den Draht, hatten aufgehört, es ging keine Post, es gab kein Zeitung. Nur Flüchtlinge brachten von der Kampflinie, die ziemlich entfernt lag, Trauerbotschaften und böse Gerüchte. Sie waren weiter gegangen, gelangten zum Brückenkopf.
»Sei du nur ruhig«, sagte da Pjotr. »Er bringt schon Benzin mit.«
Sie sah ihn aufgestört an.
»Was meinst du denn?« fragte sie tonlos.
Sie wußte sehr gut, was er meinte. Sie hatte den ganzen Weg über an nichts andres gedacht.
»Er wird dich schon nicht im Stich lassen, Bessie. Der nicht.«
»Du glaubst, sie lassen Berichterstatter dabeisein?« Er nickte. »Der Schlosser Kvitka ist gestern gekommen und hat es erzählt. Wahrscheinlich sind diese Deutschen stolz auf das, was sie anrichten, und wollen, daß es die ganze Welt erfährt. Den Kvitka haben sie gefangengenommen, bei Krakau, mit vielen anderen. Wie sie schon dastanden zum Abtransport, ist ein Amerikaner gekommen und hat sie ausfragen wollen. Ein sehr kluger Mensch, hat unsere Sprache gesprochen. Aber das haben die Deutschen nicht erlaubt. Der Kvitka ist schließlich davongelaufen. Er ist ganz gesund. Nur die Zähne haben sie ihm eingeschlagen zum Spaß.«

Er lachte gutmütig, als gehörte ein nahender Weltuntergang ins Gebiet seiner täglichen Erfahrung.
Die Kreuzgasse krümmte sich menschenleer. An den Kaufläden, die fast sämtlich Juden gehörten, waren die schweren Fenstertüren geschlossen. Es sah hier aus wie sonst nur am Sabbat.
Auf dem schmalen Trottoir kam ihnen eine schwarzgekleidete Dame entgegen. Sie trug ein schwarzes Taschentuch in der Hand. Erst im letzten Moment erkannte Elisabeth das hübsche Gesicht, das vom Weinen verschwollen war. Wanda blieb stehen, schluchzte auf und fiel Elisabeth an die Brust.
»Stanislaw«, brachte sie hervor.
Elisabeth fühlte den weichen, zu schweren Körper gegen sich lehnen, in einem peinvollen Gemisch aus mitleidigem Schreck und Verlegenheit. Von dem schwarzen Taschentuch stieg ein starkes Parfüm auf, mit dem Wanda in all ihrem Elend nicht versäumt hatte, es zu besprengen.
»Weißt du noch«, kam es hervor, »hier an der Stelle hat er dich eingeladen damals.«
Denn man stand vor der Posamenteriewarenhandlung Berges, deren Auslagefenster verhängt war.
»Ja, Wanda«, sagte Elisabeth und drehte unwilkürlich ihre linke Hand von Wandas Rücken hinweg. »Aber ist es denn wirklich gewiß?«
Es nickte an ihrer Schulter. »Sein Wachtmeister Josz hat die Nachricht gebracht, gestern abend.«
Elisabeth küßte die einstige Feindin sanft auf die Wangen, aufs Haar.
Pjotr stand einige Schritte zurück auf dem Fahrdamm, in

der Haltung eines Soldaten bei einem militärischen Begräbnis. Sein rechter Arm und der leere Ärmel hingen steif an seinen Seiten hinunter.
Das Warenhaus Gelbfisch und Sohn war dem Kundenverkehr geöffnet. Aber niemand ging durch die Drehtür. Drinnen sah man die Verkäufer reglos wie Wachspuppen bei ihren Waren stehen.
In der Buchhandlung lehnte wie immer Józef Sußmann im Hintergrunde und las. Er nahm seine dicken Gläser ab und kam ihnen entgegen.
»Kein Mensch war hier diesen ganzen Morgen«, meldete er.
»Was erwarten Sie auch? Daß jetzt jemand hereinkommt und den neuesten Wodehouse verlangt? Józef – Sie sollten fortgehen von hier!«
Der junge Mann betrachtete sie stumm aus seinen geröteten Augen.
»Sie haben doch Verwandte in der Nähe von Buczacz. Da solltet ihr hin, Sie und Ihr Vater. Auf dem Dorf ist man sicherer.«
Józef umfaßte mit einem zärtlichen Blick seine Regale mit den Bänden in Blockschrift.
»Es steht geschrieben«, sagte er sanft, »der Mensch bleibe bei seiner Arbeit und bei seinem Werk bis an den Abend.«
Pjotr sprach selten ungefragt; aber jetzt tat er den Mund auf:
»Herr Sußmann, es steht auch geschrieben: Ein lebendiger Hund ist besser als ein toter Löwe.«
Józef blieb nicht Zeit für die Antwort, Zimmerdecke, Wände, Regale schwankten in einer plötzlichen Vibra-

tion. Ein ratterndes Dröhnen wuchs an. Und dann wurden sie sichtbar durchs hohe Fenster – zwei Flugzeuge: starr gebreitete Schwingen, eiserne Bäuche. Sie strichen so flach dahin, daß es aussah, als müßten sie das Rathausdach streifen. Aber schon kreisten sie lustig im Blau, drüben über dem Dnjestr.

Hinter ihnen war auf dem Ringplatz ein Gestöber von Zetteln niedergegangen. Man sah die spärlichen Passanten sich danach bücken.

Pjotr holte einen herein.

»Ukrainer!« hieß es da in kyrillischem Druck, »Euer Tag ist gekommen. Schüttelt das Joch ab! Weg mit den verrotteten Polen, verjagt sie, erschlagt sie! Euch gehört dieses Land. Wir Deutschen kommen als Freunde zu euch. Es lebe die freie Ukraine!«

Bessie und Pjotr zuckten empor, noch eh sie zu Ende waren. Von da drüben kam ein nie vernommenes Geräusch, schneidend, zerreißend, wie das Aneinanderschleifen von zwei gewaltigen Eisen. Dann, schwer schollernd, ein Schlag. Ein anderer. Stille für drei Sekunden. Und, zum harmlosen Abschluß, ein schwaches Puckern und Tuckern.

Die Flugzeuge waren einen Moment nicht sichtbar gewesen. Jetzt stiegen sie senkrecht empor, wiegten sich spielend und verschwammen im Himmel.

»Pjotr – das war drüben bei uns!«

Sie rannten bereits. In all ihrer Angst nahm Elisabeth wahr, wie gleichmäßig Pjotrs Atem ging. Sein leerer Ärmel schlug hin und her. Auf der Brücke zog er im Laufen die Jacke aus. Da sahen sie Rauchschwaden und die offene Flamme. Es war die Zuckerfabrik. »Gott sei Dank, es ist die Fabrik«, dachten sie gleichzeitig und schämten sich nicht.

Sie bogen links ein. Qualm quoll über die Straße. Die Fabrik lag zertrümmert. Am Seitentrakt war die Frontwand rein niedergeschlagen, und man blickte in die Zweifußschen Zimmer.

Sie hatten keine tausend Schritt mehr zur Villa. Pjotr erfaßte im Hinrennen Elisabeths Hand.

Das weiße Dach wurde sichtbar, ganz unzerstört. Aber nirgends ein Bewegung, kein Laut. Seltsam, daß Recha und Heinrich nicht hinausgelaufen waren, um zu sehen, zu retten.

Da war das bewachsene Gitter. Pjotr stieß Elisabeth plötzlich zurück und war selbst schon im Garten. Er stemmte seinen Fuß gegen das Gittertor, so daß sie nicht eintreten konnte, und beugte sich vorwärts.

»Ihn mußt du nicht ansehen«, sagte er, richtete sich auf und ließ sie passieren.

Sie lagen ganz nahe beim Ausgang. Über Heinrichs Antlitz hatte Pjotr seine Jacke gebreitet. Aber Recha ruhte unverstümmelt auf dem Rasen, keinen Schreck im zarten Gesicht, das weiße Haar wie immer geordnet. Die Schüsse aus dem Maschinengewehr des scherzenden Fliegers waren ihr in die Brust gedrungen.

XII

Als sie kamen, kamen sie als Befreier, so wie ihre Flugzettel es verkündigt hatten. Und sie vermochten sich ihrem Befreiungswerk um so ungeteilter zu widmen, als ja die

Streitmacht des Staates zusammengebrochen dahinten lag und hier im Süden kein organisierter Widerstand mehr zu befürchten war.

Da trotz aller Ermunterung die Ukrainer es gänzlich versäumt hatten, die verrotteten polnischen Unterdrücker zu erschlagen, fiel diese Aufgabe naturgemäß ihnen selber zu. Sie vollzogen sie an Hand sorgfältig geführter Listen; ihre Emissäre im Stehkragen hatten da gewissenhafte Arbeit geleistet.

Es wurden also die Ämter besetzt und die Beamten zusammengefangen, fernerhin alles, was der akademischen Schicht zugehörte: die polnischen Ärzte, Advokaten, Ingenieure, höheren Lehrer. Für sie war ein militärisches Standgericht eingesetzt. Es tagte im Erdgeschoß der Woiwodschaft am Ringplatz, neben deren Tor das herabgerissene und besudelte Wappenschild mit dem polnischen Adler lehnte.

Das Verfahren vor diesem Gerichtshof war zeitsparend einfach. Ein Auditor verlas die vorbereitete Anklageschrift, die nur wenige Sätze und häufig einen irrigen Namen enthielt. Nach empfangenem Spruch bestiegen die Verurteilten ein Lastautomobil. Sie hatten gewöhnlich zu warten, bis die Todesfuhre vollzählig war. Dann wurde man unter Motorradbedeckung zum Richtplatz gekarrt, nach der »Lehmkuhle«, etwas außerhalb der Stadt, hinter der Ulanenkaserne.

Hier waren den ganzen Tag die Vollstreckungskommandos beschäftigt. Sie bestanden aus Angehörigen der regulären Armee, und zweifelhaft schien, ob sie ihre monotone Tätigkeit uneingeschränkt genossen. Tatsache jedenfalls war, daß die Mannschaften des öfteren aus-

gewechselt werden mußten. Aber so hatte man's eingeteilt: Soldaten vollzogen die legal ergangenen Urteile, während den eigens trainierten Hyänen die spontane und gröbere Arbeit anvertraut blieb.
Was der Prozedur in der Lehmkuhle ihren besonderen Charakter verlieh, war ihre Lautlosigkeit. Es wurden automatische Büchsen benutzt, die mit einer schalldämpfenden Vorrichtung ausgestattet waren. Die Verurteilten standen mit dem Gesicht nach der Lehmwand, sie sahen es also nicht, wenn der kommandierende Offizier seine Hand hob, und der Tod rückte vollkommen stumm von einem zum andern.
Die ukrainische Bevölkerung war durch Maueranschläge eingeladen, dieser Erledigung ihrer Unterdrücker als Publikum beizuwohnen. Befremdenderweise folgte sie der Aufforderung nur in bescheidener Zahl. Auch fanden diese Tagelöhner und Kleinsiedler wenig Vergnügen daran, wenn in ihren Hütten unter Hyäneneskorte polnische Damen erschienen, um mit bloßen Händen die Senkgruben auszuheben und anderes schmutziges Hauswerk zu tun. Eher war eine unzulässige Reaktion von Beschämung und Mitleid an ihnen wahrzunehmen. Ja, die vereinzelten Akte gewaltsamen Widerstands, die während der ersten Tage noch vorkamen, gingen geradezu von Ukrainern aus. Selbstverständlich wurden solch Unbelehrbare nicht einfach durch Kolbenhiebe oder Revolververschüsse vertilgt; sie genossen vielmehr das Privileg einer Verurteilung durch das Gericht. Diese Bevorzugung schuldete man den Angehörigen einer befreiten Nation.
Aber der Ausfall für die Hyänen war unerheblich. Sie

fanden Ersatz an dem polnischen Durchschnitt und vor allem, wie sich verstand, an den Juden. Sie erschlug man dem Schock nach oder übte in besonderen Fällen jene gereiften Praktiken, für die man in den Erziehungsheimen des Vaterlandes geschult war.
Notar Krasna zum Beispiel wurde genötigt, zwei Stunden lang unbekleidet im Laufschritt den Rathausblock zu umkreisen, ehe ein glänzend gezielter Schuß seinem Leben ein Ende setzte.
Doktor Silbermann lag mit zertretenem Gesicht inmitten seiner neuartigen Heilapparate. Der junge Alwin Zweifuß, der bei der Zerstörung der Zuckerfabrik dem Familientode entgangen war, hing aus einem Fenster jenes Hauses Ecke Sobieskigasse und Kornhof, wo man sonst jüdische Mieter aus Grundsatz nicht aufnahm. Da seine Anwaltskanzlei sich im ersten Stockwerk befand, streiften seine gestiefelten Füße die Köpfe der unten Passierenden.
Der dritte Tag nach dem Einmarsch war ein Freitag – Freitag, der 15. September 1939. Um Sonnenuntergang schlichen die Juden nach ihren Gotteshäusern und Betschulen; selten war ein Aufruf zum Herrn so geboten gewesen. Ihre Hauptsynagoge lag nicht wie die katholische und die griechische Kirche am Ringplatz, sie hielt sich verborgen irgendwo in der Enge. Aber die Befreier fanden sie doch.
Der Sabbatdienst hatte eben begonnen, unter Gesang wurde die Thorarolle umhergetragen, und die verzweifelnden Frommen küßten unter Tränen die rotsamtene Hülle. Da flog das Tor auf, und flotte Burschen trappten herein, den Mittelgang hinunter auf die sieben Bögen des

Hintergrundes zu und auf die Bundeslade unter der rotleuchtenden Lampe.
Sie kannten sich aus hier. Sie hatten ihre Improvisation in so vielen Synagogen Deutschlands und Polens wiederholt. Sie erfüllten das dämmerige Bethaus mit Gelächter und Flüchen und mit dem Fleischgeruch ihrer prall genährten Jugend.
Sie begannen damit, vor der erstarrten Gemeinde mit der Gesetzesrolle Fußball zu spielen, bis deren samtenes Kleid in Fetzen hing und das bleiche Pergament wie Leichengebein hervorschien. Dann machten sie sich an den Vorbeter – es war nicht Vorbeter Sußmann –, der amtlich gekleidet zwischen zwei schwarzröckigen Rabbis stand. Sie rissen ihm sein Käppchen vom Kopf, den gestreiften Gebetsmantel von den Schultern, ebenso das fußlange, weiße Gewand und stießen den mageren Alten im Hemde unter Püffen zum Ausgang.
Einige von der Gemeinde schlüpften mit ihm hinaus. Hinter den übrigen schloß sich das Tor. Ein Maschinengewehr wurde draußen postiert. Die Gläubigen blieben eingekerkert im Gotteshaus, auf wie lange, wußte kein Mensch – »zur weiteren Verfügung«, wie das im Jargon der Befreier hieß.
Den Vorbeter trieben sie vor sich her durch die dunkelnden Gassen. Sie mußten etwas Vorzügliches mit ihm im Sinne haben, denn sie fanden des Gebells und Gejohles kein Ende. Hinterm Türkentor wurde haltgemacht, vor der Salvator-Kirche, durch deren schmale Fenster noch Licht schien.
Sie pufften den Juden hinein und hinunter bis vor den Chor. Ein paar von ihnen wandten sich ohne viel Suchen

zur Sakristei; auch in katholischen Andachtsstätten wußten sie trefflich Bescheid. Sie kehrten zurück mit Gewändern, die sie wahllos aus den Schränken gerissen, einem Meßkleid im leuchtenden Rot der Osterfeier, einer Stola in pfingstlichem Grün.

Sie putzten den Alten heraus und ließen ihn tanzen. Sie hießen ihn das rote Kleid unzüchtig hochheben, und wenn er nicht grotesk genug sprang, zischten ihm die Stahlruten zwischen die Beine. Die Wölbung schallte von ihrem Gelächter. Die paar Andächtigen waren geflohen.

Dann kam dem Führer sein krönender Einfall. Er stieß den Juden die Stufe hinauf vor den Hochaltar, gab ihm ein Gewehr in die Hand und befahl ihm, das holzgeschnitzte Erlöserbild durch einen Kolbenschlag zu zerschmettern.

Er zauderte. Er torkelte betäubt, befand sich schon eigentlich nicht mehr bei wachem Leben. Aber das Grausige, das sie ihm zumuteten, zuckte noch hinein in sein verwölktes Bewußtsein. Er ließ das Gewehr sinken, es entfiel seinen Händen, schepperte auf den Fliesen.

»Du schlägst ihm den Dornenkopf ein«, brüllte der Anführer, »oder ich zerhaue die deinen!«

Hinter dem Altar hervor kam der Geistliche der Kirche. Es war Prälat Korzon, ein Achtziger jetzt, unirdisch hager und weiß. Er trug den vollen Ornat. Es war jener schwarze Ornat, den der katholische Priester nur an einem Tage des Jahres anlegt, an dem Freitag von Golgatha.

Korzon stand einen Augenblick still. Er überschaute die juchzende Rotte und den Juden vor dem Altar, dem der grüne und rote Weiheprunk schief am schlotternden Lei-

be hing. Er trat auf ihn zu, schloß ihn in seine Arme und drückte ihn an sein Herz.
Die Befreier standen verdutzt. Dann kam von dem Führer ein Wutschrei. Er riß seinen Revolver vom Gurt und zielte auf die verschlungen dastehenden beiden. Es war ein untadeliger Schuß. Sie starben von *einer* Kugel.

XIII

Pjotr kam gegen Mittag aus der Stadt zurück. Sie hatten hier draußen nichts mehr zu essen gehabt, und er hatte Elisabeth zum erstenmal alleinlassen müssen.
Er legte seine Pakete im Vorraum nieder und ging zu ihr in das Wohnzimmer. Sie saß an derselben Stelle wie vor zwei Stunden. Obgleich die Fenster offenstanden, war die Luft blau vom Zigarettenrauch.
»Setz dich zu mir, Pjotr.«
Er ließ sich nicht nötigen. Die Stirn war ihm naß, und er stützte seine Hand fest auf sein Knie, um ihr Zittern zu verbergen.
»Darf ich vielleicht rauchen?«
Sie antwortete mit einem Laut, der etwas wie Lachen war. Sie sah, daß er mit seiner Pfeife nicht zurechtkam, stand auf und reichte ihm Feuer. Nach ein paar Zügen wurde er ruhiger.
»Die treiben es wohl furchtbar da drüben?« fragte sie.
»Sie treiben es gründlich«, antwortete Pjotr. Und das war alles. Wozu sollte es gut sein, ihr zu berichten, was er jenseits der Brücke in Erfahrung gebracht! Die Vorgänge zum Beispiel, die sich am gestrigen Abend in der Synagoge und Kirche abgespielt hatten.

Er sagte: »Bessie, es hat keinen Zweck, noch länger zu warten. Wir schaffen es auch zu Fuß.«
»Du meinst, sie werden uns durchlassen?« Es klang sonderbar uninteressiert.
»Eine Dame und einen Krüppel – warum nicht. Natürlich gehen wir bei Nacht und schlafen am Tage. Über die Grenze kommen wir schon.«
»Vielleicht«, sagte sie, »vielleicht. Aber wofür eigentlich die Plage. Weshalb soll ich fort?«
»Weil du zu ihm willst«, sagte Pjotr.
»Warum ist er bloß nicht gekommen!«
»Er hat nicht gekonnt. Diese Deutschen wollen zwar zeigen, wie großartig sie kämpfen, aber was sie später noch anrichten, das zeigen sie nicht.«
»Du glaubst, er hat es versucht?«
»Der hat alles versucht, da sei du nur sicher. Vielleicht haben sie ihn gefangengenommen.«
»Oder ermordet.«
Pjotr schüttelte den Kopf. »Keinen Amerikaner. Die morden bloß, wo sie ungestraft können. Bessie, du mußt tun, was du verstanden hast aus seinem Telegramm.«
»Ich mag nicht davonlaufen.«
»Was willst du hier. Die Gräber bewachen?«
Eine Woche war es jetzt her, seitdem sie in mühsam aufgetriebenen Särgen Recha und Heinrich zur Ruhe gelegt hatten. Elisabeth hatte sich verändert in den wenigen Tagen. Ihr Mund hatte seine weiche Fülle eingebüßt, und die goldenen und bläulichen Lichter auf dem Grund ihrer Augen schienen nicht mehr.
Trotz der Septembersonne fror sie in ihrem dunklen Wollkleid, das zu weit geworden war.

»Ordentliche Menschen sind diese Deutschen«, sagte Pjotr. »Und sie wollen auch, daß man sieht, wie ordentlich sie sind. Ein paar kleine Läden haben sie allerdings ausgeraubt. Aber sonst geht alles weiter im Städtchen. Gelbfisch und Sohn haben offen.«

Der Name dessen, der da in seinem ungestrichenen Sarg mit weggeschossenem Gesicht unterm Boden lag, rührte sie schauerlich an.

»Ja«, fuhr Pjotr fort, »es herrscht flotter Betrieb. Die Herren Deutschen kaufen ein bei uns. Sie bezahlen sogar. Sie haben irgendwelche Bankzettel gedruckt, mit denen bezahlen sie. Da muß doch jedermann sehen, wie ordentlich sie sind.«

»Sind die jüdischen Verkäufer auch noch da?« fragte sie angstvoll.

»O ja, die sind da. Vielleicht nicht ganz freiwillig. Aber da sind sie noch.«

»Die muß man doch fortschaffen! Vielleicht ist auch Józef wiedergekommen? Närrisch genug ist er dazu.«

»Nein«, sagte Pjotr, »die Buchhandlung war geschlossen.«

Die Buchhandlung. Dort hatte sie in unvordenklicher Zeit mit Recha Geistesware verkauft – in dem luftigen Raum mit den breiten Fenstern, den lederbespannten Tischen, der Büste des Dichters auf dem größeren, runden.

»Pjotr, es geht doch nicht, daß ich gar nichts tue, während den Menschen dort vielleicht was Fürchterliches passiert. Ich kann doch nicht hier sitzen und mich verstekken.«

Er widersprach. Aber er wiedersprach ohne Nachdruck. Denn dies war Pattays Stimme, die er vernahm. Es war,

als befehle ihn Pattay zu einer Patrouille – und er sollte sich weigern.
»Bessie, Sinn hat es nicht«, sagte er immerhin, »und gefährlich ist's auch.«
»Du hast eben selber gesagt: Was sollen sie einer Frau antun, und dir! Jedenfalls, ich halt' es nicht aus.«
Pjotr stand auf. Er klopfte seine Pfeife leer und legte sie auf den Tabaksbeutel auf einen Teller neben der Aschenschale.
Sie waren schon an der Tür, da machte er halt.
»Die Aschenschale will ich doch lieber heraustragen«, sagte er.
Als er wieder zu Bessie trat, hatte sie die Augen voll Tränen. Pjotr wunderte sich. Sie hatte in dieser Woche des verzweifelten Leids wenig geweint.
Beim Warenhaus Gelbfisch ging es zu, wie er's geschildert hatte. Soldaten trugen mit lachenden Gesichtern große Pakete aus der Drehtür.
Aber die Buchhandlung war nicht mehr geschlossen. Ein Lieferwagen hielt davor, und drinnen sah man Leute am Werk.
Sie traten ein. Bücher lagen umhergestreut. Der Tisch mit der kleinen Büste Slowackis war zur Seite gerückt, und an seiner Stelle stand eine Schubkarre. Zwei Schwarzuniformierte waren damit beschäftigt, die Bände in Blockschrift von den Borden zu reißen und auf die Karre zu schleudern.
Ihr Vorgesetzter hielt sich beim Tische.
Er war ein großer, gutgewachsener Mensch mit einem ungewöhnlich häßlichen Gesicht. Seine Mütze mit dem Totenkopfabzeichen hatte er neben die Büste gelegt, und

man sah seinen spitz zulaufenden Schädel, der mit rechteckig geschnittenem, kurzem Blondhaar bestanden war. Soeben führte er einen Fußtritt nach hinten, nach dem Regal mit ukrainischer Literatur.
»Der Sowjetdreck kann auch mit«, gab er zu wissen.
»Was treiben Sie hier?« sagte Elisabeth.
Er musterte sie.
»Kann ich Ihnen erzählen, mein Kind. Wird alles in die Synagoge geschafft, damit der Stall besser brennt. Und wenn so ein paar Schweine mitangesengt werden, dann haben sie eben Pech gehabt.«
Er betrachtete aus frechen Augen gründlich dies lichthaarige, lichtäugige Mädchen.
»Darf ich übrigens fragen, was Sie das eigentlich angeht? Gehört Ihnen vielleicht dieser Laden!«
»Das tut er«, sagte Elisabeth.
»Sie werden mir nicht einreden wollen, daß eine deutsche Dame solchen jüdischen Schandmist verkauft.«
Die Karre war voll geworden. Einer der Uniformierten schob sie zur Türe hinaus.
Ein paar Sekunden vergingen. ›Ich bin verrückt‹, dachte Elisabeth. ›Ich bin verrückt, wenn ich das jetzt sage.‹ Und dann sagte sie es: »Ich bin keine deutsche Dame. Ich bin eine Jüdin.«
Der Anführer grinste. Er kam um den Tisch herum.
»Mein Engel, das machst du wem anderen weis. Solches Haar hat keine jüdische Sau, und so ein Paar Brüste auch nicht.«
Er packte voll zu, mit beiden Händen zugleich.
»Du läßt sie los«, sagte Pjotr.
Der Mann zuckte herum. Als er den einarmigen Krüppel

sah, lachte er auf und fuhr nach der Stahlpeitsche: »Du bist wohl meschugge!«
Aber das Wort im Judenjargon war das letzte, das zu sprechen ihm beschieden war.
Pjotr hatte die Büste umfaßt, schwang sie hoch und schlug ihm den Schädel ein. Man hörte die Knochen brechen. – Der Mann beim Regal schoß sofort. Aber er fehlte. Pjotr hatte sich unter den Tisch geduckt und tastete nach dem Revolver im Gurt des Gefällten.
Elisabeth stand noch am selben Platz. ›Es ist alles nicht wahr‹, dachte sie, ›solche Dinge geschehen nicht.‹ Es war nicht Furcht, was sie spürte. Wenn solche Dinge geschahen, war das Leben ohnehin aus.
»Was geht hier vor?« sagte eine befehlende Stimme auf deutsch.
Vom Eingang her kamen zwei Offiziere der regulären Armee, der zur Rechten ein älterer mit den Abzeichen höheren Rangs.
Er betrachtete sachlich den erschlagenen Mann und die danebenliegende, besudelte Bronze.
»Nun?« fragte er noch einmal, scharf.
Der Schwarzuniformierte nahm Haltung an.
»Herr Major, melde gehorsamst, der Mensch hat den Hauptsturmführer Schaller getötet. Ich war eben dabei, ihn zu erledigen.«
»Schaller«, wiederholte der Offizier und sah mit zugekniffenem Auge seinen Begleiter an. Aber den schien der Name an nichts zu erinnern. »Ist der Täter ein Pole?«
»Er ist ein Ukrainer«, sagte Elisabeth.
Der Major warf einen Blick auf sie und sah gleich wieder weg.

»Dann haben Sie nichts zu erledigen! Sie wissen genau, daß gegen Ukrainer jedes eigenmächtige Vorgehen untersagt ist. Machen Sie Ihre Aussage vorm Standgericht. Abtreten!«
Der Boden schlug Wellen unter Elisabeth. Sie fiel in einen der Sessel.
»Pjotr, mein Lieber«, sagte sie nur.
Pjotr stand aufrecht hinter dem Tisch, auf dem noch die Mütze des Getöteten lag.
»Was hätte ich machen sollen, Bessie«, sagte er, als hätte er sich zu entschuldigen.
»Örtzen«, trug der Major dem Jüngeren auf, »rufen Sie zwei unserer Leute herein.« Örtzen salutierte und ging.
»Pjotr, mein Liebster«, sagte Elisabeth noch einmal und streckte die Hand nach ihm aus.
Die Soldaten erschienen. »Den Mann zur Woiwodschaft!« befahl der Major. Sie führten Pjotr hinaus.
»Ich komme, Pjotr«, rief Elisabeth, »gleich bin ich bei dir.«
Aber ihr war, als würde sie nie mehr aufstehen können aus diesem Sessel, nie mehr sich auf ihren Füßen halten.
»Wie ist das zugegangen, mein Fräulein?« fragte der Major mit unbeteiligter Höflichkeit.
»Der Mensch hat mich angepackt. Da hat mein Freund mich verteidigt. Das Gericht muß ihn freisprechen, nicht wahr.«
Der Offizier betrachtete sie genau, wie eine Kuriosität. Er war ein gutaussehender Mann, von Familie wahrscheinlich, adrett wie auf dem Paradefeld – ein blinkend blankgeputzter Hebel an Deutschlands Eroberungsmaschine.

»Diese Illusion muß ich Ihnen nehmen, mein Fräulein. Angeordnet ist, daß gegen Ukrainer gesetzlich verfahren wird. Aber das Urteil ist sicher. Nun, wenigstens stirbt er einen ehrlichen Tod von Soldatenhänden.«
Sie machte einen vergeblichen Versuch, aufzustehen. Ihr war schauerlich übel. Sie vernahm die Stimmen der Offiziere bald von fern, bald trompetenhaft nahe.
»Schaller«, hörte sie den Major. »Der Alte wird sich nicht freuen. War sein einziger Sohn. Sonst nur Töchter.«
»Verzeihung, Herr Major, ich bin da nicht orientiert.«
»Aber hören Sie, Örtzen. Sie kennen doch Schaller. O-ber-grup-pen-füh-rer Ferdinand Schaller!«
»Obergruppenführer« entsprach in der Hyänenhierarchie einem sehr hohen Generalsrang. An der höhnischen Art, wie der Major die Silben des Titels auseinanderzog, wurde die ganz wütende Rivalität erkennbar, die zwischen der regelrechten Armee und dieser besonderen Truppe bestand.
»Eine von diesen Karrieren«, hörte sie den Major. »Österreichischer Kavallerist. Übergelaufen zum Zaren. Armee Denikin. Brigade Ehrhardt. Na, jetzt ist er also O-ber-grup-pen-füh-rer.«
Elisabeth hob den Kopf.
»Ist es möglich«, fragte ihre ausgebleichte Stimme, »daß dieser Schaller einmal hier in der Gegend gedient hat?«
»Durchaus, meine Gnädige. Hier stand ja wohl immer Kavallerie. Absolut möglich.«
Auf einmal wurde ihm wohl bewußt, daß ihr Interesse unter den Umständen sonderbar war. Er kniff die Augen zusammen, grüßte knapp und verließ mit dem andern den Raum.

Sie mußte ja gehen! Mit Anstrengung vermied sie im Aufstehn den Anblick des Gerichteten. Ein dünnes Blutrinnsal zog sich von ihm her weit über den Estrich.
Draußen hielt noch der Lieferwagen, verlassen. Die Schubkarre stand umgekippt auf dem Bürgersteig.
Es waren nur hundert Schritt zur Woiwodschaft hinüber. Sie kam ganz sicher zurecht! Eine Gerichtsverhandlung nimmt Zeit in Anspruch, und wer wußte, ob Pjotr gleich an der Reihe war.
Aber als sie das Tor erreichte, neben dem das besudelte Adlerschild lehnte, kam er zwischen Bewaffneten schon wieder heraus.
Er nickte ihr zu. Dann bestieg er das Lastauto, auf dem zehn oder zwölf Verurteilte standen. Offenbar vervollständigte Pjotr die Fracht. Denn der Wagen fuhr augenblicks an, rechts und links von Motorradfahrern begleitet.
Die Männer oben schwankten und hielten sich fest. Pjotr suchte Elisabeth mit dem Blick und nickte wie vorhin. Sie lief nebenher.
»Pjotr«, rief sie mit all ihrer Kraft, »der Mensch, den du umgebracht hast –«
Unmöglich, daß er sie hörte. Der Wagen ratterte, die Motorräder knatterten wild.
Sie konnte nicht Schritt halten. Sie rannte dem Todeszug nach, hinaus zur Lehmkuhle.

XIV

Der Ort war durch einen Kordon abgesperrt. Hinter den graugrünen Soldatenrücken hielten sich ein paar ältere Männer und mehrere Frauen, eine davon mit zwei Kindern an der Hand. Alle sahen aus steinernen Augen zu. Was sich abspielte, war so unglaubhaft, so jenseits aller Erfahrung, daß noch niemand zum Schmerz gelangte.

Die zuletzt Hertransportierten waren bereits in Abständen aufgestellt. Doch die Reihe setzte sich weiter fort. Es mochten fünfundzwanzig Männer im Ganzen sein, die in ihren weißen oder blauen Hemden dastanden, die Gesichter nach der Lehmwand gekehrt. Ihre Röcke lagen in einem Haufen beisammen, auf denen der früher Getöteten.

Das Peloton rückte wieder heran und hielt gegenüber dem ersten. Es bestand aus vier Mann, Leuten mit Stahlhelm und trotz des warmen Wetters in Mänteln. Nur der befehligende Leutnant trug keinen. Er war ein blutjunges Bürschchen, und er war grün im Gesicht. Seine Mannschaft hatte man mehrfach abgelöst; er aber tat diesen Dienst seit dem Morgen schon. Und ihm fehlte die abhärtende Sonderausbildung der Hyänen.

Eben hob er die Hand. Das Peloton feuerte. Es war kaum ein Knacken zu hören. Der Verurteilte stürzte. Die Soldaten setzten ihre Gewehre ab, und der Leutnant sah auf die Uhr. Zwischen je zwei Exekutionen wurde eine kurze Pause eingelegt.

Weit hinten, jenseits der Kuhle, gruben schwarzgekleidete Menschen in dem dort mageren Boden.

Man hatte hier gleich nach dem Einmarsch, vor nun vier Tagen, ein Massengrab ausgehoben. Aber da die Hinrichtungen immer mehr zunahmen, mußte auch immer mehr Raum unter der Erde geschafft werden.
Die dort schaufelten, waren Juden in Käppchen und Kaftan. Für sie fügte sich heute am Sabbat zum Grausen dieser Arbeit auch noch die Sünde.
Elisabeth war an die Absperrungskette gelangt. Sie hielt einen Augenblick still, bis sie ihren Atem zurück hatte. Mechanisch zählte sie die Reihe der Opfer ab. Pjotr stand dort als der elfte.
Sie wollte zwischen den Soldaten hindurch. Ein Armstoß schleuderte sie zurück.
»Pjotr!« schrie sie über den Platz. Er wandte den Kopf und suchte nach ihr mit dem Blick.
»Gesicht zur Wand!« rief der Leutnant mit der Knabenstimme, die überkippte.
Seltsamerweise gehorchte Pjotr, obgleich es für ihn doch keine Drohung mehr gab.
»Pjotr!«
Zwei Leute des Kordons drehten sich nach ihr um. »Maul halten!« knurrte der eine.
Der Leutnant hob wieder die Hand. Ein Mann drüben fiel. Pjotr rührte sich nicht. Es standen noch acht lebendige Menschen zwischen ihm und dem Tod.
Sie mußte zu ihm! Er mußte es noch erfahren. Es machte das Sterben leichter für ihn. Aber ihm zurufen konnte sie's nicht. Er würde nicht verstehen, was sie rief. Denn Pjotr wußte nichts von dem Mörder Schaller. Immer hatte sie ihn bei dem schöneren Glauben gelassen, daß sein Herr vorm Feinde gefallen sei.

Ratlos sah sie sich um. Abschrankung überall. Und vorne die Wand in doppelter Mannshöhe, an deren Fuß nun drei unbewegliche Bündel lagen.
Die Lehmwand – aber das war ja der Weg! So einfach war es. Sie rannte.
Sie lief um den kleinen Hügel herum und seitlich hinauf, ausglitschend auf dem trotz der Dürre seifigen Grund. Oben wuchs krankes Gras und ein paar verkrüppelte Bäume am Rand.
Sie spähte hinunter. Wenige Schritte nach links, und sie befand sich genau über Pjotr. Sie blickte auf seinen Kopf mit dem grauen und sandfarbenen Haar. Er hielt ihn ganz ruhig, die Augen zur Wand.
Sie streckte sich flach auf dem Boden aus, hielt sich an einem der dürren Stämmchen, bog sich vor.
»Pjotr!«
Er legte den Kopf in den Nacken. Sein gutes Gesicht strahlte auf, ganz unirdisch, als er die über sich sah, die er liebte. Und wahrhaftig, er lächelte.
»Pjotr, mein Liebster!«
Aber sein Lächeln verlosch.
»Bessie, du kannst da nicht bleiben. Die schießen womöglich.«
»Pjotr, hör zu – der Mann, den du umgebracht hast –«
»Du darfst da nicht sein!«
»Hör mich doch an. Mein Vater –«
»Ja, Bessie.«
»Du glaubst, er sei von Kosaken gefallen. Meinen Vater hat man ermordet.«
»Ermordet?«
»Einer von seinem Regiment hat ihn erschossen, rück-

lings. Der Rittmeister Schaller. Er lebt noch. Aber seinen Sohn hast du heute erschlagen.«
»Wie kannst du das wissen!«
»Ich weiß es. Ich schwör' dir's. Ich dachte, es müßte dich freuen.«
»Ja, Bessie, das freut mich.«
Von drüben kam die quäkende Stimme des Leutnants:
»Sie da oben! Gehen Sie da weg. Augenblicklich!«
»Bist du sicher, daß es der Sohn war von dem?«
«Ganz sicher. Sein einziger Sohn.«
»Das ist gut«, sagte Pjotr.
»Wegscheren sollen Sie sich!« kam wieder das Quäken.
»Oder Sie tragen selbst die Verantwortung.«
›Wer sonst soll sie tragen‹, dachte sie flüchtig. Unten stürzte ein Mann, der zweitnächste vor Pjotr. Sie wußte nur, daß sie nahe war, ihm nah bleiben mußte. Sie weinte.
»Bessie, weine doch nicht. Ich bin ja schon alt. Und schnell geht es auch. Sieh nur zu, daß du über die Grenze kommst! Allein ist es leicht!«
Der Leutnant sah auf die Uhr. Das Peloton rückte weiter.
»Pjotr, wenn ich bloß deine Hand halten könnte!«
Sie umkrampfte mit ihrer Rechten den Stamm und griff mit der Linken an der Lehmwand hinunter, so tief sie konnte. Sie hielt seinen Blick mit den Augen fest.
Pjotr hob sich auf die Zehen und reckte die Hand hoch. Aber es blieb noch ein Abstand.
»Geht nicht, es ist zu weit«, sagte er lachend. »Halt dich bloß fest und fall nicht herunter –«
Da fiel er selbst, wie ein Stein. Er sank seitwärts zusammen, das Gesicht nach oben gewendet. Sein weißes Hemd, das nur einen Ärmel besaß, begann sich zu färben.

Pause. Der Leutnant hob seine Hand. Der nächste Mann starb.
Da geschah dies. Von der Stadt her kam ein Motorrad, durchschnitt den Kordon, schwankte auf dem lehmigen Grund und hielt vor dem Leutnant. Der Fahrer saß ab und übergab ein Papier.
Der Leutnant hob seine Hand nicht mehr. Er krähte ein Kommando über den Platz. Die vier Mann nahmen ihre Gewehre unter den Arm und machten links kehrt. Der Kordon löste sich auf. Motore starteten ratternd. Verhallendes Lärmen.
Die verschont Gebliebenen, ein Dutzend noch, verharrten mit dem Gesicht nach der Wand. Dann drehte der, an welchem die Reihe war, sich vorsichtig um. Andere folgten. Einer, ein ganz junger Mensch, stürzte ohnmächtig hin.
Auch die Frauen und Männer beim Eingang rührten sich lange nicht, so als wären die Soldatenrücken noch da. Endlich begann die Frau mit den beiden Kindern zaghaft vorwärts zu gehen.
Die Juden dort hinten gruben weiter am Grab.

XV

Sie blieb liegen, so wie sie war, ihre Hand hinabhängend. Zu keiner Überlegung war sie noch fähig, nicht einmal zur Verzweiflung darüber, daß der Mordspuk zu spät vergangen war, um genau drei Minuten zu spät. Dann ging sie hinunter, ging wie blind an den Toten vorbei und an denen, die sich, halb ungläubig noch, ins Dasein zurücktasteten. Sie schluchzte nicht einmal, als sie neben Pjotr kniete und seine Augen schloß. Die furchtbar angespannte Konzentration währte fort in ihr, der eine Gedanke, ihm nahe zu bleiben, Pjotr zu bewahren, ganz, als lebte er noch.

Eines durfte nicht sein. Sie durften ihn nicht mit hineinschaufeln in das gemeinsame Erdloch. Sie mußte ihn fortbringen, ihn in sein Grab legen, in sein eigenes, anständiges Grab, wo er ausruhen konnte, tief und für ewig – so als gäbe es keinen Frieden für ihn dort in dem wüsten Haufen von Fleisch und Leichengebein.

Sie hob ihn auf, legte sich seinen Arm um die Schulter und begann ihn zu schleppen. Die Wunden bluteten stärker und befleckten über und über ihr Kleid. Sie trug ihn ungeschickt, und Pjotr war schwer, sein ganzer Leib wie aus einem Muskel gebildet. Mühselig gelangte sie bis zum Eingang, dorthin, wo der Kordon gewesen war. Hier legte sie ihn nieder, abseits, so daß von der Grube her keiner ihn sehen konnte.

Beistand aufzutreiben, einen Wagen zu finden, dazu war keine Aussicht. Aller Verkehr unter Menschen hatte ja aufgehört.

»Vielleicht steht die Karre noch dort.«

Sie erschrak vor ihrer eigenen Stimme. Es geschah ihr zum erstenmal, daß sie laut vor sich hin sprach.

Sie lief zurück nach der Stadt, den Weg, auf dem sie dem Todeszug nachgerannt war. Seither war noch keine Stunde vergangen.

Vor der Ulanenkaserne herrschte Bewegung. Mannschaft strömte zum Tor heraus. Fahrzeuge formierten sich. Es wirkte wie eiliger Aufbruch.

Sie überquerte das Stück baumloses, strauchloses Land, hinter dem die Häuser begannen. Im Ort aus allen Gassen Motorenlärm, anrückende Züge. Vor der Woiwodschaft am Ringplatz wurde Appell abgehalten. Kommandos erschollen.
Die Drehtüre am Warenhaus Gelbfisch stand still. Wie zuvor hielt vor der Buchhandlung der Lieferwagen, zu einem Drittel mit Büchern gefüllt. Die Karre lehnte daneben.
Sie griff nach den Schubstangen. Keinen Blick warf sie durch die offene Tür in den verwüsteten Raum, der einmal ihr Dasein umfaßt hatte.
Unterwegs in den schmalen Gassen mußte sie sich vor den marschierenden Truppen in Torwege drücken. Die Züge bewegten sich alle in einer Richtung – dorthin, woher sie gekommen waren, auf die Lemberger Straße zu. Niemand schenkte dem verwildert aussehenden Mädchen im beschmutzten und blutigen Kleid die mindeste Beachtung.
Sie fand Pjotr, wo sie ihn niedergelegt hatte. Auch die anderen Toten waren noch da. Vor einem stand mit hängenden Armen die Frau mit den Kindern. Die Juden waren verschwunden.
Auch die Geretteten hatten die Richtstätte verlassen, bis auf zwei. Der eine, ein polnischer Herr mit schwarzseidenen Hosenträgern über seinem blütenweißen Hemd, starrte mitten auf dem Platz vor sich hin, mit einem Ausdruck, als habe er das Gedächtnis verloren. Der zweite, ein Bauer, suchte sich aus dem Kleiderhaufen seine Jacke heraus oder vielleicht eine andere, die ihm besser gefiele.

Elisabeth lud ihren Toten auf. Seine Wunden bluteten nicht mehr. Sie bettete ihn sorgsam, damit sein Kopf nicht hin und her schwanken könne. Aber die Karre war kurz, und sie mußte seine Glieder zurechtbiegen. So fuhr sie Pjotr nach Hause.

Sie begegnete niemand. Stille im sonnigen Herbstnachmittag. Aber in ihrem Kopf sauste es wüst. Als sie die Brücke betrat, begannen durch das Sausen Verse zu hämmern.

Es waren gewaltige Verse – großartig männlich und frei, gedichtet von einem jener Unsterblichen, die im Geistersaale der Völker an der oberen Tafel sitzen. Aber sie waren Deutsch. Sie versuchte, sie von sich zu jagen. Die Verse hämmerten fort:

Und wo die Freunde verfaulen,
Das ist ganz einerlei,
Ob unter Marmor-Säulen
Oder im Rasen frei.
Der Lebende bedenke,
Wenn auch der Tag ihm mault,
Daß er den Freunden schenke,
Was nie und nimmer fault.

Sie hielt das nicht aus. Sie begann zu rennen hinter ihrer Totenlast, als könnte sie den Versen entlaufen. Aber sie drangen aus dem Knarren der Karre hervor, aus dem Schollern des Rads über den Brückenbohlen.

Und wo die Freunde verfaulen,
Das ist ganz einerlei –

Da war kein Entrinnen. Es hämmerte fort in ihr auf der staubigen Landstraße, an der Fabrikruine vorbei, bis hinein in ihr Haus.

Daß er den Freunden schenke,
Was nie und nimmer fault.

Sie bettete ihren Freund auf dem Ruhelager im Wohnraum. Sie hätte ihn waschen sollen, ihm reinliche Kleidung anlegen für seine Rast. Aber sie hatte dazu den Mut nicht. Sie holte zwei große leinene Tücher herbei und deckte sie über ihn. Nur sein Gesicht war zu sehen, das zwischen den grauen Bartstreifen gelassen lächelte.
Dann suchte sie nach dem Gartengerät, um ihm sein Grab zu bereiten.

XVI

Sie hatte gedacht, ihn an der Stelle einzusenken, die ihm die liebste gewesen war, nahe seiner Wohnung, neben der Bank. Ein Baum schattete breit drüberhin, eine kräftige Esche, die hier gewesen sein mußte, lang ehe das Haus stand, reich belaubt, vollhängend mit ihren gebündelten Früchten.
Aber sie hatte nicht mit den Eschenwurzeln gerechnet, die sich nach allen Richtungen ausstreckten. Der Spaten stieß darauf wie auf Stein. Sie mußte Pjotr anderswo betten, mitten auf der Wiese, wirklich »im Rasen frei«.
Hier war Boden, der locker nachgab. Trotzdem würde sie schaufeln bis in die Nacht. Denn man legte ja Tote tief in die Erde, sechs Schuh tief, wie die Redensart ging.
Es war ihr nur recht so. Solange sie an seiner Ruhestatt grub, war sie von ihm noch nicht völlig getrennt. Jenseits lag die Leere, das Nichts.
Aber sie hatte nie solche Arbeit getan. Sie mußte einhal-

ten. Ihre Arme schmerzten, als hätte man sie ihr zwischen Schulter und Ellbogen mit schweren Stöcken zerschlagen.

Von der Straße herunter quoll Staub; sie vernahm Marschieren und Räderrollen. Sie blickte nicht einmal auf. Was verschlug es noch, ob das Ungetüm sich nord- oder südwärts wälzte. Es hatte an ihr das Seine getan.

Das Rollen und Stampfen schwand hin. Das Gras lag trübe bestäubt. Sie stieß wieder den Spaten ein und warf Erde aus, die schollernd zurückfiel.

Sie hatte die Gitterpforte nicht gehört. Aber jetzt knirschte auf dem Wege der Kies.

Er kam auf sie zu, übern Rasen. Sie ließ ihren Spaten fallen und stürzte ihm gegen die Brust.

»O Herk! Herk! Herk!«

Er preßte sie an sich. Aus ihrem Kleid stieg ein Geruch nach Erde und Wunden zu ihm auf und zugleich aus ihrem wirr hängenden Haar der rührende Hauch ihrer Jugend.

Er sah hinüber nach dem begonnenen Grab. »Deine Mutter?« fragte er leise. Er glaubte zu spüren, daß sie nickte an seiner Brust. Sie weinte. Aber es war nicht jenes Weinen, das erlöst und hinwegwäscht. Es waren hohe, schneidende Schreie, mit denen alles aufgestaute Grauen aufbrach in ihr. Ein stoßweises, wildes Jammern und Aufbegehren gegen eine Welt, in der über Nacht das Tier sich von der Kette gerissen und fletschend zerfleischte, was gestern noch Leben hieß, Frieden, Menschensatzung, Liebe, Arbeit und Glück.

Das Schreien war entsetzlich anzuhören. Er umschlang sie fester, als könnte er's zurückhalten in ihr.

Das dauerte lang. Sie ließ sich endlich ins Haus führen. Er trug sie beinahe.
Beide Türen standen geöffnet. Und so sah er den Toten.
»Allmächtiger Gott«, sagte er. »Wann ist das geschehen?«
»Vor zwei Stunden«, sagte Elisabeth.
Er führte sie zu einem Sessel, setzte sich neben sie und nahm ihre Hand.
»Bessie – ich habe nicht früher kommen können.«
Sie nickte, noch immer schluchzend.
»Glaubst du es mir?«
»Herk – ich weiß es.«
Pjotr hatte richtig vermutet. Nach der Schlacht am San waren von diesem Frontabschnitt die Korrespondenten nach Deutschland zurückgeschickt worden. Herkimer entzog sich dem Rücktransport und versuchte, bei Dunkelheit gegen Osten weiterzukommen. Er wurde eingeholt und im Schulhaus des Ortes Prochnik gefangengesetzt. Hier brach er aus, bei Tage diesmal. Er fand seinen Wagen, geplündert, sonst aber fahrbereit, und raste los, feldein, über Sturzäcker. Der Wagen wurde erst von den Deutschen beschossen, dann irrtümlich von den weichenden Polen. Wie durch ein Wunder blieben Maschine und Reifen intakt. Vor Chyrow hörte das Schießen auf. Er erreichte die Straße.
Unmöglich, das jetzt zu erzählen. Und es war auch nicht nötig. Sie glaubte ihm.
Sie aber berichtete. Es wurde ein kurzer Bericht. Drei kleine Sätze umschlossen all das gräßliche Leid.
Von der Straße her kam wieder Kolonnenlärm. Ein Wind, der über den Dnjestr blies, trieb den Staub nach

der anderen Seite; deutlich unterschied man die fremdartige Uniform der ziehenden Truppe.
»Herk – was für Soldaten sind das?«
»Russen. Sie besetzen das Land hier. Die Deutschen überlassen es ihnen.«
»Die haben es doch den Ukrainern versprochen.«
»Versprochen!« wiederholte er nur.
»Also deshalb ziehen sie mit solcher Eile ab! Aber die Russen – was bedeutet es denn?«
»Ich weiß es nicht«, sagte er langsam. »Nur ganz gewiß das nicht, was sich die Leute jetzt denken.«
»Und hier wird weiter gemordet?«
Er sah sie an, mit einem eigentümlichen Blick.
»Das sollte mich wundern«, sagte er und stand auf. »Mach dich bereit, Bessie. Wir müssen fort.«
»Gleich? Heute noch? Du sagst doch selbst, die Russen werden nicht wüten.«
»Aber trennen werden sie uns. Sie dulden keine Korrespondenten bei ihrer Armee.«
»Nur einen Tag, Herk!«
»Wir müssen diese Nacht aus dem Land. Sonst werde ich morgen über die Grenze geschafft – aber allein.«
Sie ergab sich.
»Übrigens, auf der Gesandtschaft in Bukarest können wir getraut werden. Das macht alles viel einfacher.«
»Ja, Herk«, sagte sie, und ganz schüchtern, ganz schnell regte sich auf dem Grunde ihres gemarterten Herzens, das aber jung war, der Glaube an Glück.
Betreten blickte sie dort hinüber, wo in der beginnenden Dämmerung das weiße Tuch einen riesigen Mann zu bedecken schien. »Und Pjotr?« fragte sie leise.

Er zog sie an sich.
»Ich mach' ihm ein tiefes Grab«, sagte er.
Er ging auf die Türe zu, blieb stehen und tastete in seiner Jacke nach der Stelle, wo er seine Pfeife bewahrte. Aber seine Hand kam leer wieder hervor.
»Rauche nur«, sagte Elisabeth. »Ich weiß doch, wie sehr man es braucht.«
»Die haben mir ja alles gestohlen.«
Sie wies mit dem Kopf nach dem Teller, darauf Pjotrs Pfeife und Tabaksbeutel lagen.
»Du meinst?« fragte er scheu.
»Es würd' ihn freuen.«
Sie begleitete Herkimer in den Garten hinaus.
»Solltest du nicht packen inzwischen?«
»Das ist bald getan, Herk.« Sie standen vor der Tür zum Garagenzimmer. »Vielleicht gibt es hier drinnen etwas, was er hätte mitnehmen wollen.«
Sie sah noch, wie Herkimer drüben den Spaten zur Hand nahm. Dann trat sie ein.
Das Zimmer lag ordentlich aufgeräumt, soldatenhaft sauber, es roch nach Frische. Bessie drehte das Licht an. Nur das notwendigste Gerät war zu sehen. Sie überwand sich und öffnete den schmalen Schrank.
Zwei Anzüge waren vorhanden und die zwei weißen Jakken, in denen Pjotr bei Tische serviert hatte. Dann kam ein quergespanntes Stück Seide; und dahinter, in Absonderung, hing von einem kleinen Bügel ein Kinderkleid, drüber ein Mützchen.
Sie setzte sich auf den strohgeflochtenen Stuhl, den winzigen Anzug auf ihrem Schoß. Kaum unterschied man mehr, daß die schottischen Karos einmal rot gewesen.

Kragen und Gürtel waren völlig vergilbt. Aber da war keine Falte, alles sah aus, als habe es jemand erst kürzlich geplättet. Von der geknickten Feder am Mützchen war nichts mehr übrig als bloß der Kiel.
Sie trug es hinüber ins Haus und breitete es neben Pjotr auf das weiße Tuch. Dann nahm sie das silbergerahmte Bild ihres Vaters zur Hand. Sie drehte es gegen das sinkende Tageslicht und betrachtete die freie Stirn und die heiteren Augen, die ihre Augen waren.
Eine Sekunde lang schwankte sie. Nein – ihr selbst blieb das Medaillon, das den Vater und Recha zusammen zeigte in dem kurzen Jahr ihres Glücks. Aber Pattays Bild war für Pjotr.
Sie legte es ihm an die Brust. Da ihm auf dieser Seite der Arm fehlte, sank das Bild tief in die Leinwand ein.
Sie ging in das weiße Zimmer hinüber, worin sie als Kind neben Chana geschlafen hatte. Sie wusch sich, wechselte das Kleid und packte das Notwendige.
Als sie zurückkam, war es Nacht geworden. Sie war dabei eine Kerze anzuzünden, um sie Pjotr zu Häupten zu stellen. Aber dann überlegte sie, wie er von dergleichen gedacht haben würde, setzte sich im Dunkel ans Fenster und wartete.
Es war ein sternklarer Abend ohne Mond. Sie hörte die Schollen aufschlagen, die Herkimer auswarf. Die Pfeife schien nahe am Boden zu glimmen; daran sah sie, wie tief er schon in der Erde stand. Vorm Winde, der über den Djnestr kam, wehte eine Rauchfahne den westlichen Hügeln zu.

Nachwort

»Die Tochter« ist der fünfte Roman Bruno Franks und das letzte seiner im amerikanischen Exil abgeschlossenen Prosawerke. Daß dieser drei Jahre vor seinem Tod beendete Roman – Bruno Frank starb am 20. Juni 1945 in Beverly Hills – erst so spät in der Bundesrepublik Deutschland erscheint, beruht zum Teil auf einem kuriosen Mißverständnis. Als der Verlag in den siebziger Jahren eine Werkausgabe in Einzelbänden vorbereitete, die bis 1979 auf fünf Bände anwuchs, da wollte Liesl Frank-Lustig, die Witwe Bruno Franks, mit der die Auswahl erörtert wurde, wenn ich mich recht erinnere, vom »Tochter«-Roman nicht viel hören, sie überging ihn seltsamerweise und schob ihn beiseite – vielleicht, weil sie sich darin porträtiert wußte und sich ungern selbst ins Spiel brachte, übrigens ganz im Widerspruch zu ihrem so fesselnd-interessanten Wesen und temperamentvollen Charakter, der noch in hohen Jahren bezauberte.
Was war an alledem so merkwürdig? Im Grunde handelte es sich um alles andre als einen Schlüsselroman; es konnte jüngere Leser überhaupt nur wenig noch daran erinnern, daß hier als Huldigung Bruno Franks an die Lebensgefährtin die Tochter der Fritzi Massary, daß also Liesl Frank selbst in der Elisabeth, der Tochter Recha Doktors, abgebildet war. Bestenfalls ein paar Kinderszenen, von denen ja niemand wußte, oder einige Äußerlichkeiten wie das starke Rauchen – »und ich halte bei meiner zwanzigsten« –, die auffällig leuchtenden Augen

und die Tatsache, daß ihre Mutter eine »Künstlerin« war. Am porträtähnlichsten die Sätze über die »kleine Elisabeth« im ersten Drittel des Romans: »Ihre Augen lagen ein wenig schräg. Es waren langgeschnittene, helle Augen, beinahe so hell wie die Pattays, mit bläulichen und hellen Lichtern darin und voll von einem warmen, vieldeutigen Leben. Der Mund aber, ein holder, freundlicher Kindermund, folgte wieder der Augenschrägung genau, die feinen verwöhnten Winkel deutlich nach oben gebogen. Inmitten dieser schon unverwechselbaren Geprägtheit wirkte das weiche, noch völlig ungeformte Näschen wie ein rührender Witz. Schön war das Haar der kleinen Elisabeth, von der Farbe dunkleren Honigs, in seidigen Wellen flutete es reich hervor unter der Mütze.« So konnte man es auf Bildern aus Liesls jüngeren Jahren sehen.

Liesl Frank war 1903 geboren und sechzehn Jahre jünger als Bruno Frank. Klaus Mann schrieb 1939 über sie: »Liesl Frank hat von ihrer berühmten Mutter, der Schauspielerin und Operetten-Diva Fritzi Massary, die großen, schönen und gescheiten Katzen-Augen geerbt, eine gewisse reizvolle Belegtheit der Stimme beim Sprechen und besonders beim Lachen, und noch eine ganze Menge anderer attraktiver Eigenschaften dazu. Von der Popularität, die Fritzi Massary durch viele Jahre in Berlin und überall, wo deutsch verstanden wurde, genossen hat, kann man sich kaum eine Vorstellung machen, wenn man nicht selber Zeuge ihrer Triumphe gewesen ist. Eine ›Massary-Premiere‹: das war, Winter für Winter, bis zum Jahre 1933, *das* große Evenement der Berliner Saison. Die Stellung dieser außerordentlichen Frau innerhalb des Berliner theatralischen und mondänen Lebens ließ sich am ehesten mit der Position ihrer Pariser Kollegin, der Mistinguette, vergleichen.“ Hier beginnt die Abweichung: Recha Doktors Karriere, im Roman, wird ins Tragische abgebogen, während Fritzi Massary mit ihrer Tochter und Bruno Frank ins englische Exil ging und dort neue Triumphe feierte, bis sie sich in Kalifornien niederließ. Liesl, die Tochter, war eine Europäerin von Geburt: Durch den Vater war sie verwandt mit einer österreichischen Aristokratenfamilie liberalen Zuschnitts, die ihren Namen in das abendländische Panorama zwischen Wien, Paris, Brüssel und Sankt Petersburg eingravierte. (Sie nannte diesen Vater nie.) Von Wien aus führte der Weg des Kindes nach Berlin, wo es in einem Pensionat aufwuchs, gelegentlich bei der berühmten Mutter, der die Elite einer Weltstadt Rosensträuße an den Theaterausgang trug. Auf Elisabeth fiel Glanz, und sie hatte Liebreiz und Talent zur Freundschaft. Sie war berufen, gern gelitten zu sein und Gutes zu tun. Kein Zufall, daß ein Sonntagskind ganz eigener Art, ein in melancholischer Heiterkeit der Welt zugewandter Schriftsteller, ein Gentleman der Literatur, die kaum Zwanzigjährige anzog. Bruno Frank stammte aus dem Großbürgertum. Er wurde am 13. Juni 1887 als Sohn eines Bankiers in Stuttgart geboren. Nach dem Abitur studierte er zunächst Jura, dann Philosophie, reiste viel und hielt sich längere Zeit in Frankreich, Spanien und Italien auf. Die Kriegsereignisse führten ihn in die Vielvölkerprovinz Galizien – Hauptschauplatz des Romans »Die Tochter«. Aus dem Ersten Weltkrieg krank zurückgekehrt, lebte Bruno Frank einige Jahre in Oberbayern auf dem Lande. Mit ersten Novellen hatte er Erfolg gehabt und die Aufmerksamkeit Thomas Manns geweckt. Eines Tages las der Schriftsteller Bruno Frank, der verhältnismäßig spät zur vollen Ausbildung seiner literarischen Mittel und eines eigenen Stils gelangt war, einem jungen Mädchen am Tisch eines Cafés Kapitel um Kapitel seiner Friedrich-Novelle »Tage des Königs« vor. Es war 1924. Der sonst so Disziplinierte befand sich in größter Erregung. Es war eine Prosa von Form und Strenge, der das Mädchen lauschte, das Höchste, was ihm gegeben war. Das junge Mädchen blieb bei ihm. Sie zogen nach ihrer Verheiratung nach München. Ihre Jahre in München, in der ehemaligen Villa Bruno Walters am Herzogpark, in der Nachbarschaft Thomas Manns, gehörten zu den reichsten und erfülltesten ihres Lebens. »Tage des Königs« erschien 1924, die »Politische Novelle« folgte 1928 und »Der Magier« 1929, es waren jene Meisterstücke novellistischer Kunst, die Bruno Frank durchsetzten. Der Roman »Trenck« war 1926 erschienen, das heiter-volkstümliche Stück »Sturm im Wasserglas« (1930) wurde zu einem Erfolg, der sich in England wiederholte. Am Tag nach dem Reichstagsbrand im Februar 1933 verließen Bruno und Liesl Frank München. Die Romane »Cervantes« und »Der Reisepaß«, 1934 und 1937, entstanden noch in unmittelbarem Kontakt mit dem deutschen Sprachraum, da Bruno Frank zwischen Österreich und England wechselte.

Das Exil teilte Fritzi Massary, zunächst in London bis 1937, dann in Beverly Hills, Kalifornien. Bitterste Not blieb den Emigranten zum Glück erspart. Der über zahlreiche Bände und Archive verteilte Briefwechsel zwischen den Emigranten läßt erkennen, daß die Aktivität der Franks nicht nur eine literarische war. Der Name von Liesl Frank wird – wie der von Hermann Kesten – für immer in Zusammenhang mit der Hilfe genannt werden, die den auf der Flucht vor Hitlers Armeen in Not geratenen Autoren gewährt wurde und ihnen nicht selten das Leben gerettet hat. Diese »Tochter« gehört in die Geschichte des Exils wie der Buchtitel zur Geschichte der Exilliteratur.

Als politischer Schriftsteller beschränkte sich Frank auf eine einzige Schrift, »Lüge als Staatsprinzip«, mit der er 1939 Hitlers Herrschaft geißelte. Wie aus seinen Briefen hervorgeht, schwebten ihm biographische Essays vor, mit denen er moralische und humane Ideale im Beispiel festhalten wollte. Indessen fiel ihm die kritisch-analytische Prosa allzu schwer, er neigte stets zur plastischeren Darstellung, seine Figuren mußten sprechen, sei es nun im Drama oder in der Erzählung. Mit Thomas Mann (»Das Gesetz«) zählte er übrigens zu den zehn Beiträgern der internationalen Anthologie »The Ten Commandments«. Jeder der Autoren behandelte in einer Erzählung eines der zehn Gebote. Thema Bruno Franks war: »Du sollst Vater und Mutter ehren«. Die deutsche Fassung dieser Erzählung konnte bis heute nicht gefunden werden. Noch vor dieser Erzählung hatte Bruno Frank die Arbeit am Roman »Die Tochter« beendet. Das Buch erschien zunächst englisch unter dem Titel »One Fair Daughter« 1942 im New Yorker Verlag Viking Press, die deutsche Erstausgabe folgt 1943 im mexikanischen Exil-Verlag El Libro Libre.

Bruno Frank, deutscher Jude und aufgeklärter Europäer,

war literarisch von Anfang an schwer einzuordnen gewesen in seiner Mischung von Maß, Klarheit und Liebenswürdigkeit, einem Hang zum Klassischen einerseits (mit großen Vorbildern in der russischen Literatur) und zum Gefälligen andererseits, ohne bloß gefällig zu sein. »Die Tochter« war kaum sein Romantypus; den erfüllte er mit lateinischer Eloquenz und französischer Clarté am besten im „Trenck". Immunisiert gegen bloßen Ästhetizismus und blutig-neblige Verschwommenheiten gleichermaßen setzte er immer auf Ratio und – zuweilen riskant – auf Kalkül, auf eine Kombination von erzählerischer Psychologie und tendenziöser Absicht, die bei so schwierigen Unterfangen wie einem Roman, der sich auf die Zeiträume ganzer Generationen erstreckt, ihre Tücken hat. Das läßt sich am Roman »Die Tochter« studieren. Die Brüche – der Schwenk nach Osten aus der aufsteigenden Karriere der Recha Doktor heraus; dann noch einmal die Entscheidung der Tochter, aus dem Schweizer Internat nach Galizien zurückzukehren und dort zu bleiben –, müssen im Interesse des Romans in Kauf genommen werden. Hier verläßt die Handlung zwar nicht die historische Wahrheit, aber die biographische Wahrscheinlichkeit der Figuren. Und, so müssen wir hinzufügen, Autobiographie lag Bruno Frank nicht, er war – auch im weitesten Sinne – kein autobiographisch disponierter Autor. So wirken die anfangs erwähnten, der biographischen Wirklichkeit entnommenen Elemente und die politischen der Fabel eigentlich nicht miteinander verschmolzen, die Personen handeln in einer fremden Umgebung.

Gleichwohl trägt auch dieser Roman, der extreme Situationen an einem extremen Ort durchläuft, zur Geschichte und Literatur des »Schtetl« bei, an der Autoren wie Joseph Roth und Manès Sperber mitgeschaffen haben. Der Schauplatz Galizien, zuerst im Nordosten der Donaumonarchie, dann im Süden Polens, wo Völker, Nationen, Staaten aufeinanderstoßen, bot Bruno Frank die Möglichkeit, das Schicksal der Polen und Juden miteinander zu verklammern. Die Juden waren unter Polen und Ukrainern (Ruthenen) die bedrohteste Minderheit, und Frank ging es zunächst um die Bekämpfung von Rassevorurteilen (in den Szenen mit den k. u. k. österreichisch-ungarischen Offizieren) wie letztlich um die Verteidigung der menschlichen Zivilisation beim Einbruch der vollkommenen Barbarei nach Beginn des Zweiten Weltkriegs. Zum Zeitpunkt der Niederschrift konnte Bruno Frank das ganze Ausmaß der Judenvernichtung noch nicht ahnen, und doch endet der Roman wie ein düsteres Menetekel. Zugleich setzte der Verteidiger des europäischen Judentums, der seine Integration forderte und befürwortete, auch dem Leiden des polnischen Volkes ein Denkmal – eines Volkes, das durch Verträge doppelt betrogen worden war, dem weder die Annäherung Pilsudskis an das Deutsche Reich noch der Widerstand gegen die Drohungen Hitlers, für den es nicht gerüstet war, geholfen hat, und das auch durch das Bündnis mit Frankreich und England nicht vor einer neuerlichen Teilung und einer nationalen Katastrophe größten Ausmaßes bewahrt wurde. Insofern gehört »Die Tochter« als eines der wenigen jüngeren Beispiele in die Geschichte jener deutschen Polen-Literatur, die von Platen und Lenau, von den »Polenliedern« des neunzehnten Jahrhunderts bis in die Gegenwart reicht und diesem so oft gequälten und unterdrückten Volke Respekt erweist. Bruno Frank ist im Exil auch so verstanden worden, als »Stimme des wahren Deutschland». Paul Mayer, Lektor des Verlags El Libro Libre, schrieb in einer Besprechung des Romans in der Zeitschrift »Freies Deutschland«: »Unsere polnischen Leidensbrüder müssen erfahren, daß es unter den Deutschen unserer Generation Menschen gibt, die das Martyrium des Nachbarvolkes wie das Leid des eigenen empfinden.« Das wirft natürlich die Frage auf, wie »realistisch« ein solcher Roman genommen werden darf. Es gibt Stadtbeschreibungen, Schilderungen des galizischen Alltags von eindringlicher Genauigkeit. Anderes, wie Elisabeths Bemühen um eine kulturell-geistige Zelle des Kosmopolitismus in Südpolen, ihr Bündnis mit Herkimer, dem amerikanischen Journalisten, oder die Rolle des Pjotr, der zugleich das Volk, das Gute und das Opfer verkörpert, ist wohl eher symbolisch zu verstehen. Die schematische Zuspitzung der Figuren und des Handlungsablaufs – bis zur Allegorie – ist nicht zuletzt auf das Entsetzen und die Betroffenheit zurückzuführen, die der weitab im amerikanischen Exil lebende Humanist und Aufklärer Bruno Frank angesichts der schier unfaßbaren Verwüstung Europas und seiner zivilisatorischen Grundlagen durch Hitlers Krieg empfand und der er erzählerisch nur durch Elemente der Überhöhung beizukommen vermochte. Aus der deutschen Exil-Literatur ist »Die Tochter« als Dokument einer Gesinnung und politischen Zeugenschaft nicht wegzudenken.

Martin Gregor-Dellin

Inhalt

224 Seiten

Langen Müller